AVA REED

Madly

Ava Reed

MADLY

Roman

LYX

LYX in der Bastei Lübbe AG

Die Bastei Lübbe AG verfolgt eine nachhaltige Buchproduktion. Wir verwenden Papiere aus nachhaltiger Forstwirtschaft und verzichten darauf, Bücher einzeln in Folie zu verpacken. Wir stellen unsere Bücher in Deutschland und Europa (EU) her und arbeiten mit den Druckereien kontinuierlich an einer positiven Ökobilanz.

NACHHALTIG PRODUZIERT

MIX
Papier | Fördert gute Waldnutzung
FSC® C014496
FSC www.fsc.org

Dieses Buch wurde vermittelt von der Literaturagentur erzähl:perspektive, München (www.erzaehlperspektive.de)

Textredaktion: Jil Aimée – www.jil-aimee.com
Umschlaggestaltung: © Andrea Janas, München
unter Verwendung eines Motivs von © Alberto Seveso
Satz: Greiner & Reichel, Köln
Gesetzt aus der Adobe Caslon
Druck und Verarbeitung: GGP Media GmbH, Pößneck

Printed in Germany
ISBN 978-3-7363-1297-5

8 10 12 11 9 7

Weitere Informationen unter:
lyx-verlag.de
luebbe.de | lesejury.de

Für jeden, der sich für seinen Körper schämt und nicht oft genug gesagt bekommen hat: Du bist schön. Und zwar genau so, wie du bist. Nicht perfekt, sondern schön.

Umarme dich, statt gegen dich selbst in den Krieg zu ziehen. Hör damit auf, dich zu verbiegen, zu brechen, zu verletzen. Verändere dich, wenn und weil du es möchtest, nicht weil die Gesellschaft es verlangt oder dich dazu drängt. Selbstliebe ist wertvoll. Du verdienst sie.

Vorwort

In dieser Geschichte werden Themen wie Selbstzweifel und Bodyshaming behandelt. Darauf möchte ich hiermit aufmerksam machen.

Oft sind wir selbst unsere stärksten Kritiker und größten Feinde. Dabei vergessen wir, dass unsere Empfindungen nicht weniger wert sind, nur weil andere sie nicht verstehen oder teilen können. Und wir vergessen, dass ein grausames Bild von uns meist viel stärker ist und schwerer abzulegen als ein gutes.

Es ist ein Gefühl. Dieser Selbstzweifel. Die Scham. Die Wut. Die Angst. Und egal, ob wir es bei denen, die es fühlen, oder uns ebenso erkennen können oder nicht, sollten wir es ernst nehmen. Wir sollten zu verstehen versuchen, dass ein Mensch, der für uns wunderschön ist, sich für sein Aussehen schämen kann. Dass ihm Dinge schwerer fallen, in denen wir kein Problem sehen.

Kein Mensch wurde geboren und sagte sich: Ich bin hässlich, voller Zweifel, ich bin nicht genug oder zu anders, ich muss mich ändern. Egal, ob zwischen Buchseiten oder im echten Leben: Lasst euch auf euer Gegenüber ein, auch wenn es anders denkt und handelt, als ihr es tun würdet. Ändert euren Blickwinkel.

Denkt daran: Die kleinen Probleme, die wir mit uns tragen, können ganze Berge sein auf den Rücken anderer.

Für den einen ist es nichts, für den anderen ist es die Welt.

Soundtrack June & Mason

Emika – Wicked Game
Bishop Briggs – River
Freya Ridings – You Mean The World To Me (1 Mic 1 Take)
Fynn Kliemann – Zuhause
Jarryd James – Do You Remember
A Great Big World, Christina Aguilera – Say Something
Jonathan Roy – Keeping Me Alive (Live Acoustic)
Kodaline – Wherever You Are
Kygo, Justin Jesso – Stargazing (Orchestral Version) ft. Bergen Philharmonic Orchestra
Rhys Lewis – Reason To Hate You
Bill Withers – Ain't No Sunshine
Sam Smith – Lay Me Down
OneRepublic – Let's Hurt Tonight
Jacob Banks – Unknown (To You)
The Chainsmokers – Closer ft. Halsey
Jessie J – Not My Ex
Billie Eilish – everything i wanted
Rihanna – Stay ft. Mikky Ekko
Demi Lovato – Skyscraper
Go West – The King of Wishful Thinking
Nina Simone – I put a spell on you
Keala Settle – This Is Me
Noah Kahan – False Confidence
Billie Eilish – bad guy

The world was on fire and no one could save me but you.
It's strange what desire will make foolish people do.
I never dreamed that I'd meet somebody like you.
And I never dreamed that I'd lose somebody like you.
Wicked Game – Chris Isaak, covered by Emika

Prolog

Die meisten Menschen lachen über Dinge, die sie nicht begreifen können, und glauben, was sie nicht kennen, gäbe es nicht. So lange, bis es sie selbst trifft ... und sie es das erste Mal wirklich verstehen.

Mason

Ich habe mich in June verliebt, als sie mir mit ihrem frechen und störrischen Blick eine Ananas in die Tasche meines Designerhemdes gesteckt hat.

Mit Sicherheit hat sie mich zuerst für jemand anderen gehalten und nicht gewusst, wer ich bin. Wenn ich daran zurückdenke, muss ich immer grinsend den Kopf schütteln. Sogar jetzt. Über das Feuer in ihren Augen, ihre genervte Stimme, mit der sie mir sagte, ich solle verschwinden und sie würde auf keinen Fall für mich stöhnen – und bei Gott, ich hatte mir geschworen, dass sie es irgendwann tun würde.

Als ich das erste Mal vor ihr stand, wollte ich sie in meinem Bett. Doch als sie mich offen ansah, mit gerecktem Kinn und mir nach dem Cocktail auch noch die Ananas aufdrückte? Da wollte ich sie in meinem Leben. Ich wollte sie kennenlernen. Das war vermutlich am Ende der ausschlaggebende Grund, warum ich ihrer besten Freundin Andie den Job als Barkeeperin in meinem Club gegeben habe, ohne sie zu kennen. Ich wollte June wiedersehen. Um jeden Preis.

Und, das gebe ich zu, ich brauchte wirklich dringend jemanden hinter der Bar.

Alles hat so vielversprechend angefangen.

Bei diesem Gedanken lache ich trocken auf und schenke mir das nächste Glas Whiskey ein – vielleicht das vierte, ich habe nicht aufgepasst.

Heute hat der Club geschlossen. Niemand ist hier, nur ich, der vergeblich versucht, seine Sorgen in dem Alkohol vor sich zu ertränken. Dabei trinke ich sonst eher selten. Aber jeder hat seine schwachen Momente. Jetzt ist meiner. Heute. Und an jedem verfluchten Tag, den ich June schon kenne.

Ich nehme einen kräftigen Schluck. Mein Mund brennt, mein Rachen ebenso, und es tut gut. Richtig gut.

Frustriert und ein wenig neben mir stehend, wegen des ganzen Drecks, der die letzten Tage und besonders vorhin passiert ist, setze ich mich aufrechter hin, lockere das Hemd am Kragen und … Ach, scheiß drauf! Ich öffne alle Knöpfe der Weste, ziehe sie ganz aus und lege sie achtlos über den Tresen, bevor ich mir ein paarmal schnell durch die Haare fahre. Ist mir egal, wie ich aussehe. Ist mir egal, was heute noch passiert. Ich muss mich erst damit abfinden, dass ich es nicht geschafft habe. Ich habe June verloren. Und ich weiß noch nicht, wie ich das überleben soll …

»Ich kann nicht. Es tut mir leid. Hör auf, es zu versuchen … bitte, versuch es nie wieder. Ich kann das einfach nicht.«

Jedes ihrer gewisperten Worte glich einer atomaren Katastrophe in meiner Welt. War wie ein Kometeneinschlag. Wie der Moment kurz vor dem Aufprall, in dem alles stillsteht, bevor es donnert und explodiert und alles in Stücke gerissen wird.

Ich kann es nicht begreifen, weil ich das mit June so sehr will, dass es mich zu zerbrechen droht. Ich will neben ihr aufwachen, will sie lachen sehen, wegen mir oder von mir aus über mich, will ihr die Welt zu Füßen legen und sie in den Arm nehmen, und ich …

Schwer schluckend presse ich die Augen zusammen, lasse den Kopf auf meinen Arm sinken und wünsche mir, aus diesem Albtraum aufzuwachen. Ich will schreien, fluchen und diesen Club in seine Einzelteile zerlegen. Er ist mir nicht mehr wichtig. Er ist mir gerade so egal wie die Firma oder die Wünsche meines Vaters, das viele Geld auf meinem Konto oder meine Zukunft – denn June kommt darin nicht vor. In dieser Sekunde spielt nichts mehr eine Rolle.

Ich Idiot. Ich sitze hier und suhle mich in alldem wie die anderen blinden und verzweifelten Kerle, die sich verliebt und vollkommen darin verloren haben. Jetzt bin ich endgültig einer von ihnen.

Einer, der ich nie wieder sein wollte …

Ein leichtes Pochen drückt hinter meiner Stirn, der Whiskey wirkt, lullt und hüllt mich ein wie eine schwere Decke. June taucht erneut in meinen Gedanken auf, ich kriege sie einfach nicht aus meinem Kopf.

»Verfluchter Dreck!« Ruckartig springe ich auf, schnappe mir das Glas und pfeffere es samt Inhalt gegen die Wand hinter dem Tresen, gegen einen der größeren Spiegel und gegen das Regal mit den Spirituosen.

Risse bilden sich.

Es kracht, es bricht, es fällt.

Scherben. Überall sind Scherben.

»Scheiße!«, fluche ich erneut, presse die Handballen auf die Augen und lasse mich keuchend zurück auf den Barhocker fallen.

Ich habe so lange gekämpft, wie ich konnte. So lange, wie ich glaubte, sie würde es insgeheim wollen. Jetzt weiß ich: Anziehung ist nicht alles, denn June möchte nicht mit mir zusammen sein – und das werde ich respektieren. Irgendwann wird es besser sein. In Ordnung. Aber in diesem Moment kann ich nur eines wieder und wieder denken: Ich habe sie verloren.

1

Jeder würde gerne daran glauben,
dass es einen Grund dafür gibt,
warum er ist, wie er ist ...

June

Manche Dinge kann man nicht ändern, sosehr man es sich wünscht und sosehr man es auch versucht. Man kann nur damit leben. Damit leben und versuchen, sie zu verdrängen oder zu vergessen. Diese Erkenntnis trifft mich an jedem einzelnen Tag aufs Neue, sobald ich mein Spiegelbild betrachte. Und ich hasse es.

Nein, um es zu hassen, fehlt mir mittlerweile die Kraft. Ich bin es einfach leid. Unendlich leid. Das ist ein Unterschied.

Seufzend greife ich nach der Bürste und lasse sie durch mein Haar gleiten. Es ist wieder etwas länger geworden, aber immer noch viel kürzer, als ich es jahrelang gewohnt war. Ich habe meine Mähne aus einem Impuls heraus abschneiden lassen, bevor Andie nach Seattle kam. Mein langes Haar war jahrelang wie ein Schild oder ein Mantel für mich. Wie ein treuer und schützender Begleiter, den ich mir selbst genommen habe, ohne groß darüber nachzudenken.

Es hat ein paar Wochen gedauert, mich daran zu gewöhnen, aber seitdem mag ich es und lasse es regelmäßig nachschneiden.

Ich betrachte mich von allen Seiten in dem mittelgroßen Spiegel, der auf meinem Tisch steht. Einem Schreibtisch, der den Namen nicht verdient. Ich nutze ihn hauptsächlich als Schminktisch, da ich mich nur in meinem Zimmer richtig sicher fühle. Nur hier habe ich genug Ruhe, mich abzuschminken oder mein Make-up aufzutragen. So wie jetzt.

Die Bürste landet in einem der kleinen Körbe, in denen sich auch diverse Mascaras, Lippenstifte, etwas Rouge und anderes Zeug von mir befinden. Auf meine Handinnenflächen gebe ich etwas von der Creme und reibe mein Gesicht sorgfältig ein. Damit bereite ich meine Haut auf das vor, was sie schon seit Ewigkeiten aushalten muss: mit teurem Camouflage-Make-up zugekleistert zu werden. Selbstverständlich nicht ohne den Anspruch, dabei weiterhin vollkommen natürlich und unbeschwert zu wirken.

Eine Tube mit kaum nennenswertem Inhalt kostet um die sechzig Dollar. Manchmal reicht sie für eine Woche, aber nur, wenn ich sparsam bin, nicht auffrische oder mich gar neu schminke, was ich jedoch gerade vorhabe. Weit über zweihundert Dollar im Monat nur dafür. Wäre es mein Geld, würde es nicht mehr schmerzen, nur auf eine andere Art. Ich müsste mir den Nebenjob besorgen, den ich schon seit Wochen suchen möchte, bei dem aber immer etwas dazwischenkam, und der Großteil meines Verdienstes würde für mein Make-up draufgehen. Das würde wehtun, aber dafür wäre die Verbindung zu meinen Eltern endgültig gekappt und alles, was mich noch an sie, besonders an meine Mom, bindet, fort. Traurig, dass uns nicht mehr zusammenbringt als das – und wahrscheinlich ist das einer der Gründe, warum ich es noch nicht tun konnte. So, als gäbe es Hoffnung für uns …

Ich schnaube kurz und kräftig, bevor ich die Lippen fest aufeinanderpresse und tief durch die Nase ein- und ausatme.

Meine Hand bewegt sich wie von selbst, meine Fingerspitzen berühren meine linke Wange, fahren über sie und meinen Wangenknochen, hinunter zu meinem Kiefer und Kinn, über meinen Hals, ziehen das linke Schlüsselbein nach und stoppen knapp über meinem Brustansatz. Würde ich die Augen schließen, könnte ich vielleicht vergessen, dass dieser Teil meines Körpers existiert. Dann würde es möglicherweise keinen Unterschied machen. Doch er ist da. Leuchtend rot, lodernd wie Flammen in der Dunkelheit oder verschütteter Wein auf einem hellen Teppich.

Daher hat er seinen Namen. Naevus flammeus. Auch Feuermal oder Portweinfleck genannt. Im ersten Moment mag das aufregend klingen, nach etwas Besonderem, es weckt unter Umständen sogar Neugierde, letztlich ist es aber nichts weiter als eine Fehlbildung. Eine, die mich verfolgt, seit ich denken kann. Und es für immer tun wird.

Ich weiß, dass das Mal nicht größer geworden ist, das geht ja auch gar nicht. Trotzdem bilde ich es mir manchmal ein. Ab und an habe ich Albträume, in denen der Fleck, der mindestens so groß ist wie drei meiner Handabdrücke untereinander, wächst und wächst und mich irgendwann verschlingt, bis nichts mehr von mir bleibt.

Dabei macht mich mehr aus als das ... Oder?

Hastig trage ich die Foundation auf, arbeite sie mit einem Schwamm in die Haut ein. Ich gehe sauber, routiniert und konzentriert vor, während Stück um Stück meiner dunkelroten Haut darunter verschwindet. Mein teures Camouflage-Makeup deckt alles ab, was man nicht sehen soll – und leider auch den Rest. Wie meine Sommersprossen auf der Nase oder die kleine Narbe am Haaransatz. Es lässt sich gut verteilen, wird nicht fleckig, und die Übergänge sind quasi unsichtbar.

Es hat seine Zeit gedauert, bis ich die richtige Foundation

für mich gefunden habe. Eine, die meine Haut nicht vollkommen austrocknet, mich nicht in eine zweite Pubertät führt, wasserfest ist und nach einem langen Tag noch frisch aussieht. Eine, die auch nach zwölf Stunden alles überdeckt, ohne krümelig oder fleckig zu werden.

Die Suche nach einem Heilungsverfahren für meinen Makel und anschließend nach einer perfekten Methode, es zu kaschieren, hat für meine Mom bereits wenige Monate nach meiner Geburt begonnen, als mein Feuermal immer deutlicher sichtbar wurde. Schnell hat sich herausgestellt, dass es bleiben und nicht durch eine Lasertherapie verschwindet oder verkleinert werden kann. Die brachte über Jahre nicht mehr als Schmerzen. Meine eigene Suche nach einer Lösung schloss sich mit ungefähr neun Jahren an – das Alter, in dem Kinder richtig gemein werden können. Das Alter, in dem meine Mutter erkannt hat, dass sie wirklich nichts anderes mehr tun kann, als mich zu verstecken. Was würden die Leute sagen, die wenigen Nachbarn, die wir hatten, die Lehrer oder gar ihre nach Perfektion strebenden Klienten? Was würde die Welt sagen? Dabei ist meine Mutter selbst das größte Problem der Gleichung. Solange meine unperfekte Haut existiert, wird sie mich ansehen und immerzu daran erinnert werden, versagt zu haben. Sie hat etwas erschaffen, das fehlerhaft ist und sich nicht korrigieren lässt. Deshalb hat sie stets versucht, und das bis heute, diesen Fehler so gut wie möglich zu verbergen, um es wenigstens manchmal vergessen zu können – und ich habe es auch getan. Wenn ich ungeschminkt bin, schaue ich in den Spiegel und erkenne, was meine Mutter in mir sieht: etwas das man verstecken sollte.

Fertig. Nichts schimmert durch, kein Fleck, kein Makel, keine Unebenheit. Ein Trugbild, das ich über die Jahre zu perfektionieren gelernt habe.

Mit geübten Bewegungen ziehe ich meine Augenbrauen ein wenig nach und trage Mascara auf meine hellen Wimpern auf, damit man überhaupt erkennt, dass ich welche besitze. Etwas Balsam auf die Lippen – et voilà. Das Make-up sitzt. Puder drüber, Setting Spray. Das wars.

Ich drehe mich, schaue auf mein auf dem Bett liegendes Handy und bemerke, dass Andie versucht hat, mich anzurufen. Wir wollten uns vor ihrer Schicht im MASON's treffen und ein wenig quatschen, bevor es im Club laut und stressig wird, aber ich hab die Zeit mal wieder nicht im Blick gehabt.

»Verdammt«, murmle ich und will ihr eine Nachricht schreiben, als ihre bereits aufploppt.

Du bist zu spät. Warte im Club auf dich. Wie wäre es heute zum Start in die Ferien auch mit dem Beginn des Vorhabens ›weniger Make-up‹?

Netter Versuch. Vielleicht das nächste Mal. Ziehe mich noch um, dann gehe ich los. Sorry, dass du gewartet hast.

Schon okay. Bis gleich!

Andie weiß es, und ich weiß es. Es wird kein nächstes Mal geben. Ein einziges Mal in der Highschool hat mir gereicht. Es war einer der schlimmsten Tage meines Lebens und das, obwohl ich Andie an meiner Seite hatte.

Es ist Juni, Ende des dritten Semesters und Summer Break, und zu meinem Glück hatte meine Mitbewohnerin es gar nicht erwarten können, abzuhauen und mich hier alleine zu lassen. Seit ich absolut ahnungslos mit dem einen Typen einen One-Night-Stand hatte, in den Sara sich verliebt hat, sind wir zerstritten. Quasi seit meiner ersten Woche hier in Seattle.

Hätte ich das gewusst, hätte ich nie mit ihm geschlafen, aber Sara ist immer noch sauer – auch wenn ich mich längst bei ihr entschuldigt habe. Ich gestehe, danach war ich vorsichtiger, was einmalige Geschichten anging.

Kurzum: Das war der schlechteste Start, den ich hätte haben können.

Ganz zu schweigen davon, dass ich ein Semester vor Andie an der Harbor Hill angefangen habe und somit eine ganze Weile allein war. Nach der Sache mit Sara bin ich es geblieben – und weil ich seit jeher Schwierigkeiten habe, Freundschaften zu schließen. Bei Cooper, Dylan und Mason war es irgendwie anders. Die Ausnahme. Andie war ja da und auf gewisse Art das Bindeglied zwischen uns. Trotzdem kennen die drei mich nicht so, wie ich wirklich bin. Sich den falschen Menschen zu öffnen oder zu vielen, macht verwundbar, und dieses Risiko gehe ich schon sehr lange nicht mehr ein.

Es klopft an der Tür, und ich ziehe verwundert die Augenbrauen zusammen.

Da die meisten Studenten des Wohnheims es Sara gleichgetan haben und fort sind und ich niemanden erwarte, bin ich darüber mehr als verwundert. Es klopft erneut, dieses Mal heftiger und lauter.

Ich stöhne genervt, vielleicht auch ein wenig verzweifelt auf, bin aber schon längst auf dem Weg. So schaffe ich es niemals in den Club, bevor er aufmacht.

»Ich komme ja schon!«, rufe ich, öffne die Tür und … starre einen Karton an. Einen Karton mit zwei Beinen?

»Stevens … Miss June Stevens?« Ein schlaksiger Kerl kommt zum Vorschein, als das Paket auf dem Boden abgesetzt wird.

»Ja«, antworte ich zögerlich.

Ich hab nichts bestellt. Oder doch? Krampfhaft überlege ich, aber mir fällt beim besten Willen nichts ein. Wenn ich nichts geordert habe, dann … nein. Nicht schon wieder.

»Unterschreiben Sie bitte hier.« Lächelnd hält er mir ein kleines Gerät hin, mit dem er eben den Code auf der Außenseite des Pakets gescannt hat. Immer noch verwundert nehme ich es entgegen und während ich unterschreibe, frage ich beiläufig: »Sie wissen nicht zufällig, von wem das ist oder was drin ist?«

»Tut mir leid.« Er schüttelt den Kopf und sieht mich aus großen Dackelaugen bedauernd an.

»Okay. Danke – vermute ich mal.« War ja zugegeben auch eine selten dämliche Frage. Als ob Paketboten den Inhalt ihrer Lieferung kennen.

»Ihnen einen schönen Abend, Miss.« Wir tauschen Gerät gegen Post, und ich bin mir unsicher, was mich mehr verwirrt: dieser mysteriöse und trotz seiner Größe ziemlich leichte Karton in meinen Händen oder der junge Paketbote, der so unglaublich freundlich war. Mit so viel Glückseligkeit im Gesicht hat mir lange niemand die Post gebracht.

Nachdem der Bote verschwunden ist, schiebe ich die Tür mit dem Fuß zu und stelle das Ungetüm schließlich auf der Couch ab. Wenn ich das jetzt auspacke, komme ich noch später als ohnehin schon. Mit gekräuselten Lippen und vor der Brust verschränkten Armen denke ich einen Moment darüber nach …

»Ach, was solls.« Ich reiße das Paket auf, denn ich weiß genau, dass meine Neugierde mich sonst den ganzen Abend verfolgen wird. Vermutlich würde ich irgendwann einfach eine Stunde aus dem Club verschwinden, nur um hierherzufahren und das Ding zu öffnen. Das erspare ich Andie und mir lieber.

Es raschelt und knackt. Ich ziehe die Enden der Pappe auseinander und schaue hinein. Was zur Hölle ist das?

Äste. Jemand hat mir einen riesigen Strauß Äste geschickt. Mit offenem Mund starre ich die dünnen dunkelbraunen Zweige an, die mit einer pastellfarbenen und rosé glänzenden Schleife umwickelt sind.

Da sind Knubbel dran. Ganz viele. Sie sind hell und sehen recht schick aus. Vorsichtig fahre ich mit den Fingerspitzen darüber und kann kaum glauben, was ich erfühle. Diese kleinen runden und ovalen Puschel, die da in wundervollem Naturweiß aus den Zweigen wachsen, sind weich. Sie fühlen sich an wie Fell.

Behutsam hebe ich den Strauß hoch und im Augenwinkel erkenne ich, dass etwas an der Schleife baumelt. Ein schlichtes Schildchen. Ich fange es ein, klappe es auf – und das eine Wort, das mir entgegenspringt, lässt etwas in mir explodieren.

Kätzchen. Da steht Kätzchen.

Ich hatte recht mit meiner Vermutung.

»Dieser Idiot. Dieser nervige, dämliche, arrogante …« Ein kurzer Schrei entfährt mir. Ich lasse den Strauß auf die Couch sinken und stapfe in mein Zimmer, wo ich wütend nach meinem Handy greife.

Es tutet. Und ich höre deutlich, wie er abnimmt.

»Mason! Du … du …« Gott, ich bin so genervt, ich kann ihn nicht einmal mehr anständig beschimpfen.

Ich höre ihn leise lachen, tief und dunkel.

»Kannst du mir erklären, warum du mir einen Strauß Gehölz schickst? Noch besser wäre eine Erklärung, warum du mir überhaupt ständig irgendetwas schickst. Ich brauche das nicht, Mason. Weder die Blumen noch die Pralinen, die Einladungen ins Kino, Theater oder sonst wohin.« Okay, das mit den Pralinen ist gelogen, die waren bisher nämlich ziemlich fantastisch.

Die Blumen auch, aber das muss er nicht wissen. Es geht ums Prinzip. Aber diese Art von Unterhaltung führe ich mit ihm bereits, seit Cooper und Andie zusammen sind. Ich glaube, er hat Probleme mit seinem Gedächtnis. Er kann sich meine Worte, verflucht noch mal, nicht merken.

»Ich dachte, sie würden dir gefallen. Das sind Kätzchen, eigentlich unter dem Namen Weidenkätzchen bekannt. Störrisch, hart und zugleich anschmiegsam und weich, wenn sie wollen. Sie haben mich an dich erinnert.«

»Du treibst mich in den Wahnsinn, weißt du das?«

»Geh mit mir aus, June.«

Ich verdrehe die Augen und wünschte, er würde es uns nicht so schwer machen. Das wird nie passieren. »Nein.«

»Ich werde wieder fragen.« Er lacht erneut, und ich muss mich bewusst ablenken, weil ich es mir dieses Mal genau vorstellen kann. Seinen verschmitzten Blick, seine Grübchen.

»Wenn es dich irgendwie glücklich macht, nur zu. Aber du wirst immer dieselbe Antwort bekommen.«

»Wir werden sehen, Kätzchen, wir werden sehen … Bis später!«

»Hör auf, mich so zu nennen, du Schwachkopf!« Er macht das mit Absicht. Ich bin kurz davor, ihn richtig anzubrüllen, doch er legt ohne ein weiteres Wort auf.

Wieso muss der beste Club der Stadt ausgerechnet ihm gehören?

Mason Greene. Ich wünschte, ich hätte ihn damals in meinem Cocktail ertränkt oder er wäre an der Ananas erstickt.

Ich lege das Handy zurück aufs Bett, kneife mir in die Nasenwurzel, dann gehe ich in den Gemeinschaftsraum, starre die Kätzchen nieder und verwerfe schließlich den Gedanken, sie zu entsorgen. Sie sind auf ihre Art wirklich schön, und ich mag sie. Auch wenn es beinahe körperlich schmerzt, das zuzugeben. Das würde ich Mason nur über meine Leiche verraten.

Was mache ich nur? Brauchen sie Wasser oder überleben sie so? Bei genauerem Betrachten fällt mir auf, dass sie getrocknet sind. Gut, ich habe ohnehin keine Vase, die groß genug ist für sie. Deshalb nehme ich mir den Bund, lehne ihn an die Wand neben dem Schreibtisch und hoffe, dass er stehen bleibt. Danach räume ich eilig die Pappe auf und lande endlich vor meinem Kleiderschrank, um mir ein Outfit für heute Abend rauszusuchen. Normalerweise kommen zuerst die Klamotten, danach das Make-up, heute muss es so funktionieren. Ich war zu gefangen in meinen Gedanken und bin im Bademantel vor dem Spiegel hängen geblieben.

Die Hände in die Hüften gestemmt, betrachte ich das Chaos, das sich vor mir ausbreitet. Seit unzähligen Tagen will ich mein Zeug sortieren, ausmisten und ordentlich einräumen – und genau so lange hab ich es nicht geschafft. Andie steht immer kurz vor einem Kollaps, wenn sie mein Zimmer betritt. Vielleicht sollte ich sie von der Leine lassen und ihrem inneren Zwang die Kontrolle übertragen, dann müsste ich mir keine Gedanken darum machen. Aber das tue ich nicht. Es ist meine Unordnung, nicht ihre. Außerdem hat Andie, was das angeht, in den letzten Monaten mehr Fortschritte gemacht als je zuvor. Das darf ich nicht gefährden. Mittlerweile schafft sie es ohne Probleme, ihre eigenen Sachen für ein paar Minuten irgendwo stehen zu lassen. Dreckig, schief oder sogar an einem Ort, wo sie nicht hingehören.

Ich stehe da, starre mein Zeug an und kann nicht verhindern, dass meine Gedanken abschweifen. Die Ferien haben begonnen, und im Gegensatz zu Andie, die im Club arbeitet, ihre Zeit mit Cooper, Socke oder sogar mit Dylan und Netflix oder mir verbringt und somit etwas zu tun hat, ist da bei mir … nichts. Einfach nichts – und dieses Praktikum. Das ist am schlimmsten, denn ich muss das Pflichtpraktikum im Bereich Marketing, Event- oder Büromanagement bis zum Beginn des vierten Semesters nachweisen. Eines von mindestens vier Wochen, wobei mein Dozent hat durchscheinen lassen, dass in diesem Fall gilt: mehr ist mehr. Ich schiebe also berechtigterweise Panik, denn zum einen habe ich mich viel zu spät darum gekümmert, aber zum anderen – und das wiegt schwerer – habe ich die Zusage, die ich in der Tasche hatte, verloren. Ich muss bald etwas Neues finden, wenn ich alle relevanten Seminare im kommenden Semester belegen will, sonst wirft mich das zurück, und das kostet mich mit viel Pech mein Stipendium. Weil es immer Menschen gibt, die besser, schneller, klüger und schöner sind und einen überholen können. Immer. Das hat mich das Leben auf die harte Tour gelehrt.

Mit dem verpassten Praktikum und dem möglichen Verlust des Stipendiums kämen außerdem noch ganz andere Probleme. Neben dem Geld würde es sich nicht gut machen, erklären zu müssen, warum man ein Stipendium nicht aufrechterhalten konnte. Ich werde alles tun, um mir meinen Traum zu erfüllen und mit Andie eine Agentur oder Firma aufzubauen. Wenn ich das nicht schaffe, dann …

Nein, daran darf ich jetzt nicht denken. Irgendjemand wird sich schon auf meine Bewerbungen melden, irgendjemand muss das einfach tun. Ich werde nicht aufgeben!

Mit gerecktem Kinn trete ich vor, suche ein paar Teile aus dem Kleiderhaufen aus und entscheide mich ausnahmsweise für eine Boyfriend-Jeans, die locker auf den Hüften sitzt, sowie ein süßes Top. Passende High Heels habe ich doch auch irgendwo, da bin ich sicher. Ha, da sind sie! Triumphierend ziehe ich sie aus dem Schrank.

Während ich versuche, mich mit einer Hand umzuziehen, hole ich mein Handy. Die Uhrzeit springt mir vorwurfsvoll ins Gesicht. Andie hasst es, dass ich andauernd zu spät bin. Mist. Ich mache das wirklich nicht absichtlich. Keine Ahnung, wie das immer passiert.

Fluchend wähle ich die Nummer eines Taxiunternehmens und hoffe, dass es fliegen kann, damit Andie mir nicht ganz den Kopf abreißt. Ich könnte den Klepper nehmen, aber mit dem Ding in der Stadt zu parken ist mehr als ein Abenteuer. Außerdem brauche ich einen Drink. Oder zwei … Nur keinen mit Ananas.

2

Welch Ironie, dass die Dinge,
die man am wenigsten gebrauchen kann,
immer den Weg zu einem finden …

Mason

»Du? Hier?«, fragt Andie mit allwissendem Blick und diesem fiesen Unterton, den sie mittlerweile nahezu perfekt beherrscht, während ich an den ersten Gästen vorbei auf die Bar zugehe. Seit ich sie im Club erwischt habe, weil sie keine Bleibe fand und das Lager als Übernachtungsmöglichkeit nutzte, ist sie mutiger geworden. Irgendwie befreiter. Cooper hat wohl seinen Teil dazu beigetragen. Die beiden ergänzen sich, ohne einander einzuengen – und sind richtige Plaudertaschen geworden, zumindest im Vergleich zu der Zeit vor ihrer Beziehung. Wer hätte das am Anfang gedacht?

Unwillkürlich grinse ich, wobei Andie mich beim Schrubben des Tresens nicht aus den Augen lässt.

»Klingt so, als seist du überrascht.« Ich lasse mich auf einen der Barhocker gleiten und beobachte sie, wie sie ihre Brille zurechtrückt. Jetzt lächelt sie erheitert.

»Mein Fehler«, gibt sie zu. »Hatte vergessen, dass ich dir erzählt habe, dass June heute herkommt.«

Ich beuge mich vor. »Und weil ich so ein toller Boss bin, hast du deshalb nur eine kurze Schicht, obwohl Freitag ist.«

»Oh, Mase, du gütigster aller Chefs!«, erwidert sie theatralisch, und dabei fliegt ihr der Putzlappen aus der Hand und verfehlt nur knapp Jacks Kopf. Der ist so vertieft in eine Bestellung, dass er es zum Glück nicht bemerkt.

Wir lachen beide auf, und sie schüttelt amüsiert den Kopf, bevor sie den Lappen einsammelt.

»Im Ernst«, beginnt sie wieder, lässt das Putzen sein und schiebt mir eine Flasche meines liebsten Root Beers rüber, »was ist los?«

»Du musst kündigen und ausziehen. Du kennst mich schon viel zu gut«, brumme ich, bevor ich einen Schluck nehme. June ist los, doch das weiß Andie längst. Inzwischen bin ich überzeugt davon, dass es jeder weiß. Ich bin June und ihrem frechen Mundwerk, ihrem Temperament und ihrer Intelligenz verfallen. Obwohl *erlegen* es fast besser trifft.

Ich liebe es, dass sie mich neckt und nicht zurückweicht. Dass ihr mein Familienname und die Tatsache, dass ich der Besitzer dieses Clubs bin, so egal sind wie der Inhalt meines Portemonnaies oder der Stand meines Kontos. Ich will ihr imponieren, weil mein Besitz es eben nicht tut. Und weil ich sie wirklich mag. »Nur das Übliche.«

»Ach so. Na ja, das Übliche betritt gerade die Tanzfläche«, flüstert sie mir zu.

Shit. In mir zieht sich alles zusammen. Ich hatte bis vor wenigen Augenblicken die Hoffnung gehegt, es würde vorbeigehen, hatte darauf vertraut … keine Ahnung! Dass ich das in den Griff kriege? Dass ich mit der Zeit weniger an sie denke und nicht wie ein liebeskranker Teenie durchdrehe, wenn man ihren Namen sagt? Aber es wurde nur schlimmer.

Andie reckt das Kinn und zeigt mit dem Finger auf sie. »Du bist zu spät! Wie kann man fast zwei Stunden zu spät kommen? Zwing mich nicht, Protokoll darüber zu führen, June.«

Andies Stimme übertönt dabei die eindringliche Tanzmusik, die gerade läuft und sogar mir zusagt.

Ein weiterer Schluck, noch einer. Ich stelle die Flasche ab und drehe mich endlich nach links, wo mein Blick sie sofort findet.

Scheiße, ich bin so am Arsch. Ich bin vollkommen verloren.

In sündhaft hohen Schuhen gleitet sie über den Boden. Heute trägt sie eine lässige Jeans, darin sieht man sie eher selten, aber mir gefällt es. Ebenso wie das enge Top, das all das betont, was die Jeans an anderer Stelle versteckt: ihre – für mich – fantastische Figur. Die kleine Tasche baumelt an Junes Seite, ihr wehleidiger Ausdruck aus großen wachen Augen gilt vollkommen Andie – mich ignoriert sie einfach –, ihre Haare umrahmen in hellblonden Wellen ihr Gesicht, und die Art, wie sie gerade auf ihre süßen Lippen beißt …

Ich räuspere mich, setze die Maske auf, die ich so perfekt beherrsche und die mich in gewisser Weise schützt.

Als June bei uns ankommt, erhebe ich mich aus Höflichkeit.

»Es tut mir so leid, das musst du mir glauben. Ich hatte ein paar Probleme beim Anziehen.« Flehend greift sie über den Tresen nach Andies Händen, die sich ein Lachen verkneift. Ich kann es ganz genau erkennen. Vorerst kräuselt sie jedoch die Lippen und lässt June zappeln.

»Eigentlich ist es seine Schuld!«

Amüsiert verschränke ich die Arme vor der Brust, als June plötzlich anklagend auf mich zeigt, weil sie Andies Schweigen keine Sekunde lang aushält. Danach lässt sie sich auf einem Barhocker nieder.

»Tatsächlich? Ich kann mich nicht erinnern, dich in irgendeiner Weise daran gehindert zu haben, dich anzukleiden … auch wenn ich absolut nichts dagegen hätte.«

Bedächtig beuge ich mich nach vorne und beobachte sie dabei genau. Ihren Blick, der gespielt abschätzig über mich gleitet, sich in den meinen brennt, die leichte, kaum wahrnehmbare Röte, die wie immer auf ihrem Dekolleté erscheint. Ihren Brustkorb, der sich hektisch hebt und senkt. Den Trotz, der sich dabei in ihr aufbaut, kann ich beinahe spüren. Er hängt wie ein Gewitter in der Luft. Und ich genieße es. Ich genieße es, June zu reizen, zu necken und zu locken.

»Du weißt verdammt genau, was ich meine«, zischt sie. »Du hast mich mit Stöcken abgelenkt!« Es dauert nicht lange, bis Andies verdutzter Blick zu einem belustigten wechselt und sie sich die Hand auf die Lippen presst, um nicht ganz die Kontrolle zu verlieren und ihre beste Freundin auszulachen.

»Bei Gott, ich wünschte, das hätte ich. Einer hätte schon gereicht. Vorzugsweise meiner.« Ich kann nichts dafür. June liefert die besten Vorlagen und denen zu widerstehen ist unmöglich. Sie macht es mir nicht leicht. In keiner Hinsicht.

»Mase! Mach mich nicht wütend. Sag mir lieber, was ich mit dem Unkraut anfangen soll.« Ihre Lippen zucken verräterisch und zeigen mir, dass ihr das Geschenk vielleicht mehr gefallen hat, als sie zugeben möchte.

In dem Moment kommt Cooper aus dem Lager und lenkt unsere Aufmerksamkeit von diesem äußerst spannenden Thema weg.

Wie schade.

»Hey«, sagt er nur und man könnte meinen, er würde uns alle begrüßen, aber wir anderen sind ihm scheißegal. Er steuert auf Andie zu, den Mittelpunkt seiner Welt, zieht sie mit einem Ruck an sich und küsst sie so, wie er sie seit dem Tag küsst, seit sie zusammen sind: liebevoll, sehnsüchtig und warnend. Jeder Kuss schreit: Sie gehört zu mir. Und verdammt, ich verstehe ihn. Ich beneide ihn.

Und ich hätte nicht gedacht, dass dieses Gefühl nach all den Jahren oder überhaupt je wieder in mir aufkommen würde. Bis June da war. Bis Cooper und Andie sich gefunden haben.

Ich leere mein Root Beer, schiebe die Flasche von mir und grinse dümmlich vor mich hin. Andie küsst meinen besten Freund ein letztes Mal, bevor sie sich die Flasche schnappt und meinem Blick ausweicht. Sie ist süß.

Cooper klopft kurz mit der Hand vor mir auf den Tresen, fragt, ob alles okay sei, schaut dabei aber Andie hinterher.

»Geht schon. Machst du nachher mit Andie zusammen Feierabend? Du weißt, du könntest das, weil Ian ab Mitternacht zusätzlich eingeplant ist. Wäre also okay.«

»Nein, ich ziehe die ganze Schicht durch. Andie und June bleiben hier und feiern den Ferienstart. Ich geh später mit ihr heim. Du?«

»Bleibe wohl auch.« Wir grinsen uns an.

»Muss ich mir Sorgen machen?«

»Das fragst du mich schon seit Monaten.«

»Allein das sollte dir zu denken geben.«

»Mach deinen Job, Coop. Der Chef hat gesprochen.«

Er lacht trocken auf, schimpft mich einen Blödmann und schlendert zu Andie, um mit ihr und Jack irgendwas zu besprechen. Bei der letzten Inventur sind ein paar Fehler aufgefallen, aber die kriegen das schon hin. Susie sitzt ohnehin dran.

Ich liebe den Club. Ich habe ihn aufgebaut, unzählige Stunden Arbeit, Energie und Herzblut reingesteckt, aber ich gestehe, dass ich in den letzten Wochen nicht ganz bei der Sache war. Nicht nur wegen June – leider. Sondern auch wegen all der Anrufe und Mails meines alten Herrn, der mich einfach nicht vom Haken lassen will. Wegen all der Gedanken über die Zukunft und der Frage, was ich eigentlich mit meinem Leben anstellen will.

Unabhängig von dem Geld frage ich mich: Sehe ich mich in zwanzig Jahren noch als Besitzer eines Clubs? Endet da meine Berufsbeschreibung? Das MASON's ist mein Leben, es bedeutet mir mehr, als ich erklären kann, dennoch überlege ich eben, ob es das für immer sein wird. Ob es mich allein glücklich machen wird oder ob ich, beruflich gesehen, noch etwas anderes möchte.

Das beschäftigt mich mehr, als ich zugeben will.

Diesen Gedanken schiebe ich vorerst weg und drehe mich zurück zu der faszinierenden Frau zu meiner Linken, die mich in bester Manier ignoriert.

Deshalb trete ich näher an sie heran.

»Gib es zu, Kätzchen, mein Geschenk hat dir gefallen.«

Schnaubend mustert sie mich, legt den Kopf schief. Wann immer sie das tut, sieht sie ganz besonders bezaubernd aus.

»Kein Stück. Also hör auf, mir irgendwelchen Kram zu schicken. Egal, was es ist. Du verschwendest damit dein Geld und strapazierst meine Nerven.«

Ich ziehe den Hocker heran, setze mich direkt zu ihr. Nah genug, um sie in Verlegenheit zu bringen – was sie natürlich nie zugeben würde –, doch mit genug Abstand, um sie nicht zu bedrängen. Ihr Parfum weht zu mir, frisch und schwer zugleich, weil es sich mit dem Zitronen- und Olivenduft ihres Shampoos vermischt. Wären nicht noch ein Hauch Vernunft und Anstand sowie ein Stück Rückgrat übrig, würde ich meine Nase einfach in ihr Haar drücken.

»Hast du nichts zu tun, Mase?«

»Zu deinem Glück: nein.« Ich hab viel zu tun, aber eben nichts Besseres. Was soll es auch Besseres geben als June?

»Du könntest arbeiten oder einfach irgendeine Frau abschleppen und mich in Ruhe lassen. Du hast es ja nicht weit bis in dein provisorisches Liebeszimmer«, säuselt sie, und mir schlagen ein paar leichte Wellen von Abneigung und Ekel entgegen. Bestimmt hat Andie ihr davon erzählt, denn ich wüsste es, wäre June je dort oben gewesen. Liebeszimmer. Wenn sie wüsste …

»Eifersüchtig?«

»Davon träumst du wohl, was?«

»Oh, mein Kätzchen.« Mein Arm rutscht rechts auf dem Tresen direkt neben sie, während ich meinen Oberkörper mehr und mehr zu ihr beuge. Sie hält meinen Blick fest, ehe sie den Kopf in den Nacken legt, ohne zurückzuweichen, und ich grinsen muss. Dabei ist mir gar nicht zum Lachen zumute, weil sich mir die Brust zuschnürt und der Wunsch, mir June zu packen und sie zu küssen, in den Vordergrund tritt. Es wird immer schwerer, dieses Verlangen zu unterdrücken.

Unsere Nasen berühren sich fast, ich blicke in das helle, klare Grün ihrer Augen. »Wenn ich von dir träume, dann halte ich mich nicht mit solch banalen Dingen auf«, flüstere ich und merke selbst, dass meine Stimme rauer geworden ist. Tiefer. Ich verharre an Ort und Stelle, während der Club und die feiernde Meute immer weiter in den Hintergrund treten.

Das ist der Moment, in dem ich mich daran erinnere, wann und wie oft ich es bereits versucht habe. Wie nach dem Spieleabend, an dem June mich fast in den Wahnsinn getrieben hat. Denn sie konnte nicht verlieren – und noch schlechter erklären. Andie und Cooper waren noch kein Paar, und irgendwie habe ich June dazu gebracht, mit mir und Socke rauszugehen, um den beiden etwas Freiraum zu geben. Ich sehe sie noch deutlich vor mir, wie sie dastand, leicht beschwipst, während das Taxi vorfuhr. Wie sie nicht sofort einstieg, sondern … zögerte. Und ich den Versuch wagte. Ich trat auf sie zu, lehnte mich etwas vor, und mein Blick hielt ihren fest. Unser Atem hallte in der Nacht wider, und es war, als hätte jemand auf Pause gedrückt und die Welt angehalten. Noch ein Schritt, ich schluckte heftig. »Hör auf, Mason«, flüsterte sie, und ich blieb stehen. Und ich hörte auf, auch wenn ihre Stimme, ihre Körpersprache, ihr Blick – wenn alles an ihr mir signalisierte, dass sie das eigentlich nicht wollte. Ich wollte es lassen, bis *sie* sich plötzlich zu mir beugte und mir näherkam. Ich stockte, weitete die Augen, weil ihre Lippen so nah waren und der Wunsch, sie zu küssen, in mir brannte wie Feuer – aber ich blieb, wo ich war. Ihre Lider senkten sich, und ich hob meine rechte Hand. Ich wollte June berühren, ihr eine verirrte Strähne zur Seite streichen, weg von ihrer Wange und – dann knallte sie mir plötzlich eine. Laut, schnell, schwungvoll.

Heute ist es ähnlich.

Ich sollte mich zurückziehen, bevor ich es zu weit treibe.

Doch in dieser Sekunde macht June einen Fehler. Sie schaut auf meine Lippen. Zu lange und einmal zu oft. Deshalb lege ich meine Hand wagemutig auf ihre und keuche beinahe auf, weil sie ihre nicht wegzieht. Ich würde mich darüber freuen, aber es ist die Hölle. Meine ganz persönliche Hölle, in der man mich stets glauben lässt, ich hätte eine Chance. Nur um sie mir danach wieder zu nehmen.

»Mason Greene!« Mein Name ertönt neben meinen Ohren, ich zucke zusammen, genau wie June. In einer schnellen Bewegung entzieht sie sich mir, als hätte sie gerade einen Sprung in flüssige Lava verhindert. Anscheinend ist ihr bewusst geworden, was eben hätte passieren können. Was beinahe passiert wäre …

Weitaus gelassener, als ich mich fühle, drehe ich mich zu dem Mann neben mir, der mir diesen Moment versaut hat, bevor June es tun konnte.

Fuck. Es ist Griffin. Griffin Davis. Aktueller Berater und Protegé meines Vaters. Was zur Hölle tut ausgerechnet er hier?

June wendet sich ab, und ich würde Griffin am liebsten anschreien, dass er sich sofort aus dem Staub machen soll.

Währenddessen stellt Andie June im Vorbeigehen einen Cocktail hin.

»Ewig nicht gesehen. Wie geht es dir? Ich wollte nicht stören.« Natürlich wollte er das.

Griffin steht nun direkt neben mir und reicht mir die Hand, glotzt dabei jedoch unverhohlen June an, weshalb ich mich sofort erhebe. Ich schüttle seine Hand kurz, schweigsam und ziemlich angepisst, schiebe mich unauffällig zwischen ihn und June, so gut es eben geht. Jetzt bin ich so groß wie er und fühle mich keinesfalls unterlegen.

»Was treibt dich hierher, Griffin? Was möchtest du?« Ich stelle die Fragen höflich, aber ich habe keine Lust auf diesen ganzen formellen Quatsch. Er ist mit Sicherheit nicht ohne Grund hier.

Abschätzig mustert er mich. Er sieht noch genauso aalglatt aus, wie ich ihn in Erinnerung habe. Gegeltes blondes Haar, gebräunte Haut und ein Hemd, das sein Geld nicht wert war. Es kann nicht lange dauern, bis das angeberische und widerliche Verhalten folgt, das ich von ihm gewohnt bin.

»Ohne Umschweife zum Thema, wie ich sehe. Du hast dich nicht verändert.«

»Danke.« Wir wissen beide, dass es kein Kompliment war.

»Ich dachte, ich schaue mir mal an, was du dir aufgebaut hast und weshalb du nicht in der Firma einsteigen willst. Ich wollte sehen, was der Grund für meinen Gewinn ist.« Gott, sein Grinsen und seine radioaktiv strahlenden Zähne kotzen mich an.

»Fein. Dann kannst du ja wieder verschwinden.«

»Wusstest du, dass ich CEO werde, wenn du ablehnst? Ich denke, dafür sollte ich mich bei dir bedanken. Danke, dass du diese schäbige Bude und dein seltsames Leben dem noblen in der Firma vorziehst. Alan geht es übrigens bestens, falls du das noch fragen wolltest«, tönt seine Stimme über die Musik des Clubs.

Widerliches Arschloch. Wenn er so weitermacht, verschwindet er bald ganz im Hintern meines Vaters, Alan Greene. Dem Mann, der mich einfach nicht in Ruhe lassen kann und stattdessen mit allen Mitteln versucht, mir seine große Liebe schmackhaft zu machen: die Greene Company. Ein milliardenschweres Wirtschafts- und Immobilienunternehmen. Doch das will ich nicht. Es reicht mir, dass ich meinen Vater an Weihnachten sehen muss – und das auch nur, weil mein schlechtes Gewissen mich dazu zwingt. Weil er eben der letzte Rest an Familie ist, den ich habe.

Auf keinen Fall werde ich wie er, ziehe Geld allem und jedem vor, werde rücksichtlos und unnachgiebig. Und garantiert werde ich ein Unternehmen, ein seelenloses Ding, nie über die Menschen stellen, die mir etwas bedeuten.

Ich halte Griffins Blick stand. Es gibt nichts zu bereden, er ist keine einzige weitere Erwiderung wert. Wenn er nicht gleich verschwindet, lasse ich ihn rauswerfen. Hier habe ich das Sagen.

»War schön, dich zu sehen. Um der alten Zeiten willen.« Griffin macht einen Schritt und … schaut erneut zu June. Ohne es verhindern zu können, tue ich es ihm gleich. Sie hat sich uns zugewandt, mustert uns beide unverhohlen und reckt das Kinn. Dieses Mal gilt ihr angriffslustiger Blick nicht mir.

Griffin schürzt die Lippen.

»Versuchst du, wieder aufs Pferd zu steigen? Was für eine Verschwendung.« Sein Lachen gleicht einem Presslufthammer. Es dröhnt nicht nur in meinen Ohren, sondern sitzt plötzlich auf meiner Brust und drückt den Sauerstoff heraus. Meine

Hände ballen sich zu Fäusten, bis ich eine Berührung an meinem Arm spüre und Junes Lachen höre.

Sie ist aufgestanden, hat sich direkt neben mich gestellt. Ich glaube nicht, dass sie Griffins Worte gehört hat. Oder? Trotzdem ist sie jetzt hier …

Für einen Moment bin ich so erstaunt, dass ich den Mund öffne und schließe, als wäre er kaputt. Griffins Augenbrauen schießen in die Höhe.

»Sieh einer an.« Er steckt seine Hände lässig in die Hosentaschen.

»Hey, ich bin June.« Dieser zuckersüße Ton bedeutet nichts Gutes. Ich kenne ihn. Meistens setzt sie ihn ein, wenn ich ihr auf die Nerven gehe. Dieses Mal trifft er jedoch den Typen vor mir. Währenddessen bringe ich kaum einen vernünftigen Gedanken zustande. Junes Hand umfasst meinen rechten Arm, sie lehnt sich an mich, und ich spüre nur zu deutlich, wie die Finger ihrer linken Hand meinen Rücken entlangfahren. Was tut sie gerade? Was hat sie vor?

»Griffin. Ich bin ein … alter Freund der Familie.« Freund. Beinahe hätte ich aufgelacht oder die Augen verdreht vor Brechreiz. Er ist ein Parasit. Mehr nicht.

Sofort spanne ich mich an, aber June drückt mich leicht, als hätte sie es gespürt und wolle mich beruhigen.

»Griffin«, schnurrt sie, lässt ruckartig von mir ab und tritt so nah vor ihn, dass ich die in mir aufsteigende Welle der Eifersucht kaum unter Kontrolle halten kann.

June ist betörend – wie eine Venusfliegenfalle. Das spürt wohl auch Griffin in dieser Sekunde, denn unwillkürlich kommt er ihr entgegen, kann seine Augen nicht von ihr lassen, und sein Ausdruck zeigt seine Faszination für die Frau vor ihm. Zumindest, bis sie ihm erzählt, was sie von ihm hält … »Du benimmst dich wie ein Arschloch. Ich kann dich nicht leiden.

Zeit ist kostbar und während du noch dabei bist, ein Chef zu werden, ist Mason längst einer. Also lass Mason und mich jetzt bitte allein.« Wow. Ich glaube, ich habe mich gerade noch ein Stückchen mehr in June verliebt.

»Mason weiß doch gar nicht, wie er mit einer Frau wie dir umgehen soll.«

Sie beißt sich nur einen Hauch von Griffins Lippen entfernt auf ihre, und ohne Vorwarnung dreht sie sich in einer fließenden Bewegung zu mir herum, schließt die Lücke zwischen uns. Und küsst mich. Alle verfügbaren Synapsen brennen bei mir durch.

Was ... passiert ... hier?

Junes warme und weiche Lippen liegen auf meinen, ihre Hände umfassen mein Gesicht, unsere Blicke treffen sich und mein Kopf ist wie leergefegt. Ich bin paralysiert. Darauf war und bin ich nicht vorbereitet. All die Monate schon wünsche ich mir nichts sehnlicher, träume von nichts anderem als diesem Augenblick, und jetzt? Jetzt bin ich nicht vorbereitet! Das ist doch ein Witz.

June schmiegt sich an mich, schmeckt nach Sahne und Kokosnuss, wahrscheinlich von dem Cocktail, den sie gerade getrunken hat.

Kann das wahr sein?

3

Immer dann, wenn man denkt,
man hätte sein Leben auf jeden Fall vollkommen
unter Kontrolle, passiert etwas Verrücktes,
das einem zeigt, dass man absolut gar nichts
unter Kontrolle hat.

June

Keine Panik. Ich darf jetzt nicht ausrasten. Es ist nur ein Kuss, nur ein Kuss, ein simpler Kuss … mit Mason.

Los, Mase. Tu doch was, flehe ich ihn stumm an, weil er wie versteinert dasteht. *So glaubt der Vollarsch neben uns das nie.* Doch im Moment schaut er mich aus seinen grünbraunen Augen nur so überrumpelt an, wie ich mich fühle.

Ich fahre mit den Lippen sanft über die seinen und rede mir ein, dass es kein großes Ding ist. Nur eine einfache Rettungsaktion. Was man eben so für seine Freunde tut, wenn sie einen brauchen. Dabei überzeuge ich mich davon, dass ich das nur aus dem Grund mache, weil dieser Griffin ihn von oben herab und wie den letzten Dreck behandelt hat. Nicht dass ich alles verstanden hätte von dem, was sie gesprochen haben, oder genau wüsste, worum es geht, aber selbst ein Blinder hätte eines sofort gemerkt: Sie hassen sich. Und vor allem hat er Mason das nur zu deutlich zu verstehen gegeben. Dass er das ausgerechnet hier tut, in Masons Club, macht das Ganze nur noch widerlicher.

Mason hat sich sichtlich unwohl gefühlt. Da konnte ich ihn unmöglich hängen lassen.

In der Sekunde, in der dieser Kerl mich gemustert und unterschwellig gefragt hat, ob ich zu Mason gehöre, als könne er es nicht glauben und als wäre das absolut abwegig, hat etwas in mir ausgesetzt. Mir ist klar, dass es besser gewesen wäre, einfach nur meinen Cocktail zu trinken und mich nicht einzumischen. Vermutlich hätte es noch andere Wege gegeben als diesen Kuss, aber eben keinen so effektiven. Keinen, der diesem Griffin wirklich deutlich gemacht hätte, dass er mit seiner Aussage falsch liegt.

Ja, Mase ist ein nerviger Idiot, der mich in den Wahnsinn treibt, aber er ist ein Freund. Irgendwie zumindest. Und wenn jemand wütend auf ihn sein und ihn anschreien darf, dann bin ich das. Ich! Nicht so ein glatt gebügelter Schnösel, dessen Ego größer ist, als ihm guttut.

Mein Magen zieht sich leicht zusammen. Ich bin so angespannt, dass ich glaube, gleich einen Ganzkörper-Muskelkrampf zu kriegen, wenn Mase nicht endlich anfängt, sich zu bewegen.

Mit den Daumen fahre ich auf beiden Seiten über seine Wangen, hoch und runter. Ein letzter Versuch, bevor ich aufgeben und mich lösen will, weil das hier Unsinn ist. Soll er doch allein mit dem Arsch zurechtkommen …

Da spüre ich es.

Masons Arme umfassen mich, seine Hand landet an meinem Hals, wandert zu meinem Nacken, zieht eine Linie aus Feuer über meine Haut, die andere kommt warm und fest auf meinem unteren Rücken zum Liegen. Hält mich, drückt mich enger an sich, sodass ich vor Überraschung fast den Halt auf den hohen Schuhen verliere.

Es ist, als würde Mase endlich *aufwachen*.

Automatisch lässt meine Anspannung nach, dabei gibt es dafür absolut keinen Grund. Es gibt keinen Grund, sich in Masons Armen gehen lassen zu wollen, verdammt.

Er schließt seine Augen, seine Lippen bewegen sich, nehmen meine mit auf die Reise und als er den Kuss seinerseits vertieft, schreit etwas in meinem Kopf mit schriller Stimme, dass ich schleunigst die Reißleine ziehen sollte. Stattdessen schließe auch ich endgültig meine Augen, komme ihm entgegen, und in dem Moment, in dem seine Zunge auf meine trifft, entfährt mir ein Seufzen, das mich zusammenzucken lässt. Mase entgeht nichts davon. Und meine Reaktion auf ihn bringt ihn nur dazu, mich noch fester zu halten, mich ganz zu umfassen und mich zu küssen, als wäre es das Letzte, was er in seinem Leben tun würde. Oder tun wollte.

Es wäre eine Lüge, wenn ich sagen würde, dass ich es nicht genieße. Eine Lüge, zu behaupten, dass sich seine Nähe nicht angenehm anfühlt oder er nicht gut küsst. Denn das tut er. Wir sind wie zwei Zahnräder, die perfekt ineinandergreifen. Und das macht das hier zu einer absolut grottenschlechten Idee. Was habe ich mir nur dabei gedacht?

Ich kann Masons Muskelspiel deutlich spüren. Meine Finger sind mittlerweile auf seinen Oberarmen angekommen, verharren direkt unterhalb der breiten Schultern, und … ich spüre seine Erregung, die gegen meinen Bauch drückt.

Das ist der Moment, in dem sich meine Gedanken klaren und sich meine Lider heben.

Sofort beende ich den Kuss, drücke Mason von mir weg, auch wenn ich mich noch nicht vollständig von ihm lösen kann. Jedenfalls nicht, wenn sein Duft, sein Geschmack und seine Hitze noch an mir hängen und mich benebeln wie starke Opioide. Seine Hände liegen weiter auf mir, halten mich, und ich lasse es zu.

Ich atme zu schnell, zu laut, zu heftig, während wir uns in die Augen sehen und ich mich frage, was er wohl denkt. Oder was ich denke …

»Dann hoffe ich, du wirst mit dem Versager happy«, höre ich Griffin irgendwo am Rand sticheln, doch es ist mir egal. Weder Mason noch ich reagieren auf ihn.

Wir haben gerade andere Probleme.

In der Sekunde, in der Mason sich rührt, ganz von mir ablässt und zurücktritt, wird mir kalt. Mitten im Club, zwischen all den schwitzenden Menschen.

»Er ist gegangen«, platzt es aus mir heraus. Wow. Intelligent, eloquent, mit Timing … ganz ich.

»Ist er.« Masons Stimme klingt belegt. Sein fragender Blick liegt so eindringlich auf mir, dass ich am liebsten wegschauen oder ohne ein weiteres Wort abhauen würde.

»Gut.«

Ich muss hier weg, denn es wird nicht besser. Statt mich in Bewegung zu setzen, rutscht mir noch ein »Er war ein Arschloch« raus, was Mason ein Grinsen entlockt. Niemand sieht so anziehend aus, wenn er grinst, und sorgt dafür, dass ich … Stopp! Umgehend hindere ich meine Gedanken daran, in die falsche Richtung abzudriften.

»Das war er.«

Gott, er könnte ruhig mal mehr von sich geben. War das eben nur ein Witz für ihn? Denkt er, ich tue das für jeden?

Ich werde wütend. Auf ihn, auf mich und diese dumme Reaktion von eben. Jetzt glaubt Mase sicher, dass ich was von ihm will und dass seine Geschenke vielleicht doch irgendwas genutzt haben.

Mit in die Hüfte gestemmten Händen funkle ich ihn an. »Gern geschehen, Mase! Ich rette dich jederzeit wieder.«

Statt eines blöden Kommentars, einer Neckerei oder Albernheiten ernte ich ein ehrliches Lächeln, das mich aus der Bahn wirft. Und ein ebenso entwaffnendes »Danke, June«, bevor Mase mich stehen lässt und durch die Menge in Richtung seines Büros verschwindet. Damit habe ich meine Antwort. Ihm ist klar, dass ich das nicht für jeden tun würde … Ehrlich gesagt, wusste ich bis vor wenigen Sekunden nicht einmal, dass ich es für ihn tun würde.

Mason hat mich berührt. Am Hals. Auf der linken Seite. Ich bin zu ihm gekommen, ich habe es angefangen – und es machte mir nichts aus. In dem Moment des Kusses spielte es keine Rolle, ich habe nicht einmal darüber nachgedacht. Ich bin nicht erschrocken. Nicht zurückgewichen.

Das ist gefährlich. Es macht mir Angst.

Das hier fühlt sich an wie einer jener Jugend-Momente, in denen mein Make-up aufgebraucht war und ich keine Ahnung hatte, wo ich mitten auf dem Land in Montana auf die Schnelle neues herbekommen sollte. Oder wie der erste Tag meiner Periode in der Highschool, im Sommer, als ich einen weißen Rock trug. Eine Mischung aus Überforderung, Gelähmtsein und dem ultimativen Panikmodus.

Ich atme tief durch, reiße mich so weit wie möglich zusammen und werfe einen letzten Blick auf Mase, bevor er in der Menge verschwindet.

Die Gelegenheit, zu fragen, wer dieser widerliche Typ genau war, habe ich verpasst.

Irgendwie lande ich wieder auf meinem Barhocker, vor meinem Cocktail und merke, wie Andie mich mit offenem Mund betrachtet.

»Bin ich … Ist das …?«

»Jepp«, antworte ich. Anscheinend hat sie im Gegensatz zu mir gerade ein paar Probleme, sich zu artikulieren, aber ich wusste ganz genau, was sie mich fragen wollte. Und obwohl ich noch benebelt bin, funktioniert das mit den knappen Antworten ganz gut. Maximaler Effekt, minimale Gehirnkapazität.

Allerdings fängt Andie sich schnell wieder.

»Da passe ich einmal nicht auf, und du küsst Mason? Du?«

»Das ist keine große Sache.« Schnell trinke ich was von meinem Cocktail. Klasse, ich bin so gierig, dass ich mich fast verschlucke.

»Weiß er das auch?« Meine beste Freundin reinigt skeptisch ihre Brille und bewegt die Nase, als sie sie wieder aufsetzt.

»Er ist kein Idiot.« Nachdenklich stelle ich das Glas ab.

Sie lacht. »Nicht? Dabei sagst du ihm das immer und immer wieder.«

Stöhnend vergrabe ich mein Gesicht in den Händen, bis ich mich und meine Gedanken wieder etwas besser Griff habe. »Es bedeutet nichts. Keine Ahnung, wer der Typ war, aber er hat sich beschissen benommen und so getan, als sei Mason nicht gut genug für ... irgendwas oder irgendjemanden. Mase ist unser Freund, Andie. Da hat was in mir ausgesetzt, und ich musste ihm einfach helfen.« Ich zucke mit den Schultern.

»Verstehe ich. Du bist die Erste, die für ihre Freunde in den Kampf zieht, ohne Wenn und Aber. Nur ... warum musste es direkt ein Kuss sein? *So* ein Kuss, June. Das war nicht nichts, ganz und gar nicht. Ich bin mit Cooper zusammen. Mittlerweile kenne ich diese Art von Kuss.«

»Aussetzer. Kurzschluss. Anders kann ich es mir nicht erklären. Egal, der Typ ist weg, und mein ist die Genugtuung, ihn vergrault zu haben.« Grinsend proste ich Andie zu, die nur den Kopf schüttelt und zurück an die Arbeit geht, während ich mich bemühe, den Abend zu genießen und die Ferien willkommen zu heißen. Und absolut nichts in die Sache hineinzuinterpretieren, was da nicht hingehört.

Ein paar Stunden später hat Andie endlich Feierabend und gesellt sich zu mir auf die andere Seite des Tresens.

»Es war nur eine kurze Schicht, und trotzdem bin ich total gerädert.« Ächzend bindet sie sich einen neuen Zopf. Dabei mustere ich ihr Outfit. Sie trägt wieder dieses grausige Holzfällerhemd. Ich glaube, es ist verhext. Es wird nie kaputtgehen, wenn ich das nicht selbst in die Hand nehme. Das nehme ich mir schon so lange vor … Vermutlich wird das Ding auf ewig weiter existieren. Ich schüttle kaum merklich den Kopf und lächle. Wenigstens macht es Andie glücklich.

»Es war viel los heute, es ist klar, dass du erschöpft bist. Möchtest du trotzdem mit mir tanzen? Oder lieber ein wenig an der Bar bleiben und reden? So oder so, jemand sollte dir zuerst einen Drink bringen.« Pünktlich und direkt aufs Stichwort stellt Cooper meiner Freundin ein kühles Wasser mit Zitrone vor die Nase. Kaum auszuhalten, wie aufmerksam der Kerl ist. Ich lächle trotzdem, denn ich freue mich unendlich für die beiden. Ehrlich.

»Wie auf Kommando«, kommentiert Andie das Ganze, strahlt Cooper an und trinkt einen großen Schluck. »Hm, das tut gut. Was ist? Warum siehst du mich so an?«

»Ich musste gerade an unseren ersten Abend im MASON's denken, an das erste Wasser, das du genau hier getrunken hast, die erste Begegnung mit Mase und Cooper. Deinen ersten Tag in Seattle und an alles, was seitdem passiert ist.«

»Und es ist verdammt viel passiert«, stimmt sie lachend zu. »Jetzt geht es uns fantastisch, das Studium läuft gut, und unsere Sorgen sind kleiner geworden. Das habe ich kaum zu hoffen gewagt.«

Ich nicke.

»Oder?«, hakt Andie nach, und ich weiß genau, dass es nichts nutzt, ihr auszuweichen.

»Ja, schon. Das mit dem Praktikum macht mir einfach etwas zu schaffen.«

»Was ist mit dem Platz in der großen Agentur nahe der Space Needle? Die hatten dir doch was in Aussicht gestellt. Ich dachte, alles wäre geregelt?«

»Sie haben jemand anderen genommen«, gebe ich kleinlaut zu. Ich gestehe, ich habe Andie nicht alles gesagt, was es zu sagen gab.

»Aber wie? Das können die nicht machen!«

»Doch, können sie.« Ich trinke den letzten Schluck meiner Limonade, auf die ich vor einer Stunde umgestiegen bin, und schiebe das Glas hin und her. Ein Seufzer entfährt mir. »Ich hatte am Ende drei weitere Konkurrenten.«

Der Gesichtsausdruck meiner besten Freundin wandelt sich zu Recht von empört zu verwirrt. »Hast du nicht gesagt, du hättest den Praktikumsplatz sicher? Ich verstehe nicht, ich dachte … Hab ich was nicht mitbekommen?«

»Nein.« Schnell schüttle ich den Kopf. »Ich dachte ja auch, ich hätte ihn. Das Gespräch lief perfekt, ich war so optimistisch und euphorisch. Vor drei Wochen kam eine Mail, in der stand, dass bisher alles gut aussähe und sie nicht glauben, dass meinem Praktikum bei ihnen etwas im Wege stehen würde. Dass sie alles vorbereiten. Dann kam die Absage. Anscheinend wollten sie mich nur bei Laune halten, falls ihr Favorit abspringt. Leider hat er das nicht getan.« Scheiße. Es laut auszusprechen, frustriert mich nur noch mehr. Ich beginne an dem einen großen Loch am Knie meiner Jeans herumzufummeln, während die Musik wechselt und mit ihr die Lichteffekte im Club.

Es riecht nach Zitrone, weil die Mädels neben uns gerade Tequila trinken, und dem Zeug aus der Nebelmaschine.

»Oh June. Wieso hast du mir das nicht gleich erzählt? Alle

Möglichkeiten mit mir besprochen?« Andie legt ihre Hand auf meine. »Wir finden was anderes für dich. Das wird schon.«

»Hoffentlich. Jetzt wird es richtig knapp. Ich hab beinahe sämtliche Firmen und Optionen in Seattle abgeklappert. Entweder haben sie keine Kapazitäten mehr oder nehmen grundsätzlich keine Praktikanten.«

»Wenn ich einen Job und eine Wohnung finden konnte, nachdem der Start hier so chaotisch verlaufen ist und mein Leben vorher kopfstand, findest du garantiert auch eine Möglichkeit, dein Pflichtpraktikum zu absolvieren.« Sie drückt meine Hand zuversichtlich. Bestimmt … Andie hat bestimmt recht. Das muss sie einfach.

»Warum machst du es nicht hier?«

»Hier? Bei Mason?« Verwundert runzle ich die Stirn. »Das ist ein Club. Wie soll ich hier die Anforderungen erfüllen?«

»Da fällt uns garantiert was ein. Zum Beispiel könntest du in der Verwaltung helfen oder den Mottotag jede Woche planen und umsetzen. Ehrlich gesagt hatte ich das MASON's auch im Blick für mein Praktikum kommendes Semester.« Sie zuckt mit den Schultern. »Du könntest hier mit Sicherheit was Eigenes auf die Beine stellen.«

»Ich denke nicht.« Auf keinen Fall würde ich wochenlang nach Masons Pfeife tanzen. Ich würde den Laden wahrscheinlich nach fünf Minuten vor Frust abbrennen.

»War nur eine Idee. Vielleicht … wenn es hart auf hart kommt?«

Sie will mir nur helfen, das weiß ich. Ich nicke Andie zu, die mich sofort fröhlich anlächelt. Hart auf hart bedeutet für mich, dass ich sonst mein Stipendium verliere und absolut keinerlei Alternativen – und damit meine ich keine einzige andere Alternative – übrig bleiben. Vorher würde ich mich unter keinen Umständen diesem Irrsinn aussetzen. Zuerst werde ich jede einzelne andere Firma und Agentur um ein Praktikum bitten.

Weil sie das wissen muss, sage ich es ihr, mache ihr deutlich, wie ernst es mir ist. Aber meine Freundin kommentiert das nur mit einem entspannten »Abwarten«. Toll. Klingt fast, als würde sie mir dieses Horrorszenario wünschen. Ich meine, nach dem Kuss vorhin ... Wie soll das gut gehen? Trotzdem drängt sich mir die Frage auf, ob es eine Möglichkeit wäre. Ich müsste meinen Professor darum bitten, mir ein Praktikum hier zu genehmigen, und aufzeigen, inwiefern es die Anforderungen erfüllen würde. Im Bereich Eventmanagement wäre das tatsächlich kein Problem.

Nein. Das darf unter keinen Umständen passieren. Mason und ich, das ist einfach keine Option.

Es ist Samstagmorgen. Ich habe beschissen geschlafen. Und das, obwohl Andies Bett direkt aus dem Himmel kommt. Es ist bequemer als meins, und ich liebe ihr neues, gemütliches Zimmer. Die ganze Wohnung ist ein Traum, und für gewöhnlich komme ich hier ganz gut zur Ruhe. Nur heute eben nicht.

Mein Kopf beschäftigt sich zu sehr mit dem Praktikum – und ein anderer Teil meines Körpers mit Mason.

Quietschend strecke und rekele ich mich, wobei ich herzhaft gähne. Heute soll ein milder Tag werden, sonnig, kaum Wolken und ausnahmsweise absolut ohne Regen in Sicht. Die ersten Strahlen scheinen bereits durch Andies dünne bordeauxrote Vorhänge, deren feiner Stoff bis auf den Boden fließt. Wir haben sie erst vorigen Monat zusammen gekauft. Sie waren der letzte Schliff, der im Zimmer gefehlt hat.

Sockes Schnarchen dringt an mein Ohr, ab und an jault er leise. Wahrscheinlich hat er einen verrückten Traum und bewegt gerade auch seine kleinen Beinchen, wie so oft. Ich müsste aufstehen, um nachzusehen, aber ich bin noch dabei, die Müdigkeit und Abgeschlagenheit wegzublinzeln, die diese unruhige Nacht hinterlassen hat.

Nachdenklich schaue ich an die weiße Decke.

Andie schläft bei Cooper im Zimmer, beide sind vermutlich noch nicht wach. Cooper vielleicht, aber Andie ganz sicher nicht und deshalb steht er wohl auch nicht so schnell auf. Schlafen gehört bei Andie zu den besten Dingen, die das Leben zu bieten hat. Ich könnte nicht mal länger als bis neun Uhr morgens im Bett liegen, wenn mein Leben davon abhinge. Es ist zumindest nicht häufig passiert, ich kann die Tage an einer Hand abzählen. Meist brauche ich keinen Wecker und wache zwischen sechs und sieben in der Früh auf. An Wochenenden ebenso, und ich gestehe, manchmal beneide ich Andie um ihren guten Schlaf.

Heute zum Beispiel. Ich würde mich lieber weiter im Bett verkriechen und mich hier verschanzen, als aufzustehen und mich um mein Praktikum zu kümmern. Es ist viel zu frustrierend. Wo soll ich denn jetzt noch einen Platz auftreiben?

»Aber es nützt ja nichts«, murre ich, gähne wieder und schiebe meine Beine über die Bettkante.

Ich hatte recht, Socke träumt, und die Bewegungen seiner Schnauze und seiner Pfoten entlocken mir ein seliges Lächeln. Süßer Fratz. Süß, aber vor allem richtig verwöhnt. Mittlerweile besitzt er ein Hundebett in jedem Zimmer. Hier, bei Cooper, Dylan und sogar bei Mason, hat Andie gesagt. Der Kerl ist der König aller Hunde. Nur bei mir hat er bisher keins, ich nehme entweder Andies mit oder Socke darf auf dem Bett zu meinen Füßen schlafen.

Vorsichtig erhebe ich mich und versuche, den Kleinen noch etwas träumen zu lassen und ihn nicht zu wecken, indem ich auf Zehenspitzen Richtung Kleiderschrank tippele. Dort nehme ich mein Täschchen, das ich an den Knauf gehängt habe und in dem mein Notfall-Make-up verstaut ist. Ganz unten im Schrank greife ich nach dem Stapel Klamotten, der hier stets auf mich wartet. Andie legt immer wieder was Frisches und Schickes zum Anziehen dahin. Extra für mich.

Anschließend schlendere ich zu Andies Schreibtisch und ziehe die rechte untere Schublade auf, in der sie weiteres Ersatz-Make-up für mich bunkert sowie die richtigen Abschminkutensilien. Das alles macht sie, damit ich ohne Probleme auch mal hier bei ihr bleiben kann.

Ich seufze leise und lächle. Andie ist zu gut für diese Welt.

Mit all dem Kram schleiche ich mich ins Bad, um niemanden zu stören. Das mache ich zügig und beinahe lautlos, weil ich nicht besonders erpicht darauf bin, jemandem zu begegnen – zumindest nicht so, wie ich gerade aussehe. Am allerwenigsten Mason.

Bei Andie schminke ich mich selten ab, auch nicht nachts. Die Angst, am nächsten Tag ungeschminkt entdeckt zu werden, ist zu groß. Ich fühle mich dann nicht sicher. Es ist, als wäre ich weniger wert. Für Andie ist es kein großes Ding, aber für mich schon. Das wird es immer bleiben. Deshalb übernachte ich nicht oft bei ihr.

Im Bad schließe ich die Tür hinter mir zu, lege alles ab und greife nach einem der ordentlich gefalteten dunkleren Handtücher in den offenen Regalen. Andie hat sie fein säuberlich nach Farbe und Größe sortiert. Von manchen Ticks kann und will sie sich nicht befreien. Das ist okay. Solche wie diese machen sie nur noch liebenswerter. Vor allem sind sie für eine Chaotin wie mich in den meisten Situationen wahre Lebensretter. In Sachen Ordnung und Planung wäre ich ohne Andie oft verloren gewesen. Zum Glück planen wir unsere Zukunft samt eigener Eventagentur zusammen, und ich kann mich auf meine Stärken konzentrieren. Die liegen eindeutig nicht in der klar gegliederten und oft kleinteiligen Vorbereitung, sondern eher in der kreativen Umsetzung. Andie und ich sind wie Theorie und Praxis.

Ich lege den Kopf ein wenig zur rechten Seite, betrachte mich in dem langen und großen Spiegel über den beiden Waschbecken und bin immer wieder erstaunt darüber, was meine Foundation alles leisten kann. In Momenten wie diesem merke ich, dass sie ihr Geld wert ist. Natürlich deckt sie nicht mehr perfekt, an manchen Stellen ist sie leicht abgerieben, aber mein Feuermal erkennt man nur, wenn man weiß, dass es da ist. Dann sieht man, wie es durchscheint. Doch selbst so könnte man es für eine Druckstelle, einen Abdruck nach dem Schlafen halten oder für gerötete Haut, die bald verschwunden ist.

Mit den Abschminktüchern nehme ich den groben Teil von meinem übrig gebliebenen Make-up runter, bevor ich später unter der Dusche meine Haut intensiv reinigen werde, damit sie wenigstens ein bisschen zum Atmen kommt. Ich weiß, dass das nicht optimal ist, aber es ist das Einzige, was ich in Situationen wie diesen akzeptieren kann.

Danach putze ich mir in aller Ruhe die Zähne und entkleide mich. Barfuß tapse ich um die Ecke, stelle das Wasser in der großen gläsernen Dusche an, die sich direkt neben der wundervollen Badewanne befindet, und schließe die Glastüren von innen.

In dieser Kabine sind mehr Knöpfe als am Herd in der Küche, weshalb Andie lieber badet. Wenn sie duscht, dann am liebsten schnell und effizient. Sie benutzt nur den einfachen Duschkopf. Aber wenn ich hier sein darf, nutze ich alles, was dieses Ding zu bieten hat, und genieße es in vollen Zügen. Der

Platz ist purer Luxus, sodass ich wahrscheinlich fünfmal hier reinpassen würde, ohne Klaustrophobie zu bekommen.

Ich drehe an einem der Knöpfe, das Wasser am Duschkopf schaltet sich aus, stattdessen prasselt es nun von oben auf mich nieder wie Regen während eines Sommergewitters. Ich schließe die Augen, genieße das Gefühl und Trommeln auf meiner Haut und lasse mich aufwärmen, bevor ich mich einseife und damit auch den letzten Rest meiner Müdigkeit und meines Make-ups entferne.

Irgendwann stelle ich widerwillig alles aus, weil ich schon viel zu lange hier drin bin. Außerdem bin ich nur Gast und sollte das nicht überstrapazieren. Doch heute Morgen hatte ich es bitter nötig. Dafür beeile ich mich mit dem Rest, trockne mich ab, ohne zu trödeln, ziehe mich an und bürste zügig mein Haar, bevor ich es anföhne. Die Creme und die Foundation folgen, meine tägliche Routine. Und mit jeder Schicht kehrt ein bisschen mehr Selbstsicherheit zurück.

Ein Blick auf die digitale Uhranzeige über der Tür gibt Entwarnung. Ich bin erst knapp eine Dreiviertelstunde im Bad und damit wesentlich kürzer, als es sich angefühlt hat. Außerdem ist es noch früh. Zumindest für einen Samstag ist zehn vor sieben kein Grund, sich zu beeilen.

Nachdem alles sitzt und ich mich wesentlich besser fühle, gehe ich zurück ins Zimmer. Ich horche auf, doch in der Wohnung bleibt es still. Also sammle ich Socke ein, dem ich, um ihn zu wecken, die Ohren kraulen muss, und mache mit ihm einen Spaziergang. Er freut sich sichtlich darüber und wedelt ohne Unterlass mit seinem kleinen Schwänzchen.

Draußen ist es noch recht frisch, und ich bin froh, eine Jacke übergezogen zu haben. Dafür verspricht der Himmel einen wundervollen Tag, wie vom Wetterdienst vorhergesagt. Die Sonne scheint, die Vögel zwitschern. Leichter Wind weht durch die grünen Blätter der Bäume am Gehweg, hinter denen der Lake Washington Ship Canal liegt. Ansonsten ist es ruhig hier draußen.

Nach ungefähr zwanzig oder dreißig Minuten bin ich mit der Runde fertig und wieder auf dem Weg zu Andie. Socke und ich biegen gerade um die letzte Ecke, ich kann die Wohnung bereits sehen. Aber nicht nur das Haus kommt in Sichtweite, sondern auch … Mason? Hat er da … ein schwarzes Kajak auf dem Kopf? War er etwa vor sieben schon auf dem Wasser? Vermutlich eher zwischen fünf und sechs, wenn man davon ausgeht, dass Mase – so viel weiß ich – immer länger als eine Stunde draußen bleibt. Er rudert, paddelt und treibt generell gerne Sport, aber bisher hat er es stets geschafft, dass ich es nie mit eigenen Augen sehen konnte, wenn ich zu Besuch war.

Jetzt ist mir klar, warum. Er steht scheinbar noch viel früher auf als ich. Dass Mason um diese Zeit längst wach ist, wundert mich nur bedingt, ich habe schon oft erlebt, dass er seinen Tag zeitig beginnt, selbst am Wochenende – aber so früh wie heute? Manchmal habe ich das Gefühl, er sei unruhig. Als würde ihn ständig etwas umtreiben.

Hat Mase überhaupt geschlafen? Ich glaube, er kam nach uns heim, und selbst ich, die mit wenig Nachtruhe auskommt, war heute Morgen nach nur vier Stunden Schlaf, leicht angeschlagen.

Mit zusammengezogenen Augenbrauen beobachte ich ihn, während ich auf ihn zusteuere.

Ich bin jetzt wenige Meter von der Einfahrt entfernt, während er vor dem Garagentor steht und das Kajak absetzt. Das Tor fährt langsam, aber stetig surrend nach oben. In der Stille des Morgens klingt es, als würde ich mich in die Nähe eines Bienenschwarms begeben.

Flink und mühelos setze ich einen Fuß vor den anderen und überlege dabei, ob ich mich einfach vorbeischleichen oder ihn erschrecken soll. Doch bevor ich mich für eines von beidem entscheiden kann, bemerkt Socke ihn und bellt. Kleiner Verräter.

Als Mase sich umdreht, stockt mir der Atem. Man begegnet ihm selten ohne Anzug, Jackett oder wenigstens einem schicken Hemd. Dabei ist es egal, was er trägt, weil der Typ einfach in allem gut aussieht. Etwas, das ich vermutlich mit ins Grab nehme, bevor ich es ihm verrate.

Sein braunes Haar sitzt nicht so akkurat wie sonst, er trägt ein anthrazitfarbenes Shirt, ein verdammt enges Shirt, das die Auswirkungen des Paddelns auf seinen Körper nur allzu deutlich unterstreicht. Breite Schultern, sehnige, fast schon elegante Arme und feingliedrige Muskeln sowie ein schlanker, trainierter Oberkörper. Nicht so protzig wie der von Dylan oder so auffällig muskulös wie Coopers. Genau richtig. Und Gott stehe mir bei, Mason steckt in einer hautengen Hose. Wahrscheinlich Neopren. Das macht Sinn, er will ja nicht nass werden, falls Wasser ins Boot schwappt oder er umkippt, oder … Beinmuskeln, schmale Hüften.

Mit einem Mal wird mir heiß. Es ist kein Geheimnis, dass ich Mason schön und anziehend finde. Attraktiv. Jeder Mensch, der auf Männer steht und das anders sieht, ist vermutlich blind oder hat eine schwere Gehirnerschütterung. Aber ich muss es niemandem auf die Nase binden. Wir sind Freunde, er ist Andies Mitbewohner, ihr Boss, dabei sieht sie ihn wie ihren großen Bruder. Mason und ich – das würde nie gut gehen. Wir wollen unterschiedliche Dinge im Leben. Er würde mit mir nicht glücklich werden. Nie. Er würde die June unter dem Make-up nicht wollen. Und ich? Ich will nie wieder verletzt werden, nicht auf diese Art. Ich bin nicht bereit, es abzulegen und mich ihm zu zeigen, wie ich bin.

Ich werde es nie wieder sein.

Doch seit gestern Abend, seit diesem Kuss, der nicht geplant war, der nie hätte passieren dürfen, aber passiert ist, weil ich ein Trottel bin, ist es schwerer geworden. Schwerer, nicht an diesen Moment zu denken, an Masons Lippen, seinen Duft, das Gefühl seiner Hände auf mir und …

Ich räuspere mich, verschränke die Arme vor der Brust, was mit der Leine in der Hand gar nicht einfach ist.

Mason lächelt. Beinahe stöhne ich vor Verzweiflung auf, kann mich aber im letzten Moment bremsen.

»Kätzchen. Hätte ich gewusst, dass du schon wach bist …« Mase wackelt vollkommen übertrieben mit den Augenbrauen. Manchmal frage ich mich, wie viel von Mason wirklich in all seinem Witz, seinen Albernheiten und der gelegentlich aufblitzenden Arroganz steckt.

»Bist du jeden Morgen mit dem Kajak draußen?«, übergehe ich seine Anspielung.

»Fast. Manchmal nehme ich das Ruderboot.«

»Wer war dieser Griffin gestern?« Kein sehr galanter Übergang, aber das ist mir egal. An Mason und sein Muskelspiel zu denken, ist zu gefährlich.

»Er arbeitet in der Firma meines Vaters. Ich denke, Griffin ist der Sohn, den er sich immer gewünscht hat.«

»Wenn er sich so einen Typen als Sohn wünscht anstatt dich, kann ihm niemand mehr helfen«, rutscht es mir raus.

Masons jungenhaftes Lächeln verblasst, weicht einer offenen Musterung, einem hungrigen Blick, der mir einen Schauer über den Rücken jagt.

Ich trete näher, näher, immer näher. Jetzt könnte ich abbiegen, rechts gehts zum Eingang, aber ich gehe weiter. Wieso zum Teufel? Was stimmt nicht mit mir?

Wenige Schritte vor Mason halte ich zum Glück an und

Socke mit mir. Er setzt sich ganz brav neben mich und hechelt glückselig.

Das Garagentor ist oben, am besten wäre es, Mase würde einfach sein Kajak reinbringen und sich hinterherschieben. Ich sollte mich wirklich dringend umdrehen und in der Wohnung verschwinden. Keine Ahnung, was mit mir los ist. Es war nur ein Kuss, mehr nicht. Nein! Ich muss aufhören, überhaupt daran zu denken.

Mein Blick verselbstständigt sich, klebt an seinen Lippen. Ein Seufzen entfährt ihm.

»Wieso hast du mich geküsst, June?«

4

Sehnsucht kann einen zerreißen.

Mason

Die Frage ist mir rausgerutscht, einfach so. Ich wollte sie nicht stellen. Jetzt Haltung zu bewahren und mir nichts anmerken zu lassen fällt mir verdammt schwer. Meine Mimik verrät bisher nichts, mein Gesicht ist eine Maske.

Vielleicht ist es richtig, dass ich gefragt habe. Denn diese Sache hat mich die ganze Nacht beschäftigt. Sogar in den wenigen Stunden Schlaf, die ich bekommen habe, hat sich die Erinnerung an den Kuss in den Vordergrund gedrängt. Deshalb war ich heute Morgen so früh aus dem Bett und auf dem Wasser. Früher und wesentlich länger als sonst. Ich musste den Kopf frei kriegen und mich irgendwie auspowern. Denn ich habe von June geträumt, wieder und wieder und wieder. Wenn das so weitergeht, brennt mein Hirn durch und meine Geschlechtsteile explodieren – und ich bin ziemlich sicher, dass sie nicht nachwachsen werden.

June kneift die Lippen und Augen zusammen. »Das habe ich dir schon gesagt.«

»Sag es mir noch mal«, fordere ich. Ich sollte es gut sein lassen, aber das kann ich nicht. Es war unser erster Kuss. Und niemand küsst so, wenn es … egal ist. Zumindest tue ich das nicht. Bei mir ist es nicht sonderlich überraschend, ich laufe June bereits ziemlich lange hinterher wie ein liebestrunkener Teenie, der sein Rückgrat über Bord geworfen hat. Damit komme ich klar, schließlich habe ich ein Ziel, und das ist June. Doch im Gegensatz zu ihren Vermutungen spiele ich keine Spielchen. Es geht nicht darum, sie ins Bett zu kriegen. Ich meine es ernst …

»Hör zu, ich habe keine Ahnung, wer dieser Griffin ist und was zwischen euch war und muss es auch nicht wissen, wenn du nicht darüber reden willst. Es reicht, dass er sich wie der letzte Großkotz verhalten hat, und ich hasse das. Er war scheiße zu dir, also hab ich ihm das gezeigt.«

»Indem du mich küsst?« Jetzt grinse ich.

Wenn das wahr ist, werde ich die ganze Welt gegen mich aufbringen, damit June mich verteidigen muss. Ich werde Kriege anzetteln für einen Kuss von ihr.

Ein frustrierter Laut kommt ihr über die Lippen, und sie wirft ausdrucksvoll die Arme in die Höhe.

»Um Himmels willen, Mase. Es war ein Kuss. Er dachte, du würdest mich nie rumkriegen, er war ein Arsch, und ich hab in den Modus *Challenge accepted* geschaltet, okay?«

Nein. Nichts ist okay. Vielleicht ist das, was sie sagt, die Wahrheit. Vielleicht war das der einzige Grund und vielleicht bedeutet es ihr nichts, aber verflucht, mir bedeutet es etwas. June bedeutet mir etwas.

Vor Unruhe balle ich die Hände mehrmals zu Fäusten und öffne sie wieder, danach setze ich mich in Bewegung, schlendere auf June zu und schließe mit zwei, drei Schritten die Lücke zwischen uns. So trotzig, wie sie ist, verharrt sie an Ort und Stelle, während sie versucht, mich auf ihre übliche Art in den Boden zu starren und in Gedanken bestimmt auf irgendeine Weise in Stücke zu reißen. June ist bezaubernd. Vor allem, wenn sie ist wie jetzt: wild und gleichzeitig beherrscht.

Es ist, als würde man einen Sturm durch eine Glaswand betrachten. Ich will den Sturm berühren. Ihn schmecken und fühlen.

»Wieso stehst du vor mir?«

Wird sie etwa nervös? Schmunzelnd bleibe ich, wo ich bin, schaue ihr tief in die Augen und erwidere nichts. Bei Andie klappt das auch, also probiere ich es mal.

»Mase, es ist noch zu früh, um mich in den Wahnsinn zu treiben. Ich brauche etwas Wut für den Rest des Tages, weil der echt beschissen wird. Verstanden?« Gerne würde ich fragen, was sie damit meint, aber es ist zu verlockend, sie einfach zappeln zu lassen. Sie tänzelt bereits leicht hin und her, als könne sie nicht länger stillhalten.

»Es war nur ein Kuss«, knurrt sie und kräuselt die Lippen.

Ich komme ihr noch ein bisschen näher, in Zeitlupe, bis fast nichts mehr zwischen uns passt – und ganz die June, die ich kenne, gibt sie nicht nach.

Es gibt genau zwei Möglichkeiten, wie das hier enden kann: eine ist die obligatorische Ohrfeige, die ich, das muss ich zugeben, ab und an sogar verdiene. Und die andere …

»Wenn es nur ein Kuss war, Kätzchen, und er nicht der Rede wert, ist es kein Drama, wenn wir es wiederholen, findest du nicht? Nur, um sicherzugehen.« Mein Puls dreht voll auf, das Blut rauscht in meinen Ohren, und alle Nerven stehen unter Strom. Besonders, als June die Lippen teilt und plötzlich auf meine starrt. Ein Reflex. Bestimmt nichts weiter als das, denn sie verzieht direkt danach ihr Gesicht.

»Nein!«

»Geh mit mir aus, June.« Wenn ich jedes Mal, wenn ich sie darum gebeten habe, einen Dollar bekommen hätte, wäre ich jetzt auch ohne das Geld, das der Club abwirft, oder das meines Vaters stinkreich.

»Nein, das werde ich nicht.« Ihr Zeigefinger drückt mittlerweile fest gegen meine Brust und unterstreicht jedes ihrer Worte. »Hör auf, mich das andauernd zu fragen, du Idiot.«

»Ich werde nicht aufhören. Jedenfalls nicht, solange es diese eine Sache gibt, die ich uns beiden versprochen habe.« Ein fettes Grinsen breitet sich auf meinem Gesicht aus, weil klar ist, dass June genau weiß, was ich meine. Und damit drehe ich mich um, packe das Kajak in die Garage und schließe das Tor hinter mir. Ohne mich noch einmal zu ihr umzuwenden.

5

Macht es einen Unterschied,
aus welchen Gründen wir etwas tun?
Denn am Ende haben wir es getan, so oder so,
und kommt es nicht nur darauf an?
Schließlich können wir das Geschehene nicht besser
oder schlechter machen, als es war …
Wir können es nicht ungeschehen machen.

June

Ich stecke in Schwierigkeiten. Diese eine dumme Kurzschlussreaktion bringt mich dazu, Mason anders zu sehen. An ihn zu denken.

An ihn, diesen Kuss, seine weichen Lippen auf meinen, seine Wärme, das Gefühl von … ihm an mir.

Darauf ist mein Gehirn überhaupt nicht ausgelegt. Das ist eine Katastrophe!

Dieses dämliche Versprechen macht es nicht besser. Ich habe nicht geglaubt, dass er es nach all der Zeit noch im Kopf hat. Okay, das schon, aber dass er es ernst nimmt? Gar wörtlich?

Ich hickse. Toll, jetzt hab ich Stressschluckauf.

»Ver…« Hicks »…dammt!« Dieses Versprechen ist doch eigentlich gar keins. Und es ist kacke.

Trotzdem erinnere ich mich noch genauso gut daran, wie er es anscheinend tut, auch wenn ich es nicht wahrhaben will.

Es war der erste Abend im MASON's mit Andie. Der erste, an dem sie endlich in Seattle war – ich weniger allein und wieder glücklich, und wir zwei unserem Traum ein Stück näher. Jener Abend, an dem ich dachte, Mason sei der Idiot, der mich zuvor nicht in Ruhe gelassen hatte. Als ich ihn das erste Mal gesehen habe, hat mich sein Lächeln und dieses Funkeln in seinen Augen sofort eingenommen. Er hat mich fasziniert, mir eine Gänsehaut beschert. Und er hat irgendetwas in mir dazu gebracht, nicht nachgeben zu wollen. Als wir nach einem Job für Andie gefragt haben, hatte ich Mason längst diesen leckeren Cocktail über die Brust gekippt. Der Gedanke an seinen erschrockenen und gleichzeitig wütenden Gesichtsausdruck und das versaute Hemd lässt mich noch immer glückselig schmunzeln. Manchmal, wenn ich einen grauenhaften Tag habe, erinnere ich mich daran, danach geht es mir besser. Zumindest so lange, bis wir zu dem Part kommen, an dem Mason sich vorbeugt, mir dieses elegante, herbe und absolut Höschen auflösende Aftershave in die Nase steigt, und er mir ins Ohr flüstert: »Ich verspreche dir, irgendwann *wirst* du für mich stöhnen. Ohne Hemmungen. Besser, lauter und länger als je zuvor.« Vorher hat er auch noch in die beknackte Ananas gebissen.

Die Wut und Empörung von damals sind auch jetzt so präsent, dass ich die Zähne zusammenbeiße. Unverschämter und nervtötender Wicht!

Fluchend mache ich mich mit Socke endlich auf den Weg zur Haustür, aber nicht, ohne einen letzten anklagenden Blick auf das Garagentor zu werfen – und ihm den Mittelfinger zu zeigen. Selbst wenn Mason das nicht mitbekommt, es befriedigt mich – bis mir einfällt, dass ich ihn in spätestens fünf Minuten wiedersehe, weil wir gleich beide in derselben Wohnung landen.

Also setze ich meinen Weg zum Fahrstuhl langsam, sehr,

sehr langsam fort. Drücke alle Knöpfe, damit das Ding in jedem Stockwerk hält. Als es oben angekommen ist, lasse ich es an Nicht-Schnelligkeit noch mal richtig krachen, während ich auf die Wohnungstür zuhalte und meinen Ersatzschlüssel aus der Tasche ziehe. Andie hat mir ihren gegeben und sie hat meinen. Für Notfälle. Die Jungs haben kein Problem damit, dass ich hier ein und aus gehen kann, wie ich will.

Im Gegensatz zu mir kann Socke es kaum erwarten, reinzugehen, und kratzt ungeduldig an der Tür. Deshalb zögere ich es nicht länger hinaus, leine ihn ab und drehe endlich den Schlüssel im Schloss, um sie zu öffnen. Irgendwann muss ich rein und irgendwann muss ich in die Stadt, das Ganze hinter mich bringen.

In der Wohnung lege ich Leine und Jacke ab und spüre, wie ich wieder müde werde. Anscheinend raubt mir die Sorge um das Praktikum wesentlich mehr Kraft als vermutet. Der Gedanke, heute nonstop bei allen verbliebenen Firmen und Agenturen, die an einem Samstag geöffnet haben, und am Montag bei allen anderen, Türklinken zu putzen, dort anzurufen und vielleicht sogar flehen und betteln zu müssen, bereitet mir Bauchschmerzen. Nicht zwingend die Sache an sich, auch wenn ich nicht gut im Flehen und Betteln bin, sondern die Angst, dass ich nichts finden könnte. Dann folgen unweigerlich andere Dinge, mit denen ich mich auseinandersetzen müsste, wie das kommende Semester, das Wohnheim und mein Stipendium. Ich war so naiv und dumm zu glauben, es würde nichts mehr schiefgehen und alles würde reibungslos laufen. Schon zu dem Zeitpunkt war ich spät dran, am jetzigen Punkt der Suche ist spät gar kein Ausdruck mehr. So etwas wird mir nie wieder passieren. Nie wieder!

Ich atme tief durch. Also los! Je eher ich anfange, desto rascher habe ich es hinter mir. Ich schaffe das.

Und ich werde Andie erst um Hilfe bitten, wenn nichts mehr geht. Zuerst muss ich das mit dem Praktikum allein probieren. Das ist irgendwie wichtig für mich.

Auf dem Weg in Andies Zimmer, die mit Sicherheit noch schläft, schaue ich mich um. Die Türen der anderen sind geschlossen, Masons nur angelehnt, während aus dem Bad Geräusche dringen. Vermutlich duscht er gerade. Ich höre fließendes Wasser und ein kurzes Rumpeln, was unwillkürlich dazu führt, dass ich mir vorstelle, wie Mase sich unter der Dusche wäscht. Wie ihm seine Haare ausnahmsweise unordentlich ins Gesicht hängen und Wassertropfen über seine wohlgeformten Muskeln rinnen und … Oh nein! Nein, nein, nein! Schnell überwinde ich das letzte Stück und schließe die Tür hinter mir. Ich werde mir Mason nicht nackt vorstellen. So weit kommt es noch …

Stattdessen wende ich mich Socke zu, schenke ihm meine volle Aufmerksamkeit. Das beruhigt mich. Ich gebe ihm seinen Knochen und fülle seinen Napf auf, bevor ich das Bett mache. Auf dem Schreibtisch hinterlasse ich auf einem von Andies unzähligen Post-its eine Notiz für sie, damit sie weiß, wo ich bin und dass ich später noch mal vorbeischaue, wenn ich alles erledigt habe. Sie hat im Gegensatz zu Cooper heute keine Schicht, erst kommende Woche wieder, also wollten wir bis dahin etwas Zeit zusammen verbringen.

So, fertig. Den Stift packe ich dahin, wo er hingehört, damit Andie nicht gleich am Morgen Herzrasen bekommt, dann schnappe ich mir mein Zeug und verlasse zügig das Apartment, bevor Mason aus dem Bad, seinem Zimmer oder sonstwo rausspringen kann.

Während ich an der Straße auf mein Taxi warte, gehe ich auf meinem Handy die einzige Liste durch, die ich seit Monaten besitze: eine von möglichen Praktikumsplätzen. Ungefähr ein

Drittel der Namen der Firmen, die mir noch keine Absage geschickt haben, sind durchgestrichen, weil sie heute nicht geöffnet haben. Die hebe ich mir für Montag auf.

Okay, June. Du rockst das jetzt. Du hast das unschlagbare Talent, Leute so lange zu nerven, bis sie dir geben, was du willst. Zumindest sagt Andie das immer. Das muss man doch auch bewusst einsetzen können, oder?

Ich denke, auf diese Frage werde ich heute definitiv eine Antwort bekommen.

Das Taxi ist da. Ich lasse mich auf die lederne Rückbank gleiten und schnalle mich an. Es ist etwas stickig und riecht nach dem Himbeer-Duftstecker, der vorne am Armaturenbrett klebt. Der Geruch dringt durch eine für die Bezahlung gelassene Öffnung in der Trennscheibe – und durch die unzähligen Risse und Löcher darin.

»Wohin soll es gehen, Miss?« Eine Frau Mitte vierzig lächelt mich durch den Rückspiegel freundlich an, wobei sie das Taxameter anstellt. Dieser Wagen ist einer von den älteren und innendrin leicht heruntergekommen.

»Pioneer Square, bitte.« Die Fahrerin nickt nur knapp zur Bestätigung, dann fahren wir los.

Beim Pioneer Square befinden sich bereits zwei, drei gute PR-Agenturen. Da fange ich an. Danach werde ich mich, falls es nötig ist, zu Fuß oder mit der Straßenbahn bis Belltown durchschlagen und dort überall vorstellig werden. Nebenbei werde ich mit Firmen und Agenturen im Bereich Lower Queen Anne sowie Pike/Pine telefonieren. Wenn das nichts bringt, bin ich gezwungen, die kommenden Tage mein Glück auf der nördlichen Seite des Lake Union zu versuchen. Aber da hatte ich bis jetzt auch schon drei Absagen.

Leise seufzend streiche ich mir ein paar nervige Strähnen hinters Ohr und knabbere auf der Wangeninnenseite, weil ich so nervös bin. Eine Unart, die ich eigentlich ablegen wollte. Genauso wie die, dass ich meine Zunge immer ein Stück rausstrecke und zwischen die Lippen klemme, wenn ich mich konzentriere.

Während ich mich durch meine Notizen und die Webseiten der Unternehmen klicke, mir meine nächsten Ziele ansehe, die Leiter ihrer Abteilungen studiere sowie die jeweiligen Schwerpunkte und Philosophien der Firmen verinnerliche, ploppt auf dem Handydisplay eine Nachricht auf.

Mom. Überrascht halte ich inne. Mom schreibt keine Nachrichten. Mom meldet sich fast nie. Wenn doch, bedeutet es selten Gutes.

»Immer noch öfter als Dad, der das wirklich niemals tut«, murmle ich fast tonlos und öffne skeptisch die Nachricht.

Dein Vater und ich werden die nächsten drei Monate geschäftlich nach Japan reisen. Daher habe ich den Dauerauftrag für dich kontrolliert und leicht erhöht. Es sollten keine Probleme auftauchen. Achte darauf, deinen Vorrat frühzeitig aufzustocken. Ich will mir keine Sorgen machen müssen. Gib den Leuten keinen Grund, über uns zu reden.

Mir steht der Mund offen, dabei sollte mich kein einziges Wort von ihr überraschen. Keines der geschriebenen und keines von denen, die sie nicht geschrieben hat.

Trotzdem tut es weh. Das hat es immer getan. Die meiste Zeit habe ich mir eingeredet, dass Mom und Dad einfach anders seien und ich das akzeptieren müsse. Nicht so offen, fürsorglich und liebevoll wie die meisten Eltern, nicht so motivierend und stärkend, aber dass das nicht heißen muss, dass sie mich nicht lieben würden. Weil wenigstens Mom ab und an gesagt hat, dass sie nur mein Bestes wolle.

Andie ist bis heute bemüht, es schönzureden. Sie glaubt, dass meine Eltern mich so lieben, wie ich bin, es vielleicht nur nicht zeigen können. Ich weiß, sie meint es gut, und uns beiden ist klar, dass sie mit diesen Worten die Wahrheit verdrängen möchte. Denn es gibt nichts, was man an dem Verhältnis zwischen mir und meiner Familie schönreden könnte. Meine Eltern waren nicht für mich da, als es darauf ankam. Nicht dann, nicht davor oder danach. Nicht, als ich dieses eine Mal versuchte, mich der Welt ohne Make-up zu zeigen, und auch nicht, als Drew – mein erster und einziger fester Freund – mich betrogen und mich für mein Feuermal verachtet hat. Nein. Da war kein Halt, kein Verständnis, kein Zuspruch und schon gar kein elterlicher Trost. Ihr Leben war der Job. Ihr Leben *ist* der Job. Sie gehören zu den besten Anwälten des Landes. Meine Mutter ist Spezialistin in den Bereichen Handels- und Gesellschaftsrecht, mein Vater in Sachen Wirtschaftsrecht sowie Internationales Recht. Zusammen sind sie unschlagbar. Was die Arbeit angeht, nicht, was die Erziehung ihres einzigen Kindes betrifft.

Zumindest schafft es meine Mutter gerade so, sich zu melden, wenn sie Panik bekommt, ich könne mein Make-up vergessen oder gar nicht erst nachgekauft haben. Oder sonst was. Ich meine, was würden die Leute sagen? Ich als ihre Tochter … Ich lache freudlos auf. Das würde ihre Welt in ihren Grundfesten erschüttern.

Ich weiß das. Dass es ihr Problem ist. Ganz tief in mir ist mir das klar, nur … es wurde auch zu meinem über all die Jahre. Ich habe angefangen, mich nicht mehr hübsch zu finden ohne Make-up, ohne Filter, ohne dieses *mehr* und *besser*. Ich kann mich nicht einmal daran erinnern, dass ich das je getan habe. Sie haben etwas mit mir gemacht, was kein Mensch jemandem antun sollte: mich zweifeln lassen. An mir selbst. An meinem

Wert. Ich habe mich geschämt, hatte Angst, einfach ich zu sein. Habe sie bis heute.

Nach außen hin bin ich stark und laut und kämpferisch. Ja, ich kämpfe. Für alles und jeden, der mir wichtig ist – aber immer noch nicht genug für mich selbst. Weil in mir das unsichere Mädchen sitzt, zu dem mich meine Eltern gemacht haben und das ich nicht loslassen kann.

Vielleicht hab ich es längst akzeptiert, vielleicht ist da nur noch Angst und Resignation. Vielleicht weiß ich auch einfach nicht, wer ich wirklich bin.

Ohne Andie wäre ich wahrscheinlich nicht so mutig geworden. So trotzig und widerstandsfähig. Doch selbst sie und ihre großartige Familie konnten das, was die meine angerichtet hat, nicht wieder wettmachen. Weder ihre aufmunternden Worte noch die vielen Umarmungen. Für sie war ich einfach June, nicht das Kind mit dem Feuermal, mit dem Fehler, den man verstecken muss.

Ich schreibe meiner Mom nicht zurück, denn das ist das Letzte, was ich will, und das erwartet sie auch nicht.

Seit ich bei Andie eingezogen bin und mich irgendwie von daheim abgenabelt habe, beschäftigt mich der Gedanke, warum ich Moms Geld noch annehme. Warum ich diesen einen letzten Faden nicht trennen kann. Ich wollte ihr Geld nicht für das Studium, ich habe hart für dieses Stipendium gearbeitet und für meine Zukunft. Dass ich bei Andie gelebt habe, ihre Familie quasi meine war, sorgte neben meinen guten Noten dafür, dass ich überhaupt für ein Stipendium infrage kam. Ich bin stolz darauf. Es ist meine Arbeit, meine Zukunft.

Und obwohl der Zwiespalt vorhanden ist – denn ich möchte ihr Geld nicht –, habe ich bis heute krampfhaft versucht, sie und Dad noch nicht abzuschreiben.

Meine Familie.

Ich hatte nicht nur Angst, ich hatte auch Hoffnung …

Doch ich denke, da gibt es nichts mehr zu retten. Ich werde mir einen Job suchen. Sobald ich das geschafft habe, werde ich mir mein Make-up selbst kaufen.

Kopfschmerzen kündigen sich mit einem leichten, aber stetigen Pochen über meinem linken und nur wenig später auch über meinem rechten Auge an.

Ich kann mich jetzt nicht damit beschäftigen. Meine Konzentration muss auf heute liegen und auf meiner nahen Zukunft. Der Rest spielt vorerst keine Rolle.

Was geschehen ist, ist geschehen.

Trotzdem lasse ich das Handy auf meinen Schoß sinken und die Liste ruhen, lehne den Kopf an und schaue aus dem Fenster. Die Sonne scheint in das Taxi, direkt auf mein Gesicht, und ich schließe die Augen, um die Wärme ganz genießen zu können. Wie ich den Sommer vermisst habe. Die Hitze, das Licht. Im Gegensatz zu Andie sehne ich mich nicht so sehr nach Montana, nur nach dem Sommer dort, dem Wetter allgemein; das fehlt mir oft.

Bisher habe ich einiges erreicht – allein und mit meiner besten Freundin –, habe die Highschool mit Bravour abgeschlossen und einen Weg gefunden, irgendwie mit meinem Makel zu leben, ohne mich von ihm allzu kaputt machen zu lassen. Ich habe mich durchgekämpft ohne meine Eltern an meiner Seite und werde alles dafür tun, dass Andie und ich unsere Zukunft zusammen gestalten und uns unseren Traum erfüllen können. Und dafür, dass ich nicht irgendwann zurückmuss zu meinen Eltern oder auch nur ansatzweise in ihre Nähe.

Nichts war und ist mir jemals so wichtig gewesen wie das hier. Nichts …

Dass mich an dieser Stelle nicht nur die Stimme der Taxifahrerin mit den Worten »Pioneer Square, wir sind da« aus meinen Gedanken reißt, sondern auch Masons Gesicht vor meinem inneren Auge und dieser vermaledeite Kuss, ignoriere ich geflissentlich, als ich die Lider hebe und mich räuspere.

»Danke«, erwidere ich belegt und krame in meiner Tasche nach Münzen und Scheinen, um die Summe samt Trinkgeld zu begleichen.

Wir verabschieden uns knapp, und ich atme tief durch, als mich der erste Schwall frische Luft erreicht. Herrlich belebend nach der doch ziemlich abgestandenen im Taxi. Ich lasse den Blick schweifen.

Die 1st Ave S mit den rötlichen Backsteinhäusern, die einen freundlich begrüßen und ein beinah nostalgisches Gefühl in einem aufkommen lassen, ist für mich eine der schönsten Gegenden in Seattle. Noch dazu die Bäume am Straßenrand, die mit ihrem frischen Grün alles zum Leben erwecken, oder den großen Blumenkübeln an einzelnen Häuserwänden, die blühende Rosen beinhalten. Industrieller Stil vermischt mit Natur und dem Trubel der Stadt, ohne hektisch auf mich zu wirken. Bei dem wundervollen Wetter verschwinden sogar die Hochhäuser in der Ferne ausnahmsweise nicht im Nebel oder hinter tiefen Wolken.

Während ich mich umschaue, überlege ich, wo genau ich starte. Ein Blick auf meine Liste folgt. Ich sollte mit einer der größeren Agenturen anfangen. Größer bedeutet nicht besser, aber in den meisten Fällen mehr Personal und mehr Möglichkeiten. Außerdem hat diese Agentur als Erste bereits geöffnet. Deshalb setze ich in der Map eine Markierung, schaue nach dem Straßennamen, gehe um die Ecke – und keine fünfzig Meter weiter bin ich bereits am Ziel. Das messingfarbene Schild zeigt mir den Namen, den ich gesucht habe. Ich trete durch die große Glastür und auf den Empfangstresen zu, hinter dem eine streng wirkende Frau mit offenem superglattem Haar, das kupferfarben glänzt, sitzt. Und mit so langen Fingernägeln, dass sie sie wahrscheinlich als Essstäbchen benutzen könnte, wenn sie sich Sushi bestellt.

Es ist ruhig hier, weshalb meine Schritte umso lauter klingen. Meine Schuhe klackern über den Marmorboden. Der Vorraum ist überschaubar, schlicht und doch edel; zumindest, wenn ich ihn mir ohne Möbel vorstelle. Eine Chaiselongue in einem Ton, den ich irgendwo zwischen Katzenkotze und Zitronensaft einordnen würde, steht in der Ecke vor einem simplen Glastisch und bei einem kleinen Regal, das voll mit Magazinen ist. Der Teppich darunter sieht aus, als hätte man ein ausgemaltes Mandala eines Erstklässlers in Übergröße ausgedruckt und auf den Boden gelegt. So was nennt man wohl Kunst. Eine gebogene braunschwarze Lampe, die es nicht bis zur Mitte des Tisches, geschweige denn der Sitzmöglichkeit schafft, vollendet das Desaster.

Das spielt keine Rolle. Die Agentur hat einen fantastischen Ruf und eine breit gefächerte Kundenkartei. Ein Empfehlungsschreiben von hier und ein Nachweis eines Praktikums wären Gold wert für mein Portfolio.

Am Tresen angekommen setze ich das freundlichste Lächeln auf, das ich zu bieten habe, drücke die Schultern durch und dränge die Aufregung nach hinten. Ich warte einen Moment. Noch einen. Nur leider zeigt die Dame, die vor mir sitzt, nicht sonderlich viel Interesse an mir, sie sortiert lieber weiter die Akten vor sich.

Ich räuspere mich vorsichtig. Ihr nichtssagender Blick trifft mich, und abwartend starrt sie mich an. Ich kenne den Ausdruck von Andie. Die Frau will nicht unhöflich sein, sie ist einfach noch halb am Schlafen.

»Entschuldigung, ich würde gern mit Mr Holder sprechen.«

Mit geschürzten farblosen Lippen mustert sie mich. »Haben Sie einen Termin?«

Wow. Ihre Stimme klingt wunderschön, hell und klar, weich und kein bisschen schrill oder kratzig. Sie wäre eine verdammt gute Hörbuch- oder Nachrichtensprecherin. Ich könnte ihrer Stimme den ganzen Tag lauschen. Wie kann man im Modus eines Morgenmuffel-Grinchs so eine Stimme haben?

»Nicht direkt«, antworte ich vage, aber selbstsicher. »Allerdings hat er bereits meinen Lebenslauf und die restlichen Unterlagen vorliegen und würde bestimmt gerne persönlich mit mir darüber sprechen.« Was soll ich auch sonst sagen? *Ihre Agentur hat es nicht geschafft, mir in den letzten vier Monaten zu antworten? Und die Rückrufe, die man mir versprochen hat, wenn ich überhaupt jemanden ans Telefon bekommen habe, sind nie erfolgt?* Wohl kaum, da sind Selbstbewusstsein und Eigeninitiative schon besser.

»Nun, dann kann ich leider nichts für Sie tun. Er wird sich melden, sobald er Ihre Unterlagen gesichtet hat.«

»Nein«, rutscht es mir raus, und sofort halte ich inne.

»Wie bitte?« Abwartend lehnt sie sich im Stuhl zurück und zieht fragend die rechte Augenbraue hoch.

Ich lächle noch breiter und versuche, irgendwie demütig und entschuldigend auszusehen. Zustände, die meine Gesichtsmuskulatur nicht besonders gut kennen. Dennoch sollte ich meinen barschen Tonfall von eben korrigieren.

»Ich meine, wo ich schon mal da bin, könnte ich doch warten. Bitte?«

»Das könnten Sie, aber Mr Holder hat heute keine Zeit, ich kenne seinen Terminkalender. Außerdem haben wir im Augenblick keine Stelle zu besetzen. Sie würden umsonst warten, da haben Sie sicher Besseres zu tun. Es tut mir leid.«

»Auf Ihrer Homepage steht, dass Sie im Bereich Organisation oder Onlinemarketing für Events Praktikumsplätze an Studenten vergeben.« Ich werde auf keinen Fall einfach auf- oder nachgeben. Das merkt sie wohl, denn sie lässt sich dazu herab, die Mappen vor sich beiseitezuschieben, die Tastatur anzufassen und etwas einzugeben. Aus diesem Winkel kann ich nichts auf dem Bildschirm erkennen, aber ich hoffe auf das Beste.

Ohne Vorwarnung drückt sie eine Taste auf dem Telefon und hält sich den Hörer ans Ohr.

»Ian? Hey, ich bin es. Habt ihr die Webseite aktualisiert? Ist das Angebot im Bereich Praktika aktuell?«

Bitte, Ian. Bitte, sag Ja.

»Ich danke dir. Wir sehen uns nachher beim Italiener mit Lin.« Sie deutet ein Lächeln an – bis sie auflegt und sich wieder mit mir befassen muss, da wird ihre Miene prompt ausdruckslos.

»Wie ich bereits erklärt habe, sind momentan keine offenen Stellen vorhanden. Leider wurde die Webseite nicht direkt aktualisiert, ein Fehler unsererseits. Im Herbst laufen neue Bewerbungen an für das nächste Jahr, dann können Sie Ihr Glück gerne wieder versuchen. Am besten, Sie reichen Ihre Unterlagen bei den kommenden Ausschreibungen erneut ein.«

Mir wird flau im Magen. *Herbst. Nächstes Jahr.*

Okay, keine Panik. Das ist der erste Stopp für heute. Nicht, dass ich dachte, dass das einfach oder sofort mit Erfolg gekrönt sein würde. Die Absage ist keine Überraschung. Nichts von dem hier. Trotzdem trifft es mich. Eine Chance weniger … Bleibt die Frage, wie viele noch übrig sind.

»Sind Sie sicher?« Es ist dämlich, das ein weiteres Mal zu fragen, aber ich kann nicht anders. Die Worte sind rausgerutscht, bevor ich es verhindern kann. Die Dame vor mir nickt nur und widmet sich danach wieder ihrer Arbeit. Was auch immer sie da gerade tut.

Zügig verlasse ich das Gebäude, bleibe draußen vor der Tür stehen und verharre einen Augenblick, um mich zu sammeln, bevor ich einen neuerlichen Blick auf meine Liste werfe und überlege, wie und wo es weitergeht. Während ich mir Mut zuspreche, atme ich mehrmals tief durch – und setze mich schließlich in Richtung Second Ave in Bewegung.

Fünf Stunden, zwei doppelte Espressi, vier Milchkaffees und zweieinhalb Cheesecakes später hocke ich auf einer Bank und esse einen riesigen Schokokeks mit Karamell. Der Diabetes steht bei all dem Zucker in den Startlöchern und reibt sich die Hände.

Auf meiner Liste für heute steht noch genau eine Agentur, und die hat ihren Sitz hier. Na gut, nicht hier bei der Parkbank, sondern mir gegenüber auf der anderen Straßenseite.

Während ich also dabei bin, diesen supersüßen, fast ekelerregenden Cookie in mich hineinzustopfen und voll auf Koffein bin, starre ich das Gebäude an.

Fünf Stunden meines Lebens sind verloren. Das sind dreihundert Minuten. Ich hätte mir das alles sparen können. Weder meine Besuche noch die Telefonate haben irgendwas gebracht. Dabei waren viele Agenturen heute nett und hilfsbereit, haben sich entschuldigt oder versucht, noch etwas für mich zu arrangieren. Ohne Erfolg. Ich war einfach zu spät. Immer und immer wieder. Der Fehler passiert mir sicher nicht noch einmal, aber das ändert nichts daran, wie frustrierend es in diesem Moment ist.

Deshalb sitze ich hier neben einem fetten Taubenschiss und gehe nicht rein. Wenn sie Nein sagen, bleiben mir nur eine Handvoll Optionen in Nordseattle, mit denen ich mich aufgrund der Öffnungszeiten erst am Montag beschäftigen kann. Also quasi nichts.

»Verflucht!«, nuschle ich mit vollem, pappigem Mund und schiebe den kläglichen Rest des Cookies hinterher. Mein Gesicht sieht bestimmt aus wie das eines fetten Hamsters auf Drogen.

Irgendwann schaffe ich es, das klebrige Zeug runterzuschlucken, meine Finger sauber zu machen und den Müll in den Eimer neben mir zu entsorgen. Dann recke ich das Kinn, springe auf wie ein Bruce Banner, der gerade zum unglaublichen Hulk mutiert und dessen Hemd in Fetzen um ihn herumfliegt – was die Oma, die an mir vorbeigeht, beinahe umbringt – und gebe mir mental an die hundert motivierende Backpfeifen.

June, du kannst das.

Du bist klug und weißt, was du tust.

Jeder kann sich glücklich schätzen, dich zu haben. Aber vor allem bist du echt am Arsch, wenn du das nicht auf die Reihe bekommst …

Energisch überquere ich nach einem schnellen Blick die Straße, betrete das Gebäude und fahre mit dem Fahrstuhl hinauf in den vierten Stock, nachdem ich mich am Empfang angemeldet habe. Dort erwartet mich ein gemütlicher Eingangsbereich, offen und hell, der direkt an weiträumige Großraumbüros anknüpft. Laute Stimmen dringen an mein Ohr, die Arbeitsatmosphäre ist aufgeladen, ja angespannt. Es ist ziemlich warm hier drin.

Am Empfang sitzt ein Mann mit Headset und drei verschiedenen Bildschirmen vor sich. Das Telefonsystem ist der Wahnsinn. Dutzende Leitungen blinken auf und genauso viele Telefonate wollen weitergeleitet werden.

Ich muss nichts sagen, als ich bei ihm ankomme. Auch ohne mich anzusehen, weiß er, dass ich da bin, denn er hebt sofort den Finger, damit ich gar nicht erst zu reden anfange. Sein naturfarbenes Hemd passt hervorragend zu seiner olivfarbenen

Haut und seinem gepflegten Äußeren. Seine schwarzen Haare sind akkurat geschnitten und gegelt. Es ist auf den ersten Blick erkennbar, dass er mehr Zeit im Bad verbringt als Andie und ich zusammen. Wenn ich mich so umsehe, trifft das auf alle zu, die mir hier begegnen. Jeder sieht aus, als sei er ein Dior-, Chanel- oder Hugo-Boss-Model.

Es fällt mir schwer, still stehen zu bleiben und nicht zu zappeln, nicht an mir herunterzublicken oder in einen der schmalen Spiegel an den Seiten. Oder einfach fluchtartig das Gebäude zu verlassen. Ich passe nicht hierher. Das ist so offensichtlich wie sonst nichts anderes.

Nach dem heutigen Marathon oder – nennen wir es ruhig beim Namen – Spießrutenlauf sehe ich bestimmt mehr als fertig aus. Wenn ich Pech habe, klebt noch Karamell an meiner Lippe und Schokolade an den Zähnen. Würde zu diesem Tag passen … Mein Top und die schöne Leinenhose sind zerknittert, mein Jäckchen nicht gerade das, was man Haute Couture nennt, und die Schuhe sind Imitate. *Wenigstens mein Make-up kann mithalten*, denke ich. *Danke, Mom.*

Ich warte. Geduldiger und ruhiger, als ich es für möglich gehalten habe. Ich warte, warte, warte – doch nichts passiert. Der Typ hört einfach nicht auf zu telefonieren, und für jeden anderen in diesem Raum scheine ich genauso wenig zu existieren wie für ihn. Unter normalen Umständen hätte ich mehr Geduld. Nein, das ist gelogen, die besitze ich auch so nicht, aber womöglich hätte ich anders reagiert, als ich es jetzt tue. Doch ich habe die Nase gestrichen voll. Der Tag und gute Ton können mich mal.

Möglichst elegant beuge ich mich über den Tresen, fixiere Mr Hotline, starre ihn nieder, bis er sich dazu herablässt, mir in die Augen zu schauen. Er sieht mich tatsächlich an, hält meinen Blick, aber verdammt, er redet einfach nicht mit mir.

Nur mit denen am Telefon. Es ist deutlich, dass ich auf seiner Prioritätenliste ganz am Ende stehe. Er wechselt von Anrufer zu Anrufer, seine monotone Stimme hält er gekonnt aufrecht, seine Finger fliegen von einem rot leuchtenden Knopf zum nächsten.

»Entschuldigung, können Sie mir sagen, wann Sie Zeit für mich haben?« Ich bin stolz auf mich, ein *Entschuldigung* mit rausgewürgt zu haben.

Völlig unbeeindruckt hebt er wieder die Hand, die ich ihm gleich breche, wenn er nicht aufpasst, und drückt mit der anderen das Headset fester ans rechte Ohr. Seine schmalen Augenbrauen ziehen sich konzentriert zusammen, während er jemandem erklärt, dass XY in einem Meeting ist und nicht gestört werden will.

Ich balle meine Hände zu Fäusten. Ich bin verschwitzt, genervt, meine Füße tun weh, mein Zuckerspiegel feiert eine Party, meine Nervenenden sind on fire und wenn sich nicht gleich etwas ändert …

»Ich möchte gerne zu den Leitern der Eventabteilung, Mr und Mrs Innings. Ich habe meine Unterlagen bereits eingereicht und will Ihre Zeit gar nicht lange in Anspruch nehmen, aber …« Er dreht sich von mir weg, redet ununterbrochen weiter und ignoriert mich. Er. Ignoriert. Mich.

Ich habe gewartet. Im Stehen. Bestimmt dreißig Minuten. Dabei hat er es nicht mal geschafft oder für nötig befunden, mich zu begrüßen. Ich war höflich. Ich war geduldig. Wäre Andie hier, würden ihr vor Unglauben und Stolz die Tränen kommen, weil ich so lange durchgehalten habe.

Das reicht!

In einer schwungvollen Bewegung ziehe ich mich an der Theke hoch, stütze mich auf dem Empfangstisch ab und beuge mich darüber, während meine Beine in der Luft hängen. Mit einem kräftigen und gezielten Ruck reiße ich alle Kabel und Leitungen der Telefonanlage raus, umklammere sie, als wären sie überlebensnotwendig, und lasse mich elegant zurückgleiten, bis ich wieder Boden unter den Füßen habe.

Es ist einen Moment so schön still. Ich atme auf.

Das Gesicht des Kerls ist unbezahlbar. Sein Mund steht offen, seine Augen sind geweitet, und er tippt weiter wie ein Irrer auf den Knöpfen rum, während er immerzu laut »Hallo!« schreit. Als würde ihn noch irgendjemand hören …

»Hallo«, antworte ich glückselig mit einem fröhlichen Lächeln im Gesicht. Und endlich habe ich seine Aufmerksamkeit. Mehr wollte ich ja gar nicht. »Nachdem wir das geklärt haben: Mein Name ist June Stevens, ich möchte zu Mr und Mrs Innings. Meine Bewerbungsunterlagen liegen vor. Meinen Informationen nach ist die Stelle als Praktikantin noch offen, aber wenn ich ehrlich bin, ich nehme auch eine Stelle als Empfangsdame. Sie sind ja offensichtlich nicht in der Lage, zu telefonieren und gleichzeitig eintreffenden Personen zu helfen. Vermutlich haben Sie schon Schwierigkeiten, gleichzeitig zu denken und zu atmen. Das wirft natürlich kein gutes Licht auf Sie und wirkt sicher abschreckend auf potenzielle Kunden.«

Ganz oder gar nicht, schießt es mir durch den Kopf. Für halbe Sachen ist gerade kein Platz, selbst wenn ich mich damit endgültig ins Aus katapultiere.

»Miss Stevens«, beginnt er empört und steht auf, damit er mit mir auf Augenhöhe ist. »Verlassen Sie sofort dieses Gebäude, sonst rufe ich den Sicherheitsdienst. Haben Sie verstanden?«

Ich bin so unsagbar wütend.

»Sie schmeißen mich raus?«, frage ich, und dabei klopft mir das Herz bis zum Hals.

»Sie haben soeben Sachbeschädigung begangen und die

Telefonanlage zerstört. So etwas Dreistes wie Sie ist mir noch nie untergekommen. Raus hier!«

»Weil Sie nicht genug Gehirnzellen besitzen, um Kunden zu empfangen und Ihren Scheißjob zu machen!«, brülle ich, und sein Gesicht verzieht sich zu einer ebenso zornigen wie abschätzigen Fratze.

Ich schmeiße ihm die Kabel entgegen, drücke mich vom Tresen ab und ignoriere die Blicke all der Menschen, die mich nun, im Gegensatz zu vorher, nur zu deutlich wahrnehmen. Die Zeit, bis der Aufzug kommt, kommt mir wie eine Ewigkeit vor.

Als ich eingestiegen bin, die Türen sich schließen und ich mein Spiegelbild an den Wänden sehe, schwappen die Enttäuschung, die Scham und die Angst über mir zusammen wie eine Flutwelle, und ich kann das Schluchzen, das sich seinen Weg nach draußen bahnt, nicht aufhalten. Ich will nicht weinen – schon gar nicht hier –, aber ich spüre längst, wie mir die Tränen in die Augen steigen.

Energisch blinzle ich sie weg, atme mehrmals tief ein und aus und rede mir ein, dass alles gut wird. Weil ich noch Optionen habe. Sehr, sehr wenige … und eine davon wäre Mason. Scheißdreck.

Ich glaube, jetzt verstehe ich ein bisschen besser, wie Andie sich gefühlt haben muss, als sie nach Seattle kam. Ohne Geld, ohne Job, dafür voller Ängste und Sorgen. Trotzdem kann man das nicht vergleichen, denn für sie war es weitaus schlimmer als für mich jetzt. Aber das hier … Ich schlucke schwer. Das hier genügt mir.

Für heute reicht es. Das wars. Also mache ich mich auf den Weg zurück zu Andie und schreibe ihr schnell eine Nachricht, damit sie vorbereitet ist. Es ist Nachmittag, und ich bin völlig erschöpft.

Ich bringe für alle was zu essen mit. Bin gleich da.

Kurze Zeit später öffne ich mit dem angekündigten Essen auf dem Arm die Tür zur Wohnung, und drinnen stürmt sofort Socke auf mich zu, bellt und hechelt freudig. Keine zwei Sekunden danach steht Mason vor mir, während Andie aus ihrem Zimmer ruft, dass sie gleich da sei.

Mase grinst mich an, doch es dauert nicht lange, da weicht sein herausfordernder Blick einem besorgten. Anscheinend sieht man mir meine Laune an. Prima.

»Was ist los, Kätzchen?«

»Nichts«, murmle ich genervt und lasse mich auf die Couch plumpsen. Ich würde es ihm gern erzählen, aber ich wüsste nicht, wie. In mir ist nur noch Leere – und Müdigkeit.

Die Schachtel mit dem Take-out stelle ich auf den Tisch und streife die Schuhe mit einem wohligen Seufzen ab. So ist es viel besser. Ich strecke die Zehen.

Mason setzt sich neben mich, dabei spüre ich seinen Blick nur allzu deutlich. »Wo warst du den ganzen Tag?« Er lehnt sich entspannt zurück, trägt wie so oft ein schickes Hemd, aber mittlerweile schafft er es wenigstens, die Ärmel hochzukrempeln oder auch mal einen oder zwei Knöpfe offen zu lassen. Das ist für ihn bereits grenzwertig leger.

»Unterwegs.« Meine Stimme klingt kraftlos. Ich kann nicht darüber reden. Zumindest nicht sofort und nicht mit ihm. Deshalb bin ich erleichtert, als Andie endlich ins Wohnzimmer kommt.

»Essen. Ich hab so Hunger. Was hast du …« Überrascht bleibt sie stehen und runzelt die Stirn. »Ernsthaft? Eine XXL-Packung Donuts, June? Du hast gesagt, du bringst Essen mit, richtiges Essen. Ich hatte an etwas vom Thai gedacht, Nudeln oder Wraps. Von mir aus auch einen Hotdog.«

Leise grummelnd verschränke ich die Arme vor der Brust. Andie weiß genau, dass ich die Dinger liebe. Besonders dann, wenn ich unter Stress stehe, brauche ich viel Zucker. Und mein Tag war richtig scheiße. Nur Smiley-Donuts können mich jetzt aufmuntern. Warum versteht sie das nicht?

»So schlimm?«, fragt sie plötzlich, und ich kann nicht mehr tun, als das Gesicht zu verziehen. Schlimm ist gar kein Ausdruck für das, was ich durchgemacht habe. Zu Masons Glück sagt er nichts dazu. Reicht schon, dass er es überhaupt mitbekommen hat.

»Okay.« Sie seufzt, lässt sich im Schneidersitz auf dem Teppich schräg neben mir nieder. Das heißt so viel wie: Wir reden später. Ich nicke. Da bin ich absolut dafür.

»Sorry, Mase. Ich dachte wirklich, sie meint dieses Mal richtiges Essen, wenn sie schon von Essen schreibt.«

Mason kommt nicht dazu, ihr zu antworten, weil in dem Moment die Klingel ertönt.

»Ich geh schon«, erklärt er und erhebt sich.

Ich höre ihn mit jemandem sprechen, habe aber keinen Nerv übrig, mich umzudrehen und nachzuschauen, wer sich an der Tür die Ehre gibt. Bis er zurück im Wohnzimmer ist und lauthals verkündet: »Ich habe vorgesorgt.« Überrascht blicke ich auf.

Pizza. Er hat Pizza bestellt. Ich sollte enttäuscht sein, weil er mir nicht zugetraut hat, dass ich für uns etwas zu essen besorgen kann, doch in diesem Moment bin ich schlicht dankbar. Denn gerade habe ich irgendwie das Gefühl und den bescheuerten Gedanken, dass er mir damit etwas abgenommen hat. Einen kleinen Teil des Päckchens, das zu tragen für mich zu schwer geworden ist.

»Coop, Dylan!«, schreit er, und wir müssen nicht lange warten, bis die Türen auf- und die Jungs rausspringen. Sie setzen sich zu uns, Cooper zu Andie, Dylan auf den Sessel, und jeder nimmt sich seine Pizza.

Andie liebt die vegetarische Variante, Dylan nimmt fast immer eine mit Salami und Cheesy Crust, auf Coopers sind heute Pilze und ich weiß, dass Mason Fan von der mit Lachs und Spinat ist. Dylans Haare sind gewachsen und jetzt, wo ich ihn so mustere, fällt mir auf, dass sein Bart mittlerweile viel dichter und länger ist als der von Cooper. Steht ihm. Seine lange, tiefe Narbe, die sich über seine rechte Wange zieht, fällt dadurch weniger auf. Mit seinem massigen Körper sieht er irgendwie dem Typen aus dem einen *King-Arthur*-Film ähnlich. Der spielt auch in dieser Serie mit, die Andie Anfang des Jahres geguckt hat. Irgendwas mit heißen Männern auf Motorrädern. *Sons of* … was weiß ich.

»Hier.« Mason reicht mir einen Karton und eine Handvoll Servietten und reißt mich so aus meinen Gedanken.

Meine Lieblingspizza: Rucola, Tomaten, Mozzarella, einfach die beste Kombi der Welt.

Ein Lächeln zupft an meinen Lippen. *Danke, Mase.*

Gerade als er sich auch setzen will, klingelt sein Handy. Die Augenbrauen fragend zusammengeschoben, sodass sich zwischen ihnen eine Falte bildet, holt er es aus der Hosentasche und entschuldigt sich nach einem knappen Blick darauf. Er stellt seine Pizza neben mich und verschwindet in seinem Zimmer.

»Ahhh!«, schreit Dylan ohne Vorwarnung, schiebt aber das Stück Pizza weiter in den Mund, statt es rauszunehmen.

»Dylan! Du weißt, wie heiß der Käse immer ist«, mahnt Andie ihn und wedelt ihm mit einer Hand Luft zu, was natürlich keinen Sinn macht. Es ist ohnehin zu spät, er hat sich längst die Zunge verbrannt. Wahrscheinlich die ganze Speiseröhre, denn wie ich ihn kenne, hat er den Happen gnadenlos runtergeschluckt. Er ist einfach unbelehrbar.

Als ich den ersten genüsslichen Bissen nehme, merke ich erst, wie sehr ich etwas Deftiges gebraucht habe. Die Donuts werden warten müssen.

Wir essen in stillem Einvernehmen, und diese Ruhe ist für mich Balsam für die Seele. Das kommt nicht oft vor, aber manchmal. Manchmal, wenn ich noch ein bisschen Zeit brauche, bis ich über etwas reden kann, das schiefgelaufen ist oder das mich beschäftigt. Dann bin ich dankbar für Augenblicke wie diese. Solche, in denen man still sein kann und trotzdem nicht allein ist.

Während Andie und Cooper dabei sind, je ein Stück ihrer Pizza zu tauschen, wie immer, kommt Mase mit nachdenklichem Blick aus seinem Zimmer. Er fährt sich mit der Hand über die Stirn, sein Handy wandert zurück in die Hosentasche. Die anderen drehen sich zu ihm.

»Alles okay? Ist was passiert?« Cooper beobachtet seinen besten Freund genau, der auf dem Weg zur Couch ist, sich seine Pizza schnappt und sich erneut zu mir setzt.

Wir alle warten gespannt. Nicht nur mir sieht man meine Stimmung genau an, Mase ist auch einer dieser Kandidaten, bei denen man ziemlich schnell merkt, wenn was los ist.

»Das war Susie. Sie hat mich um Urlaub gebeten.«

»So kurzfristig? Das sieht ihr gar nicht ähnlich.« Andie rückt mit einem ihrer sauberen Finger die Brille gerade.

»Ja. Und auf unbestimmte Zeit.« Mason öffnet seinen Pizzakarton, aber ich merke, dass ihm der Appetit vergangen ist.

»Was?«, fragen Andie und Cooper unisono.

»Sie hat sich entschuldigt. Sie fährt heim zu ihren Eltern. Nach Michigan. Ihre Mom braucht sie jetzt, sie muss im Laden mithelfen. Ihr Vater hatte einen weiteren Schlaganfall. Vermutlich verpasst sie das nächste Semester.«

Susie ist einer der nettesten Menschen der Welt, und sie

liebt ihre Familie. Dass es ihr nun so schlecht geht, ist scheiße.

»Können wir ihr irgendwie helfen?«, fragt Andie leise, während Dylan ausnahmsweise wegen der Situation flucht, nicht wegen zu heißem Käse.

»Nein. Ich denke nicht. Es gibt Dinge, die muss man alleine schaffen. Wir können nur für sie da sein, wenn sie wiederkommt.«

»Soll ich vorerst ein paar von Susies Aufgaben zusätzlich übernehmen? Die Koordination der Schichtpläne zum Beispiel?«

Mason wäre ein Narr, wenn er Andies Angebot ausschlagen würde. Niemand organisiert so gut, schnell und effizient wie sie. Und das weiß er, denn er atmet erleichtert auf.

»Du würdest mir damit den Arsch retten«, erwidert er ehrlich erleichtert, und ein Lächeln breitet sich auf Andies Lippen aus – bis sie mich plötzlich ins Visier nimmt und … *Nein, Andie! Nein!* Sie würde doch nicht?

»Weißt du, wenn du noch weitere Hilfe brauchst, ich meine …« In dieser Sekunde klatsche ich ihr mit voller Wucht den riesigen Stapel Servietten ins Gesicht, lasse sie über den Tisch segeln, bis sie ihr Ziel erreichen und Andies Rede schlagartig stoppen. Andie kann sie nicht alle fangen, manche landen mitten auf ihrer Pizza. Kein Mitleid! Wir funkeln uns an.

Coopers Gesichtsausdruck ist unbezahlbar, Dylan kämpft längst wieder mit dem Käse und Mason ignoriere ich gekonnt. Ich lächle Andie an.

»Sorry, Süße. Du hast da Pizza im Gesicht. Die solltest du dringend wegmachen.«

Ich suche einen Job, ja, aber ich werde nicht für Mason arbeiten.

Kommt nicht in die Tüte …

6

Sag niemals nie.

June

Ich muss für Mason arbeiten.

Dieser Gedanke frisst sich durch mich hindurch wie Termiten durch ein Holzhaus.

Meine Zimmertür schwingt auf, und meine beste Freundin nimmt mich sofort ins Visier.

»Verdammt, June!«, höre ich Andie fluchen. Und sie flucht sonst so oft, wie ich imstande bin, meine Klappe zu halten. So gut wie nie …

»Mir geht es gut«, nuschle ich in das Kissen, das meine rechte Wange zerdrückt und ein Auge zupresst.

»Was tust du da? Ich mache mir wirklich Sorgen. Seit Samstag nach dem Pizzaessen hab ich nichts von dir gehört. Ich weiß, es läuft gerade nicht gut, und ich verstehe, dass die Jungs das nicht wissen sollen. Aber hör auf, mich zu ignorieren! Erinnerst du dich daran, wie wütend und besorgt du warst, als ich das gemacht habe? Kurz nach meiner Ankunft? Das war nicht so schön, oder?«

Die Standpauke sitzt. Sie hat ja recht. Doch ich kann nur seufzen und wenn ich ehrlich bin, würde ich gerne noch eine Weile in Selbstmitleid baden.

»Es tut mir leid.« Das stimmt wirklich und das ist ihr klar, denn sofort werden ihre Gesichtszüge weicher. Andie tritt zu mir ans Bett und geht vor mir in die Knie, damit wir auf Augenhöhe sind.

»June, ich sag es nur ungern, aber das hier …« Sie zeigt vage auf mich. »… muss aufhören. Es ist gleich acht. Acht Uhr am Abend. An einem Mittwoch. Du liegst mit Klamotten auf dem Bett, und wenn ich raten müsste, hast du sie in den letzten vierundzwanzig Stunden nicht gewechselt. An deiner Schulter klebt ein altes Stück Wan Tan. Ich kann mich nicht erinnern, wann wir so was das letzte Mal erlebt haben.«

»Es nützt nichts, ein weiteres Mal zu betonen, dass es mir gut geht, oder?« Es gibt kein Entkommen. Sie ist unerbittlich.

»Nein.« Andie schüttelt den Kopf. »Erzähl mir lieber, was ich noch nicht weiß.« Sie erhebt sich und setzt sich auf meine Bettkante. Ich bewege mich weiterhin keinen Millimeter.

»Ich muss für Mason arbeiten«, stoße ich frustriert aus. »Ich muss einen Pakt mit dem Teufel schließen, meine Seele verkaufen, zu Kreuze kriechen und …«

Andies lautes Lachen ertönt, und das ist der Moment, in dem ich mich ein Stück bewege und versuche, sie irgendwie anzusehen, ohne zu schielen. Etwas, was aus meiner Position heraus gar nicht so leicht ist.

»Das ist nicht witzig, okay? Ich hab Montag und Dienstag alle restlichen Firmen und Agenturen abgeklappert, aber niemand stellt mich ein. Niemand hier! Ich hab keine Wahl mehr, ich muss Mason fragen und das mit der Uni klären. Oder den Umkreis drastisch erweitern. Oder ein Semester verlieren und damit mein Stipendium.« Ich gebe es zu, eine Sekunde lang denke ich darüber nach.

»Das ist aber keine Option. Mase wird Ja sagen, das weißt du genau. Und du weißt, dass er schwer in Ordnung ist.«

»Dich nervt er ja auch nicht jeden Tag, weil er mit dir ausgehen will.«

»Glaub mir, es gibt Schlimmeres.«

Jaja, ist mir bewusst. Mason ist total okay, er hat Andie den Arsch gerettet, er … er ist wirklich ein guter Kerl. Ein verdammt toller, ehrlicher, witziger und intelligenter Kerl, muss ich zugeben. Trotzdem bereitet mir allein der Gedanke, für ihn arbeiten zu müssen, körperliche Schmerzen. Es würde unseren Abstand verringern und – das ist zu gefährlich.

»Auf!« Andie klatscht freudig und viel zu motiviert in die Hände. »Ich muss zur Arbeit, und dich werde ich nicht weiter so rumliegen lassen. Wer weiß, seit wann du hier schon so vor dich hin vegetierst.« Sie schnuppert und rümpft die Nase. »Ich nehme an, seit du von der letzten Firma eine Absage kassiert hast. Das ist nicht so dein Ding – und es ist gruselig.« Zielstrebig schnappt sie sich einen meiner Arme, dreht mich schwungvoll auf die Seite und schafft es sogar irgendwie, mich in eine aufrechte Position zu bringen. Meine Blase meldet sich plötzlich vehement.

»Du hast dreißig Minuten, um dich zu duschen, zu schminken und dir frische Sachen anzuziehen. Glaub mir, ich schleife dich auch nackt oder muffig riechend in den Club, wenn es sein muss. Deine Entscheidung.«

Einen Flunsch ziehend schaue ich sie flehend an, aber es bringt nichts. »Na fein!« Ich werfe resigniert die Hände in die Luft und stehe auf.

Mein Fuß ist eingeschlafen, sodass ich beinahe stolpere. Verfluchter Mist.

Während ich mich wenig später fertig mache, habe ich die Hoffnung, dass Mason entweder nicht im Club sein könnte oder dass es halb so schlimm wird, ihn nach einem Job zu fragen. Ehrlich, ich hab keine Ahnung, was ich erwarte, aber ich hoffe darauf, dass es mir mein Leben nicht schwerer macht. Dass Mase und ich Abstand wahren können und nicht ein Problem gegen ein neues getauscht wird.

Eine Stunde später stellt sich heraus, dass weder der eine noch der andere Wunsch in Erfüllung gehen wird.

Ich bin mit Andie im Aufenthaltsraum, sitze an dem Tisch hinter ihr, während sie an Susies PC an irgendwelchen Listen arbeitet, als die Tür aufspringt und Mase reinspaziert. Scheiße schön, wie immer.

Das hier wird noch mein Untergang.

Wie er da so steht, ist er eine regelrechte Erscheinung. Mason trägt die Anzüge, als wären sie ein Teil von ihm. Er und die Anzüge sind eine Einheit. Und das ist dem Mistkerl bewusst, denn er strahlt eine Präsenz aus wie kein Zweiter. Ich würde ihm gerne eine Monobraue tätowieren … einfach, um ihm etwas von seiner Makellosigkeit zu nehmen. Bei dem Gedanken muss ich lächeln.

»Hey.« Diese Stimme. Ich hatte bisher keine Probleme mit ihr. Nicht mit seiner Stimme, seinem intensiven Blick, diesem verschmitzten Grinsen, den Stöcken oder der Schokolade, die er mir geschickt hat, dem Necken und Nerven oder mit sonst was. Doch jetzt habe ich es, und ich bin nicht dumm genug, mir einzureden, dass ich nicht genau wüsste, weshalb das so ist.

Mase zu küssen hat Spaß gemacht. Ich habe es genossen. Ich wollte es …

Innerlich stöhne ich auf und schlage theatralisch die Hände über meinem Kopf zusammen. Es war ein Fehler. Ein mächtiger Fehler.

»Die neuen Schichtpläne sind endlich fertig«, berichtet Andie stolz und deutet auf eine offene Datei, die auf dem Bildschirm angezeigt wird. Danach erhebt sie sich und dreht sich zu Mason. »Ich gehe nach vorne zu Jack an die Bar. June würde richtig, richtig gern etwas mit dir besprechen«, hängt sie mit einem niedlich klingenden Ton an, der mir unterschwellig mitteilt, dass sie ihn fragen wird, wenn ich es jetzt nicht tue. Argh. Diese neue Andie mit einer ganzen Tüte voll Selbstvertrauen macht mich verrückt. Ich bin so stolz auf sie.

Bis sie verschwindet und mich in einem Raum mit Mason sitzenlässt.

Zuerst scheint Mase von Andies Ankündigung überrascht, aber das legt sich schnell. Jetzt schaut er mich nur abwartend an. Eindringlich. Auf der Lauer liegend.

»Was möchtest du, Kätzchen?«

»Im Moment? Dir die Zunge rausreißen, weil du nicht aufhörst, mich so zu nennen.«

Er setzt sich in Bewegung, und ich stehe auf, weil ich mich ihm sonst unterlegen fühle. Herausfordernd komme ich ihm entgegen. »Und«, fange ich nach kurzem Zögern widerwillig an, »einen Job.«

Masons Augenbrauen wandern nach oben, ich kann deutlich erkennen, wie es hinter seiner Stirn arbeitet. Wäre lustiger, wenn es nur eine einzige Braue wäre … Ich muss unbedingt an der Vorstellung festhalten, macht es leichter.

»Einen Job? Hier? Bei mir?«

»Mach es nicht schlimmer, als es sowieso schon ist, okay?« Frustriert schnaube ich. Aber sein Ausdruck bleibt ernst und interessiert. Währenddessen fängt mein Herz unnötigerweise an wieder zu rasen, und Nervosität flutet mich, sodass ich meine Finger hinter dem Rücken knete, damit er es nicht bemerkt.

»Was ist los, June? Ist was passiert? Der Gedanke, dass du einfach gern in meiner Nähe sein willst, ist verlockend, aber ich glaube nicht, dass das der wahre Grund für … dieses Gespräch ist.«

»Du bist ein richtiger Sherlock«, murmle ich. »Es ist nicht der Rede wert. Ich brauche ein mehrwöchiges Praktikum, das ich vor dem nächsten Semester vorweisen muss. Sonst nichts.«

»Bereich?«

»Hauptsache irgendwas mit Events und Marketing oder im Büro, also Organisation.« Ich zucke die Schultern, bemühe mich darum, teilnahmslos zu wirken, aber es ist verdammt schwer. Natürlich will ich weiterkommen, das alles schaffen, aber dass ausgerechnet Mase der Schlüssel zu der verschlossenen Tür in meinem Leben ist und ich ihn darum bitten muss ... ja, das macht es schwerer.

»Warum suchst du dir nicht eine gute Agentur, die darauf ausgelegt ist?« Treffer versenkt.

Ich meide seinen Blick, schlucke ein-, zweimal, weil sich ein fetter Kloß in meinem Hals bildet und ich nicht aussprechen will, dass mich niemand genommen hat. Das muss ich zum Glück auch nicht, weil Mason direkt weiterspricht. »Wenn du den Job möchtest, hast du ihn. Du kannst Susies administrative Aufgaben erledigen, die anfallen. Ich brauche Andie eher an der Bar und hätte mir sowieso etwas überlegen müssen, um sie zu entlasten.«

Überrascht schaue ich ihm wieder in die Augen. »Wirklich?«

»Du kannst nur das Praktikum absolvieren – vier bis fünf Wochen, richtig? – oder bleiben, bis Susie zurück ist. Natürlich bezahlt. Musst du bestimmte Anforderungen erfüllen?«

Ich räuspere mich und denke kurz nach. »Ja, ich soll im besten Fall ein Event planen und das Ganze dokumentieren, inklusive Erfolgen und Misserfolgen. Eigenständig oder mit anderen zusammen. Welche Art von Event spielt erst mal keine Rolle, es geht einfach um den Erfahrungswert und die Eigenverantwortung. Minimal soll ich ein Event begleiten und das Marketing übernehmen.«

»Kein Problem, beides ist möglich. Sobald du eine Idee hast, gib mir Bescheid. Wann willst du anfangen? Ich gehe davon aus, dass es kein Problem darstellt, dass Andie dich einarbeitet.«

Das hier ist äußert seltsam. Es ist zu einfach. Alle Alarmglocken in meinem Kopf schrillen.

»Nein, das wäre schön«, erwidere ich skeptisch. »Ist es okay, wenn ich das mit ihr bespreche und wir schauen, wie der Schichtplan aussieht? Dann sagen wir dir, wann es losgeht.«

»In Ordnung.« Mase kommt einen Schritt näher, und jetzt bildet sich da wieder dieses altbekannte freche, ja spitzbübische Lächeln um seine Lippen. Da kommt doch noch was. Das kann definitiv nicht alles gewesen sein, das wäre nicht Mase.

»Übrigens – was meine Zunge angeht: Ich denke, das würdest du nicht wagen. Jetzt, da du eine Ahnung davon bekommen hast, was ich damit anstellen kann.« Mase lacht leise. Und ich glaube, ich hatte gerade vor lauter Schreck einen frühzeitigen Eisprung.

»Du bist wirklich … ein Superidiot.« Meine Beleidigungen waren schon mal besser. Viel, viel besser. Er lacht nur laut auf. Ich scheine ihn prächtig zu amüsieren.

Damit ich ihm nicht an die Gurgel gehe, verschränke ich die Arme vor der Brust.

»Was den Job angeht: Natürlich gibt es … Bedingungen.«

Sofort verdrehe ich die Augen. »Vergiss es!« Ich will an ihm vorbei und den Raum verlassen. Seine Spielchen kann er ohne mich spielen.

»Warte.« Mase greift zielsicher nach meinem Arm, dreht mich schwungvoll um und zieht mich zu sich, bis ich an seinem Oberkörper lande. Prompt bildet sich eine Gänsehaut auf meiner Haut. »Es gibt eigentlich nur eine Bedingung – eine einzige.« Er beißt die Zähne einen Moment so fest zusammen, dass ich die Bewegungen seiner Kiefermuskeln genau verfolgen kann. Sein Blick hält mich so wie die Hand auf meinem Rücken oder die andere an meinem Oberarm: fest, ohne zu schmerzen. »Versuch, mich nicht als deinen Feind zu sehen, June.« Seine Stimme ist leicht und zart wie eine Feder, die über meine Haut gezogen wird und gleichzeitig elektrische Stöße durch mich hindurchsendet. Ein Kontrast, der mir nur zu bewusst ist und mich auf gewisse Weise erschüttert.

Sein Atem mischt sich mit meinem.

Ich könnte gehen, jederzeit. Mase würde mich nie zu etwas zwingen.

Mein Feind?

Nein. Das ist er nicht.

Also nicke ich stumm und knapp. Das ist eine Bedingung, mit der ich nicht gerechnet habe. Und eine, die ich durchaus erfüllen kann.

»Ich hoffe, irgendwann bin ich der Erste, den du fragst, wenn du Hilfe brauchst. Deine Wahl, nicht der letzte Ausweg.« Er haucht mir einen Kuss auf die Wange, gibt mich unerwartet schnell frei – und geht.

Völlig durcheinander stütze ich mich am Tisch ab, nachdem er den Raum verlassen hat. Masons Worte hallen in mir wider. Und jedes von ihnen tut verdammt weh.

Ich würde mich gern bei ihm entschuldigen, aber … das bringt nichts. Im Moment brauche ich mehr denn je Abstand zu ihm. Mase macht mich angreifbar.

Sosehr mich seine Worte treffen, sosehr ich mir wünsche, ich könnte es anders sehen: Ich würde es wieder so machen.

Um mich und mein dummes Herz zu schützen.

7

Warum liegen hier eigentlich Strohhalme?

June

»Danke, dass du das machst.«

»Das ist doch selbstverständlich.« Andie winkt ab. »Womit fangen wir am besten an?« Nachdenklich legt sie sich ihren Zeigefinger ans Kinn.

»Kommen Cooper und Jack wirklich alleine klar? Und Paul?« Schließlich ist Paul noch nicht lange da. Einen Monat oder so. Er wurde als Aushilfe im Bereich Barkeeping eingestellt und hat eine der letzten ersetzt. Besonders freitags ist seine Anwesenheit bitter nötig. Nicht nur, weil bereits richtig was los ist im Club, sondern auch, weil Susie auf unbestimmte Zeit ausfällt und all ihre Schichten übernommen werden müssen. Olly und Nia sind ebenfalls neu, sie ergänzen das Team an der Kasse und am Eingang.

Andie hat den Arbeitsplan, seit das mit Susie bekannt ist, bestimmt fünfmal umschreiben müssen. Vermutlich wird sie das die nächsten Wochen noch das ein oder andere Mal wiederholen, weil jeder umplanen muss.

Vorgestern hat Mase zugestimmt, dass ich das Praktikum antreten kann und gestern habe ich meinem Professor geschrieben. In der E-Mail habe ich grob umrissen, was mein Vorhaben ist und inwiefern ich die Anforderungen im Club werde erfüllen können. Trotz Ferien kam bereits heute früh die Antwort, dass er damit einverstanden ist.

Andie zeigt mir heute schon einen Teil der Aufgaben, richtig los geht es für mich erst nächste Woche. Gerade stehen wir im Pausenraum, wo Andie ab jetzt ihren Spind mit mir teilt. Zumindest während ich hier mein Praktikum mache.

Ich lege meine Tasche rein und meine Heels, ziehe stattdessen schwarze Turnschuhe an, die man unter meinem langen Rock kaum sieht und die ich erst vorhin gekauft habe. Die werde ich ab heute hierlassen, weil Andie mir untersagt hat, im Club in etwas rumzulaufen, das einen Waffenschein benötigt. Ich habe mich ausnahmsweise nicht gewehrt. Zum Rock durfte ich mir allerdings auch was anhören. Er sei nicht praktisch und schränke die Beweglichkeit ein. Andie hat neben High Heels jetzt auch Röcke auf die No-Go-Liste für das Praktikum gesetzt. Ab Dienstag sind sie tabu. Genau wie das lockere Top, das ich trage. Nur weil ich mich damit nicht nach vorne beugen kann … Okay, es ist freizügig und knapp und weit. Aber auch blickdicht. Das hat sie leider nicht überzeugt. Super.

»Das sind große Jungs.« Ein Lächeln umspielt ihre Lippen. »Also, weitestgehend. Die rufen mich schon, wenn was ist. Außerdem faulenzen wir nicht, sondern wollen arbeiten! Genau wie die da draußen.«

»Dann hoffen wir das Beste.« Scheppernd fällt die Tür des Spindes ins Schloss, und Andie zeigt mir ihre Schrankkombi.

»Wird schon. Ganz nebenbei bin ich extrem dankbar, dass du das Praktikum vor mir machst, dann kannst du mir später ein wenig helfen. Das Praktikum erfordert die Organisation eines Events, und ich hab wirklich Respekt vor dieser Aufgabe.« Ihre Brille hebt und senkt sich, weil sie die Nase rümpft.

»Andie, du kannst besser planen und organisieren als jeder andere Mensch, den ich kenne. Wahrscheinlich auch besser als jeder, den ich nicht kenne. Dieser Teil wird dir überhaupt keine Schwierigkeiten machen. Aber mir! Mich wird das ins Grab bringen. Ohne dich bin ich vollkommen aufgeschmissen, was administrative Aufgaben angeht. Ich bin mehr die Frau fürs Grobe. Diejenige, die deine Planung ausführt. Als Türsteher mache ich mich bestimmt auch gut.«

Andie prustet los.

»Hey! Ich meine das ernst. Ich bin verzweifelt.«

»Entschuldige.« Sie kneift die Lippen zusammen, bemüht sich regelrecht, nicht mehr zu lachen. »Ich hab nur gedacht, dass es vielleicht nicht so klug ist, dir Susies Ordner und die Mails zu überlassen. Jetzt, da ich endlich durchsteige.«

»Kluges Mädchen«, lobe ich sie feixend.

»Aber ich hab mich dagegen entschieden. Du schaffst das! Die June, die ich kenne, scheut keine Herausforderungen, sondern wächst daran.« Ich brumme, weil ich daran zweifle, doch Andie lässt nicht locker. Ihre Hände umfassen meine Oberarme, und in ihrem Blick liegt nichts als ein unerschütterlicher Glaube an mich. »Wir müssen beide lernen, aus unserer Komfortzone zu kommen. Ich helfe dir also, wo ich kann, aber erst, nachdem du es selbst versucht hast. Betrachte es als Hilfe zur Selbsthilfe. Du hast das schon oft mit mir gemacht, erinnerst du dich? Und so wie du werde ich mich kommendes Semester fühlen. Da kannst du mir dann Feuer unterm Hintern machen.«

Ich atme hörbar aus. »Du hast ja recht. Gefallen muss es mir trotzdem nicht, oder?« Das würdigt Andie mit keiner Antwort. Stattdessen lässt sie mich los und geht in Richtung Schreibtisch, schaltet den Computer an und beugt sich über Stuhl und Tisch, statt sich hinzusetzen.

»Am PC wirst du vor allem E-Mails beantworten. Wenn du was nicht weißt, frag mich oder Mason. Manche Nachrichten kann wirklich nur er beantworten. Die meisten sind von Lieferanten, Speditionen oder irgendwelchen Leuten, die den Club mieten wollen, obwohl das bislang nicht möglich ist. Bei Letzteren ist es also ganz einfach: Schick ihnen eine höfliche Absage. Vorlagen findest du hier.« Sie öffnet den entsprechenden Ordner, der auf dem Desktop verlinkt ist.

»Ach, hör auf! Ich kann höfliche E-Mails schreiben, so schwer wird das nicht sein«, erwidere ich leicht empört.

»Es ist ja auch nur, falls du es vergisst.« Sie zwinkert mir zu. Auf Andie kann man nicht böse sein, das ist nicht fair.

»Okay, okay.«

»Manchmal verirren sich Nachrichten ins Postfach, die da nicht reingehören, sondern direkt zu Mase müssen. Die meisten erkennt man am Betreff. Ist das der Fall, leite es ihm an seine private Mail-Adresse weiter. Die findest du unter ›Kontakte‹ ganz oben.« Ich nicke fast nach jedem Satz, damit Andie weiß, dass ich zuhöre. »Die Dienstpläne mache ich das nächste Mal mit dir zusammen. Wir haben ein eigenes Programm, in das wir alles eintragen und das direkt Arbeitszeit, Überstunden und all so was dokumentiert. Dann gibt es noch das Bestellsystem. Das zeige ich dir morgen vor der Schicht, weil das leider etwas länger dauert. Vor allem, weil Jack handschriftlich eine extra Liste führt, die eingepflegt werden muss und es leider dauern kann, bis man die entziffert hat. Es ist, als würde er seine ganz eigene abgedrehte Form von Hieroglyphen benutzen, wenn er schreibt. Wenn du das in den nächsten Wochen übernimmst, hilfst du damit wirklich sehr. Susies Stunden an der Bar fallen ja auch aus.« Andie streicht sich eine Locke aus der Stirn und verzieht den Mund. »Übrig bleiben bisher die Abrechnungen und Steuerunterlagen. Einzelne bürokratische Dinge, für die Susie zusätzlich verantwortlich war beziehungsweise bei denen sie Mason unter die Arme gegriffen hat. Die

Abrechnungen können wir machen, aber der Rest wird vorerst komplett an Mason hängen bleiben.«

»Susie hat den Laden ganz gut unter Kontrolle gehabt, was?«

»Oh ja. Susie arbeitet hier fast so lange, wie der Club existiert, und genauso lange hilft sie Mase schon im Büro. Er vertraut ihr. Und uns auch. Wir kriegen das hin. Notfalls muss Mason eben noch jemanden einstellen, der von all dem Kram Ahnung hat, oder sich etwas anderes überlegen. Es ist sein Club, er wird wissen, was zu tun ist.«

»Oder du zeigst mir alles, was ich wissen muss, um hinter der Bar arbeiten zu können.« Gott, wieso kann ich nicht ein einziges Mal meine Klappe halten? Wieso habe ich das gesagt? Ich will das nicht, verdammt.

Andies Augen weiten sich, sie lässt die Maus los, stellt sich aufrecht hin und mustert mich. »*Du* willst barkeepern? Das bringt dir nichts für das Praktikum.«

»Schon gut. Vergiss es wieder«, winke ich ab. »Was gibt es noch?«

»June.« Andie sagt nur meinen Namen – lang gezogen und mit überraschend tiefer Stimme. Frei nach dem Motto: Verrat mir, was das soll, ich lasse sowieso nicht locker.

Ich schnaube, sie kennt mich einfach zu gut. »Es war ein bescheuerter Gedanke, nicht mehr.«

Andies Augen verengen sich zu Schlitzen, ich kann genau erkennen, wie es hinter ihrer Stirn arbeitet, wie sie überlegt, warum ich das gesagt habe.

»Du willst hinter die Bar …«, flüstert sie mehr zu sich selbst. »Damit ich das Administrative machen kann? Weil ich in solchen Dingen besser bin und durch deine Idee wäre ich ein wenig entlastet, ich könnte Mason mehr helfen …« Es ist mehr eine Frage, mehr eine Vermutung als eine Aussage. Aber damit hat sie die Wahrheit ziemlich genau auf den Punkt getroffen.

»Es war nur eine Idee.«

»Was ist mit dem Praktikum?«

»Das mache ich ja trotzdem. Ich bin hier, arbeite meine Stunden ab und kann nebenbei die Anforderungen erfüllen, ein kleines Event planen oder so. Nur sind wir ehrlich, ich kann Susie nicht ersetzen. Du schon, du bist dafür wie gemacht.«

Nachdenklich legt meine beste Freundin den Kopf zur Seite und beginnt die Lippen zu verziehen. Nach oben, unten, von einer Seite zur anderen. Was tut sie da?

»Du willst Mason helfen?«

»Versuch bitte nicht, das zu analysieren«, murre ich und verschränke die Arme vor der Brust.

»Okay. Wir tragen dich für Doppelschichten ein mit mir, Jack und Cooper?« Ich nicke bestätigend. »Gut. Sobald du allein klarkommst, übernehme ich komplett Susies Aufgaben und ihren Schichtanteil, und du meinen an der Bar.« Andie stutzt. »Bist du sicher, dass das nicht zu viel wird? Ganz abgesehen davon, dass wir uns bei mir schon nicht vorstellen konnten, dass ich mal Barkeeperin werden würde. Aber du? June, da werden Menschen sein. Viele, manche davon scheußlich oder aufdringlich.«

Stöhnend lasse ich den Kopf nach vorne sacken und schließe für zwei, drei Sekunden die Augen. »Ich weiß.«

Vermutlich kommen nach ein paar Tagen keine Gäste mehr zu mir, weil ich eben nicht so charmant bin, nicht so höflich – und keine Hemmungen habe, Menschen, die sich scheiße benehmen, mit Früchten zu bewerfen.

Andie meint es keinesfalls böse, sie will mich schützen, notfalls auch vor mir selbst. Aber ich mache das für sie, für Mason, weil er ein Freund ist – und für mich. Das Praktikum ist wichtig. Ich muss vorankommen, muss mir etwas zutrauen.

»Ich schaffe das.«

»Wenn du merkst, dass es nicht so ist, sag es mir. Ich meine das ernst, June. Sich zu übernehmen und unglücklich zu sein, keine Hilfe zu wollen, das ist keine Option.«

Jetzt grinse ich. »Das sagt die Richtige.« Und auch Andie schenkt mir ein Grinsen.

»Ich hab bei der Besten gelernt.«

Sie umarmt mich, und ich drücke sie fest an mich, bevor sie sich wieder löst und strahlend fortfährt: »Auf, auf ins Lager mit uns. Da zeige ich dir den Rest.«

Meine beste Freundin nimmt meine Hand und zieht mich aus dem Raum, dann um die Ecke und nach hinten bis zum Lager. *Bad guy* von Billie Eilish dröhnt aus den Boxen des Clubs und begleitet uns.

»Wow, super aufgeräumt.«

»Danke!« Andie ist verdammt stolz, und das kann sie auch sein, es sieht großartig aus. *Drei, zwei, eins …* »Pass auf, die Regale sind gegliedert in …« Und es geht los. Andie beginnt damit, mir genau aufzuzählen, was sich wo in welcher Menge befindet. Reihe für Reihe. Unglaublich, dass sie sich das alles merken kann. Ich beobachte sie, wie sie vollkommen in ihrer Arbeit aufgeht, darin, mir zu erklären, wie alles angeordnet ist und aus welchem Grund. Ich bin sehr froh, Andie so zu sehen. Glücklich. Sie hat es verdient. Diesen Job, das Studium, Cooper. Ihre Mom wäre auch stolz auf sie, ganz sicher. Ich schlucke schwer. Ich wünschte, meine wäre es auch …

»June? Hörst du mir überhaupt zu?«

»Was? Natürlich.« So halb zumindest. Meine Gedanken sind nicht absichtlich abgedriftet.

»Erzähl schon, was los ist.«

Ich lehne mich seitlich an das mir am nächsten stehende Regal und fummle an meinem Top herum. »Meine Eltern sind in Japan.«

»Für immer?« Andies Stimme überschlägt sich, und sie wird ganz blass. Ein knappes, trockenes Lachen entfährt mir.

»Nein. Aber sind wir ehrlich, das würde keinen Unterschied machen. Sie sind für drei Monate geschäftlich dort. Ein neuer Klient ruft, da springen sie natürlich sofort. Und da Mom vorsichtshalber den Dauerauftrag erhöht hat, damit die nächsten Monate nichts schiefgeht in Sachen Make-up-Vorrat, könnte es auch länger dauern. Es würde mich nicht wundern.«

»Das tut mir so leid.«

»Muss es nicht. Es ändert nichts.« Andie greift nach meiner Hand, bevor ich mein Top ganz zerknittern kann. Aus irgendeinem Grund bringt mich das dazu, weiterzureden. »Ich kann nicht fassen, dass ich auch nur einen einzigen Gedanken daran verschwende, obwohl ich mir vorgenommen habe, das Thema ruhen zu lassen und damit abzuschließen. Ich hab sogar kurz überlegt, sie mal wieder anzurufen. Richtig mit ihnen zu reden, also, es zu versuchen. Noch einmal und noch einmal … Wieso denke ich überhaupt, dass es vielleicht irgendwann anders sein könnte? Dass die Möglichkeit besteht, dass sie sich mehr Mühe geben oder wirklich für mich interessieren? Für mich, nicht meine Wirkung auf andere?« Bedrückt schaue ich zu Andie.

»Weil du sie liebst. Menschen, die wir lieben, verzeihen wir immer mehr. Wir setzen größere Hoffnungen in sie als in andere. Menschen, die wir lieben, lassen wir nicht so einfach los. Das ist nun mal so. Selbst dann nicht, wenn sie uns offensichtlich nicht guttun.«

»Sie haben es nicht verdient«, wispere ich und Andie drückt daraufhin meine Hand ein wenig fester.

»Ich weiß. Komm, wir gönnen dir eine Pause, gehen nach vorne und schauen, ob die Bar noch steht oder ob die Jungs schon was in die Luft gejagt haben. Dann mixen wir dir einen

Drink. Dein Praktikum beginnt ja erst nächste Woche, pünktlich zum Motto-Dienstag.« Seit Mitte Mai gibt es den im MASON's nicht mehr am Donnerstag, weil irgendein neuer Club drei Straßen weiter das Konzept übernommen und auch auf einen Donnerstag gelegt hatte. Zum Glück hat der Dienstag voll eingeschlagen, dazu kommt, dass der andere Schuppen weder gute Musik noch gute Drinks haben soll. »Apropos Mottotag«, fährt Andie fort, »da könntest du wirklich was auf die Beine stellen. Findest du nicht? Ich glaube, Mase würde etwas Neues gefallen. Zumindest wäre er bestimmt dankbar für ein wenig frischen Wind. Susie hat das bisher in der Hand gehabt, und zu unserem Glück hat sie bereits bis Ende des kommenden Monats vorgeplant. Bis dahin können wir ihre Ideen übernehmen. So bekommen wir einen kleinen Puffer.«

Andie ist hibbelig. Sie redet dann immer etwas mehr. Ich glaube, jetzt will sie mich einfach nur ablenken.

»Danke«, bringe ich schlicht heraus, aber Andie will es gar nicht hören. Sie hakt sich bei mir unter und schlendert mit mir zum Beat der Musik aus dem Lager.

»Du wirst bezahlt, wusstest du das?«

Das bringt mich dazu, über meine eigenen Füße zu stolpern.

»Was?« Mehr bringe ich nicht raus.

»Mase hat mich gebeten, dich im System einzutragen, und zwar mit dem regulären Satz der Aushilfen. Glückwunsch zum bezahlten Praktikum, das ist eine Seltenheit! Mase ist einfach klasse.« Andie strahlt mich an, aber mich wirft das Ganze zu sehr aus der Bahn, als dass ich etwas erwidern könnte. Ich sollte mich wohl freuen, das wäre die natürlichste Reaktion, oder? Niemand arbeitet gern umsonst. Er hat zwar was von Bezahlung erzählt, aber ich dachte, er meint die Zeit nach dem Praktikum. Den Job. Bezahltes Praktikum. Diese Information schlägt mir auf den Magen, weil mich nicht irgendwer bezahlt, sondern Mason. Mase, der irgendwie – wenn auch auf eine ziemlich verquere Art, das gebe ich zu – ein Freund ist. Das fühlt sich … falsch an? Schräg? Ich meine …

»Autsch! Was ist los?« Andie hat plötzlich ohne Vorwarnung gestoppt, und ich werde unsanft ausgebremst. Ich war so in Gedanken versunken, dass ich nicht mitbekommen habe, was vor mir passiert, doch als ich den Blick hebe, wird mir alles klar, und sie muss die Frage nicht mehr beantworten.

Vorhin war bereits richtig was los, aber das hier? Es ist ein Wunder, dass die Leute sich noch um die eigene Achse drehen können. Wahrscheinlich haben sie den Eingang schon zugemacht und lassen keinen mehr rein.

Ganz ehrlich? So brechend voll habe ich den Club schon eine Weile nicht gesehen.

Und das, obwohl das MASON's mittlerweile zu den Top 3 der angesagtesten Clubs der Stadt gehört. In der letzten Ausgabe irgendeines wichtigen Magazins, dessen Namen ich vermutlich bis an mein Lebensende vergessen werde, wurde Mason zum heißesten Clubbesitzer Seattles gewählt. Im Gegensatz zu ihm fanden wir das lustig und zugleich ziemlich episch. Deshalb haben wir es uns nicht nehmen lassen, die Seite aus dem Heft rauszureißen. Das Foto hängt jetzt samt Artikel schön eingerahmt in der Küche, natürlich hat Cooper sich vorher künstlerisch betätigt und Mason einen perfekt geschwungenen großen Schnurrbart gezeichnet. Wir anderen haben verrückte Polaroids gemacht und diese daneben geklebt. Es ist ein Kunstwerk geworden, das seinesgleichen sucht.

»Scheiße«, hauche ich. »Und willkommen zur ersten Woche des Summer Breaks, Süße.«

»Was machen die hier? Die alle. Sollten die nicht in Florida sein oder auf den Bahamas? Keine Ahnung, wo, aber … im

Urlaub? Oder wenigstens bei der Familie?«, flüstert Andie wie paralysiert. Auch ihr ist das hier viel zu viel.

Die Jungs hetzen von einem Ende der Bar zum anderen, ihre Haare glänzen an den Spitzen vor Schweiß, die Theke sieht aus, als hätte eine Bombe eingeschlagen, und es ist keine Pause oder gar ein Ende in Sicht. Das sieht jetzt auch Andie, die ein ersticktes »Oh mein Gott« herauswürgt.

Überall rufen die Leute nach Cooper oder Paul, Jack sehe ich nicht, der ist wohl an der anderen Bar hinten, die genauso bestürmt wird. Die Hände wedeln in der Luft, die Tanzfläche ist zu klein geworden, die Klimaanlage kommt kaum hinterher. Trotzdem bleibt eine aufgeladene Atmosphäre zurück, heiß und elektrisierend.

»Es tut mir so leid, aber ich muss mithelfen. Kommst du alleine klar?«

»Geh schon. Ich setze mich zu euch – wenn ich durchkomme und bis dahin nicht zerquetscht werde.«

»Hier am Rand hast du auch Platz!«, ruft Andie schon halb hinterm Tresen und zeigt auf eine Ecke an der Seite der Bar, wo keiner der Gäste hinkommt.

Ich schmunzle, weil Cooper es sich trotz des Trubels nicht nehmen lässt, Andie mit Schwung an sich zu ziehen und innig zu küssen, was ihm lautes Gejohle der Menge einbringt – und obendrauf Andies knallrotes Gesicht.

Sie bindet sich ihren Zopf schnell neu, fegt wie ein Wirbelwind umher, räumt auf, koordiniert – während ich versuche, nicht im Weg zu stehen. Bevor sie weitermacht und Bestellungen annimmt, reicht sie mir einen Gin Tonic mit Eiswürfeln, und ich danke ihr von Herzen dafür.

Irgendwann ist Andie ganz in ihrer Routine gefangen, und ich lasse den Blick immerzu durch die Menge schweifen. Beobachte, wie die Menschen miteinander reden, flirten oder tanzen, wie sie mitsingen, überlege mir Geschichten zu ihnen oder deute ihre Mimik. Auf eine seltsame Art beruhigt mich das, denn es lenkt mich von den Gedanken an meine Eltern, das Praktikum und den ganzen Rest ab. Außerdem kann es manchmal verdammt lustig sein, was die Leute hier treiben. Zum Beispiel, wenn sie einfach nicht merken, wenn ihr Gegenüber kein Interesse hat.

»June!« Ich zucke zusammen, blinzle zwei-, dreimal, bevor ich mich nach rechts drehe und Andies Blick von der Mitte der Bar aus begegne. »Kannst du Strohhalme aus dem Lager holen? Wir haben fast alle ausgegeben. Ich kann hier gerade nicht weg!«, ruft sie, und ihr Gesicht verzieht sich entschuldigend und bittend zugleich. Ich nicke sofort und stelle mein Glas zügig zur Seite, bevor ich nach hinten eile. Wenn ich schon hier bin, kann ich mich auch nützlich machen.

Leichter gesagt als getan, denn in dem Moment, als ich das Lager betrete, wird mir etwas flau im Magen.

Vier große vollgepackte Regale, gefühlt unendlich viele Möglichkeiten tun sich vor mir auf.

Ich hab Andie vorhin nicht immer zugehört und merke in dieser Sekunde, dass das ein Fehler war, weil ich jetzt keine Ahnung habe, wo die Strohhalme sind. Dunkel erinnere ich mich, dass sie meinte, es seien neue Lieferungen und Kisten gekommen, die sie noch nicht alle beschriften oder auspacken konnte.

»Mist.«

Okay, so schwer kann das nicht sein. Ich kenne Andie fast mein ganzes Leben lang und ihre Ticks genauso. Sie hat ein System. Strohhalme braucht man oft, sie sind wichtig für die Bar, deshalb werden sie eher vorne stehen. Also in den mittleren Regalen vor mir. Oder nicht? Ich bekomme Zweifel. Von der Mitte nach außen zu sortieren, das ist eher untypisch. Besonders in zwei Richtungen. Andererseits, was ist schon typisch bei ihr? Unzufrieden und etwas überfragt stöhne ich auf.

Nützt ja nichts. Ich puste mir ein paar Strähnen aus der Stirn und genieße den kühlen Luftzug, bevor ich mich an die Arbeit mache. Selbst unter meinem langen Rock und dem knappen Oberteil ist es heiß. Mason sollte sich eine neue Klimaanlage anschaffen. Am besten keine Zeit verlieren. Deshalb atme ich tief durch und fange einfach an. Schaue mir Karton um Karton an, mache manche auf oder schiebe sie zur Seite.

Das erste Regal war ein Reinfall. Zumindest da, wo ich rankam. Zum Glück waren wenigstens die oberen Kisten beschriftet. Ich hab alles gefunden, nur keine Strohhalme. Andie wartet bestimmt längst und wird, wie ich sie kenne, so langsam nervös. Wie soll ich später eine Firma mit ihr führen, wenn ich nicht mal in der Lage bin, verschissene Edelstahlstrohhalme in einem normalen Lager zu finden?

Beim zweiten Regal bleibe ich zuerst stehen, bevor ich irgendwas durchwühle, scanne es genau ab und – da! Über mir in dem Karton schauen ein paar oben aus der Ecke. Ich hab sie gefunden. Eins ist sicher: Wo die sind, gibt es bestimmt noch mehr.

Leider ist es nicht das Regalbrett auf Augenhöhe, sondern eins darüber. Hektisch blicke ich mich um und suche nach einer Leiter oder einem Hocker, aber ich sehe weder das eine noch das andere. Wer weiß schon, wo die Dinger stehen?

Es muss so gehen. Also hole ich alles aus meiner Größe heraus, stelle mich auf die Zehenspitzen und versuche, mit angehaltenem Atem diesen Karton zu fassen zu bekommen.

Nach Minuten des Streckens, Dehnens, Luft-Anhaltens und Arschbacken-Zusammenkneifens muss ich eine Pause machen. Der Schweiß perlt mir von der Stirn – und ich bin wütend. Auf einen Karton! Selbst wenn es kindisch ist, fühlt es sich im Moment zu gut an. Ich wage einen weiteren Anlauf und strecke mich so weit, dass es in der rechten Schulter schmerzt. Aber es klappt! Ich kann es kaum glauben. Mit den Fingerspitzen ziehe ich den Karton langsam nach vorne – bis ich wieder abrutsche.

»Verfluchter Dreck!«, stoße ich aus und wünschte, das Ding würde in Flammen aufgehen. Scheiß auf die Strohhalme!

So wird das nichts. Mir fehlen noch immer gute fünf Zentimeter. Wenn ich nur an den oberen Rand käme, wäre alles gut und ich hätte keine Probleme.

Hm, ich könnte versuchen, einfach zu springen. Skeptisch betrachte ich das Zielobjekt. Wieso nicht? Einen Versuch ist es wert.

In die Knie gehend hole ich Schwung und greife im richtigen Moment nach der oberen Ecke. Eine Welle der Euphorie und des Triumphs erfüllt mich, als ich die Pappe zwischen meinen Fingern spüre. Und eine Reihe von Flüchen, als ich merke, dass der Plan für 'n Arsch war.

Der Karton macht einen auf *Superman* in der Nähe von Kryptonit und knallt auf den Boden, die Strohhalme fliegen wie Konfetti heraus und winken, während sie sich über mir verteilen. Etwas schrappt leicht, aber dennoch gut spürbar über meine Haut und zieht an meinen Haaren. Ich schreie laut auf, weil ich mich so erschrecke und ducke mich gleichzeitig aus Reflex, um nicht von den Strohhalmen getroffen zu werden.

Zu springen war eine Scheißidee. Ich hätte mir die Zeit nehmen und etwas suchen sollen, auf das ich mich stellen kann.

Rechts am Schlüsselbein ist meine Haut ein wenig gerötet, aber es ist nicht der Rede wert. Ich schaue mich um und … mein Atem rast.

Wie sagt man so schön? Schlimmer geht immer? Hätte ich nicht für möglich gehalten, aber jetzt, da ich nach oben sehe und mich frage, warum mein Top da am Regal hängt und nicht mehr an mir, glaube ich daran.

»Heilige Scheiße!«, zische ich und bedecke mit den Armen meine Brüste, und zwar weitaus schneller, als ich je zuvor irgendetwas anderes bedeckt habe.

»SHIT, SHIT, SHIT!«

Andere Frauen tragen kein Höschen, ich hab heute keinen BH an, was ein Witz ist. Ich trage sonst immer einen BH, aber dieses luftige Top hat eben auch gut ohne funktioniert – bis eben. Andie hatte recht, was das Ding betrifft.

Ich bin kurz davor, wie eine Verrückte aufzulachen, wäre es nicht so traurig. Traurig, dass das Top neu ist und man darunter keinen BH trägt, weil das richtig kacke aussähe und weil ich ohnehin keinen brauche. Da gibt es nicht viel zu halten. Wie gesagt, bis eben war das Ganze überhaupt kein Problem!

Der halb leere Karton kommt links von mir zum Erliegen, die Strohhalme verteilen sich weiter am Boden um mich herum. Es sind so viele, dass ich sie nicht zählen kann. Ich hyperventiliere gleich.

Nein, das muss keiner mitkriegen und niemand wissen. Du reißt dich jetzt zusammen! Holst das Top da herunter und ziehst dich an …

»Ich glaub, mir wird schlecht. Ich glaub, ich steh unter Schock«, brabble ich, während sich mein Brustkorb unter meiner Atmung heftig hebt und senkt.

»Dann ist es ja gut, dass ich da bin.«

Scheiße. Mason. Jeder, nur nicht er.

8

Damit hat jetzt wirklich niemand gerechnet.

Mason

Was ich da sehe, kann ich kaum glauben. June, mit dem Rücken zu mir, aber eindeutig oben ohne. Mitten im Lagerraum und um sie herum unzählige Trinkhalme. Wie hat sie das nur hinbekommen?

Ein schöner Rücken kann auch entzücken – und bei allem, was mir heilig ist, das war noch nie so wahr wie in diesem Moment.

Mein Mund wird trocken, und ich balle die Hände unwillkürlich zu Fäusten, während ein Schauer nach dem anderen meinen Körper überläuft.

June funkelt mich über die Schulter hinweg wütend an, und ein Lächeln zupft plötzlich an meinen Lippen.

Zunächst entscheide ich mich dazu, die Tür hinter mir zu schließen, damit nicht noch mehr Leute reinplatzen. Danach schlendere ich auf June zu. Hoffentlich wirkt es gelassener, als mir zumute ist. Junes Anblick lässt mich gleich in die Knie gehen.

»Verschwinde«, zischt sie.

»Wie ich das sehe, brauchst du Hilfe, Kätzchen.«

»Ich komme klar.«

Jetzt lache ich wirklich, höre dabei jedoch nicht auf, die Lage weiter zu analysieren, während ich auf sie zugehe. Ein Karton liegt samt Inhalt auf dem Boden, ihr Oberteil hängt – vermutlich zerrissen – an dem Regal vor ihr. Krampfhaft bedeckt sie ihre Brüste, und sie will trotzdem keine Hilfe?

Die Frau ist so stur.

»Ich denke, deine Möglichkeiten sind begrenzt«, stelle ich trocken fest. Als sie verzweifelt den Kopf in den Nacken legt und die Augen schließt, muss ich tief durchatmen. Dann dreht sie sich ganz weg, meidet meinen Blick, während sie einen Versuch wagt, mit einer Hand ihr Top zu lösen. Vergeblich.

Sie schnaubt frustriert.

»Was tust du überhaupt hier, Mase?«

Etwa einen halben Meter hinter ihr halte ich an. »In meinem Club? Oder hier bei dir?«

Ich erkenne deutlich, wie sich ihr zauberhafter Rücken bewegt, wie sich ihre Muskeln und Schultern versteifen und sie innehält. Mein Blick wandert über ihre wunderschöne helle Haut, ihre Wirbelsäule entlang hinunter bis zur Taille und bis zum Ansatz ihres Pos, wo sich am Rand des Rocks deutlich zwei kleine Grübchen abzeichnen.

June hat keine Ahnung, was sie mit mir macht. Wie schwer es mir fällt, in ihrer Gegenwart klar zu denken.

»Als es immer voller wurde, habe ich die Klimaanlage gecheckt und die Security angewiesen, niemanden mehr reinzulassen – auch dann nicht, wenn Leute uns verlassen. Zumindest vorerst. Andie und die anderen sind ziemlich am Rotieren.« Meine Stimme ist belegt, ich räuspere mich leise. »Sie hat auf dich gewartet und sich gewundert, wo du bleibst, also … hab ich mir gedacht, ich schaue mal nach dir.« Ihr Rücken hebt und senkt sich, als sie tief durchatmet. »Und ich denke, das war eine gute Idee. Eine meiner besten, wenn ich das hier so betrachte.«

Keine bissige Erwiderung, kein Streit, keine Neckereien ihrerseits. Nichts. June steht nur still da, und genau das treibt mich mehr in den Wahnsinn als alles andere.

Es juckt mir in den Fingern, sie zu berühren, ihre Haut, ihren Rücken zu erkunden und …

Ich sollte ganz dringend und ganz schnell an etwas anderes denken, bevor meine Wünsche sich für jeden sichtbar in meiner Hose manifestieren.

»Darf ich dir helfen, oder soll ich wieder gehen?« Ich lasse ihr die Wahl. Die hatte sie immer und wird sie auch immer haben, wenn es um mich geht.

Die Sekunden, in denen ich auf ihre Antwort warte, ziehen sich wie alter Kaugummi. Wie eine Ewigkeit, in der ich nichts höre außer unseren Atem, das Blut, das in meinen Ohren rauscht, und das dumpfe Dröhnen der Musik im Hintergrund.

Schließlich nickt sie sichtbar. Doch sie regt sich weiterhin nicht, weicht mir nicht aus oder macht einen Schritt zur Seite, damit ich ohne Probleme an ihr Top komme. Deshalb trete ich ganz dicht zu ihr, bis ihre Schultern meinen Oberkörper streifen und ich ihren Kopf an meinem Kinn spüre. Bis ihr fruchtiges Shampoo und ihr betörendes Parfum in meine Nase dringen und meine Sinne benebeln. Gott, so muss sich das Fegefeuer anfühlen; Qual und Glückseligkeit zugleich.

Meine Finger zittern ein wenig. Dabei berühren sie June nicht und werden das auch nicht tun. Nicht so. Nicht hier. Nicht, ohne dass sie das möchte. Ich hebe meine Hände, beuge mich ein Stück weiter vor und greife nach ihrem Oberteil, das ich ohne Mühe erreichen und nach wenigen Sekunden befreien kann. Sieht ganz danach aus, als hätte sich der feine Stoff in einem alten, rausstehenden Nagel verfangen. Es ist nahezu komplett zerrissen.

Ohne nach unten zu sehen, halte ich es ihr hin, es baumelt an meinem Zeigefinger.

»Ich gehe nicht davon aus, dass das noch zu gebrauchen ist«, bemerke ich möglichst nüchtern, und ein verzweifelter Laut dringt zu mir, als sie es mir abnimmt und betrachtet.

In einer raschen Bewegung drehe ich mich zur Seite, knöpfe mein Hemd auf und ziehe es aus. Ich trage ein dünnes Shirt drunter und habe einen Ersatz oben, also nicht der Rede wert. Mit wild klopfendem Herzen lege ich June das dunkle Hemd über die Schulter und tue wirklich mein Bestes, sie dabei nicht anzusehen.

»Was wird das?«

»Wonach sieht es aus, Kätzchen?«

Nur mit Mühe kann ich ein lautes Keuchen unterdrücken, als June nicht nur das Hemd nimmt, sondern für einen Augenblick meine Hand. »Nett von dir«, wispert sie hörbar widerstrebend.

Ich muss weg. Schnell. Bevor ich etwas tue, das ich bereue. Aber nicht, weil ich es nicht möchte, sondern weil es alles zwischen uns zerstören könnte … Einfach alles.

Weil ich so viel mehr will als das hier.

»Keine Ursache.« Sachte entziehe ich ihr meine Hand, drehe mich zügig um und gehe zur Tür zurück. Jeder Schritt weg von ihr schmerzt. Nicht nur meine Eier, sondern vor allem mein verfluchtes Herz. Wann bin ich so … weich geworden?

»Ich mache die Tür gleich hinter mir zu, damit niemand einfach so reinstürmt und dich überrascht.« Normalerweise ist die Tür zum Lager offen oder leicht angelehnt. »Vorn gebe ich Andie Bescheid, dass du gleich da bist und alles in Ordnung ist.«

Ohne auf Junes Erwiderung zu warten oder einen weiteren Blick zu riskieren, verlasse ich das Lager, ziehe die Tür wie versprochen zu und lasse mich dagegensinken.

Völlig neben mir stehend, reibe ich mir über die Augen und versuche, meine Atmung unter Kontrolle zu bringen. Zwei-, dreimal fahre ich mir über die Haare, schnell und grob und mir fällt zu spät ein, dass meine Frisur damit voll im Arsch ist. Ist jetzt auch egal. Ich hab ganz andere Probleme ... Mir ist verschissen heiß – und das liegt nicht an der Temperatur im Club.

Ein letztes Mal durchatmen, dann drücke ich mich ab und gehe zurück nach vorne. Und als ich aus dem Zwischenbereich wieder in den Club trete, schwappt mir eine Welle stickiger Luft, noch lautere Musik als eben und wildes Lachen entgegen. Die Stimmung ist gut, die Musik perfekt. Die Lichttechnik funktioniert, und die Klimaanlage samt Ventilatoren läuft jetzt endlich auf Hochtouren. Vorhin hatten wir ein paar Schwierigkeiten, weshalb sich die Hitze schnell aufgestaut hatte.

»Mase? Ist bei June alles okay?« Andie steht plötzlich neben mir. »Wo ist dein Hemd hin?« Sie zeigt irritiert auf meinen Oberkörper.

»Ja, da ist alles gut. Sie kommt klar und meinte, sie würde das Zeug sofort nach vorne bringen. June hat das Hemd ... sie hat ihr Top aus Versehen zerrissen.« Klingt bescheuert, unglaubwürdig und irgendwie richtig dämlich, auch wenn es stimmt.

»Okay«, erwidert Andie skeptisch und mustert mich mit ihrem Röntgenblick. Ich sollte ganz schnell das Weite suchen, bevor es zu spät ist. Das hier ist mir echt unangenehm.

»Ruf mich an, wenn es Probleme gibt oder was sein sollte. Ich bin oben in meinem Büro und erledige etwas Papierkram.« Na, das klang doch professionell.

»Alles klar, Chef.« Sie zwinkert mir zu, und ich versuche mich an einem unverbindlichen Lächeln. Einem leider außerordentlich wackeligen Lächeln ...

Zum Abschied klopfe ich einmal auf die Theke und setze mich in Bewegung, bahne mir meinen Weg am Rand der tanzenden Menge entlang. An den Seiten und weiter hinten kommt man besser durch, auch wenn die Strecke deutlich weiter ist. Aber jetzt die Tanzfläche überqueren zu wollen, wäre lebensgefährlich.

Manche Gäste winken mir zu, rufen oder grüßen mich. Dieser dämliche Artikel hat aus mir jemanden gemacht, den man wiedererkennt. Dabei wollte ich das nicht. Nie. Ich wollte keine Aufmerksamkeit, sondern einfach nur mein Ding machen.

»Hey.« Unerwartet stellt sich mir eine Frau in den Weg und hält mich davon ab, weiterzugehen, dabei ist die Treppe nach oben schon in Sicht. Ich bin so kurz vorm Ziel. Und ich brauche doch bitte einfach nur ein neues Hemd.

»Hey.« Ich will beim besten Willen nicht unfreundlich sein, aber ich habe kein Interesse. Und so klinge ich auch. Nicht, dass sie nicht schön wäre. Sie ist sogar mehr als das. Wer weiß, vielleicht ist sie auch klug und witzig. Aber … sie ist nun mal nicht June.

»Ich bin Anne.« Dass sie nicht fragt, wer ich bin, heißt, dass sie es längst weiß. Und das bedeutet wiederum, dass sie mich nicht zufällig angesprochen hat oder weil sie auf Männer steht, die in einem Club mit Anzughose und Shirt unterwegs sind. Es ist immer das Gleiche: Geld, Ansehen, Angeberei. Dabei geht es um sie, nicht um mich. Das ist in Ordnung, sollen die Leute ihr Leben ruhig auf diese Art vergeuden, aber sie sollen mich da bitte raushalten.

June erscheint vor meinem inneren Auge. Ich wäre jetzt entweder gern bei ihr oder allein in meinem Büro, um wieder zu Verstand zu kommen.

»Hast du Lust, etwas mit mir zu trinken?«

Ich meine, niemand hätte bei Junes Anblick eben nicht den

Verstand verloren. Oder den Wunsch verspürt, vor ihr auf die Knie zu gehen und ihr seine Männlichkeit auf einem Silbertablett zu servieren.

Finger berühren den Saum meines Shirts, und ich blinzle irritiert.

»Was?«

»Ich sagte, ich möchte was trinken.«

»Tu das, dort hinten ist die Bar. Viel Spaß.« Ich zeige auf die Theke und schiebe mich an ihr vorbei. Ich brauche Ruhe. Die Frau von eben war nicht die einzige in den letzten Wochen und auch nicht die erste heute. Vermutlich gibt es in Seattle gerade ein Spiel, das heißt: *Fang den Mason*. Es nervt mich so sehr, dass ich gar keine Worte dafür finde.

Ich bin, wer ich bin – und es war noch nie leicht für mich, jemanden kennenzulernen oder mich auf etwas einzulassen, wenn ich mir nicht sicher sein konnte, warum der Gegenüber meine Nähe suchte. Aber das gilt bestimmt für jeden. Das kann man wohl nie. Doch meine Vergangenheit hat mich gelehrt, dass die Chancen bei mir ziemlich gut stehen für die Kategorien Bankkonto, Club, reicher Vater und Sportwagen, darauf fahren die meisten ab. Nicht auf die Kategorie Mason.

Mein Vater und seine Firma sind bekannt, sein Vermögen kann man schätzen und unsere Familienverhältnisse googeln. Meine Mutter lebt von ihrer Abfindung und hat bis letzten Monat mit irgendeinem Model zusammengelebt, keine Ahnung, was sie heute macht und ob der Typ noch aktuell ist. Mein Vater sorgt dafür, dass die Zahlen auf seinen Konten steigen und mischt die High Society auf, während man darüber spekuliert, weshalb sein Sohn nicht ins Immobiliengeschäft einsteigt oder an der Börse mit Aktien handelt. Ganz einfach, ich will meine Ruhe. Mein Vater hat mich nie gebraucht, heute brauche ich ihn nicht mehr.

In meiner Hosentasche vibriert es, und ich ziehe mein Handy heraus. Vom Display starrt mich das Gesicht von Alan Greene an. Wenn man vom Teufel spricht …

Darth Vader ruft an.

Der hat mir gerade noch gefehlt. Ich drücke ihn entschlossen weg und stecke das Handy zurück. Es ist ein wirklich schlechter Zeitpunkt, und jetzt kann ich mich nicht mit ihm auseinandersetzen.

Endlich erreiche ich die Treppe und eile so schnell wie möglich nach oben. Im Büro angekommen schließe ich einen Moment die Augen, froh darüber, die Menschen, den Club und den größten Teil der lauten Musik hinter mir zu lassen. Sie auszusperren.

Sie und die ganze verschissene Welt.

Mein Herz hämmert gegen meine Brust, mein Kopf fühlt sich an, als hätte ich einen Kater, und meine Gedanken haben keinerlei Kapazitäten mehr frei, weil sie voll sind von einer Frau, die ich nicht haben kann.

Meine Füße tragen mich rüber ins Nebenzimmer, wo ich ein neues Hemd aus dem Schrank neben dem Bett hole und es mir mit gekonnten Handgriffen schnell überziehe. Danach gehe ich zurück ins eigentliche Büro und atme erleichtert auf.

Dieser Abend ist ganz nach meinem Geschmack – nicht. My life in a nutshell.

Und er wird noch besser, denn mein Handy vibriert erneut. Schon wieder mein Vater. Das gibt es doch nicht.

Entschlossen will ich ihn wegdrücken, dabei sollte ich mal rangehen und mich diesem Gespräch stellen. Mein Vater hat die letzten Wochen an jedem einzelnen Tag angerufen, also muss es wichtig oder dringend sein. Natürlich geht es um die Firma; da ist immer alles wichtig oder dringend. Und ich bin mir sehr sicher, dass er mir wieder einmal erklären will, warum ich sie übernehmen und mich an seinem Imperium beteiligen muss, das er sich so hart aufgebaut hat. Dass ausgerechnet er behauptet, seine Lebensaufgabe sollte in der Familie bleiben und dort fortgeführt werden, entbehrt nicht einer gewissen Ironie. Außerdem dauert es bestimmt nicht lange, bis er seine Drohung vom letzten Herbst wahr macht, wo er mir versichert hat, dass seine Geduld Grenzen hat und er nicht zulässt, dass ich mir mein Leben weiterhin versaue. Diese Leier durfte ich mir über Weihnachten in Dauerschleife anhören, während wir am Esstisch saßen.

Jetzt ist die Frist abgelaufen, die er mir gegeben hat. Der Sommer ist da, und ich sollte längst Teil der Firma sein.

Die Frage ist nicht, ob er was dagegen tut und die Reißleine zieht, sondern nur: wann …

Er ist hartnäckig, das muss man ihm lassen.

Und natürlich wird er mich fragen, wie mein Studium läuft. Ich bin seit knapp zwei Jahren eingeschrieben, weil er das so will, aber von Studieren kann nicht die Rede sein. Ich bin immatrikuliert, weil ich gehofft habe, er würde mich dann in Ruhe lassen. Natürlich auch, weil mir das Programm zugutekommt. Wirtschaft, Finanzen – einzelne Kurse besuche ich, sie sind nützlich für den Club. Das war es aber auch.

»Na, dann wollen wir mal.« Ich finde es nur heraus, wenn ich endlich das Gespräch annehme. Vielleicht lässt er mich danach wieder bis Weihnachten in Ruhe.

»Mason.« Seine tiefe, leicht ungehaltene Stimme dringt an mein Ohr.

»Was kann ich für dich tun?«, frage ich bemüht ruhig und höflich.

»Wieso gehst du nie an dein Handy? Ein guter Geschäftsmann sollte stets erreichbar sein.« Eine Pause entsteht. Ich warte. »Das weißt du natürlich«, räumt er ein und ist sich dessen so sicher wie ich. Wir wissen beide ganz genau, warum ich nicht rangegangen bin.

»Griffin war bei dir.« Keine Frage.

»Eine Vorwarnung wäre gut gewesen«, gebe ich zu.

»Die hättest du gehabt, hättest du meine Anrufe angenommen.«

Touché.

Erschöpft schlendere ich auf meinen Tisch zu, der unter dem kleinen Fenster steht, durch das die Aussicht atemberaubend ist – direkt auf das gegenüberliegende Mauerwerk. Ich lehne mich dagegen und streiche mir über die Stirn. Ich bin erschöpft.

»Was möchtest du, Dad?«

»Komm in die Firma, Junge.«

»Wie oft willst du dieses Gespräch noch führen? Ich will nichts damit zu tun haben. Nicht mit der Firma, den Menschen und nicht mit Griffin oder dir.« Zorn kocht in mir hoch. Langsam, aber stetig.

»Was geschehen ist, ist geschehen. Du solltest die Vergangenheit ruhen lassen, nach vorne blicken.«

Das ist der Moment, in dem ich auflache. So etwas kann nur von einem Menschen kommen, der nichts in seiner Vergangenheit findet, das ihm etwas bedeutet oder ihn tief verletzt hat.

»Ich lege jetzt auf.«

»Mason«, warnt er. »Du wirst dir die Firma ansehen und du wirst dir Mühe geben. Der Club ist nicht wichtig, deine Zukunft ist es.«

»Du meinst, die Firma ist wichtig und dein guter Ruf. Wer will schon einen Sohn, der einen – deiner Meinung nach – drittklassigen Club führt, in dem das Fußvolk sich amüsiert. Oder?« Er schluckt den Köder nicht. Vielleicht ist das auch unnötig, weil es wahr ist.

»Nächsten Monat will ich von dir einen Termin für deinen Besuch.«

»Sonst was?«

»Nächsten Monat, Mason.«

Er legt auf.

Ich werfe mein Smartphone achtlos auf die Tischplatte, atme tief durch und schließe kurz die Augen. Er kann mich nicht dazu zwingen. Aber er kann mir mein Leben wirklich schwer machen – wieder und wieder. Und ich spüre den Trotz in mir. Bin mir darüber im Klaren, dass ich vielleicht nachgeben sollte, weil ich mich verhalte wie er: Ich urteile, ohne es genauer geprüft zu haben. Doch nach allem, was mir dieses Leben eingebracht hat – keine Mutter, einen Workaholic als Dad und in Griffin einen vermeintlichen Freund, der ohne Skrupel in den Arsch der Firma kriecht und mich hinterrücks erdolcht, und unzählige weitere geldgeile und manipulative Menschen –, bin ich zu diesem Schritt einfach noch nicht bereit.

Ich werfe einen Blick auf die Papiere, die vor mir liegen, aber weil ich nicht klar denken kann und das Gespräch von eben in mir nachhallt, lege ich sie auf die Seite. In das Ablagefach. Morgen kümmere ich mich darum.

Ich liebe diesen Club. Und ich werde keine falschen Entscheidungen treffen oder halbherzige Dinge tun, nur weil mein Vater mich aus der Bahn geworfen hat.

Sammeln. Ich muss mich sammeln.

Mit den Händen umfasse ich die Holzkante des Tisches, beuge mich vor, lasse den Kopf hängen und konzentriere mich ganz auf meine Atmung.

Es wird schon alles gutgehen. Der Club läuft, Andie nimmt mir viel ab, ich kann mich auf sie verlassen. So wie sonst auf Susie – und wie auf alle anderen, die hier arbeiten. Dad … ich denke kaum, dass es da schlimmer werden kann. Und June?

Fuck! Heftig stoße ich mich ab, tigere im Büro hin und her und würde gern schreien.

Manchmal wünsche ich mir, ich hätte mich nicht in June verliebt. Das ist seit Elle nicht passiert. Ich habe nach ihr keine Frau mehr an mich rangelassen, jedenfalls nicht so. Keine ist mir derart unter die Haut gegangen. Ich habe nicht vorgehabt, noch einmal so angreifbar zu werden, so verletzlich. So weich.

Wäre June nicht mit Andie in meinen Club gekommen, hätte sie mir keinen Drink übergeschüttet und mich nicht fasziniert, dann wäre vieles leichter. Einfacher. Normal.

Keine Ahnung, ob es besser wäre …

9

Well, that escalated quickly …

June

Ich bin allein. Seit bestimmt fünf Minuten. Zumindest denke ich das. Ich habe kein Zeitgefühl mehr, und eine Uhr ist auch nicht in der Nähe. So oder so stehe ich weiterhin vor diesem dämlichen Regal, halb nackt und vollkommen durcheinander. Was war das eben?

Strohhalme. Ich sollte nur bescheuerte Strohhalme holen. Wie konnte es damit enden, dass ich oben ohne in einem Lagerraum stehe und Mason mir was zum Anziehen reichen muss? Wo kam er überhaupt so schnell her? Das klingt nach dem Anfang eines verdammt schlechten und doch handelsüblichen Pornos, wenn man mich fragt.

Mein Mund fühlt sich pappig an, also schlucke ich mehrmals, befeuchte meine Lippen mit der Zunge und räuspere mich. Gebe mir endlich den Ruck, den ich brauche, und löse meine Arme von meinem Oberkörper, um mich anzuziehen.

Etwas zittrig sehe ich mir wieder und wieder dieses Top an, das vorne komplett zerrissen und merkwürdig verzerrt ist. Der empfindliche Stoff hatte keine Chance gegen den fiesen Nagel. Es kann in die Tonne, also lasse ich es auf den Boden fallen, und zurück bleibt nichts als das Hemd. Masons Hemd …

Ich tue etwas, das ich nicht tun sollte: Ich schnüffle daran. Oh. Mein. Gott. Wieso riecht das so gut? Intensiv, herb und frisch zugleich. Irgendwie nach Sex …

»Mase, ich hasse dich«, murmle ich, dabei ist mir klar, dass er eben wirklich toll war. Mir sein Hemd zu geben war nett und aufmerksam.

Langsam ziehe ich es über den Kopf, es ist mir viel zu groß, deshalb stecke ich es vorne in den Rock. Sieht doof aus, aber wenigstens muss ich nicht nackt hier rumlaufen. Auch wenn ich mir so vorkomme. Nackt. Auch wenn es sich so anfühlt, als würde nicht der Stoff, sondern Mason mich berühren.

Ich presse die Augen fest zusammen und versuche an etwas anderes zu denken – aber das macht es nur schlimmer.

Fahrig streiche ich mein Haar zurück, zupfe bestimmt ein Dutzend Mal das Hemd zurecht, um sicherzugehen, dass es an Ort und Stelle sitzt, bevor ich mich endlich in Bewegung setzen kann.

Ich greife nach dem Karton neben mir, um all das Chaos in Ordnung zu bringen. Nachdem ich ihn aufgestellt habe, fange ich an, die Strohhalme wieder reinzulegen. Einen nach dem anderen.

Als der Boden frei von ihnen ist und ich nirgendwo mehr einen entdecken kann, lege ich das Top auf die Kiste, schnappe sie mir und nehme sie direkt mit nach vorne zu Andie. Wer weiß, wie viele Strohhalme sie braucht, und nachdem ich Vollidiotin sie alle auf dem dreckigen Boden verteilt habe, können sie nicht sofort in die Drinks der Gäste.

Eine Mauer aus Hitze und Schweiß schlägt mir entgegen, als ich das Lager verlasse. Vorne kommt Andie mir eilig entgegen, und ich stelle den Karton unter die Theke, sodass niemand darüber fallen kann.

»June, alles okay? Du warst eine halbe Ewigkeit im Lager. Hast du die Strohhalme gefunden?«

Ich zeige auf die Kiste. »Ja … ähm … sorry«, erwidere ich unzusammenhängend. »Ich meine, sie sind hier drin. Es tut mir leid, sie sind runtergefallen. Du solltest sie auf jeden Fall durch die Spülmaschine jagen, bevor du sie rausgibst.« Entschuldigend verziehe ich das Gesicht.

»Das passiert. Danke fürs Holen. Ich gebe Coop und Paul Bescheid und kümmere mich drum.«

Ihre Haare kräuseln sich, der Zopf kann ihre schweren langen Locken kaum bändigen, und ihre Wangen sind ganz gerötet. Feine Schweißperlen glänzen auf ihrer Stirn. Und sie strahlt. Wer hätte gedacht, dass sie in dem Job dermaßen aufgeht? Sie meistert das alles sehr souverän.

»Danke.«

»Das ist Masons Hemd, richtig?« Bei der Frage setzt irgendwas in meinem Kopf aus. Ich kann nicht direkt antworten, in meinem Magen kribbelt es und – stellen sich meine Nippel auf? Miese, kleine Verräter.

»Er war im Lager«, antworte ich und vermeide eine direkte Antwort.

»Ja, aber da warst du ja auch?«

»Genau«, erwidere ich mit piepsiger Stimme. Richtig, richtig gut. »Mason musste mir sein Hemd leihen, ich hatte einen kleinen Unfall mit dem Top und einem Nagel und … frag nicht«, füge ich seufzend hinzu und hebe das zerfetzte Stück Stoff hoch, um es ihr zu zeigen, bevor ich es in den Müll schmeiße.

»Was?« Sie macht große Augen. »Hast du dich verletzt? Brauchst du etwas? Willst du nach Hause, dich umziehen?«

»Ich hab das Hemd, es wird gehen.«

Masons Duft steigt mir unablässig in die Nase.

Erst der Kuss, dann das von eben. Das ist mehr Mase, als ich vertragen kann. Weit mehr, als ich in meinem Leben haben wollte.

Ist es falsch, dass ich an ihn denke? Daran, wie es ist, ihn zu küssen? Auch wenn es nur ein einziges Mal war? An seinen Duft, seine Stimme, seinen Atem auf meiner Haut? Oder dass ich mir eben gewünscht habe, er würde dieses scheiß Top vergessen und mich berühren? Nur flüchtig, nur einen Moment …?

Ich atme ein, ich atme aus. Vielleicht sollte ich das Offensichtliche nicht länger zur Seite schieben. Vielleicht wird es besser, wenn … wenn die Luft raus ist. Ja, das klingt gut. Wieso nicht einfach nachgeben? Wieso sollte ich es nicht einmal wagen und die Sache somit aus dem Weg schaffen? Der Druck und die Anziehung wären weg und …

»Andie? Wo ist Mason hingegangen?« Ich hab es ausgesprochen. Ich hab meine Entscheidung getroffen.

Andies Mund öffnet sich zu einem überraschten O, aber ihr Gesicht verrät mir, dass sie nicht ganz sicher ist, warum ich frage.

»Ich denke, er ist hochgegangen. In sein Büro.« Skeptisch kneift sie die Augen zusammen.

»Danke.« Ich will gehen, aber sie ruft mich zurück.

»June? Denk nicht, ich würde nicht merken, dass du dich komisch verhältst und dass da was im Busch ist. Spätestens morgen erzählst du mir, warum du gefragt hast, was du eben gefragt hast.«

»Deal!«, rufe ich zurück, nicht ganz sicher, auf was ich mich da eingelassen habe. Bevor ich es mir anders überlegen kann, schlängle ich mich durch die tanzenden Leiber, durch die feiernde und grölende Masse, bis ich die entgegengesetzte Seite erreiche.

Vor mir liegen die Treppenstufen, die zu Masons Büro führen. Ich weiß noch, wie Cooper und Andie damals hochgegangen sind, nachdem sie sich vertragen haben. Aber ich selbst war noch nie in seinem Büro und bin neugierig.

Mein Herz pocht lauter, heftiger und schneller als zuvor, hämmert gegen meine Rippen und spielt seinen eigenen Beat. Meine Lunge giert nach Sauerstoff, ich spüre die Hitze auf meiner Haut, das Ziehen in meinem Magen, und ich weiß: Sobald ich einen Fuß auf die erste Stufe gesetzt habe, gibt es kein Zurück mehr. Nicht für den Moment. Nicht für heute. Nie.

Mit diesem Wissen im Hinterkopf zögere ich ... bevor ich die Treppe betrete und hinaufgehe. Es ist besser so. Es nützt nichts, das Ganze weiter aufzuschieben. Wir ziehen uns an. Ich sollte es zulassen, damit es danach besser ist.

Die dunkle Tür ragt vor mir auf wie ein Monster, das ich bezwingen muss. Dabei lauert die eigentliche Gefahr dahinter.

Dreimal klopfe ich gegen sie, energischer und fester, als ich es mir in Anbetracht der Situation zugetraut hätte.

Ich habe das Gefühl, kaum Luft zu bekommen, frage mich, was ich eigentlich sagen soll. Was ich sagen will.

Meine Gedanken überschlagen sich, während ich an der Wand rechts von mir Halt suche. Plötzlich ergibt rein gar nichts mehr einen Sinn.

Was.

Tue.

Ich.

Hier?

Wie komme ich darauf, dass es eine gute Idee sei, das hier zu tun? Wie komme ich dazu, es überhaupt in Erwägung zu ziehen? Was ist nur los mit mir?

Ich sollte schnell wieder verschwinden, ich sollte ...

Mein Herzschlag setzt einen Moment aus, als Mason die Tür öffnet. Als er mir direkt gegenübersteht und ich in seine schönen grünbraunen Augen schaue. Er trägt ein neues Hemd. Es ist, als würde jede Zelle, jeder Muskel mit mir zusammen die Luft anhalten. Ich weiß natürlich, dass das nicht möglich ist, aber jetzt gerade fühlt es sich danach an.

Wenn Mason überrascht ist, dass ich hier bin, dann zeigt er es nicht. In seinem Gesicht kann ich keine Regung entdecken – das perfekte Pokerface. Da ist wirklich nichts. Nicht auf den ersten Blick. Auf den zweiten jedoch nehme ich seine Anspannung wahr, den verwunderten Ausdruck in seinen Augen. Das Glänzen, das Fieber, den Hunger. Und ich nehme seine Finger wahr, die den Rahmen der Tür fest umklammern.

»Lässt du mich rein?«, frage ich mit dünner Stimme. Keine Spielchen. Nicht jetzt … Ich schiebe die Gedanken weg. Ganz weit weg.

Auf wackeligen Beinen stehe ich vor ihm und warte auf seine Antwort. Endlich öffnet er die Tür noch ein Stückchen weiter und tritt stumm zur Seite.

Sein Haar ist zerzaust, sein Hemd ist nicht ganz zugeknöpft, und ich kann meine Lungen nicht daran hindern, genau in der Sekunde nach Sauerstoff zu verlangen, in der ich Mason passiere.

Im Raum angekommen schaue ich mich um, während Mase die Tür wieder schließt und unschlüssig stehen bleibt.

So wie ich dieses Zimmer mustere und inspiziere, macht er es mit mir.

Es ist gemütlich hier, wenn auch spärlich möbliert. Ein Tisch mit allem nötigen Kram, ein Regal für Akten und Ordner. Die kleine Lampe leuchtet gedimmt, taucht alles in ein warmes Licht. Auf dem Bildschirm seines Laptops läuft als Bildschirmschoner ein digitaler Regenschauer. Ich höre das

Prasseln und Rauschen des Regens im Wald, als wäre es echt. Ich lasse den Blick weiterschweifen. Da ist … noch eine Tür.

»Was möchtest du hier?« In seiner Stimme liegen weder Argwohn noch ein Vorwurf. Sie ist beinahe emotionslos, und das ist der Grund, warum ich mich ihm jetzt ganz zuwende. Seine Augen strafen seine Stimme Lügen …

»Ich denke«, beginne ich, »das weißt du.«

Für einen Moment schaut er zu Boden, bevor er meinem Blick wieder begegnet und sich dazu entschließt, auf mich zuzugehen. Langsam, vorsichtig – und dennoch zielstrebig. Währenddessen lege ich den Kopf immer weiter in den Nacken, lasse ihn nicht aus den Augen.

Er bleibt stehen, hält Abstand.

Er berührt mich nicht. Neckt mich nicht. Flirtet nicht.

Das ist so anders als das, was ich erwartet habe.

»Bitte geh, June.«

Und *das* habe ich mit Sicherheit am allerwenigsten erwartet …

Es fühlt sich seltsam an.

Ich kann das abschätzige, abgehackte Lachen nicht verhindern, das mir entfährt. Vermutlich, weil mich seine Worte viel mehr verletzen, als ich gedacht habe. Mehr, als ich mir eingestehen möchte.

»Du bittest mich seit Monaten darum, mit dir auszugehen. Du kommst mir nah. Zu nah. Du … Du …« Die Wut und der Ärger darüber überrollen mich und rauben mir die Chance, diesen Satz in irgendeiner Art und Weise sinnvoll zu beenden. Ich presse die Zähne zusammen, balle meine vor Nervosität kalten Hände zu Fäusten und kneife die Augen einen Moment zu. »Sag mir, dass …« Ich zögere. »Sag mir, dass ich mir diese Anziehung, dieses *Gefühl* nur einbilde. Dass du mich eben nicht berühren wolltest. Unten im Lager. Dann gehe ich.«

Jetzt ist es Mason, der zornig wird. Der seine Augenbrauen zusammenzieht und dessen Ader am Hals heftig pocht, dessen Kiefer sich unkontrolliert bewegt. Gut, dann sind wir beide wütend. Mir doch egal.

»June, ich denke nicht, dass du wirklich willst, was *ich* will.«

»Stimmt, ich will kein Date mit dir.«

»Davon rede ich nicht«, bringt er erstickt hervor, doch ich registriere, wie er sich beherrschen muss. Wie er sich dazu zwingen muss, die Lücke zwischen uns nicht zu schließen.

Also tue ich es. Langsam, aber stetig, sodass er mich aufhalten könnte, wenn er es wirklich möchte.

In Zeitlupe hebe ich meine Arme, warte darauf, dass er etwas dagegen tut. Nur passiert nichts. Schließlich lege ich meine Hände auf seinen Brustkorb und atme heftig, als ich seinen Herzschlag spüre.

Noch ein Stück.

Ich wage mich weiter vor, stelle mich auf die Zehenspitzen, bis meine Nase sein Kinn streift. Diese Berührung jagt einen heftigen Schauer über meinen Rücken.

»June«, wispert er.

An dem, was ich möchte, ist nichts falsch. Er weiß, was er zu erwarten hat. Und ich weiß, dass ich nicht mehr will als etwas Einmaliges, etwas Unverbindliches. Danach kann ich hoffentlich wieder klar denken.

Er weiß, dass es nicht mehr geben wird. Dass ich es nicht kann. Ich kann nicht! Ich werde keinen Menschen je wieder so nah an mich heranlassen wie Drew. Ich werde niemals wieder so verletzlich sein.

»Was spricht dagegen?«, frage ich leise. »Eine Nacht, Mase. Ein bisschen Spaß.« Erneut hebe ich den Kopf. Meine Lippen sind nur einen Hauch von seinen entfernt.

Ich warte, warte, warte. Auf ihn und seine Entscheidung.

Und keuche erstickt auf, als sich seine Hände endlich auf meinen Rücken legen und seine Lippen sich warm und weich und voller Verzweiflung auf meine pressen.

Er neigt den Kopf, und ich komme ihm entgegen.

Das hier zu tun, es zuzulassen, nur für diesen Abend, ist befreiend. Morgen werde ich nicht mehr an ihn denken. Morgen wird alles wieder okay sein, und ich werde mich nicht ständig fragen müssen, wie es wäre … Dann werde ich mich auf andere Sachen konzentrieren können. Und Mase wird merken, dass es mit mir ist wie mit jeder anderen.

Masons Hände wandern über meinen Rücken nach unten, er fährt mit seinen Fingern über sein eigenes Hemd. Kurz darauf streicht er über den Bund meines Stoffrocks und saugt im gleichen Moment meine Lippe ein, sodass mir unwillkürlich ein Seufzen entweicht. Er fängt es auf, erwidert es, spielt mit mir, und als seine Hände sich um meinen Hintern legen, ihn fest packen und er mich mit seinem ganzen Gewicht nach hinten drängt, kann ich nicht mehr klar denken. Meine Finger krallen sich an ihm fest, als wäre ich dabei, in den Tiefen meiner Gefühle zu ertrinken.

An der Tischkante angekommen, gegen die ich kräftig stoße, gebe ich einen erstickten Laut von mir, als Mase mich in einer flüssigen Bewegung hochhebt. Meine Hände legen sich dabei wie von selbst um seinen Nacken, und meine Beine schlingen sich um ihn, ziehen ihn näher an meine Mitte. Mein Rock ist mittlerweile bis über die Knie nach oben gerutscht und lässt mir damit genug Spielraum. Mason ist ganz nah, kein Blatt passt zwischen uns, und mir wird klar, dass mein Höschen so feucht ist, dass es mit Sicherheit einen Fleck auf seiner schicken Hose hinterlassen wird. Und es ist mir verdammt egal. Dafür fühlt sich das hier zu gut an. Zu intensiv. Zu echt.

Mason hört auf, mich zu küssen, und ich kann kaum glauben, dass mir dabei fast ein Wimmern über die Lippen kommt. Wir versuchen beide, zu Atem zu kommen, doch er macht es mir nicht leicht, weil seine linke Hand sich an mein Gesicht legt, halb auf die Wange, halb auf die Schläfe und mein Haar.

Auf meine makellose Seite, schießt es mir durch den Kopf.

Seine Finger spreizen sich, und seine Hitze springt auf mich über. Ich kann jede Bewegung ganz genau fühlen. Jede ist wie ein kleiner elektrischer Schock auf meiner Haut.

Sein Daumen beginnt sich zu bewegen, wandert meine Wange hinab und zieht sich weiter nach unten. Bis seine Hand an meinem Hals ankommt und ich unwillkürlich das Kinn ein Stück anhebe, auf das Mase einen Kuss haucht. Zu sanft, zu kurz, zu wenig. Also drücke ich Mase mit meinen Füßen ruckartig an mich, sodass ich seine Erektion mehr als deutlich spüren kann. Noch fester, noch enger, falls das überhaupt möglich ist. Diese Bewegung, diese Berührung entlockt ihm ein leises Knurren, das für ein Kribbeln und Ziehen in meinem Unterleib sorgt und durch mich hindurchfegt wie ein Sturm bei Nacht. Ich fange den Ton auf, das tiefe Vibrieren, küsse Mase, und in diesem Augenblick denke ich an nichts. Nur daran, dass Masons Küsse immer besser werden. Gefährlicher. Gieriger.

Ungeduldig greift er in mein Haar und zieht meinen Kopf wieder ein Stück zurück. Er unterbricht den Kuss erneut, und ich glaube, dass er mich absichtlich quälen will. Er genießt das hier ebenso sehr wie ich.

Ich bin so benebelt vor Lust, dass ich mit meinen Fingernägeln über seinen Kopf kratze und bete, er würde endlich weitermachen.

Keine Ahnung, wonach er in meinem Gesicht sucht, während er mich so ansieht und ob er es schließlich gefunden hat, aber er erfüllt meinen stummen Wunsch.

Er küsst mich. Dieses Mal nicht so stürmisch, nicht so fest und hungrig wie zuvor. Nein, dieser Kuss ist … bedächtiger. Langsamer. Und eindeutig reizvoller.

»Mason«, stöhne ich, als ich seine andere Hand über dem Hemd an meiner Brust spüre. Eine Gänsehaut breitet sich von dort ausgehend über meinen gesamten Körper aus.

Ich spüre Masons Lächeln, spüre die Bewegungen seines Körpers unter meinen Händen, als ich sie über seinen Nacken hinunter zu seinen Schultern gleiten lasse. Spüre seine schlanken Muskeln, seine Schulterblätter.

Zittrig und fiebrig fahre ich am Kragen seines Hemdes entlang. Beginne, einen Knopf nach dem anderen zu öffnen, was nicht besonders einfach ist, während Masons Lippen gefühlt überall auf meinem Körper zu spüren sind. Auf meiner Schläfe, meinem Hals, meinem Schlüsselbein … jetzt an der linken Seite.

Unauffällig bewege ich mich so, dass Mase die Seite wieder wechseln muss und ich mich nicht versteife. Diese hier beschütze ich. Mein Make-up darf nicht verwischen. Meine Maske darf nicht verrutschen.

Letztens war es nur ein Kuss, doch das jetzt ist mehr – und ich kann nicht glauben, dass ich meinen Makel beinahe erneut vergessen hätte. Ich darf nicht nachlässig werden.

»Scheiße!«, fluche ich erstickt, weil ich die Knöpfe nicht schnell genug aufbekomme, und stöhne im selben Moment, als Mason mich an dieser einen Stelle küsst, die mich fast über die Klippe springen lässt. Die feine, unendlich empfindsame Stelle unter meinem rechten Ohr.

Ich höre ihn leise lachen und merke, wie seine Finger geschickt den Weg unter das Hemd finden.

»Mase, bei Gott, wenn du mir nicht hilfst, reiße ich dein Hemd entzwei, und ich werde mich nicht dafür entschuldigen.« Das ist der Moment, in dem sich etwas verändert, ich kann es deutlich spüren. Er versteift sich, hält inne und zieht sich zurück.

Ich möchte ihn weiterhin berühren, will nicht, dass er geht, dass er … aufhört.

Meine Hände machen weiter, wollen die Knöpfe öffnen, aber die seinen umfassen meine Handgelenke, halten mich auf.

»Nein. Nicht so. Nicht hier, June«, bringt er irgendwie hervor.

Ich wünschte, ich hätte irgendwelche Wörter in meinem Kopf, die nicht nur einen Sinn ergeben, sondern auch den Weg bis auf meine Zunge und aus meinem Mund heraus schaffen, um etwas zu erwidern. Aber da ist nichts. Ich kann nichts tun, außer seinen Blick zu erwidern, die Beine weiter um ihn geschlungen zu halten und ihn den nächsten Schritt bestimmen zu lassen.

»Ach, fuck!«, flucht er, und bevor ich weiß, was geschieht, hat er mich gepackt und hochgehoben. Ich hänge an ihm wie ein Klammeräffchen, während er mit mir durch das Zimmer geht, als wöge ich nicht mehr als Luft. Ich halte mich fest, hab keine Ahnung, was er vorhat. Er dreht sich mit mir zur Seite, wir stolpern zusammen durch eine Tür, aber nicht hinaus in den Club, sondern in ein zweites Zimmer. Hier strömt mir etwas kühlere Luft entgegen. Mason schließt die Tür hinter uns und legt mich auf dem Bett ab.

Ein Bett. Mason hat wirklich ein Bett über dem Club. Ich meine … wow. Ehrlich gesagt dachte ich, Andie würde mich verarschen, übertreiben oder sich nicht mehr richtig erinnern, aber es stimmt.

Ohne es zu wollen, fragt eine fiese Stimme in meinem Kopf, wie viele Frauen genau so hier bei ihm gelegen haben, wie ich es gerade tue. Mit ihm. Wie viele er mitgenommen und abgeschleppt hat, wie viele von ihm so berührt worden sind wie ich und … Nein! Ich darf daran nicht denken. Es spielt auch keine Rolle. Ich bin zu ihm gegangen. Ich wollte das hier. Eine einmalige Sache …

Ich stütze mich auf die Ellbogen und schaue zu Mason auf. Sein Brustkorb hebt und senkt sich heftig, seine Erregtheit zeichnet sich an seiner Stoffhose ab und zu meiner Genugtuung stelle ich fest, dass ich mehr Knöpfe geschafft habe als vermutet. Seine leicht gebräunte Haut kommt zum Vorschein, genau wie ein paar dunkle Haare, die man auch auf seinen Armen finden kann, wenn man genau hinsieht.

Ich mustere ihn, lasse meinen Blick über ihn gleiten und genieße es, wie er vor dem Bett steht und es geschehen lässt. Wie er mich seinerseits anschaut und wie sich jeder Blick anfühlt, als würde er mich berühren.

»Mase«, flüstere ich. Mehr will nicht raus, aber es genügt, um ihn dazu zu bringen, sich endlich in Bewegung zu setzen. Er zieht die Schuhe aus, und ich wünschte, er würde das Gleiche mit dem Rest seiner Sachen tun, bevor er sich zu mir aufs Bett begibt. Bevor er sich über mich legt, zwischen meine Beine, mir die Haare aus dem Gesicht streicht – und endlich wieder meine Lippen erobert. So, als gäbe es kein Morgen.

Dieses Mal achte ich darauf, meine linke Seite bedeckt zu halten, biete ihm gleich die rechte an, während er das zu große Hemd zur Seite schiebt und von meinen Lippen ablässt. Knabbernd, küssend und liebkosend wandert er mein Kinn hinab. Mase, der immer perfekt rasiert ist, reißt jetzt mit den ersten spürbaren Bartstoppeln eine Schneise aus Feuer über meinen Körper. Er ist überall, und die Anspannung in mir, der Wunsch ihn ganz zu spüren, Haut auf Haut, drohen, mich aufzufressen und den Verstand verlieren zu lassen. Er hebt mein Bein weiter, seine Finger gleiten mit dem Saum meines Rocks über mein Knie, meine Oberschenkel hinauf. Und zwar so, dass mein Bein leicht zittert und mein Rücken sich streckt vor Sehnsucht.

Ich höre Masons heftigen Atem, sein Keuchen und das meine, das sich dazugesellt. Während ich die Augen schließe, fühle ich nur. Fühle, wie Mase den Stoff hochhebt und seine linke Hand unter meinem Rock ankommt, sich auf meiner erhitzten Haut am äußeren Oberschenkel niederlässt.

Wenn er nicht gleich mein Höschen auszieht oder es zerreißt, tue ich es.

Doch er fährt nur an der Spitze entlang, gleitet über die Seide hinüber und quält mich, sodass ich mich unter ihm drehe und wende. Und ohne weitere Vorwarnung schlüpft er gekonnt unter den Stoff, schiebt ihn aus dem Weg, und seine heißen Finger treffen auf meine feuchte Mitte.

Ich stöhne laut auf – laut und lange – und drücke Mason fester an mich. Fester, näher, mehr – ich brauche mehr.

Bis Mase mit einem Finger schnell in mich stößt und ich zu explodieren glaube. Bis er einen zweiten hinzunimmt und ohne Erbarmen in einen gleichmäßigen Rhythmus verfällt. Sein Gesicht schwebt über meinem, sein Körper bewegt sich über mir und seine Zunge neckt mich, spielt mit meiner. Sein Mund erobert mich. Er fängt jedes Keuchen und Stöhnen ab, gibt im richtigen Moment nach und drängt mich im nächsten zurück. Das hier ist wild, es ist roh und dennoch ist es … rücksichtsvoll. So anders als alles, was ich bisher erlebt habe.

Aber, ich habe keine Zeit, weiter darüber nachzudenken, weil Masons Daumen mein Lustzentrum findet und in Kreisen über es streicht, wobei er nicht damit aufhört, mit den anderen Fingern in mich zu stoßen.

»Mase, ich … ich … bitte!« Ich will nicht so kommen. Ich will, dass er uns beide endlich auszieht. Sofort! Ich will ihn ganz spüren. Und es ist mir scheißegal, ob das eine gute oder eine schlechte Idee ist.

Er stockt. Atmet ein, atmet aus, direkt über meiner Brust schwebend, und ich öffne die Augen, weil ich das Gefühl habe, dass er mich ansieht. Weil ich das Gefühl habe, dass er das hier auch möchte. Unsere trägen, Lust verhangenen Blicke treffen sich.

»Du bist wunderschön, June.«

Das ist es, was mich fertigmacht. Was mich trifft wie ein Eimer kaltes Wasser oder eine kräftige Ohrfeige. Wieso sagt er das? Wieso jetzt?

Ich starre ihn an. Mase. Unseren Freund, Andies Mitbewohner, ihren neuen Fast-Bruder, unseren Boss. Das hier ist falsch, so was von falsch.

Ich lege meine Hand an seine Wange und spüre, wie sich Tränen in meinen Augen sammeln.

Nein, es ist nicht das, was er gesagt hat. Viele Typen haben mich schön genannt, auch beim Sex. Bei einer einmaligen Nummer. Es ist ... die Art, wie er es gesagt hat. Mase meint jedes Wort davon ernst. Er denkt wirklich, ich sei schön. Dabei kennt er nur diese Maske, nur die June, die ich bereit bin, ihm zu zeigen. Und das ist eben nicht echt, nicht alles. Und heute? Heute habe ich uns beiden vermutlich mehr wehgetan und uns mehr verletzt, als ich es je vorhatte.

Ich hab nicht ... Ich meine ... Das wollte ich nicht.

Das hat Mason nicht verdient.

Ich küsse ihn ein letztes Mal. Küsse ihn fest und wild und lege eine Entschuldigung hinein, bevor ich ihn zur Seite drücke und mich aufsetze. Mase zieht sich ohne Widerworte oder dumme Bemerkungen zurück. Er spürt es auch.

Traurig wende ich den Blick ab, richte mein Höschen und den Rest meiner Klamotten, bevor ich aufstehe und mich räuspere. Meine Beine fühlen sich an wie Gummi, wackelig und unbeständig.

»Ich sollte gehen.«

»June. Was habe ich falsch gemacht?«

Gott, Mase.

»Nichts.« Und doch so viel. Aber das hat nichts mit ihm zu tun. »Du hattest recht, wir wollen nicht dasselbe. Tut mir leid, dass ich hier so reingeplatzt bin. Das wird nicht wieder vorkommen, versprochen.«

Ich stürme aus dem Zimmer, hinein in sein Büro, aber Mason ist schneller. Er holt mich ein, ehe ich in den Club verschwinden kann, packt mich und drängt mich gegen die Wand.

»Dann verrate mir doch eins, Kätzchen: Was genau willst du?« Seine Stimme ist rau, und mein Körper, dieser miese Verräter, springt sofort auf ihn an. Auf alles an ihm.

»Die Frage ist, was willst *du?*«, zische ich. »Ein Date? Eine Beziehung? Etwas für immer und ewig? Ein Märchen? So etwas gibt es in diesem Leben nicht.«

Bei jedem meiner Worte wird Masons Ausdruck emotionsloser. Bei jedem Wort weicht er etwas mehr zurück.

Er lässt mich los, erwidert nichts und gibt mir den Weg endlich frei. Meine Hand legt sich auf den Knauf der Tür, die zurück in den Club führt. In die Realität.

Und mit dem Rücken zu ihm mache ich einen Deckel auf die Sache. »Alles gut. Du hast dein Versprechen ja jetzt erfüllt. Damit sollten wir es endgültig gut sein lassen.«

Ich hab für ihn gestöhnt. In diesem Spiel, das vermutlich für keinen von uns eines ist. Es ist für jeden etwas anderes, aber kein Spiel …

Wie benebelt lasse ich ihn stehen, falle halb die Treppen hinunter und durch den Club, hole mein Zeug und halte an der Bar an.

»Andie?« Sie hebt die Hand, signalisiert einem Gast, dass sie sofort bei ihm ist, dann eilt sie zu mir. Zuerst strahlend, dann skeptisch und schließlich besorgt.

»Geht es dir nicht gut?«

»Ähm … ja, ich …« Der Kloß im Hals droht mich zu ersticken. Neuer Versuch. »Mir ist übel. Vielleicht die Luft hier. Und ich sollte mich umziehen, du hast recht.« Ich lüge Andie an. Meine beste Freundin. Meine Familie. Ich muss hier raus, bevor ich zusammenbreche. Ich brauche Platz für mich, kann hier nicht mehr atmen. »Ich nehme mir ein Taxi und fahre heim. Ich …«

Ihre Hand legt sich auf meinen Unterarm. »Schon okay. Du musst nichts erklären. Ich komme nach der Arbeit zu dir, ich hab ja einen Schlüssel. Pass auf dich auf. Bitte.«

Mehr als ein Nicken bekomme ich nicht zustande. Wenn ich den Mund noch einmal aufmache, schluchze ich bestimmt. Oder breche endgültig zusammen.

Zügig lasse ich Andie, den Club und Mason – vor allem Mason – hinter mir, steige in eines der wartenden Taxis vor der Tür und lasse mich ins Wohnheim bringen. Kaum hat sich die Autotür hinter mir geschlossen, kaum habe ich dem Taxifahrer mit brüchiger Stimme gesagt, wo es hingeht, bricht es aus mir heraus. Wie ein Sturm. Wie Wasser aus einer unter Druck stehenden Flasche.

Ich weine. Ich wimmere. Und ich kann nicht damit aufhören. Ich weiß nicht, wann ich das letzte Mal so hemmungslos geweint habe. Wann es auf diese Art wehgetan hat.

Das eben, das war so falsch von mir. Ich habe einen Menschen, den ich mag, bewusst schlecht behandelt. Habe ihn dazu gebracht, etwas zu tun, was er nicht wollte. Nicht so wie ich. Ich hab mich gehen lassen, war egoistisch und kurzsichtig.

Mason mag mich. Ich mag ihn auch. Ab da gehen unsere

Vorstellungen und Bedürfnisse auseinander. Und ich habe eben mit ihm und den seinen gespielt.

Ich fühle mich furchtbar.

Seine Worte bekomme ich dabei einfach nicht aus dem Kopf.

Schön. Er findet mich schön. Die Frau mit dem selbstbewussten Lächeln, mit dem frechen Blick und den trotzigen Sprüchen. Die mit dem perfekten Make-up, der perfekten Haut. Mase mag die Maske, die ich jeden Tag trage wie ein maßgeschneidertes Kleid. Mase findet das Bild schön, das ich selbst von mir male …

Das ich male, weil ich mich selbst nicht lieben kann, wie ich bin.

10

Das Verzwickte am Leben ist,
dass man nicht weiß, wann es sich lohnt,
weiterzukämpfen, und wann man
bereits verloren hat.

Mason

Es ist eine dieser Nächte, in denen Wasser nicht reicht. Eine dieser Nächte, in denen ich von Root Beer auf was Hartes umgestiegen bin.

Ich bin ein Wrack.

Mit einem mittlerweile leeren Whiskeyglas in der Hand, in das ich wie betäubt starre, sitze ich auf der Couch im Wohnzimmer und frage mich dabei unaufhörlich, was da vorhin passiert ist. Wie? Warum? Was ist schiefgelaufen? Ach, verdammte Scheiße. Alles!

Ich springe auf, wandere in der stillen dunklen Wohnung umher, während helles Mondlicht von draußen durch die große Fensterwand fällt und Möbel und Wände in ein kühles blasses Licht taucht.

Keine Ahnung, wie spät es tatsächlich ist und wann die anderen heimkommen. Ob June mit Andie herkommt … Nein, ich denke nicht. Wenn überhaupt, dann wird Andie mit zu June gehen, und Cooper wird sich um Socke kümmern, der gerade friedlich in einem seiner Bettchen schläft.

Als ich den Kopf in den Nacken lege, halte ich inne, schließe für ein paar Atemzüge die Augen und versuche, an nichts zu denken. Doch als das Schloss der Wohnungstür klickt und ich einen Schlüssel klimpern höre, starre ich erwartungsvoll in Richtung Eingang.

Jemand tritt ein, schaltet das Licht an. Es ist Cooper. Er zuckt zusammen, und ich atme aus, weil ich aus irgendeinem Grund reflexartig die Luft angehalten habe. Keine Ahnung, ob ich enttäuscht bin oder erleichtert.

Meine nackten Füße tragen mich zurück zur Couch. Ich lasse mich fallen und stocke nur kurz, bevor eine leise Stimme in meinem Kopf sagt: »Was solls?«, und ich mir einen zweiten Whiskey einschenke. Mit vierundzwanzig weiß man, dass Alkohol scheiße ist. Dank meiner Mutter wusste ich das schon immer, aber heute ist einer dieser seltenen Tage, an denen mir das herzlich egal ist.

»Scheiße, Mase, hast du mich erschreckt.« Ich kann hören, wie Cooper sein Zeug ablegt und auf mich zukommt. Sich zu mir setzt.

»Sorry«, nuschle ich nur und schwenke mein Glas.

»Andie ist bei June.«

»Okay.«

»Das war ein verdammt harter Tag, ich bin verschwitzt, müde und muss ohne meine Freundin ins Bett. Mein Kopf tut weh. Und jetzt muss ich mir auch noch Sorgen um dich machen.«

Ich schnaube. »Erzähl keinen Schwachsinn. Bei mir ist alles in Ordnung.«

»Der Whiskey in deiner Hand sagt mir was anderes. Genau wie deine nackten Füße. Du läufst nicht gerne barfuß herum. Dass dein Hemd oben falsch geknöpft ist, ist nur das i-Tüpfelchen der ganzen Sache. Wie merkwürdig und besorgniserregend ich das finde, muss ich nicht weiter erklären, oder?«

Genervt hebe ich den Kopf und schaue ihn an. »Ich darf also keinen beschissenen Tag haben, aber du schon?«

»Das habe ich nicht gesagt, Mase. Aber dieser Anblick ist sehr selten. Wenn du so vor mir sitzt wie jetzt, muss ich mir Sorgen machen oder mich zumindest fragen dürfen, was gerade schiefläuft. Als dein Freund steht mir das zu. Du hast also zwei Möglichkeiten: dich hier allein in deiner Scheiße suhlen oder mir alles erzählen. Vielleicht hilft es. Wenn nicht …« Er zuckt mit den Schultern. »Wenn nicht, hast du nichts verloren.«

Aufgekratzt fahre ich mir durch die Haare und über den Nacken. Reibe einen Moment meine verspannte rechte Schultermuskulatur.

»Ich wollte kein Arsch sein, Lane.«

»Schon okay.« Er lehnt sich entspannt zurück.

»Hast du … ich meine … hat Andie was gesagt?«

Sofort spannt Cooper sich an, zieht die Augenbrauen zusammen und beobachtet mich aufmerksam.

»Nein, wieso sollte sie? Was hast du getan, Mase? Muss ich mich jetzt mit dir prügeln oder was? Du weißt, ich hab keine Hemmungen, June auf dich zu hetzen, damit sie dir die Eier abreißen kann, wenn du dich wie ein Idiot aufgeführt hast.«

Ich lache auf, weil ich bei Junes Name unwillkürlich zusammengezuckt bin. »Danke auch! Nachdem du dich wochenlang Andie gegenüber wie ein kompletter Volldepp benommen hast, darf ich nicht mal einen einzigen schwachen Moment haben?«

Jetzt lächelt der Arsch auch noch. Unglaublich. »So ist es.«

»Also hat Andie nichts erwähnt«, murmle ich resigniert und beantworte meine Frage von eben selbst. Danach nehme ich einen tiefen Schluck. Der Whiskey brennt angenehm auf der Zunge und in meinem Rachen. »Es tut mir leid.«

Irritiert zieht Coop die Augenbrauen hoch. »Was meinst du?«

»Dass ich dich damals hab hängen lassen.«

»Die alte Leier wieder. Hör auf damit. Wie oft willst du das noch durchkauen?« Ich gehe nicht darauf ein, weiche seinem Blick aus. »Du hast mit Alan telefoniert, richtig? Hätte nicht gedacht, dass du so schnell wieder ans Handy gehst, wenn er anruft.«

»Ich auch nicht.«

»Du warst für mich da, als es darauf ankam. Als wir Kinder waren und in der Highschool. Während der Sache mit Zoey. Die Zeit, in der du mit Elle zusammen warst und deine Abende lieber mit Griffin verbracht hast, machen das nicht schlecht. Das hat dich nicht weniger zu einem Freund gemacht.«

»Das waren verdammt viele Worte aus deinem Mund.«

»Ja. Gewöhn dich nicht dran.«

Wir lachen kurz und trocken auf. Ich bin sehr dankbar für Lane. Damals habe ich Elle auf einer Firmenfeier kennengelernt, und es war das erste Mal, das mich ein Mädchen von Grund auf interessierte. Sie hatte für mich das schönste Lächeln und die tollste Persönlichkeit. Sie mochte die Dinge, die ich mochte.

Das dachte ich wenigstens für die Zeit, die ich mit ihr verbrachte. Mir war nicht klar, dass sie nichts weiter war als eine perfekt präparierte Puppe, ganz auf meine Bedürfnisse zugeschnitten. Widerlich. Diese ganze Welt war es ab diesem Moment für mich. Genau wie mein Vater. Letztlich bin ich damals nur ihm zuliebe auf diese Feier gegangen. War verblendet von meinem Wunsch, eine bessere Beziehung zu ihm aufzubauen. Oder überhaupt eine.

Beinahe hätte ich einen wahren Freund verloren und mich im selben Zug an diese falsche Welt verkauft.

»War was zwischen dir und June?«, hakt Cooper nach. Ich nicke angespannt, bevor ich das Glas in einem Zug leere und abstelle.

»Ich weiß nicht, was ich machen soll.«

»Dir ist es immer noch ernst, was?«

»Witzig, dass dir das erst jetzt auffällt.«

»Nein, so meinte ich das nicht. Du rennst June schon hinterher, seit sie dich nass gemacht hat. Das war letzten Sommer. Ich …« Er flucht. »Ich bin nicht sicher, ob das funktioniert. Das zwischen euch. Ihr seid wie Eis und Feuer. Wie zwei Enden, die sich gleichzeitig anziehen und abstoßen. Ich kann nicht mal mehr an beiden Händen abzählen, wie oft sie dich umbringen wollte, und erst recht nicht, auf wie viele verschiedene Arten. Sie ist kreativ, was das angeht.«

»Wem sagst du das.« Der Whiskey beginnt zu wirken.

»June ist anders als Andie. Sie will kein Date und keine Beziehung. Sie hat dich nie belogen deswegen.«

»Ich weiß …«

»Trotzdem gibst du nicht auf«, stellt Cooper schlicht fest, und darauf muss ich nichts erwidern. Natürlich tue ich das nicht. Seit Elle ist sie die erste Frau, mit der ich zusammen sein möchte. Richtig zusammen. Weil ich etwas für sie empfinde. Weil sie mich sieht. Mason. Den Mann, den Menschen. Nicht meinen Namen, meine Familie, mein Konto. Weil sie nicht versucht, es mir recht zu machen. June ist lustig, klug, schön. June ist besonders. Und besondere Menschen wirft man nicht einfach so weg.

»Sie ist nicht Elle. Ich verstehe das. Ich glaube, wenn es am Schluss bei Andie und mir anders gelaufen wäre … Ich hätte alles getan. Alles. Wenn am Ende Andie auf mich gewartet hätte, dann …« Er muss den Satz nicht beenden. Ich weiß genau, was er meint.

»Ja«, gebe ich erstickt zurück.

»Ich bin für dich da, Mann. Ich werde da sein und dich unterstützen. Mir ist klar, dass du das mit June mehr als ernst meinst und dass du nicht der Typ bist, der eine Frau nach der anderen flachlegt oder sich schnell verliebt. Aber … das kann in die Hose gehen, und zwar so richtig.«

Jetzt lache ich aus vollem Halse, auch wenn mir nicht danach zumute ist. Als wäre es je anders gewesen.

»Das ist es schon. Glaub mir.«

»Was meinst …« Sein Ausdruck verändert sich von fragend zu ungläubig.

»Nein, wir haben nicht miteinander geschlafen. Entspann dich. Aber es gab … einen Moment.«

»Verflucht, Mase, werd genauer! Ihr habt dauernd irgendwelche Momente. In den meisten will sie dir die Haut abziehen und deinen Skalp als Trophäe behalten. Welchen verschissenen Moment meinst du?«

»Ich hab June oben ohne erwischt«, fange ich an und schenke Whiskey nach. Das Geräusch der Flüssigkeit, wie sie in das Glas fließt, ist beruhigend. »Im Lager. Sie ist mit dem Top am Regal hängen geblieben, als sie was von oben rausholen wollte. Das war Moment eins vorhin. Ich bin gegangen, auch wenn es schwer war, nichts zu tun. Es nicht drauf ankommen zu lassen. Weil ich wusste, es würde nicht reichen. Es wäre nicht genug für mich.« Ich atme tief durch die Nase ein, befeuchte meine Lippen, die sich zu einem Grinsen verziehen. »Ich bin in mein Büro. Da hat dann mein Vater angerufen.«

»Das Übliche?«

»Natürlich. Bin gespannt, was er sich einfallen lässt, damit ich es ihm recht mache. Aber das Spannende kommt erst noch. Es hat an der Tür zu meinem Büro geklopft, und June stand vor mir. Die Art, wie sie mich angesehen hat, wie sie gefragt hat, ob ich sie reinlasse.« Ungläubig schüttle ich den Kopf. »Fuck, ich wusste, was kommt, und hab sie nicht weggeschickt.«

»Gib mir das Glas.« Cooper beugt sich vor, schnappt sich den Whiskey und nimmt einen tiefen Schluck, bevor er ihn mir zurückgibt. »Okay, bin bereit. Mach weiter.«

»Sie hat mir klargemacht, dass es nur für eine Nacht ist. Dass nichts dabei sei, miteinander Spaß zu haben, wenn wir es beide wollen. Ich hätte Nein sagen sollen. Ich wollte sie wegschicken. Aber, Lane … ich konnte nicht.« Für den Moment muss ich die Augen schließen und mir kurz Zeit nehmen, bevor ich weitererzähle. »Wir haben uns geküsst, sind irgendwann im anderen Zimmer auf dem Bett gelandet und ich war drauf und dran, mit ihr zu schlafen. Kurz davor, ganz und gar nachzugeben. Dazu kam es aber nicht. Irgendwie … keine Ahnung. June ist ohne Vorwarnung aufgesprungen, meinte, dass es ein Fehler sei und wir es vergessen sollten. Mit Ausnahme von dem Offensichtlichen habe ich keine Ahnung, was schiefgelaufen ist.«

Cooper kneift sich in die Nasenwurzel und verzieht das Gesicht. »Dir ist klar, dass alles richtig kompliziert wird, wenn ihr beide das nicht auf die Kette bekommt. Vor allem im Club und hier.«

»Erzähl mir etwas, das ich noch nicht weiß.«

»Was ist der Plan? Oder ist das Ding damit jetzt erledigt?«

Sollte es. Wäre wohl das Beste. Aber so funktioniert das nicht, wenn man jemanden mag. Wenn man mit jemandem zusammen sein möchte, weil man sich verliebt hat. Dann gibt es keinen Aus-Schalter, keinen Not-Knopf, den man betätigen kann. Es geht entweder gut oder den Bach runter. Bei Letzterem kann man nur beten, dass es schnell geht. Es gibt nichts dazwischen, keine Grauzone.

»Keine Antwort ist auch eine Antwort«, stellt Coop fest, und er hat recht. »Ganz ehrlich? Du weißt, ich wünsche dir nur das

Beste. Das habe ich immer getan. Und ich werde dir nie vergessen, wie du mir in den Arsch getreten hast, damit ich das mit Andie nicht vollkommen in den Sand setze.«

Wir grinsen uns an. »Immer wieder gern.«

»Blödmann. Was ich sagen will, ist, dass ich das jederzeit auch für dich tun würde. Nur hab ich keine Ahnung, wie ich das anstellen soll. Ein Blinder sieht, wie du June vergötterst. Und du verdienst es, eine Frau zu finden, die dich liebt. Dich, Mase. Du brauchst keine zweite Elle. Keine Frau, die dein Geld will und ein schönes Leben, die von ihrem Vater geschickt wird, um sich dir an den Hals zu werfen. Du brauchst eine Frau, die es ernst meint. Ich weiß nur nicht ... ich ...«

»Du weißt nicht, ob es June sein kann«, beende ich seinen Satz.

»Ja. June ist eine gute Freundin. Man kann immer auf sie bauen, sie ist ehrlich und an manchen Tagen sogar freundlich.« Jetzt lachen wir wieder richtig auf, und ich schüttle den Kopf. Ein wenig verzweifelt, wenn ich ehrlich bin. »Ob sie dir mehr sein kann? Keine Ahnung. Momentan denke ich, dass sie zu dem steht, was sie sagt. Sie will keine Dates. Sie will erst recht keine Beziehung. Bisher hat sie jeden abblitzen lassen, spätestens am nächsten Morgen. Ich meine, hast du June, seit wir sie kennen, je mit ein- und demselben Typen gesehen? Länger als einen Abend oder eine Nacht? Und selbst das war selten.«

»Nein«, murmle ich. »Nein, hab ich nicht.«

Cooper erhebt sich, kann ein Gähnen nicht verhindern, bevor er betreten aufseufzt und ich seine Hand auf meiner Schulter spüre, die er kurz und kräftig drückt.

»Trotzdem mag sie dich. Da bin ich sicher. Aber ob das reicht? Im Moment kann sie nicht sein, was du dir wünschst und brauchst.« Er legt die Stirn in Falten. »Ich werde dich nicht davon abhalten, auf Knien vor ihr rumzurutschen, sie notfalls anzuflehen. Weil ich weiß, dass man so einen Scheiß macht, wenn man verliebt ist. Schließlich braucht man dafür Mumm und sollte – wie hast du es mal genannt? Seine nach innen gestülpten und geschrumpften Eier rausziehen? Ich bin also ganz bei dir. Aber mach dich nicht kaputt dabei, Mase. Achte auf dich und zieh rechtzeitig die Reißleine.«

Dafür ist es fast zu spät. Aber ich habe noch nicht vor, die Sache auf sich beruhen zu lassen. Die Frage ist nur, wie es weitergehen soll.

Ich brauche einen Plan. Eine Idee. Etwas, womit ich arbeiten kann. Bis dahin tue ich so, als sei nichts passiert. Als sei alles okay.

»Oh Gott, ich kenne diesen Ausdruck«, bricht es aus Cooper heraus, und er hebt abwehrend die Hände. »Ich gehe ins Bett. Dann kann keiner sagen, dass ich damit irgendwas zu tun habe. Was auch immer in deinem Kopf gerade Schräges passiert, ich bin raus für heute.«

Er verlässt winkend das Wohnzimmer und verschwindet im Bad.

Ich schnaube. Als ob ab diesem Punkt automatisch alles schiefgehen müsste. Unfassbar, wie viel mir mein bester Freund zutraut. Doch wenn ich es mir recht überlege …

»Ich bin am Arsch.«

11

Immer, wenn man nichts weiter will
als schaukeln, ein Eis und seine Ruhe,
klatscht dir jemand das Leben
ins Gesicht.

June

Irgendwie fühle ich mich … verklebt. Zerknautscht und verklebt. Und ich merke schnell, woran das liegt. An meinen Augen, die ich kaum öffnen kann, weil meine Mascara sich für einen Super Glue hält.

Ich bin eingeschlafen. Mist. Da bereits das erste Licht in mein Zimmer dringt, obwohl mein Rollo mehr als die Hälfte des Fensters verdeckt, gehe ich davon aus, dass es früher Morgen ist. Vielleicht auch später? Ein Blick auf den kleinen quietschrosa Wecker zeigt mir, dass ich recht habe. Die Zeiger stehen auf fünf nach acht.

Ich will mich umdrehen, aber … das geht nicht. Hm, seltsam. Liegt da ein Arm über mir?

Oh. Mein. Gott. Entweder ist mir letzte Nacht ein dritter Arm gewachsen oder ich liege nicht allein im Bett. Panik flutet mich, mein Gehirn schaltet auf Alarmstufe Rot und ich blinzle hektisch.

Ich bin heimgegangen, oder? Allein. Direkt nach der Sache mit Mason …

Nervös halte ich die Luft an und drehe den Kopf so weit wie möglich zur Seite, ohne das menschliche Wesen zu wecken, das da an mir klebt.

Andie! Heilige Scheiße, es ist bloß Andie. Mein Herz rast wie verrückt. Ich möchte gleichzeitig schreien und weinen vor Erleichterung. Stattdessen atme ich so leise wie möglich aus, um sie nicht zu wecken, und reibe mir übers Gesicht. Da ist ohnehin alles verloren.

Um mich zu beruhigen, schließe ich noch einmal die Augen. Mason und die Sache von gestern sitzen mir anscheinend noch ziemlich in den Knochen. Deshalb versuche ich, alles zu verdrängen und nicht daran zu denken. Genau. Ich denke auf keinen Fall mehr an meinen genialen, nahezu preisgekrönten Einfall, mit Mason zu schlafen, damit ich ihn danach ganz bestimmt nicht mehr anziehend finde. Natürlich nicht. Frei nach dem Motto: Dann ist die Luft raus. Puff! Weg ist die Spannung. Klingt richtig logisch.

Nicht.

Stöhnend schlage ich mir die Hände vors Gesicht, vergesse, dass ich eigentlich leise sein wollte, aber dann höre ich Andie deutlich schnarchen. Direkt in mein linkes Ohr. Puh, noch mal Glück gehabt.

Sie schnarcht so lange, bis sie anfängt, im Schlaf zu reden. »Nein, Lane, bitte nicht die Decke«, nuschelt sie. Direkt danach kommt etwas, das so klingt wie: »Nein, nein! Bitte kein Scrabble.«

Ich muss mir ziemlich angestrengt ein Lachen verkneifen. Jetzt wo sie es sagt, fällt mir ein, dass wir wirklich lange nicht gespielt haben und das schnellstens nachholen sollten. Vorsichtig schiele ich zu ihr. Sie ist furchtbar niedlich, wenn sie schläft und vor sich hin brabbelt. Gerade hat sie sich von mir weggedreht, liegt jetzt halb auf dem Rücken und ich schaffe es mit Mühe, die Decke Stück um Stück von mir runterzuziehen und gleichzeitig vorsichtig aus dem Bett zu rutschen. Natürlich seitlich. Ich will sie wirklich nicht stören. Wer weiß, wann sie nach der gestrigen Schicht direkt aus der Hölle hier war.

Sie hat sich einen Pyjama von mir gekrallt. Ich bewundere sie dafür, dass sie den in meinem Klamotten-Chaos überhaupt hat ausfindig machen können. So spät in der Nacht und ohne, dass ich davon wach geworden bin.

Nachdem ich es aus dem Bett geschafft habe, halte ich einen Moment inne, um sicherzugehen, dass sie ruhig und gleichmäßig atmet, bevor ich nach meinem Handy greife. Keine Nachrichten.

Mein Magen zieht sich unmerklich zusammen.

Was hattest du erwartet, June? Eine Nachricht von deinen Eltern, in denen sie dir mitteilen, dass sie gut in Japan angekommen sind und an dich denken? Oder etwa eine von Mason, in der er … was schreibt? Dass er dich vermisst? Dass alles keine große Sache ist?

Ich schnaube und schüttle den Kopf. Blödsinn.

Dafür ploppt eine ganz andere Nachricht warnend auf. Der Akku ist gleich leer. Verflixt, wo ist nur dieses Ladekabel? Ich verstehe nicht, wie das immer wieder passieren, wie es ständig spurlos verschwinden kann. Warum ich das Ding nicht einfach in der Steckdose lasse. Das wäre echt mal clever von mir. Andie hat das gleiche Kabel, und ich muss meins nie zu ihr mitnehmen. Was tue ich also immer mit dem Teil?

Manchmal mache ich mich selbst verrückt.

Ausgiebig den Boden scannend, drehe ich mich um die eigene Achse, bis ich es schließlich entdecke, wie es zur Hälfte an der Seite des Tisches herunterbaumelt. Dann sehe ich noch was ganz anderes. Mein Spiegelbild.

»Heiliges Kanonenrohr«, wispere ich. Links kleben die oberen Wimpern komplett zusammen, rechts sieht mein Auge aus wie das des Frontsängers von KISS.

Steve, ein alter Freund von Andies Familie, der oft auf der Ranch hilft, steht voll auf die alte Rockband. Wir mussten uns deren Lieder auf der Ranch in Dauerschleife anhören, daher kenne ich sie. Andies kleiner Bruder Lucas kann *I was made for loving you* nicht hören, ohne sich in die Embryostellung zu begeben und vor Schmerzen zu weinen. Zumindest mussten wir es über uns ergehen lassen, bis all die Platten und CDs eines Tages spurlos verschwunden sind. Sie liegen noch immer in einer Kiste auf Andies Dachboden, wo wir sie heimlich versteckt haben.

Wenn ich mir mein Make-up-Desaster jetzt so anschaue, bin ich froh, dass das Wohnheim einem Geisterhaus ähnelt, weil fast alle, genau wie meine Mitbewohnerin, um die Welt reisen oder nach Hause gefahren sind. Dass ich es nicht sonderlich weit habe bis zu den Duschen, wohin ich gleich verschwinden werde, ist ein weiterer Pluspunkt. Doch zuerst muss ich mein Handy an den Strom anschließen und mein Zeug zusammensuchen.

»Socke … gib mir die Socke! Socke, pfui. Nein!«, brummt Andie, und ich bleibe stocksteif stehen, weil ich für einen Moment vollkommen irritiert bin. Wenn das mal genau so passiert ist, bin ich traurig, es verpasst zu haben. Socke mit Socke. Herrlich.

Leise schnappe ich mir meinen Schlüssel und das Duschzeug samt Handtuch und schleiche mich aus dem Zimmer.

Als ich kurz darauf die Duschräume betrete, mich in die Kabine stelle und das Wasser anstelle, habe ich das erste Mal das Gefühl, richtig abschalten zu können. Das heiße Wasser berieselt mich, Dampfschwaden steigen auf, und es ist mir egal, wie viel meiner Foundation am Ende übrig bleibt. Mich wird gleich bestimmt niemand sehen. Und wenn ich mich angezogen habe, was ich direkt hier tun werde, damit Andie so lange wie möglich schlafen kann, werde ich im Notfall das Handtuch um mich wickeln, damit man das Feuermal nicht bemerkt.

Ich dusche so lange, bis das Wasser kalt wird und ich zu frösteln beginne. Nur zu gern würde ich hierbleiben, in diesem schützenden Raum. Doch das geht nicht.

Schweren Herzens drehe ich den mit einem Quietschen protestierenden Hahn zu, wickle mich in ein Handtuch und creme meine frisch rasierten Beine ein. Danach den Rest meines Körpers. Wenige Minuten später stehe ich angezogen vorm Waschbecken und putze mir die Zähne mit meiner Himbeerzahnpasta. Dabei starre ich mich im Spiegel an und kann kaum glauben, dass man mir nicht ansieht, wie schlecht ich mich fühle. Dass man weder den Knoten im Magen noch den Druck auf der Brust erahnen kann. Oder das schlechte Gewissen.

Es ist okay, dass ich nicht mit Mason ausgehen möchte. Ich darf mit ihm flirten und ihn mögen – auch wenn ich das nicht will. Ich kann all das tun, auch wenn ich ihm nicht das geben kann, was er möchte oder was er sich wünscht. Es ist okay, dass ich mich schütze.

Oder nicht?

Ich stoppe, ziehe die Bürste aus dem Mund und fletsche die Zähne, bevor ich die Zahnpasta ausspucke und nachspüle. Ein letzter Blick in den Spiegel, dann gehe ich zurück zu Andie. Wie vermutet, begegne ich auf dem Flur niemandem und kann, ohne erwischt zu werden, wieder in mein Zimmer schlüpfen.

Ein leises, belustigtes Schnauben entwischt mir, als ich meine beste Freundin betrachte, die immer noch wie eine Tote daliegt. Mittlerweile ganz auf dem Rücken, diagonal über das große Bett platziert. Mit ausgestreckten Armen und weit gefächerten, verknoteten Haaren, die irgendwie überall verteilt sind.

Belustigt stelle ich mich vor den Spiegel. Jetzt kann ich meine Creme und neues Make-up auftragen. Diese Routine gibt mir so etwas wie Sicherheit. Sie gibt mir Halt. Und wie jeden Tag ignoriere ich die fiese Stimme, die mir zuflüstert, dass das nicht wahr ist. Dass es nicht mehr ist als eine Täuschung. Die Routine hält mich nicht, sie fesselt mich.

Energisch schüttle ich den Kopf, um die Gedanken zu vertreiben, dabei rutscht das Handtuch von meinem Kopf. Egal, ich bin sowieso fast fertig. Dann kann ich meine Haare abrubbeln und bürsten. Der Rest wird von allein trocknen, ich werde jetzt keinen Fön anstellen. Dann laufe ich eben heute mit ein paar Naturwellen herum statt mit glattem Haar. Es gibt Schlimmeres.

Mein Magen knurrt. Jetzt hole ich erst mal Frühstück.

Mit einem Tee für Andie, einem Kaffee für mich, umgefüllt in meinen liebsten to-go-Becher, und Unmengen an heißen Waffeln und frischen Bagels bin ich zurück im Wohnheim. Mir läuft das Wasser im Mund zusammen.

Laut Wecker ist es inzwischen Viertel vor zehn. Ich hab mir also beim Trödeln heute Morgen richtig Mühe gegeben. Und der köstliche Duft des Kaffees sowie der Gedanke an das Essen in der Tüte lassen meinen Magen freudig knurren. Ich stelle alles auf den Tisch im Gemeinschaftszimmer und gehe danach rüber, um Andie endlich zu wecken. Aber wie? Unschlüssig stehe ich vor meinem Bett und mustere meine beste Freundin. Es gab noch nie einen netten Weg, Andie aus dem Schlaf zu reißen. Es macht also keinen Unterschied, ob ich sie jetzt vorsichtig wecke oder aus dem Bett schiebe, bis sie auf den Boden knallt. Das Ergebnis ist dasselbe.

Trotzdem entscheide ich mich für einen Mittelweg. Ich nehme eine ihrer wild gewordenen Haarsträhnen und kitzle sie damit an der Nase. Erst langsam und behutsam, ich will es ja nicht gleich übertreiben, aber bei Gott, die Frau schläft wie ein Stein. Also stecke ich ihr die Strähne einfach irgendwann in die Nase. Ich will essen. Ich hab Hunger.

In dem Moment, als Andie kräftig niest, erschrecke ich so sehr, dass ich beinahe diejenige bin, die aus dem Bett fällt. Ich schreie auf und bekomme sofort danach einen Lachanfall.

»Was war das?«, fragt Andie mit belegter und müder Stimme. »Hast du mir da gerade was in die Nase geschoben?« Mühsam ist sie dabei, sich aufzusetzen. Allerdings hält sie die Augen weiterhin geschlossen, wie so oft. Mehrmals kräuselt und bewegt sie ihre Nase, bevor sie sich an deren Spitze kratzt. »Das war unangenehm. Und irgendwie auch eklig«, nölt sie, und ich klopfe ihr auf den Oberschenkel. Sie sitzt mittlerweile, aber die Beine hat sie noch von sich gestreckt und ihre Haare stehen in alle Richtungen ab.

»Komm endlich, ich hab Frühstück geholt.«

»Wie spät ist es?«

»Essenszeit.«

»Die ist bei dir immer, June.«

Amüsiert beobachte ich sie in ihrem Zombie-Modus und stehe auf. Gähnend zeigt sie in Richtung des Schreibtischs. »Kannst du mir meine Brille geben? Die liegt da irgendwo.«

Ich reiche sie ihr und schüttle lachend den Kopf, weil sie das Ding aufsetzt, ohne die Augen zu öffnen.

»Die Brille bringt dir so nichts, das weißt du schon, oder?«

»Sei nicht so ein Klugscheißer. Die mag niemand. Hast du gehört?«, ruft sie mir nach, aber ich sitze schon auf der Couch und mache mich an der Tüte mit dem Essen zu schaffen. Wenige Sekunden später tapst auch Andie herein und hat dabei die Augen gerade so weit geöffnet, dass sie nirgendwo gegen rennt.

»Hier, dein Tee.«

»Oh Gott. Danke. Du bist toll. Ich nehme alles zurück.«

»Ich weiß. In der Tüte sind deine Lieblingswaffeln.« Aber Andie umschließt erst glückselig ihren Teebecher und lächelt zufrieden.

»Wann bist du heute Nacht hier gewesen?«, frage ich sie zwischen zwei Schlucken Kaffee.

»Keine Ahnung. Vielleicht gegen drei oder vier. Ich hab nicht mehr auf die Uhr geguckt. Du hast geschlafen, und ich hab mein Bestes gegeben, dich nicht zu stören. Du meintest ja, es ginge dir nicht gut und Schlaf ist die beste Medizin. Zumindest sehr oft.«

»Ich bin einfach eingepennt. Entschuldige.«

»Verdammt.« Sie zuckt zusammen und streckt die Zunge ein Stück raus. »Heiß«, grummelt sie. »Und du musst dich nicht entschuldigen. Ich bin auch sofort eingeschlafen. Ich kann mich nicht erinnern, wie ich es noch geschafft habe, Schlafzeug anzuziehen. Geschweige denn es zu finden.« Ihr durchdringender Blick fixiert mich, und ich verziehe das Gesicht.

»Ich bin noch nicht zum Aufräumen gekommen.«

»Du hattest keine Lust.« Andie greift beherzt nach einer Waffel und gibt nach dem ersten Bissen einen genießerischen Laut von sich.

»Ein bisschen was von beidem, schätze ich.« Ich seufze und nehme mir endlich auch etwas von dem Frühstück.

»Also, was war los? Geht es dir besser?«

In diesem Moment bin ich so froh, dass sie mich nicht heute Morgen vor dem Duschen gesehen hat. Ich kann nur hoffen, dass ich bei ihrer Ankunft noch nicht so furchterregend verheult ausgesehen habe.

»Ja, es wird schon. Gestern war einfach ein seltsamer Tag.«

Oh nein. Sie stellt den Tee ab und hört auf zu essen. Das bedeutet, dass ich noch nicht aus dem Schneider bin.

»Weißt du, es ist okay, Dinge für sich zu behalten. Geheimnisse sind kein Problem«, sagt sie ganz ruhig. »Aber Lügen werden zu einem.«

»Ich wollte nicht … ich meine, ich hab nicht gelogen.«

»Es war also einfach nur ein *seltsamer Tag* gestern?«

»Nein.«

»Dann, June, hast du gelogen.« Sie wird nicht böse oder laut. Sie nimmt es mir nicht übel. So ist Andie nicht. Sie lächelt mich verständnisvoll an, beinahe fürsorglich. Gott, ich hab sie nicht verdient.

»Ich wollte gestern nicht darüber reden, und ich weiß nicht, ob ich es heute kann.«

»Dann tu es, wenn du bereit dafür bist. Das ist doch keine große Sache.«

»Danke.« Ich räuspere mich. »Könntest du Cooper in der nächsten Zeit nichts sagen? Was mich angeht, meine ich.«

»Es geht um Mason, richtig? War da was im Lager? Hattest du deshalb sein Hemd an? Entschuldige, das ist mir rausgerutscht. Du möchtest nicht darüber reden.« Geknickt schaut sie mich an, während ich kurz zögere – ehe ich mit zusammengepressten Lippen und gesenktem Blick nicke. Und bevor ich es verhindern oder mir anders überlegen kann, sprudelt doch alles aus mir heraus. All die Gedanken und Sorgen, die mich umtreiben. Ich erzähle ihr alles und beobachte, wie sich die Gesichtszüge meiner Freundin mit jedem Satz verändern. Wie sie aufmerksam zuhört, wie sie die Sachen verarbeitet.

»Ich habs verbockt, Andie. Ich hab einem Freund wehgetan, so richtig wehgetan.«

»Ach, June. Ich gestehe, ich weiß nicht, was ich sagen oder wie ich dir helfen soll. Aber … es ist nicht schlimm, dass du etwas für Mason empfindest.«

Ich spüre deutlich, wie Hitze in meine Wangen steigt und ich trotzig reagieren möchte. Wie ich schreien will: Ich empfinde gar nichts für ihn!

»Was ich für Mason empfinde, ist Wut und Genervtheit – und ganz selten hat mein Schaltkreis einen Kurzschluss und wandelt das in einem Moment der Schwäche in etwas anderes um.«

»Du bist einmalig. Rede dir von mir aus ein, was du willst. Vielleicht sprichst du aber mal mit ihm?«

»Mase weiß, dass ich nichts mit ihm anfangen will.«

»Hm.«

»Hm? Was meinst du mit *hm?*«

»Du wolltest mit ihm schlafen, oder?«

»Das ist keine große Sache. Ich schlafe mit weitaus eigenartigeren Typen. Der Punkt ist, die sehe ich danach nie wieder.«

»Mase schon.«

»Ja.« Grübelnd streiche ich mir eine Strähne hinters Ohr. »Das habe ich vergessen. Wenn ich was mit Mase habe, dann ist er nicht am nächsten Tag aus meinem Leben verschwunden.«

Seufzend beißt Andie von ihrer Waffel ab und kaut nachdenklich. »Du willst es nicht hören, aber vielleicht wird alles einfacher, wenn du ihm einfach sagst, was mit dir los ist.«

Erschrocken starre ich sie an. »Was mit mir los ist?«

»Du weißt, wie ich das meine.«

»Mit mir ist nichts los. Ich will einfach keine Beziehung und niemanden, der mir zu nahe kommt.«

»Und ich weiß, warum das so ist. Ich kann es verstehen. Mase aber nicht.«

»Das geht ihn auch nichts an.«

»Zeig es ihm. Es ist nur Haut. Es ist keine große Sache.«

Daraufhin flutet Wasser meine Augen, ohne dass ich es verhindern kann. Als hätte man einen Staudamm gesprengt. Ich schlucke ein paar Mal, will damit den Kloß in meinem Hals vertreiben, senke den Blick und merke, wie mir immer mehr Tränen über die Wangen laufen und auf meine hellblaue Chinohose tropfen.

Es ist mir egal, ob es für die Welt keine große Sache ist. Für mich ist sie groß. Die größte Sache in meinem verschissenen Leben und ich kann nicht so tun, als sei sie mir egal oder nicht da. Als würde sie mich nicht nerven, mir nicht wehtun, mich nicht kleinhalten oder verändern. Ich kann nicht so tun, als würde ich diesen Teil von mir lieben, wenn ich mir immerzu wünsche, wie alle anderen zu sein. Nicht anders, nicht speziell. Nicht wie jemand, den man wie ein Ausstellungsstück begaffen will, sobald man seine Andersartigkeit erkennt.

Ich hatte Schmerzen nach den Therapien, und der Arzt meinte, es würde nicht größer werden, sich nicht verändern oder wuchern. Es wäre nur tiefrot. Keine Lasertherapie verändert bei mir etwas, und ich kann mir das Stück Haut nun mal nicht rausreißen. Es ist da und wird es immer sein. Mich ermahnen, dass ich nicht wie sie bin.

»Es tut mir so leid«, schnieft Andie und nimmt mich in den Arm. »Ich bin heute verdammt unsensibel. Du weißt, ich wollte dich nicht verletzen.«

Ich bin nicht böse. Nicht auf sie. Nicht auf die Frau, die mir seit frühester Kindheit jeden Tag sagt, dass ich wundervoll bin und mir immer den Rücken stärkt. Nicht auf Andie, die mich eines Tages mit zu ihrer Familie genommen hat und stolz verkündete: »Das ist June, sie wohnt jetzt hier.« Und irgendwann ist genau das passiert. Keine Ahnung, ob mein Vater je gemerkt hat, dass ich nicht mehr heimgekommen bin. Meine Mutter hat Andies Eltern monatlich Geld für mich überwiesen und nur zu den Evans gemeint, dass es nicht nötig sei, was sie tun, aber dass es kein Problem für sie sei, solange sie darauf achten würden, dass ich mein Make-up benutze, damit mit mir alles okay ist. Damit mit mir alles okay ist … Beinahe hätte ich gelacht. Zum Glück hatten die Evans eine andere Vorstellung davon, was für mich gut ist, als meine Eltern.

Als Andie ihre Mom verloren hat, hab ich auch irgendwie meine verloren … Was verrückt ist, weil meine noch lebt. Nur fühlt es sich schon sehr lange nicht mehr so an. Seit sie in mir Probleme sahen, keine Chancen, eine Last und kein Geschenk. Seit ihre Liebe an Bedingungen geknüpft ist und meine Liebe zu ihnen wehtut.

Trotzdem können all die Jahre mit Andies Familie, all die Liebe und guten Worte, die sie mir geschenkt haben, nicht das verdrängen, was in mir seit jeher gewachsen ist wie ein Tumor und was meine Eltern stetig gefüttert haben: Scham, Angst und Unsicherheit. Es ist eine Lüge zu glauben, dass nur Menschen, die sich dessen nicht bewusst sind, sich so verhalten. Ich weiß es. Schon lange. Ich kenne meine Fehler, meine Probleme, und trotzdem kann ich sie nicht abschütteln.

»Schon gut.« So schnell, wie der Ausbruch kam, verfliegt er auch wieder. Ich tupfe mir die Nässe von den Wangen. Andie lässt nicht ganz von mir ab, legt ihren Kopf auf meine Schulter und starrt mit mir den Tisch an.

Schon verrückt. Also das Leben.

»Kommst du heute mit zur Arbeit? Oder erst nächste Woche? Ich meine … steht dein Praktikum noch?«

Gute Frage. Ich hab sie mir auch schon gestellt. Vermutlich wäre es nur fair, es nicht zu machen. Mason nicht noch mehr in Verlegenheit zu bringen, als ich es bisher getan habe. Mit meiner Entscheidung und meinem gestrigen Verhalten habe ich sicherlich alles zerstört zwischen uns.

Trotzdem kann ich es nicht absagen, denn die Alternative – das Praktikum sausen lassen, wichtige Seminare nicht belegen zu können und mein Stipendium zu riskieren – ist für mich absolut untragbar geworden.

»Ja, das Praktikum steht. Wir sind erwachsen, wir kommen damit klar.«

Keine Ahnung, ob das stimmt. Keine Ahnung, wie sich dieses Erwachsensein anfühlt und ob man je an diesen Punkt kommt. Wenn es sich anfühlt wie jetzt, will ich es nicht haben. Dann will ich ein Eis, eine Schaukel und meine Ruhe.

»Ich hoffe es.« Ich auch.

»Ich werde erst Dienstag wieder ins MASON's gehen. Ich denke, ich brauche etwas Abstand und Ruhe. Er sicher auch.«

Da hebt Andie ihren Kopf und mustert mich von der Seite. »In Ordnung. Was ist dann dein Plan für heute?«

»Ich … ich gehe in die Bibliothek.«

Es dauert keine zwei Sekunden, bis Andie zu kichern anfängt. »Ich wünschte, ich könnte das sehen. Du hasst Bibliotheken. Alles, was ich an ihnen liebe, ist dir zuwider: Alles ist ordentlich, sauber und es ist zu still. Menschen diskutieren nicht, sie lesen. Du darfst Musik nur über Kopfhörer hören, nicht laut reden, lachen, atmen oder sonst was. Was möchtest du da?« Andie betrachtet mich wie eine Mutter, die überlegt, ob sie bei ihrem Kind nicht doch mal Fieber messen sollte.

Allen aus dem Weg gehen? Kann ich schlecht antworten. Aber das muss ich auch gar nicht, weil mir der Besuch in der

Bibliothek sogar ausnahmsweise ganz gelegen kommt. Ich hab nämlich tatsächlich noch was zu erledigen.

»Ich muss etwas raus und außerdem muss ich einen Aufsatz für Professor Hall nachreichen. Der letzte hatte nicht das richtige Format, und ich soll sehr dankbar sein, dass ich das nachholen darf.« Ich rolle mit den Augen. »In der Bib arbeite ich vielleicht richtig und konzentriere mich.«

»Risikomanagement?«, fragt Andie nur, und ich nicke bestätigend. »Professor Hall ist ein harter Brocken. Warum hast du nichts gesagt, dann hätte ich mir deinen Aufsatz vorher angeschaut.«

»War zu spät dran.«

»Wie spät?«

»Sehr spät, aber noch pünktlich. Das ist die Hauptsache.«

»Du hast den Aufsatz erst am Morgen der Abgabe fertig gehabt und ihn noch schnell im Copyshop drucken lassen, richtig?«

»Nein! Ich hab ihn im Vorraum der Bib ausgedruckt.«

Einen Moment ist es still, bis wir beide anfangen, laut zu lachen. Bis wir uns die Bäuche halten vor Schmerzen.

»Wow. So lustig war das gar nicht.«

»Aber es hat gutgetan«, kontert Andie.

»Stimmt. Puh. Neben dieser Sache wollte ich mir einen Schlachtplan für das Praktikum erstellen und mir alle Anforderungen und Fristen genau ansehen und notieren. Am Ende ist ein Bericht fällig, von dem ich hoffe, dass er früher fertig ist als der bei Professor Hall.«

»Keine schlechte Idee. Dann bleibt mir nichts anderes übrig, als dir viel Erfolg zu wünschen. Fackel die Bib nicht ab und spiel nicht Cluedo nach. Du weißt schon, es war die Verrückte mit einem Stuhl in der Bibliothek oder so.«

»Cluedo ist das nervigste Spiel, das ich kenne. Ich muss sehr verzweifelt sein, wenn ich den Drang verspüre, so was nachzuahmen. Apropos: Ich brauche Scrabble in meinem Leben.«

»Tu mir das nicht an.«

»Du bestimmst den Tag. Ich bringe auch Popcorn mit!«

»Fein. Aber nur ein Spiel. Und ich will kein salziges Popcorn.«

Ich grinse. »Abgemacht.« Eine Runde ist besser als nichts. Andie gähnt laut und trinkt ihren Tee aus.

»Darf ich den Rest mitnehmen? Cooper freut sich bestimmt. Dafür lade ich dich das nächste Mal zum Brunch ein, aber richtig! Oder wir essen uns durch die Stände am Pike Place.«

»Da sag ich nicht Nein.«

»Ich ziehe mich schnell an und mach eine Katzenwäsche, bevor ich gehe.«

»Soll ich dich mit dem Klepper rüberfahren?«

»Ach, das ist doch Unsinn.« Sie winkt ab. »Ich nehme den Bus, dann bin ich auch schnell daheim und du verlierst keine Zeit wegen der Bib.«

Zwei Stunden später sitze ich an einem der Kirschholztische im hinteren Teil der Bibliothek und hasse mich dafür. Andie hatte mit jedem Wort recht. Viel schlimmer als die Sache mit der mörderischen Ruhe ist, dass mehr Menschen hier sitzen, als ich erwartet hatte. An einem Samstag. Es ist nicht zwingend voll oder viel los, deutlich weniger als während des Semesters natürlich, aber es sind genug Leute da, um mich in Staunen zu versetzen – oder zu nerven.

Besonders der schlaksige Hipster-Kerl vor mir mit seinem abschätzigen Blick, den er mir dauernd zuwirft, seit er sich vor einer halben Stunde zielsicher mir gegenüber hingesetzt hat. Nicht, dass andere Tische nicht genug Platz hätten. Der zwei Meter neben uns, mit den antik anmutenden Lämpchen, steht zwar in den Raum hinein und nicht so schön in der Ecke wie dieser, aber er ist leer. Wieso hat er den nicht genommen? Noch dazu dieses obligatorische Seufzen alle paar Minuten. Wenn der Blick und das Seufzen auch noch mit dem Kratzen seines Füllers auf dem Papier oder dem übermotivierten Tippen auf dieser Uralt-Tastatur zusammenkommen, stehe ich kurz vor einem Kollaps.

Verzweifelt will ich mich wieder auf meinen Aufsatz konzentrieren, der auf meinem Laptop geöffnet ist, aber ich habe nur Augen für die Liste, die direkt vor mir liegt. Andie sagt immer, Listen könnten alle Probleme lösen, also hab ich eine erstellt. Ich wünschte, ich könnte sagen, dass sie nützlich für mein Praktikum sei, aber weit gefehlt. Hastig wische ich ein paar Krümel von meiner Pro-und-Kontra-Liste mit der Überschrift *Mason ignorieren oder Mason umbringen*. Daneben hab ich ein Galgenmännchen gezeichnet. Eines meiner besseren Werke, muss ich gestehen. Grinsend beiße ich erneut von dem Karamell-Donut mit extra Schokoglasur ab, den ich mir mitgenommen habe.

Da! Da ist es wieder. Er glotzt, seufzt und tippt gleichzeitig. Das nervt. Keine Ahnung, was er für ein Problem hat.

»Entschuldigung?«

Ich stöhne leise auf. Was will er denn jetzt?

»Man isst nicht in einer Bibliothek.«

Bitte was? Vollkommen perplex schlucke ich, lege den Donut in die Packung zurück, zu seinen drei Brüdern Kokosnuss, Himbeere und Apfelstrudel-Geschmack, bevor ich mir genüsslich die Schokolade von den Fingern lecke.

»Man redet auch nicht in einer Bibliothek«, gebe ich patzig zurück. »Und trotzdem tust du es.« Unverschämter Hipster. Was ist los mit den Menschen? Ich hab hier elementare Probleme des Lebens zu lösen. Außerdem kann ich mich besser konzentrieren, wenn ich esse. Das entspannt mich. Und ich war superleise dabei, habe nicht geknistert, gekleckert oder geschmatzt. Ich will nicht fies sein, aber mir geht es nicht gut.

Vollkommen pikiert packt er sein Zeug zusammen und haut ab. Mehr wollte ich gar nicht. Hätte ich das gewusst, hätte ich noch eine Flasche Wein und Stinkekäse mitgebracht und mir provokant Weintrauben in den Mund geschoben.

Wo war ich? Ach ja, die Liste. Was spricht dafür, Mason nur zu ignorieren, statt ihn zu verscharren? Er hat Andie geholfen, ist für sie da, kümmert sich um Socke, sein Pralinengeschmack ist hervorragend, und er riecht gut. Ergibt keinen Sinn, steht aber auf der Liste, und die Liste ist Gesetz. Dagegen spricht, dass ich ihn jeden Tag sehen muss, er *mich* wahnsinnig und *mein Leben* so scheiße kompliziert macht, dass ich nicht mehr durchblicke. Er rudert. Ergibt auch keinen Sinn, steht da nur, weil ich zu wenig Punkte auf der Kontraseite hatte.

Mason, Mason, Mason. Ich male ihm gerade ein paar Brusthaare, während er da an der Seite am Galgen hängt. Okay, das Männchen sieht nicht aus wie er. Mehr wie eine sehr unförmige Kartoffel oder so, aber der Wille zählt.

Jetzt ist es eben eine behaarte, tote Kartoffel.

Frustriert lasse ich den Stift fallen und meinen Kopf in meine Hände sinken. Gerade hab ich nicht mal mehr das Bedürfnis, den Rest des Donuts zu essen – und das hat was zu bedeuten. In meinem Magen rumort es, und meine Brust fühlt sich eng an. Es ist wie … keine Ahnung. Als hätte ich Angst und ein schlechtes Gewissen zugleich.

Wenn ich ehrlich bin, stimmt das auch. Und obwohl es vermutlich richtig ist, Mase ein paar Tage aus dem Weg zu gehen, damit wir Abstand gewinnen und einen klaren Kopf kriegen, belastet es mich. Am liebsten würde ich die Sache sofort aus der Welt schaffen und ihm irgendwie klarmachen, dass ich kein kaltherziges Miststück bin. Nicht absichtlich. Ich möchte, dass Mase mich angrinst, frech zu mir ist und mir sagt, dass ich mir nicht so viele Gedanken machen soll. Dass verrückte Dinge passieren und jeder Fehler macht und jetzt alles wieder gut ist. Dass wir Freunde sind. Fertig.

Das wird nicht vor Dienstag passieren.

Dieses Mal muss ich stark bleiben. So sehr ich will, dass alles in Ordnung kommt: Ich weiß, dass ich es nur noch mehr versaue, wenn ich ihm vor nächster Woche begegne. Weil meine Gedanken und meine Gefühlswelt im Moment viel zu verkorkst sind. Weil ich mir noch nicht die richtigen Worte zurechtgelegt habe, um mit ihm zu sprechen. Keine Ahnung, ob ich sie überhaupt finden werde …

Ich hickse. Okay, das reicht. Es ist vollkommen bemitleidenswert, was ich hier tue. Ich hebe den Kopf, schnappe mir die Liste, knülle sie zusammen und straffe die Schultern, bevor ich mich meinem Aufsatz widme.

Schön eins nach dem anderen.

Heute überarbeite ich den Aufsatz, damit ich ihn Montagfrüh abgeben kann, morgen kümmere ich mich um das Praktikumszeug. Morgen ist Sonntag, vielleicht hat Andie Lust, danach mit mir Sushi essen zu gehen. Obwohl … ich denke nicht, dass ich sie fragen sollte. Sie arbeitet so viel, sie hat sich ihre Zeit mit Cooper verdient.

»Das Leben ist verdammt kompliziert«, murmle ich, während ich mir endlich den Rest des einen Donuts schnappe und ihn mir ganz in den Mund schiebe.

12

Pyjamageddon!

Mason

»Ist das dein Ernst?«

»Mach das Licht aus. Und lass mich bloß in Ruhe.«

»Verflucht, Mase. Es ist Sonntagmittag, und du liegst noch im Bett.« Coopers Stimme gleicht für mich in diesem Moment einer Kettensäge. »Hast du … hast du da …?«

»Hau ab, Lane, ich hab keinen Nerv auf so ein Gebrabbel.« Hat er sie noch alle? Ich verstehe das Problem nicht. Seit wann ist es ein Verbrechen, sonntags ausschlafen und seine Ruhe haben zu wollen? Nur weil ich das nicht so oft tue, ist das keine Staatsaffäre.

»Andie! Ich brauch dich hier.«

Jetzt zieht er da auch noch Andie mit rein. Toll. Die wird ihn hoffentlich zur Vernunft bringen, ihm erklären, dass er einen Knall hat, und ihn aus meinem Zimmer schleifen. Ich will allein sein. Ist das denn so schwer zu verstehen?

»Ich war schon halb draußen. Was ist los? Ist was … Ach du meine Güte.« Ich höre, wie sie stockt, wie sie schwer atmet. »Hat er bis eben geschlafen? Waren die Vorhänge zu? Hat er … hat er da etwa einen Baumwollpyjama an?« Ihre Stimme überschlägt sich, und ich presse mir mein Kissen auf den Kopf. Ist ja nicht so, als hätte ich noch nie in meinem Leben einen Pyjama getragen. Okay, sehr lange nicht mehr. Es ist auch der einzige, den ich besitze. Aber mir war danach. Ich wollte es bequem haben. Da ist nichts dabei.

»Das ist seine Version einer Jogginghose«, piepst sie. »Nur schlimmer. Er hat die Kontrolle verloren.« So ein Blödsinn.

»Okay, okay. Andie, atme. Hörst du mich? So ist es gut. Nimm einfach Socke und geh schon mal raus. Ich komme nach.«

Ich höre Schritte.

»Hast du das gehört, Mase? Andie hat gesagt, du hast die Kontrolle verloren. Weil wir dich so nicht kennen. Du bist kein Pyjama- oder Jogginghosentyp. Willst du mir erklären, was genau los ist und wie das passieren konnte? Gestern war alles wieder halbwegs in Ordnung. Daheim warst du zwar etwas mürrisch und nachdenklich, aber das bist selbst du ab und an. Noch kein Grund zur Sorge. Im Club warst du im Büro und hattest deine Ruhe, danach sind wir heim. Du hast gute Nacht gesagt. Und jetzt das? Was ist bitte in den letzten zwölf Stunden schiefgelaufen?«

»Ich sag es nicht noch mal, Lane. Hau ab! Und mach die verschissenen Vorhänge wieder zu«, zische ich.

»Mase, ich schwöre dir, du hast genau eine Minute Zeit, mir eine plausible Erklärung zu liefern für das hier. Du schläfst nie länger als acht, du machst fast jeden Morgen Sport, und auf keinen Fall trägst du zum Schlafen was anderes als deine Boxershorts oder im Winter diese sonderbaren Hosen aus Seide. Ich würde mir weniger Sorgen machen, wenn du in einem Kimono vor mir liegen würdest. Aber es ist kein Kimono, es ist nicht Winter und du trägst keine Seide, sondern verwaschene Baumwolle. Ich will Antworten. Sofort!«

»Was tust du hier? Hast du mir das schon gesagt?«

»Ich wollte fragen, ob ich mir deinen Wagen leihen kann. Ich will mit Andie in die Innenstadt fahren, etwas essen, und sie würde gern Socke mitnehmen. Das geht auf dem Bike nicht. Dann komme ich in dein Zimmer und sehe … das.« Ich hebe das Kissen an und schiele zu Cooper. Er zeigt schockiert mit beiden Händen auf mich und den gelbbraunen Stoff, der bei Tageslicht wirklich aussieht, als hätte ich mich vollgekotzt. Nicht, dass mir nicht danach zumute war.

Stöhnend schiebe ich das Kissen von mir, setze mich auf und reibe mir die Augen. »Wie spät ist es?«

»Gleich halb zwei.«

»Nicht so spät, wie ich dachte.«

»Fuck, Mase. Ich mach mir Sorgen. Sag schon, was los ist. Dein Anzug liegt auf dem Boden, du hast deine alte Playstation aus dem Schrank geholt und hast, wie es aussieht, sogar Zigarren geraucht. Abgesehen davon, dass man es riecht, hast du deine Kunstpflanze am Fensterbrett als Aschenbecher benutzt. Hast du deine eigene Party gefeiert, oder was?«

»Du kannst den Wagen haben. Lass Andie nicht warten. Es geht mir gut.«

Coop streicht sich ein wenig verloren mit beiden Händen durch die Haare. Er schaut zur Tür und wieder zurück, während ich mich im Zimmer umsehe. Jetzt wo die Sonne reinscheint, sieht es nicht mehr so gemütlich aus. Und keinesfalls mehr nach einer guten Idee.

Mein Schreibtisch hinten in der Ecke ist ordentlich, wie immer, aber der offene Teil meines Kleiderschranks gleicht einer mittleren Katastrophe. Im anderen sieht es mit Sicherheit nicht besser aus. Da lugt bereits etwas Stoff raus, klemmt zwischen den Massivholztüren.

»Warst du betrunken? Weil wenn nicht, kann ich mir das hier noch viel weniger erklären.«

»Ich war nicht betrunken. Ich war verdammt wütend, okay? Ich hab nur ein wenig Dampf abgelassen.« Vielleicht war ich übermüdet. Und vielleicht war ich auch etwas auf Koffein, ich hab mir nämlich über Nacht an die zehn Espressi gemacht. Doppelte. Aber Alkohol war nicht im Spiel. Nur Zorn, Verzweiflung und ein verdammt verletztes Ego.

June ist eine Kannibalin. Sie hat mich mit Haut und Haaren gefressen und danach einfach ausgespuckt, weil ich ihr nicht bekommen bin. Klingt widerlich, wenn ich so darüber nachdenke. Ich verziehe das Gesicht.

Coop verschränkt die Arme vor der Brust. »Mase«, beginnt er. »Ist noch was zwischen dir und June vorgefallen? Also, nach dieser Sache Freitagabend? Oder ist es genau deswegen? Rede mit mir, verdammt!«

»Sie war gestern nicht im Club. Ich hab Andie gefragt, wie es ihr geht, und sie meinte …« Ich atme tief durch. »Sie meinte, ich solle ihr Zeit geben. Es würde schon wieder werden.« Wird schon werden bedeutet, jetzt ist es nicht gut. Gott, das ist alles so kompliziert.

»Das wars? Deshalb benimmst du dich wie ein Berserker?«

»Wieso hast du dich denn immer wie ein Arsch benommen bei Andie? Erinnerst du dich?«, grummle ich.

»Verliebtsein ist eine echt schräge Sache«, erwidert er, wobei er ein Grinsen unterdrücken muss, es gelingt ihm nicht ganz. »Aber ernsthaft, Mase. Sie braucht ein paar Tage. Das heißt noch gar nichts. Vielleicht will sie auch dir etwas Zeit geben. Ihr seid wie Hund und Katze, trotzdem könnt ihr nicht ohne einander. Vielleicht solltest du ihr den Freiraum geben.« Er lacht auf. »Ich kann nicht fassen, dass das gerade passiert. Ist, als hätten wir die Rollen getauscht.«

»Du genießt das viel zu sehr.«

»Nur ein wenig. Ich hab es schon hinter mir, vergiss das nicht. Das wird sich wieder einrenken. Gib ihr Zeit. Befolge deinen eigenen weisen Rat.«

Ja, vermutlich sollte ich das. Leider ist das nicht so leicht. Nicht nur nachdem June Freitag aus meinem Büro verschwunden ist, sondern auch gestern, als sie nicht in den Club kam, ging es mir so mies, dass ich mich lieber alle zwei Minuten übergeben hätte, als mich weiter so zu fühlen. Ich gestehe, ich hab 'ne Scheißangst, dass June und ich nicht mehr normal miteinander reden können.

»Ich sollte es endgültig gut sein lassen.«

»Keine Ahnung, Mann. Das ist eine Entscheidung, die ich dir nicht abnehmen kann. Wie du weißt, bin ich nicht der ideale Ansprechpartner, was so was angeht.« Wir lachen auf.

»Nein, echt nicht.«

»Los. Geh duschen und bekomm den Kopf frei. Geh aufs Wasser und tob dich aus.« Coop klopft mir ein-, zweimal auf die Schulter, bevor er sich rückwärts aus dem Zimmer macht. »Wenn ich zurück bin, will ich, dass du diesen Pyjama ausgezogen hast. Sonst mache ich das, und das wird nicht angenehm für dich sein. Du machst mir Angst in dem Teil.«

»Von mir aus«, brumme ich, wobei ich mich langsam aus dem Bett schiebe. Coop hat nicht unrecht. Dieser Pyjama ist gruselig an mir. Ich fühle mich zehn Jahre zurückversetzt in meine Jugend. Und als hätte ich seit zwei Wochen nicht geduscht. Schwindelig ist mir auch, aber das könnte am Koffeinentzug liegen.

Kopfschmerzen kündigen sich an. Ich werde jetzt schnell duschen, mir was zu essen machen, am besten einen Salat oder so, und im Anschluss diese Müllhalde aufräumen.

Während ich mir frische Sachen vom Kleiderständer schnappe, denke ich weiter über June nach. Ich sollte sie aufgeben.

Oder … Da kommt mir etwas anderes in den Sinn. Ich runzle die Stirn, halte in der Bewegung inne und denke darüber nach.

Vielleicht sollte ich mir endlich einen richtigen Schlachtplan überlegen. Oder wenigstens einen vorläufigen. Schluss mit den Pralinen, den Blümchen und dem ganzen Zeug. Sie will es auf die harte Tour? So soll es sein. Ich werde sie einfach ignorieren und nicht mehr sein als ihr Boss.

Ich grinse.

June will nicht länger, dass ich ihr hinterherrenne?

Ihr Wunsch sei mir Befehl.

13

Mottopartys sind scheiße …

June

Die Nachricht von Andie hat mir das Leben gerettet. Heute ist Motto-Dienstag. Und nicht irgendeiner, sondern einer der ganz seltenen, an denen die Kleiderordnung nicht nur für die Gäste, sondern auch für das Personal gilt. Einer der Gründe, warum Cooper absolut keine Lust hatte zu arbeiten. So oft es geht, versucht er, dem Ganzen hier zu entkommen. Leider hat es nicht geklappt, weil Andie sich viel zu sehr auf dieses Motto gefreut hat.

Dabei hat Cooper nichts zu befürchten. Das Thema ist ziemlich gut, stilvoll. Fast reizvoll. Heute Abend ist Maskenball. Heißt, jedes Outfit ist erlaubt, Hauptsache, man trägt eine Maske. Na gut, so einfach ist es nicht. Natürlich kommt man nicht rein, wenn man in einem Müllsack auftaucht oder in schmutziger Kleidung und einer Ghostface-Maske. Schlicht und leger ist okay, genauso wie stilvoll elegant und schick. Dasselbe gilt für die Wahl der Masken. Auf den Flyern und auf der Webseite des Clubs wird jedes Motto genau erklärt und beworben. Ebenso im Newsletter. Natürlich werden Lichteffekte und Musik angepasst, da hat Susie sich immer viel Mühe gegeben.

Hätte Andie mir nicht geschrieben, hätte ich vor Aufregung ganz vergessen, dass heute Mottotag ist und wäre ohne passendes Outfit, aber vor allem ohne Maske, aufgelaufen. Das hätte wohl nicht dazu beigetragen, Masons und meine Differenzen ad acta zu legen, wenn ich das Praktikum gleich so beginne.

Die paar Tage ohne Club, ohne Menschen und Stress haben mir unerwarteterweise gutgetan. Der Aufsatz ist fertig, und ich habe seit Ewigkeiten mal wieder fünf Stunden am Stück vorm Fernseher gehangen. Hätte ich am Anfang nicht gedacht.

Jetzt ist die Auszeit vorbei, und ich muss zugeben, Mason gleich wiederzusehen und den Club, das ganze Tohuwabohu bereitet mir Magenschmerzen. Die Hand, in der ich die Tüte mit meinen Klamotten und die Maske halte, ist ganz verschwitzt, als ich vorm Club ankomme. Er öffnet erst in einer halben Stunde, trotzdem stehen bereits die ersten Leute paarweise oder in Grüppchen mit ihren verschiedenen Masken und Outfits an, und ich spüre ihre neidvollen Blicke auf mir, weil ich an der Schlange vorbeieile und nicht wie sie warten muss.

Cole, einer der Türsteher, öffnet den Eingang und lässt mich ohne Zögern rein. Dabei zwinkert er mir gelassen zu, ohne eine Miene zu verziehen. Er ist zwar nicht so der gesprächige Typ, aber er ist schwer in Ordnung.

Heute arbeitet Andie mich an der Bar ein. Sie wollte mir nachher noch die Pläne und Termine für die nächsten Wochen schicken, die Susie im Voraus geplant hatte. Ich soll mir alles ansehen und mit den Listen abgleichen, die sie erstellt hat. Da steht drauf, was noch alles erledigt werden muss. Die offenen Punkte abzuarbeiten, das wird meine Aufgabe. Was toll ist, es passt schließlich perfekt zum Praktikum. Irgendwann die kommenden Tage soll ich ihr ein Konzept vorlegen für das Event, das ich selbst planen, auf die Beine stellen und dokumentieren muss. Gut, dass ich bisher absolut ideenlos bin, was das angeht. Aber ich habe noch Zeit, ich muss mich da nicht verrückt machen. Nicht jetzt, nicht hier.

Als ich drinnen bin, grüße ich Matt und Ian, die sich auf den Weg zur kleinen Bar machen, um sie für ihre Schicht vorzubereiten. »Hey Jungs, habt ihr Andie gesehen?«

»Hey Sommerkind.« Matt lächelt mich an. Er ist niedlich und etwas übermütig. Manchmal erinnert er mich an Andies Bruder. Aber mich so zu nennen, nur weil ich nach einem der Sommermonate benannt bin, sorgt direkt wieder dafür, dass ich ihn verprügeln will. »Andie ist hinten. Zieht sich um oder so.«

»Danke«, bringe ich heraus und gehe ein bisschen zügiger, dabei höre ich es im Lager rumpeln. Bestimmt Jack oder so. Im Pausenraum entdecke ich Andie nicht, aber ich kann sie hören. Sie ist im Bad, wenn ich mich nicht irre. Also stelle ich schnell die Tüte und meine Tasche auf dem Stuhl am Tisch ab und gehe sie suchen.

»Andie?« Ich drücke die Tür zum angrenzenden Sanitärbereich auf.

»Oh, Gott sei Dank bist du da!«

Verzweifelt dreht sie sich vom Spiegel weg zu mir, und ich will wirklich nicht lachen, aber es fällt mir verdammt schwer, es nicht zu tun. Sie hat sich einen Zopf gebunden und wollte ihre Maske irgendwie befestigen. Das hat nur leider so gar nicht funktioniert. Stattdessen hängt die Maske schräg über dem rechten Auge und ihrer Stirn, und der Rest ist verknotet in ihrem Haar, das oben aussieht, als hätte ein Rabe sein Nest darin gebaut.

Ganz davon abgesehen sieht sie hinreißend aus. Ihre Lippen, die zu einem Schmollmund verzogen sind, hat sie mal wieder rot geschminkt, sie trägt ein schulterfreies Oberteil mit kurzen Ärmeln und etwas Spitze im gleichen Ton und dazu eine schwarze Jeans.

»Du hast alles im Griff, wie ich sehe.«

Sie schnaubt. »Mach keine Witze! Hilf mir lieber, dieses Ding aus meinem Haar zu befreien. Sonst nehme ich die Kontaktlinsen raus, setze die Brille auf und gebe die als meine Maske aus.«

»Warte kurz, das kriegen wir wieder hin.« Ich hebe die Maske vorne an und übe leicht Druck aus, um zu schauen, wo sie genau festhängt. Einige Strähnen haben sich um das Band geschlungen und sich darin verheddert. Vorsichtig öffne ich ihren Zopf, bevor ich ein paar Haare löse und damit beginne, die Maske samt Band langsam herauszuziehen.

»Du machst es schon wieder«, meint Andie lächelnd.

»Was denn?«

»Du streckst die Zunge halb raus. Das machst du immer, wenn du konzentriert bist.«

»Das muss ich ja auch sein bei dem Chaos auf deinem Kopf. Und jetzt halt still. Du hast es gleich geschafft.« Ich entwirre den letzten Knoten und kann sie endlich von dem Ding befreien. Zufrieden drücke ich ihr die Maske in die Hand.

»Ausgeburt der Hölle«, flüstert sie ihrer Maske zu.

»Okay, das macht mir keine Angst«, entgegne ich, bevor ich mir ihren Kamm auf dem Waschbecken schnappe und sie umdrehe, um ihre Haare zu entwirren. Das geht glücklicherweise schneller als die Sache mit der Maske, dafür sind ihre Locken jetzt nicht mehr so schön wie vorher. Weg mit dem Kamm, her mit der Maske.

»Komm, wir versuchen es noch mal. Halt das Ding so fest, wie es sitzen soll. Den Rest mache ich.«

Keine zwei Minuten später sitzt alles samt Outfit und ich binde ihr einen neuen Zopf.

»Cooper wird ausflippen. Vermutlich wirft er dich wie ein Neandertaler über die Schulter und schleppt dich heim.«

Andie schüttelt lachend den Kopf. »Danke für deine Hilfe. Was ist mit dir? Brauchst du auch welche?«

»Ich versuche es erst mal so, wenn ich schreie, kennst du die Antwort auf die Frage.«

Ich gehe mit Andie in den Pausenraum zurück, sie erledigt noch ein, zwei Dinge am PC, während ich meine Tasche hole, um mich im Bad umzuziehen.

Nachdem ich die Tür geschlossen habe, wechsle ich die Klamotten, und mir wird etwas mulmig, als der feine Satinstoff des Jumpsuits durch meine Finger gleitet. Als ich jedoch einen ersten Blick in den Spiegel werfe, bin ich überrascht. Im Laden fand ich ihn schön, er passte zu mir. Hier und heute ist es mehr. Ich fühle mich sicher und gleichzeitig verrucht. Der dunkle lilafarbene Stoff schimmert zart, je nachdem, wie ich mich bewege. Dünne Träger wandeln sich in breiten Stoff und werden zu einem Wellen schlagenden Dekolleté, hinten wie vorne. Er liegt eng an der Taille an, ab der Hüfte fließt er an mir hinab wie Wasser einen Berg. Dazu ziehe ich mir Ballerinas an, ihre Sohle ist rutschfest genug. Die Sportschuhe würden nicht passen und Schuhe mit Absatz hat Andie verboten, schließlich arbeiten wir auch.

Jetzt fehlt nur noch die Maske. Ich entnehme sie der Tüte und wickle die Verpackung behutsam ab. Sie ist perfekt. Sie ist wunderschön und passend.

Jeder trägt auf seine Art jeden Tag eine Maske. Versteckt Teile von sich, verbiegt und verstellt sich. Jeder filtert das heraus, was die Welt sehen darf und wie viel davon. Manche sind sich dessen gar nicht bewusst, aber wir tun es – wir alle. Wir schützen uns.

Masken bedeuten Sicherheit.

Nervös hebe ich die meine an, setze sie auf mein Gesicht und betrachte mich im Spiegel. Drehe meinen Kopf hin und her. Maske auf Maske. Irgendwie ironisch.

»June, bist du fertig? Ich … Wow!« Andie steht in der Tür, stockt, als ich mich zu ihr drehe.

»Wow?«, frage ich grinsend.

»Das sieht unglaublich aus, June.«

»Danke. Hilfst du mir kurz? Ich glaube, allein schaff ich es auch nicht.«

»Klar. Was soll ich tun?«

»Halt sie bitte für mich vorne ans Gesicht, ich trenne die Haare ab und binde sie danach.« Andie nickt und ich mache mich augenblicklich ans Werk. Mit ihrer Unterstützung ist es schnell geschafft.

»Danke!«

»Sitzt perfekt.«

Ihre ist nur schwarz, etwas schlichter und doch ein absoluter Eyecatcher. Sie ist ganz Andie. Meine ist … anders. Sie bedeckt nicht nur meine Augenpartie, sondern fast die ganze linke Gesichtshälfte. Das Schwarz mit den lila und dunkelgrünen Elementen zieht sich komplett um mein linkes Auge, bedeckt meine Augenbraue, die Nase und Wange bis hin zu meinem Mundwinkel. Außerdem schlängelt sie sich halb über die Nase drüber, wird dort schmaler und folgt meinem Kieferknochen bis zu meinem rechten Ohr. Mein Make-up passt dazu. Smokey Eyes, knallroter Lippenstift, greller als der von Andie.

»Wollen wir?«

»Auf jeden Fall.«

Ich verstaue schnell mein Zeug und räume auf, bevor ich Arm in Arm mit ihr das Zimmer verlasse und hinter die Bar trete. Wir arbeiten zusammen mit Cooper und Jack. Andie meinte, dass sie die ganze Zeit bei mir bleiben und mir alles zeigen könne. Auch wenn es stressig wird. Andie würde es nie zugeben, weil sie niemandem den Vorzug geben möchte, aber ich denke, insgeheim arbeitet sie mit den beiden am liebsten.

Jack hat ein bordeauxfarbenes Shirt an und trägt passend dazu eine auffällig glitzernde Maske. Und Cooper …

»Trägst du da etwa ein Hemd?« Vage zeige ich auf seinen Oberkörper, während er gerade nach einem leidenschaftlichen Kuss von Andie ablässt. Jetzt grummelt er irgendwas vor sich hin.

»Ja. Mase hat mich überredet. Ich fühle mich bescheuert.«

Andie verdreht amüsiert die Augen und tätschelt ihm liebevoll die Wange. »Hör auf damit. Es ist nur ein Hemd mit kurzen Armen. In Schwarz. Es ist wie ein Shirt mit Knöpfen.«

»Und in Chic«, füge ich grinsend an, während Cooper das Gesicht verzieht und Andie auf die Stirn küsst. Er brummt irgendetwas Unverständliches, bevor er sich wieder an die Arbeit macht. Seine dunkle Maske ist die schlichteste von allen. Wahrscheinlich sollte Mase froh sein, dass er überhaupt eine trägt. Sein Namensschild hat er auf jeden Fall wieder nicht angehängt. Da fällt mir ein …

»Bekomme ich ein Namensschild? Wo ist deins eigentlich?«

Andie wird rot. »Ähm … also …«

»Andrada! Willst du mir sagen, du boykottierst etwas?«

»So würde ich das nicht nennen. Ich verliere dieses Ding andauernd, und es nervt. Ich bleibe damit irgendwo hängen oder meine Haare verheddern sich dran, weil es so dämlich absteht, und …«

»Schon gut«, erwidere ich lachend.

»Susie meinte, sie wolle sie sowieso abschaffen. Also halte ich mich genau genommen an ihre Anweisung. Irgendwie.«

»Red es dir nur schön.«

»June!« Jack kommt zu mir und begrüßt mich, nachdem er am Ende der Theke alles aufgefüllt hat. Er umarmt mich fest. »Wow, du siehst klasse aus. Ihr beide. Ich finde die Masken ja echt geil. Wir sollten das beibehalten. Das ist so geheimnisvoll.« Er wackelt übertrieben mit den Augenbrauen. Lustig mit anzusehen, wie sie über den Maskenrand springen und direkt wieder verschwinden.

»Sexy«, ergänze ich.

»Reizvoll.«

»Erregend«, stimme ich ihm flüsternd zu. Wir lächeln uns an und klatschen uns gekonnt über unseren Köpfen ab.

»Ihr spinnt.« Andie schüttelt den Kopf.

Die ersten Gäste strömen herein, das Licht wird gedimmt, die Strahler gehen an, die Musik ändert sich. »Die Tore der Hölle haben sich geöffnet!«, ruft Jack, breitet die Arme aus und geht zurück in seinen Bereich.

Andie und ich amüsieren uns prächtig.

»Okay, was bringst du mir als Erstes bei?«

»June?« Sie greift nach einem Lappen.

»Hm?«

»Hast du schon mit Mason gesprochen?« Es ist ihr furchtbar unangenehm, das zu fragen. Das erkenne ich daran, dass sie mich dabei nicht ansieht, sondern den Putzlappen in ihrer Hand unzählige Male faltet und knetet.

»Nein. Seit dieser Aktion in seinem Büro bin ich ihm nicht begegnet. Ich hatte gehofft, dass …« Ich bin mir nicht sicher, wie ich den Satz beenden soll. Dass ich ihn heute treffe? Dass ich mich heute entschuldigen kann? Kann ich das denn? Hab ich den Mut dazu? Ich weiß ja nicht mal, was Mason darüber denkt, wie es ihm geht oder ob es überhaupt eine große Sache für ihn ist.

»Ich hoffe, ihr kriegt das hin.« Mehr sagt Andie nicht und das muss sie auch nicht. Ich habe nicht vor, hier irgendetwas noch mehr zu versauen, als ich es bereits getan habe. Mase ist ein Freund, unser Boss, ein Stück Familie, auch wenn es ein schräger Teil davon ist. Mase ist viel, aber er ist sicher nicht morgen weg, er ist nicht einfach irgendein Kerl. Mase geht mir zwar manchmal auf die Nerven – wie ein störrisches Kind –, aber er verdient mehr als mich. Mehr als ich ihm geben kann.

Gegen Mitternacht habe ich meinen lilafarbenen in einen bunten und stinkenden Jumpsuit verwandelt, weil ich mir andauernd etwas anderes übergekippt habe.

Andie hat mir noch mal gezeigt, wo welche Gläser stehen und wo sich die Strohhalme und die Servietten befinden.

Nachdem die Leute ihren Drink bekommen haben, ziehe ich die Karten des Clubs, auf denen gespeichert wird, was der jeweilige Gast beim Rausgehen bezahlen muss, über das Lesegerät. Und ich passe auf, wie Andie ihren Job macht. So weit, so gut. Alkoholfreie Getränke erledige ich, den Rest Andie. Außer das Bier, das darf ich zapfen. Andie meinte, Jack hätte es ihr genauso beigebracht und das Bier hätte ihr am Anfang am meisten Spaß gemacht – zumindest, bis sie selbst die ersten Cocktails mixen konnte. Keine Ahnung, ob das stimmt. Ich finde Bier grauenhaft.

»Hier.«

»Danke?« Skeptisch betrachte ich das runde Tablett, das Andie mir ohne Vorwarnung in die Hand drückt.

»Könntest du eine Runde drehen und ein paar Gläser nach vorne bringen? Heute sind die Gäste etwas faul, und die Tische und Ablagen quellen gleich über. Ich hab gesehen, dass Ian das auch schon macht. Zum Glück hab ich ihn mit Matt eingeteilt.«

»Ich soll mich durch Dutzende fremde Menschen mit Masken quetschen? Das ist richtig gruselig.«

»Ich dachte, ich wäre der Angsthase von uns beiden.«

»Es gibt für alles Grenzen, Andie. Menschen mit Masken, die in einem Club tanzen und ihren Schweiß an andere schmieren, ist eine meiner.«

»Red dich nicht raus.«

Ich ziehe einen Flunsch. »Na gut. Aber nur eine Runde.«

»Vier.«

»Drei.«

»Deal.« Sie beißt sich auf die Unterlippe.

»Scheiße, du wolltest drei, richtig? Wer bist du? Wo ist meine beste Freundin?«

»Sei stark!«, ruft sie mir hinterher.

Okay, dann auf ins Getümmel. Das, was ich eben zu Andie gesagt habe, war vielleicht etwas übertrieben, aber nicht grundsätzlich falsch. Ohne hohe Schuhe, eingequetscht zwischen so vielen Leuten fühle ich mich klein und unwohl. Fast so, als könne man mich unter sich begraben. Ohne zusätzliche fünf bis zwölf Zentimeter fehlt einfach was.

Es kommt schließlich nicht auf die Größe an. Der Gedanke bringt mich zum Lachen … Es ist wahr.

Das Licht ist gedimmt, man kann die Augen der Menschen kaum erkennen, nur ihr Lächeln, den Stoff oder das Plastik über ihrem Gesicht. Die schicken Sachen, die sie tragen. Die meisten haben sich richtig in Schale geworfen, tragen feine Hemden, teilweise samt Fliege oder Krawatte, zarte Kleider. Es ist heiß, aber nicht unangenehm schwül oder stickig. Ein Hoch auf eine funktionierende Belüftungsanlage.

Tiefe Beats erfüllen den Club, rhythmische und einnehmende Lieder, laszive Stimmen, denen man sich hingeben will. Musik, die zu diesem Thema und der verruchten Stimmung, die heute hier herrscht, passt. Selbst während ich mich, mit erhobenem Arm und dem Tablett über mir, durch die Menge schlängle, kann ich mich diesem Gefühl nicht entziehen. Ich fühle mich gut, sexy und tanze hier und da beim Gehen ein wenig. Eine Frau macht mit, ein Mann, eine ganze Gruppe. Gute Laune sollte man nicht vergeuden, sondern auskosten.

Nicht mal die vielen Gläser und die Tatsache, dass manche Menschen zu selten mit Seife oder Deo in Kontakt kommen, wohingegen andere riechen wie frisch gewaschene Bettwäsche, machen mir zu schaffen.

Ich habe wirklich Spaß bei der Arbeit.

Als das Tablett erneut voll ist, stelle ich die leeren Gläser hinten bei Matt und Ian ab. Die beiden bedanken sich, und wir albern ein bisschen rum. Ich schmunzle. Vor allem, weil Andie wirklich gewieft ist. Drei Runden sagen nichts über die Häufigkeit des Hin- und Herlaufens mit dem Tablett aus. Ich hab schon vier volle abgeliefert und hab nicht mal eine ganze Runde gedreht.

Irgendwann verliere ich die Übersicht, habe keine Ahnung mehr, wie lange ich bereits leere Gläser von A nach B bringe, aber ich mag es. Ich muss an nichts denken, kann dabei abschalten, habe meine Ruhe. Langsam merke ich, dass es etwas bringt und meine Bemühungen sich auszahlen. Es stehen nur noch vereinzelt schmutzige Gläser oder Flaschen herum. Besonders, weil ich die Gäste ab und an darauf hingewiesen habe, dass sie alles bitte wieder an die Bars bringen sollen. Bisher haben sie es gut aufgefasst.

Eben hab ich kurz bei Andie vorbeigeschaut, aber meistens stelle ich das Zeug hinten ab. Die kleine Bar ist gerade etwas zugänglicher.

Dieser Mottotag ist fantastisch. Also, ich meine wirklich explizit diesen. Er kommt gut an, die Leute haben Spaß, das ganze Ambiente scheint verändert. Susie hat ein Händchen für so was, Andie sowieso. Ich werde mir spätestens morgen notieren, was besonders gut lief und was mir gefallen hat. Was diesen Abend ausgemacht hat, damit ich das mit etwas Glück auf mein Event übertragen kann. Natürlich kommen auch Verbesserungsvorschläge hinzu.

»So, Jungs! Letzte Lieferung.« Ich lehne mich an den Tresen und grinse Matt und Ian an. Die zwei haben sich für weiße Masken entschieden und oben aufgeknöpfte weiße Hemden. Schlicht. Trotzdem fallen sie damit auf. Die meisten sind in eher dunkleren Klamotten unterwegs.

Gerade dreht der DJ das neue Lied richtig auf. *I put a spell on you.* Ein Klassiker. Hätte nicht gedacht, dass es mich derart mitreißt.

»Schade. Dein Anblick hat mir besser gefallen als der von Matt.« Ich werfe Ian eine Kusshand zu, während Matt aus der Ecke ein empörtes »Hey!« von sich gibt.

Belustigt drehe ich mich um, will zu Andie zurück. Aber ich halte bereits nach zwei Schritten an. Trotz Maske ist mir sofort klar, wem ich gegenüberstehe.

»Mase«, flüstere ich.

Ich hab nicht mehr mit ihm gerechnet. Nicht so, nicht jetzt. Ich bin darauf nicht vorbereitet, ich meine …

So ein Witz! Auf so ein Gespräch kann man sich doch eigentlich gar nicht vorbereiten.

Düster, anziehend, geheimnisvoll. Das fällt mir als Erstes ein, als ich Mason mustere. Seine schwarzen Schuhe, die passende Anzughose und der entsprechende Gürtel, das schwarze Hemd, das seiner Figur schmeichelt und wie so oft in letzter Zeit an den Ärmeln hochgekrempelt ist. Aber das weiter oben ist neu. Das Hemd ist leicht aufgeknöpft, eine Krawatte hängt um seinen Hals, offen, nicht gebunden. Als wäre er noch dabei, sie anzuziehen – als wäre er dabei gewesen, sich auszuziehen. Eine schmale goldene viktorianische Maske über der Augenpartie krönt das ganze Outfit und ist das eigentliche Highlight. Und sie sieht verdammt gut aus.

Konzentration, June! Ich muss mich auf das Wesentliche konzentrieren, damit ich vernünftig mit ihm reden kann.

Während ich das denke, verziehen sich seine Lippen – nur leicht. Es ist kein Vergleich zu seinem üblichen Grinsen. Seltsam.

»June.«

Toll. Mehr kommt da nicht. Wieso habe ich gehofft, er würde mich Kätzchen nennen?

Sein Blick ruht auf mir, und er wartet ab. Ich könnte also einfach gehen oder die Sache hinter mich bringen und ihn fragen, ob alles okay ist.

Komm, reiß dich zusammen.

»Ich wollte ohnehin zu dir.«

»Ach ja?« Er wirkt unbeeindruckt. Seine Hände stecken in seinen Hosentaschen.

»Ja«, gebe ich mit den Zähnen knirschend zu. »Wegen neulich … also ich …«

»Neulich?« Ist er auf den Kopf gefallen?

»Die Sache neulich, da oben. Wir zwei.«

»Ach das.«

»Du klingst … merkwürdig. Geht es dir gut?« Er ist vollkommen unbeteiligt. Ist das eine gute Nachricht? Eine schlechte?

»Ja, alles bestens. Und die Sache«, beginnt er und winkt ab, »ist längst vergessen.«

»Okay?« Das ist tatsächlich nicht schlecht, aber ich gestehe, dass ich damit nicht gerechnet habe.

Ich neige den Kopf etwas zur Seite, studiere Mason noch genauer und versuche, zu ergründen, ob das Ganze wirklich so einfach ist, wie es geklungen hat, oder ob da noch was kommt. Zu blöd, dass diese dumme Maske im Weg ist. So kann ich seinen Ausdruck nicht richtig deuten.

»Dann ist ja alles geklärt. Ich wollte nicht, dass da was zwischen uns steht. Dass du wütend auf mich bist.«

»Seit wann machst du dir Gedanken, ob ich wütend auf dich sein könnte?«

»Verdammt, Mase! Hör zu, wenn ich mit dir rede. Das habe ich nicht gesagt. Und selbst wenn, geht dich das nichts an.« Ich stampfe an ihm vorbei und überhöre geflissentlich seine spitze Erwiderung. Idiot. Wieso habe ich mir überhaupt so viele Gedanken gemacht? Scheinbar bin ich ihm ziemlich egal.

Ich wünschte, ich käme schneller voran und von ihm weg, aber ich hab mich auf die Tanzfläche manövriert.

»Hey, Lust, mit mir zu tanzen?«, raunt mir jemand ins Ohr, und ich wäre beinahe zusammengezuckt, weil ich innerlich noch dabei war, Mason zu beschimpfen.

»Sorry, ich bin leider im Dienst«, entgegne ich dem blonden Typen mit dem Colgate-Lächeln und hebe dabei das leere Tablett hoch. Ich bin jetzt echt nicht in Stimmung.

»Ich mag Barkeeperinnen«, raunt er wieder.

»Wow. Wirklich? Erzähl mir mehr«, murmle ich sarkastisch, wobei ich mich an einem wild knutschenden Pärchen vorbeidränge. Plötzlich werde ich umgedreht und kreische auf, weil ich dabei zu viel Schwung habe. Ich klebe an einer fremden Brust, die nach Bier riecht. Ich will das nicht!

Beinahe wäre meine Maske wegen ihm verrutscht. Gott, was stimmt nicht mit den Menschen? Mein Tablett ist auch runtergefallen.

»Hoppla«, sagt er. Er sieht ganz gut aus. Vielleicht ist er an jedem Tag außer dem heutigen sogar nett, aber das beamt seine Hand an meinem Arsch leider auch nicht weg.

»Hoppla?«, zische ich wütend. »Lass mich los, sonst zeige ich dir die Bedeutung des Wortes Hoppla.«

»Ein Tanz, mehr nicht.«

»Nein.«

»Ein Drink?«

Was ist denn an einem Nein nicht zu verstehen? Wie kann ihn ein Nein derart überfordern?

»Sorry, ich trinke nicht mit dummen Menschen. Alkohol könnte die letzten verbliebenen Nervenzellen abtöten. Das wäre unverantwortlich.«

Er lächelt. Ich hab keinen Witz gemacht.

»Gib mir fünf Minuten.«

»Nein!«, rufe ich frustriert, befreie mich aus seinem Griff und hebe mein Tablett auf, doch der Typ nimmt es mir ab und hält es hoch. Ich bin zu klein, ich komme nicht ran. Es ist außerhalb meiner Reichweite, und ich bin stinkwütend.

»Fein, behalte das Teil. Viel Spaß damit. Bring es mir nach deinen fünf Minuten an die Bar.«

Seine Hand ist plötzlich an meinem Arm. Zu fest, zu aufdringlich.

Ich hasse Clubs. Und Mottopartys sind auch scheiße …

»Komm schon, hab dich nicht so.« So einer ist er also.

»Hast du keine Freunde?«

»Die amüsieren sich dort hinten.« Er nickt mit dem Kopf irgendwohin.

Ich ziehe an meinem Arm und starre ihn zornig nieder. »Ich sagte Nein. Ich buchstabiere es dir, wenn du darauf bestehst. Hau ab!« Wo sind meine High Heels, wenn ich sie brauche?

»Lass sie los. Sofort.« Mein Kopf ruckt nach rechts. Mason.

»Hey, ich komme super klar«, erkläre ich, während der Surfertyp skeptisch fragt: »Wer bist du?«

»Ein Bekannter.« Ein was? Ich bin so irritiert, dass ich aufgehört hab, mich zu wehren. Ein Bekannter? So nennt er das?

»Ich bring dir die Kleine gleich.«

»Nein!« Ich boxe ihm gegen die Schulter, aber es juckt ihn nicht. Nur meine Hand tut weh.

»Hast du nicht gehört? Nein heißt Nein.«

»Sei bloß still, du hörst ja auch nicht auf mich«, meckere ich Mase an, der mich warnend anfunkelt. In seinen Zügen erkenne ich so etwas wie Besorgnis.

Natürlich wissen wir beide, dass das etwas vollkommen anderes ist …

»Du solltest sie gehen lassen, ihr das Tablett geben und in Ruhe weiterfeiern. Die ist den Stress nicht wert, glaub mir.«

»Hey! Ich bin das total wert«, rufe ich empört. Vermutlich nicht hilfreich. Mase schüttelt unmerklich den Kopf, tritt näher zu uns, und der Typ wirkt tatsächlich so, als würde er darüber nachdenken. Es ist fast geschafft. Nur noch ein wenig Überzeugungsarbeit.

»Hör zu, er hat recht. Dort hinten gibt es bestimmt jemanden, an dem du dich reiben kannst. Draußen stehen auch Bäume. Ich bin zuversichtlich, du findest was. Ich glaube an dich.«

Mase schürzt die Lippen, der Kerl wird wütend. Ups. War wohl nicht die passende Ergänzung.

»Was hast du gesagt?« Er lässt mich los, drückt mir aber das Tablett etwas zu heftig an die Brust, sodass ich nach Luft schnappe. Schnell ergreife ich es und kneife die Augen zusammen.

»Hörst du schlecht?«, halte ich laut dagegen, denn im Gegensatz zu Andie habe ich scheinbar keinerlei Überlebensinstinkt.

Mase steht schneller vor mir, als ich bis drei zählen kann, und schiebt mich zurück. Das hier auf der Tanzfläche zu bewerkstelligen, wo wir mehr Sardinen ähneln als Menschen, ist eine Kunst für sich. Beschwichtigend hält er die Hände hoch.

»Siehst du, sie ist es nicht wert. Sie macht nur Ärger und nervt. Hol deine Freunde, trink was, amüsiere dich.«

»Oder was?«

»Du kannst auch gehen – oder Hausverbot bekommen.« Mason bleibt ganz ruhig, obwohl er wegen der Lautstärke schreien muss.

»Von dir, oder was?«

»Von mir«, bestätigt er. »Dem Bekannten und Chef der Frau neben dir.« Der Kerl knirscht mit den Zähnen. Oh nein, ich kenne den Ausdruck.

»Mase«, warne ich und will ihn unauffällig wegziehen, aber er schubst mich nur zur Seite und bleibt stehen. Derweil reibe ich mir über die pochende Stelle an meinem Arm.

In dem Moment jagt die Faust des Fremden vor, und ich keuche auf. Mase duckt sich, die Menge gibt komische Geräusche von sich, bewegt sich wellenförmig in einer Masse, driftet etwas fort, weil der Typ Mason verfehlt hat und zur Seite getaumelt ist, so viel Schwung hatte er.

Mase hat Kraft, Mase ist trainiert. Aber er ist kein Kämpfer, keiner, der sich prügelt oder es gar nötig hätte. Cooper geht in seiner Freizeit regelmäßig zum Boxen, aber Mase? Er ist dem Typen unterlegen, so ungern ich das zugebe. Und das macht mir Sorgen.

Wir sind zum Glück nicht weit von der kleinen Bar entfernt. Ich hechte auf sie zu, dränge Leute entschuldigend zur Seite und hieve mich auf einen Barhocker, bis ich wackelnd darauf zum Stehen komme. Währenddessen schreie ich Matt an, dass er die Security rufen soll. Er signalisiert mir, dass er das längst tut.

Scheiße, ist Andie weit weg. Ich winke hektisch, hebe das

Tablett, zeige in die Menge und auf Cooper und als Andie mich bemerkt, versteht sie erst nicht – bis ich mir selbst einen billigen Boxkampf liefere und noch mal auf Cooper und die Menge zeige.

Mase hat sich zu mir gedreht. Das ist ein Fehler. Ich schreie, mein Stuhl wackelt. Nicht wegen mir, sondern weil der Typ sich gefangen hat und sich entschieden hat, nicht zu gehen. Er holt noch mal aus, und dieses Mal trifft er.

Wieder schreie ich und fluche, erkenne, wie Cooper über die Theke hechtet und sich seinen Weg zu uns bahnt. Währenddessen springe ich runter und eile zu Mason. Er ist gerade dabei, sich hochzurappeln, als der Typ noch mal nachtreten will. So ein feiges Arschloch! Im Sprung hole ich aus und knalle ihm, ohne weiter darüber nachzudenken, das Tablett vor die Eier. So was nennt man wohl: die Glocken läuten lassen.

Das Tablett landet scheppernd auf dem Boden. Eine Traube aus Menschen hat sich um uns gebildet. Mit Genugtuung beobachte ich, wie sich der Kerl seine Genitalien hält und sich vor Schmerzen krümmt. Sehr schön, hoffentlich hab ich sie nach innen geschoben und sie so stark eingeklemmt, dass sie ihren Weg nicht mehr nach draußen finden. Männer wie er brauchen keine Eier. Sie haben sie nicht verdient! Ich zeige ihm gerade inbrünstig den Mittelfinger, da höre ich bereits Cooper. Er hilft Mason, der sich die Nase hält. Seine Maske ist vom Kopf gerutscht und liegt auf dem Boden.

»Scheißdreck, Mase. Was zum Teufel tust du hier? Hast du dich schlagen lassen?« Coop sieht ihn sich genauer an und flucht nur noch lauter. Andie kommt schließlich auch bei uns an, vollkommen rot im Gesicht vor Aufregung. Bevor sie was sagen kann, nehme ich sie in den Arm – mehr für sie als für mich – und gebe ihr danach das Tablett, das ich wieder aufgehoben habe.

»Alles ist okay, Süße. Atme! So ist es gut.«

Ich atme mit ihr ein und aus, und sie wird langsam ruhiger.

»Was ist passiert? Was ist mit dir und Mase und dem Kerl und …«

»Andie! Alles ist in Ordnung.«

Kurz darauf sind Cole und ein anderer Security-Typ zur Stelle und heben Mr Eierlos hoch, fixieren ihn, sodass er sich kaum bewegen kann.

»Bringt ihn vor die Tür. Er hat Hausverbot. Passt auf, dass er weder euch noch andere Gäste verletzt. Wenn er keine Ruhe gibt, ruft die Polizei«, ordnet Cooper an, bevor sie den Angreifer aus dem Club eskortieren. Jetzt, wo es nichts mehr zu sehen gibt, fangen die Leute wieder an zu tanzen, sich zu unterhalten und tun so, als sei nichts gewesen.

»Andie?«, flüstere ich meiner besten Freundin ins Ohr. »Kannst du Coop mitnehmen? Bitte?«

Sie seufzt. »Wehe du erklärst mir das nachher nicht. Ich hatte Angst um dich, echt jetzt.« Sie verengt die Augen zu Schlitzen, bevor sie sich an ihren Freund wendet, der gerade Masons Gesicht inspiziert und ihn mitnehmen will. »Komm!« Mehr sagt sie nicht. Sie schnappt sich einfach Coopers Hand und zerrt ihn mit. Coopers Blick schnellt zu mir, und ich nicke ihm zu. Ich kümmere mich um Mason. Irgendwie bin ich ihm das schuldig.

Mit zwei Schritten bin ich bei ihm und als er sich zu mir umdreht, stockt mir der Atem. Ein Knoten bildet sich in meinem Magen. Das alles hier ist mal wieder meine Schuld.

»Mist. Los, wir sollten das schnell kühlen.« *Und das ganze Blut wegwischen.* Das sage ich aber nicht laut, weil ich ihn nicht verunsichern will.

Ohne Kommentar hebt Mason seine Maske samt heruntergerutschter Krawatte auf, richtet schnell, aber präzise seinen

Kragen und folgt mir in Richtung des Bades für die Angestellten.

Ich schließe die Tür des Pausenraums, die Musik ist jetzt nicht mehr so ohrenbetäubend, das Licht heller und die Luft besser. Masons Schritte tragen ihn quer durch den Pausenraum zum Bad. Er stellt sich vors Waschbecken und lässt den Kopf hängen. Erst jetzt bemerke ich, dass ihm immer noch Blut aus der Nase quillt und auf die weiße Fläche tropft. Er steht vornübergebeugt da, mit den Händen am Waschbeckenrand abgestützt, und auf einmal liegt mir kein dummer Spruch mehr auf der Zunge. Mir ist etwas übel. Und ich weiß das erste Mal seit sehr langer Zeit wirklich nicht, was ich sagen soll. Was ich sagen kann. Und wie.

Daher nehme ich zuerst meine Maske ab, weil ich sie nicht mehr brauche, und gehe zum Erste-Hilfe-Schrank, auf den ich sie lege. Dort greife ich nach dem Desinfektionsmittel und ein paar Pflastern. Ich lege die Sachen auf dem kleinen Schrank darunter ab, in dem sich frische Handtücher befinden. Mason hat ihn erst neu besorgt. Danach schnappe ich mir ein kleines Handtuch. Meine Hände sind kalt und zittern, während ich es fest umklammere und zurück zu Mason gehe, der sich noch immer nicht bewegt hat.

Ohne ein Wort zu sagen, greife ich um seinen Arm, schaffe es, den Hahn aufzudrehen und das Tuch unter das kalte Wasser zu halten. Ich wringe es aus und beobachte, wie die Blutstropfen im Becken verwischen.

»Könntest du … deinen Kopf heben?« Ich höre Mason atmen, beobachte, wie seine Finger sich an dem Keramikrand festkrallen und seine Schultern sich bei jedem Atemzug heben und senken. »Bitte, Mase.«

Erst jetzt reagiert er, lässt von dem Waschbecken ab und stellt sich aufrecht hin.

»Warte kurz.« Ich lege das Handtuch noch mal ab, eile in die Küche, hole einen Stuhl und aus dem Kühlschrank eines der blauen Kühlkissen. Zurück im Bad ziehe ich den Stuhl heran, den ich neben Mason stelle. Ich halte ihn dazu an, sich zu setzen, wobei ich seinem durchdringenden Blick ausweiche.

Ich glaube, diesen Blick habe ich noch nie bei ihm gesehen, ich habe keine Ahnung, was er bedeutet. Aber es liegt so viel darin ... zu viel. Ein ganzes Universum voll von unausgesprochenen Worten und tobenden Gefühlen.

Nachdem Mason sich endlich niedergelassen hat, stelle ich mich vor ihn und inspiziere sein geschundenes Gesicht. Er hat einen Cut unterm linken Auge, das bereits anfängt, dick zu werden.

»Hier.« Obwohl ich das kühlende Gelpack nur zart und sehr vorsichtig auf sein Auge drücke, zuckt er leicht zusammen und zieht leise zischend die Luft ein. »Deine Augenpartie schwillt schon komplett an. Drück das gut drauf, aber wenn möglich nicht weiter runterrutschen, da ist eine Wunde.« Ich ziehe meine Hand gerade rechtzeitig weg, damit die seine mich nicht berührt. Das würde ich nicht verkraften. Nicht jetzt.

Ohne zu viel darüber nachzudenken, greife ich nach dem nassen Handtuch und säubere Masons Gesicht. Ich spüle das Handtuch routiniert aus und mache weiter, bis alles fort ist.

Sein Nasenbluten hat inzwischen aufgehört, aber es war nicht gerade wenig. Es ist ihm über Kinn und Hals bis hinab ins Hemd gelaufen. Ich betaste behutsam seine Nase, fange bei der Spitze an und arbeite mich vor zur Wurzel. Dann drücke ich etwas fester auf dem Weg zurück nach unten.

»Tut das weh?«

Mason räuspert sich. »Nein. Nicht sehr.«

»Nicht gebrochen, schätze ich. Das ist gut.«

Unsere Stimmen sind leise, belegt. Ich hab das Gefühl, dass er mir nicht sagt, was er gerne sagen würde. Das ist das erste Mal, dass ich denke, dass Mason mir etwas verschweigt. Es fühlt sich fremd an.

Der letzte Rest Blut aus dem Gesicht und vom Hals sind verschwunden. Zumindest so gut wie möglich.

Ich werfe das Handtuch ins Waschbecken und lege meine Finger unter Masons Kinn, sodass er es ein wenig anheben muss und ich sein Auge besser betrachten kann.

»Nimm mal das Ding weg«, bitte ich ihn und er senkt seinen Arm mit dem Kühlpack. Verdammt, es ist ziemlich rot. Nicht nur am Lid oder unter dem Auge, sondern auch seitlich. Der Kerl hat Mase ganz schön erwischt. »Okay, ich reinige zügig den Cut und mache was drauf, dann kannst du wieder kühlen. Ich glaube, er muss nicht genäht werden, aber du solltest das einem Arzt zeigen. Besonders die Nase.« Mase antwortet nicht.

Ich säubere das Handtuch erneut, wische das Blut unter der Wunde weg und hole danach das Desinfektionsmittel sowie die Pflaster. Das ist schnell gemacht.

»So, fertig.« Das Pflaster sitzt. »Drück das Kühlkissen wieder drauf.« Dass Mason so still meinen Worten folgt, sorgt für einen Kloß in meinem Hals.

Ich sollte verschwinden und ihn alleine lassen. Er möchte bestimmt seine Ruhe. Also räume ich auf, packe alles ordentlich weg – aber dieses Mal gehe ich nicht.

Ich bleibe neben ihm stehen.

»Danke, Mase.«

14

Mögen die Spiele beginnen.

Mason

»Muss scheiße schmecken«, bringe ich hervor.

»Was genau meinst du?«

»Ein Danke? Das muss sich anfühlen wie Säure in deinem Mund.«

Sie lacht leise, bevor sie tief einatmet und seufzt. Ich hebe den Kopf und schaue sie an, wie sie direkt bei mir steht. Bestimmt wollte sie nicht anhalten, sondern einfach nur verschwinden – und das erste Mal, seit ich June kenne, wünsche ich mir, sie hätte es getan.

Ich wünschte, sie würde gehen.

Denn ich habe ziemlich viele Minuten und Stunden damit verbracht, mir gut zuzureden und mir zu sagen, dass ich es schaffen werde. Dass ich so tun kann, als sei sie mir egal. Als sei sie nur eine Freundin für mich. Dass ich so tun könnte, als würde mir keiner ihrer Blicke unter die Haut gehen, als sei ihr Lächeln nicht das Highlight meines Tages und … als seien diese Lippen nicht zum Küssen gemacht. Ich habe mir eingeredet, dass June nicht mehr die Welt für mich bedeutet …

Ich hatte vor, sie höflich zu ignorieren und in Ruhe zu lassen. Vielleicht hatte ich die stille Hoffnung, sie würde meine Aufmerksamkeit und die Neckereien vermissen. Würde *mich* vermissen … und merken, dass ihr etwas fehlt. Ich wollte June nicht mehr mit einem Date nerven, zumindest vorerst nicht, und ihr nicht das Gefühl geben, sie sei die Einzige für mich. Auch wenn das gelogen ist. Kein Mann rennt einer Frau zehn Monate hinterher, wenn es anders wäre.

Heute hatte ich zunächst vor, nicht so viel mit ihr zu reden. Ich wollte normal wirken und ein wenig reserviert. Wollte kein großes Ding daraus machen. Und jetzt? Jetzt sitze ich hier mit dröhnendem Schädel und einem geschwollenen Auge, das schneller blau und gelb werden wird, als mir lieb ist. Meine Nase fühlt sich an, als hätte ein Pferd darauf herumgetrampelt.

Ich gerate nicht in Schlägereien. Ich hasse sie. Sich zu schlagen nützt nichts. Es löst keine Probleme.

June kann sich gut allein wehren, zumindest mit ihrem frechen Mundwerk. Aber egal, wie wenig Interesse ich momentan zu haben vorgeben will, ich konnte mich schlecht abwenden und sie in der Situation alleinlassen.

»Ist bei dir alles okay?«

»Ja. Ich denke, dem Surferboy geht es eindeutig schlechter als mir.«

»Du hast ihm einen ganz schön fiesen Schlag verpasst.«

»Er hat es verdient.« Sie grinst mich an, ich grinse zurück. Bis ich mich daran erinnere, dass das hier ein Ende haben muss. Mein Räuspern durchdringt sehr laut die Stille des Raumes und hallt von den Fliesen wider. Ich reiße mich endlich von ihrem Blick los.

Keine Ahnung, ob sie etwas gemerkt hat. Ob sie gemerkt hat, dass etwas anders ist zwischen uns, und ob mein Entschluss, Abstand zu gewinnen, für sie greifbar ist.

»Ich wechsle mal das Kühlkissen und lege mich oben einen Moment hin.«

»Du solltest heimgehen, in dein Bett.«

Ich erhebe mich und stopfe die dumme Maske samt Krawatte, die ich noch in der Hand halte, in meine Hosentasche. Jetzt stehe ich so dicht bei ihr, dass ich ihren Duft tief einatme. »Ich komme schon klar.« Meine Stimme klingt belegt.

Außerdem bin ich mit dem Auto da und glaube, dass ich das heute besser stehen lassen sollte.

Ich greife nach dem Stuhl, trage ihn an ihr vorbei in den Pausenraum, wo er hingehört, und tausche das bereits warm gewordene Kühlkissen aus. June folgt mir, ohne etwas zu erwidern.

»Geh zurück zu Andie, sag ihr und Coop, dass wir uns morgen sehen. Wenn jemand nach mir fragt, muss er bis dahin warten. Ihr regelt den weiteren Abend schon.«

Ich nicke ihr knapp zu, ohne auf eine Reaktion zu warten, bevor ich den Raum verlasse und zügig durch die Menge eile, bis hinauf in mein Büro. Dort erlaube ich mir das erste Mal, das Gesicht zu verziehen und einen Schmerzenslaut von mir zu geben.

Fuck. Ich hab gelogen. Es tut höllisch weh. Die Faust hat mich getroffen wie eine Abrissbirne. Und das alles nur, weil ich nicht aufgepasst habe.

Coop sagt in Bezug aufs Boxen immer: »Hör auf deine Instinkte, sei fokussiert und rechne mit allem.« Hätte ich ihm mal besser zugehört, als er mir den ein oder anderen ungefragten Tipp bezüglich Prügeleien gegeben hat.

Mir ist etwas schwummrig, und ich bin froh, allein zu sein. Zu Atem zu kommen, mich nicht konzentrieren, nicht beherrschen zu müssen.

Ich schnappe mir die Wasserflasche von meinem Tisch und ziehe die erste Schublade auf. Neben ein paar Stiften liegen darin Kopfschmerztabletten. Und die hab ich bitter nötig.

Mit dem Finger drücke ich eine heraus, lege den Rest wieder weg und schlucke sie schon runter, bevor ich etwas nachtrinke. Bah.

Benommen gehe ich rüber ins andere Zimmer zu meinem Schrank. Ich öffne die Tür und blicke in den kleinen, rechteckigen Innenspiegel, um mir das erste Mal das Desaster richtig anzuschauen. »Scheiße.« Ich werde wochenlang aussehen wie ein Alien. Das Pflaster sitzt noch, die Nase sieht okay aus, aber das Auge? Es ist halb zugeschwollen und so rot wie der Lippenstift, den June heute getragen hat.

Ich presse den Kühlpack wieder drauf, auch wenn ich denke, dass das keinen Sinn mehr hat. Ist egal. Die Kälte tut gut. Vor allem meinem Kopf. Vielleicht lindert es wenigstens die Schwellung.

Währenddessen will ich mich irgendwie aus dem versauten Hemd schälen, aber es klappt nicht richtig. Gerade ist mir alles zu viel. In dem Schrank vor mir hängt Ersatzkleidung, aber June hat nicht ganz unrecht. Ich sollte nach Hause fahren und duschen. Mich ausruhen. Nur werde ich mich so, wie ich mich fühle, auf keinen Fall hinters Steuer setzen, sondern mir ein Taxi rufen. Mein Auto kann ohne Probleme stehen bleiben.

Genervt und vollkommen neben der Spur mache ich den Schrank wieder zu und lasse mich leise stöhnend auf dem Bett nieder, schließe kurz die Augen.

Als ich den Club zu Beginn von Coops Studium gekauft habe und anfing, etwas daraus zu machen, war dieses Zimmer längst vorhanden, und ich wusste eine Zeit lang nicht, was ich damit anstellen soll. Doch ziemlich schnell wurde daraus ein Schlafzimmer. Kein Sexzimmer, wie es immer vermutet wird – ein einfaches Schlafzimmer. Ich war so vernarrt in diesen Club und darauf, etwas allein auf die Reihe zu kriegen und selbst Geld zu verdienen, dass ich jede Minute für das hier gelebt habe. Ich hab fast jeden Tag im Club übernachtet, um möglichst lange zu arbeiten, zu kalkulieren und zu lernen. Um zu schauen, dass alles läuft. Habe von Anfang an alles selbst in die Hand genommen. Heute tue ich das nicht mehr, aber ich habe es nicht über mich gebracht, das Zimmer in etwas anderes zu verwandeln. Vielleicht brauche ich es irgendwann, ein Bett ist praktisch. Aber das ist es nicht … Ich glaube, ich lasse es so, weil der Club fantastisch läuft und ich meinen Vater nicht länger brauche. Das Zimmer erinnert mich daran, dass ich es geschafft habe. Dass der Club mir gehört und ich ihn nicht in den Sand gesetzt habe. Ich habe genug Geld verdient, um das Startkapital, das ich nach der Sache mit Elle von meinem Vater erhalten habe, zurückzahlen zu können.

Damals bin ich weggelaufen, denn ich brauchte Abstand. Alan hat mir Geld angeboten und somit eine gute Basis. Weil ich glaubte, es zu benötigen, um von ihm loszukommen und selbst genug verdienen zu können, um ihn nie wiedersehen zu müssen, habe ich es genommen.

Das ist so lächerlich.

Ich weiß, ich sollte glücklich darüber sein, dass ich es geschafft habe – vielleicht sogar stolz. Doch das bin ich nicht. Nichts davon habe ich alleine erreicht und aufgebaut. Nicht wirklich.

Wem mache ich eigentlich was vor? Ich hatte Glück, ich hatte schon vorher Geld. Ich habe Dads Geld benutzt, obwohl ich nichts mit ihm, der Firma und der High Society zu tun haben wollte. Ziemlich heuchlerisch von mir. Und was mache ich aus meinem Leben? Was habe ich jetzt? Einen Club. Ein großes Apartment und mehr Anzüge, als ein normaler Mensch tragen kann. Mehr nicht. Mehr gibt es nicht. Ich habe keine weiteren Ziele, weiß nichts anderes mit mir und meinem Leben anzufangen. Ich schlafe schlecht. Ich weiß nicht, wer ich sein will, was ich kann. Ich weiß ja nicht mal, wer ich *bin* … Aber ich weiß, dass ich nicht für meinen Vater arbeiten werde, dass mir diese Firma, die er so sehr liebt, nichts bedeutet. Dieses Ding, für das er immer mehr Zeit hatte als für mich, ist mir egal. Das jede Entscheidung gewonnen hat, wenn es hieß: Mason oder Firma.

Ich lache erstickt auf. Meine Mutter hat das auch ziemlich schnell begriffen. Ich will sie nicht in Schutz nehmen, sie war keine Heilige. Sie wollte sein Geld, nachdem ihre Designerkarriere den Bach runterging, und das hat sie bekommen. Ich war wohl das, was man einen Unfall nennt. Unfälle tun weh. Jedem, der daran beteiligt ist.

Eleonore hat angefangen zu trinken, weil sie keine Mutter sein wollte. Alan war noch weniger daheim als vorher. Vermutlich, weil er kein Vater sein konnte. Und ich …?

Fluchend schüttle ich den Kopf. Ich will nur noch in mein Bett und schlafen. Ich war lange nicht so müde. Nicht auf diese Art. Vielleicht hat dieser Schlag auch was Gutes, und ich schlafe endlich mal durch, ohne schlecht zu träumen. Davon, dass ich den Club verliere, davon, es gar nicht erst geschafft zu haben, ihn zu bekommen. Ich träume vom Scheitern und Versagen, von einer dunklen, leeren Zukunft. Und manchmal von einem Leben ohne June.

»Okay, Zeit, endlich aufzustehen.« Ich hieve mich wieder hoch, und hinter meiner Stirn beginnt es sofort zu pochen.

Auf dem Weg mache ich alle Lichter aus, schließe die Tür ab, und ich schwöre, ich habe die laute Musik des Clubs noch nie so gehasst wie in diesem Moment.

An der kleinen Bar halte ich auf dem Weg nach draußen kurz an.

»Matt?«

»Hey Boss. Geht es?«

»Wird schon. Gib den anderen Bescheid, dass ich nach Hause fahre. Nehme mir ein Taxi. Wir sehen uns. Erinnere sie daran, dass morgen unser Meeting ist.«

»Wird gemacht.«

Ich verabschiede mich mit einem Nicken. Seit ein paar Monaten haben wir nur noch nach Bedarf Meetings und setzen sie an, wenn es wirklich nötig ist – die meiste Zeit läuft alles rund, das Team ist mittlerweile perfekt eingespielt.

Morgen findet ein Meeting statt, weil ich June offiziell als Praktikantin vorstellen will. Neue Mitarbeiter werden immer persönlich vorgestellt, so wird es auch bleiben. Außerdem muss ich allen das mit Susie berichten, einige wissen es noch nicht. Das wird die Laune nicht heben. Susie war von Anfang an dabei und unser Fels in der Brandung.

Ich bewege mich Richtung Ausgang, hab es gerade erst an den Rand der Tanzfläche geschafft, als mich jemand anspricht.

»Das sieht übel aus.«

Verwundert halte ich inne, noch immer mit dem Kühlpack auf dem Auge. Was sie nicht sagt.

»Ich hab das vorhin mitbekommen. Also die Sache mit dem Kerl.«

»Ja. Ist zum Glück gut ausgegangen.«

»Ich bin Kiana.« Sie lächelt freundlich. Sie scheint wirklich nett zu sein, nicht aufdringlich oder sonderbar. Aber sie hätte sich keinen schlechteren Moment für ein Gespräch aussuchen können.

Mein Blick schweift kurz umher und … trifft auf June. Die Maske hat sie wieder aufgesetzt. Sie steht an der Bar und damit eine Stufe höher als die Menge auf der Tanzfläche, und sieht mich an, fixiert mich regelrecht. Ihr Gesicht zeigt keine Regung, ich erkenne von hier ohnehin nicht viel. Erst recht nicht mit einem Auge.

»Entschuldige, ich muss los«, bringe ich hervor, und Kiana dreht sich um, folgt meinem Blick.

»Oh, ich verstehe. Ich wollte nicht ... Ich meine, entschuldige.«

»Bitte?« Ich kann kaum geradeaus gucken. Geschweige denn geradeaus denken.

»Deine Freundin an der Bar schaut schon rüber, ich will dich nicht in Schwierigkeiten bringen.«

»Meine Freundin«, murmle ich und kneife das gesunde Auge zusammen. *Meine Freundin*, hallt es in meinem Kopf wider, während ich die hübsche Frau vor mir mustere. Leicht gebräunte Haut, mittellanges rötliches Haar, freundlicher Blick, blaue Augen.

Und da kommt mir plötzlich eine Idee. Vielleicht habe ich mich doch heftiger verletzt, als ich dachte. Unter normalen Umständen hätte dieser Geistesblitz mich vermutlich weniger in Euphorie versetzt. Er hätte mit Sicherheit absurd geklungen. Oder nicht?

»Sie ist nicht meine Freundin«, erwidere ich charmant. »Ich bin Mason. Es ist nett, dich kennenzulernen.«

Ein ehrliches Lächeln.

»Leider muss ich wirklich los. Aber ich würde mich freuen, wenn wir uns morgen Abend hier wiedersehen.«

»Das wäre schön.« Sie strahlt mich an, dreht sich um und winkt zum Abschied. Ich werfe einen letzten Blick zu June, aber sie ist weg. Ich kann sie nicht mehr sehen.

Etwas in mir zieht sich zusammen, setzt sich auf meine Brust. Aber ich ignoriere es, als ich zum Ausgang gehe.

Die Temperatur draußen ist angenehm, es geht ein leichter Wind, als ich in eines der wartenden Taxis vor dem Club steige.

Das, was ich vorhabe, habe ich noch nie getan. Ich habe es nie in Betracht gezogen, nie gewollt und jeden belächelt, der gedacht hat, ich würde es schon längst machen. Der dachte und auch heute noch denkt, ich sei ein reicher, absolut arroganter und gewissenloser Weiberheld.

Das, was ich vorhabe, ist bescheuert.

Trotzdem werde ich es tun. Muss ich es tun.

»Entschuldigen Sie«, spreche ich den Fahrer an, der mich in seinem Taxi stumm in Richtung Wohnung manövriert. Er fixiert mich durch den Rückspiegel. »Ich weiß, es ist spät, aber könnten Sie auf dem Weg bei einem Drugstore halten? Ich müsste noch etwas besorgen.«

Mögen die Spiele beginnen …

15

Manches sieht schlimmer aus,
als es ist. Anderes sieht man von außen gar nicht,
doch in einem schmerzt es wie die Hölle.
Verrückt, nicht wahr?

June

Mittwoch. Cooper und Mason sind bereits zusammen in den Club gefahren, Andie und ich folgen ihnen bald. Ehe der Club öffnet, gibt es ein Meeting, mein erstes.

Eben haben wir noch schnell unsere Nudeln mit Pesto gegessen, jetzt stehen wir in der Küche und räumen auf. Andie packt das dreckige Geschirr in die Spülmaschine, und ich fülle die Reste in eine Schüssel und stelle sie in den Kühlschrank. Einer der Jungs wird sie heute Nacht oder morgen bestimmt verdrücken. Okay, es wird garantiert Dylan sein. Er hat immer Hunger. Wenn er während des Sports oder Duschens essen könnte, würde er das mit Sicherheit tun. Ich kann es verstehen, Essen ist großartig!

»Ich kann noch immer nicht glauben, dass das gestern wirklich passiert ist«, murmelt Andie, während sie den letzten Teller einräumt und die Spülmaschine schließt.

»Ich auch nicht. Was für ein perfekter Start für das Praktikum.« Wir lehnen uns mit dem Rücken an die Arbeitsfläche und schauen Richtung Tür.

»Es geht Mase gut, oder?«

»Ich denke schon.«

»Hast du ihn nicht gesehen?«, frage ich leise. Ich bin erst vor etwa dreißig Minuten zum Essen hergekommen. Da war er bereits weg.

»Kurz. Er war nicht gesprächig. Sein Auge ist mittlerweile etwas bläulich.«

Ich nicke. »Hat er sich seltsam verhalten?«

»June, ich weiß wirklich nicht, was ich sagen soll.« Sie seufzt. »Du bist meine beste Freundin, du bist mir so wichtig. Ich liebe dich. Aber ich werde mich hier nicht einmischen.«

»Was meinst du damit?«

»Ich werde Mase nicht ausspionieren, dir nicht immer sagen, wie es ihm geht oder was er tut, auch wenn ich das gerne möchte. Es wäre nicht richtig.« Langsam dreht sie sich zu mir, sieht mich entschuldigend an. »Wenn du wissen möchtest, wie es ihm geht, frag ihn. Rede mit ihm. Bitte. Das würde euch beiden helfen.«

Ist es nicht normal, seine beste Freundin danach zu fragen? Ich meine, sie wohnt schließlich mit Mason zusammen. Ausspionieren würde ich das jetzt nicht nennen. Ich will nur wissen, ob es ihm gut geht und alles okay ist oder ob ich auf unbestimmte Zeit ein schlechtes Gewissen haben muss, weil ich ziemlich viel Scheiße in ziemlicher kurzer Zeit gebaut habe.

Einen Moment betrachte ich Andies Gesicht. Vielleicht stimmt das, was sie sagt. Ganz sicher tut es das. Aber wie soll ich das mit dem Reden richtig anstellen? Wie soll alles wieder normal werden zwischen uns?

»Du konntest mit Cooper auch nicht reden«, bringe ich an.

»Du solltest nicht die gleichen Fehler machen wie wir. Seit ich in Seattle bin, habe ich gelernt, dass miteinander zu reden nicht halb so schlimm ist, wie man denkt.«

»Ich bin schuld, dass er sich geprügelt hat«, spreche ich aus, was mich seit gestern ununterbrochen quält. Mein eigentliches Problem.

»Blödsinn! Du hast gesagt, der andere Kerl hätte angefangen und außerdem ist Mase erwachsen. Er wusste, was er tut und wie das enden kann. Jeder von uns hätte an seiner Stelle sein können. Jeder von uns hätte dir geholfen.«

Ich murmle ein paar unverständliche Worte.

»Was? Hör auf so zu nuscheln.«

»Es könnte sein … dass ich … nun ja …« Ich schnaube. »Ach, so eine Scheiße. Ich war vielleicht nicht besonders nett zu dem Typen und war Mason keine große Hilfe. Hätte ich ausnahmsweise mal die Klappe gehalten, wären wir glimpflicher davongekommen.«

Andie hält sich kichernd die Hand vor den Mund. Sie kichert!

»Das ist nicht witzig!«

»Natürlich ist es das. Wir alle wissen das schon längst. Zwar nicht, was du gesagt hast, aber dass du nicht klein beigegeben hast. Du bist niemand, der es einem leicht macht.« Ihre Arme schlingen sich um mich, und sie drückt mich fest. »Trotzdem lieben wir dich. Und jetzt hör auf darüber zu grübeln, wir müssen gleich los.«

Nachdenklich folge ich Andie durch den Flur zurück in ihr Zimmer, beobachte, wie sie ihre Handtasche packt.

Andies Handy klingelt, und ihr Lächeln zeigt mir, dass es Cooper sein muss. Bei ihrem Dad freut sie sich zwar auch, aber ihr Blick ist dann ein anderer. Wenn Lucas anruft, sieht sie meist verzweifelt aus und betet vorher ein, zwei Sekunden lang, dass er nicht die Ranch abgefackelt hat, ihr Hausschwein Eddie irgendwo feststeckt oder die Waschmaschine in die Luft geflogen ist.

»Hey! June und ich sind gleich auf dem Weg.«

Coopers Stimme dringt nur gedämpft an mein Ohr, ich höre nicht, was er erzählt. Währenddessen schultert Andie ihre Tasche und … wieso reißt sie ihre Augen auf?

»Okay«, flüstert sie. »Ja.« Cooper sagt was. »Ja.« Cooper wieder … Was zum Geier ist da los? »Okay, okay. Ja. Super. Total.« Andies Antworten klingen freudig und zugleich irgendwie furchtsam. Ihr weicht die Farbe aus dem Gesicht.

Als sie auflegt, das Handy in der Tasche verstaut und aus dem Zimmer geht, folge ich ihr.

»Andie? Alles in Ordnung?«

»Ja. Alles toll.«

»Klingt nicht so.«

»Ja, finde ich auch.«

»Was?« Irritiert ziehe ich die Augenbrauen zusammen.

»Hm, hm.«

»Okay«, sage ich gedehnt. »Was hat Cooper gesagt?«

»Bald.« Sie hört mir gar nicht zu.

»Andie?« Keine Reaktion. »Ich glaube, ich lasse mir eine dritte Arschbacke anoperieren. Zwei reichen mir einfach nicht.«

»Toll. Ja. Echt klasse.«

»Und gestern habe ich mit Cooper geschlafen. In seinem Bett.« Jetzt bleibt sie ruckartig stehen. Wir sind neben der Couch im Wohnzimmer angekommen, und sie dreht sich zu mir um.

»Ich kann mich nicht erinnern, dich da gesehen zu haben.«

»Ah, das hast du also gehört, aber das mit der Arschbacke ist dir egal?«

»Welche Arschbacke?« Sie legt die Stirn in Falten, denkt darüber nach, und ich verdrehe die Augen.

»Himmel, Andie. Was ist los? Ist was passiert?«

»Zoey kommt wohl bald für einen Tag zu Besuch. Cooper hat es mir eben am Telefon gesagt.«

»Seine Schwester?«

Sie nickt. Es wirkt nervös.

»Aber das ist doch kein Ding. Du magst sie. Ihr telefoniert mindestens zweimal im Monat miteinander. Cooper telefoniert jede Woche mit ihr. Da ist doch wieder alles geklärt zwischen den beiden, richtig?«

»Das ist es, ja. Ich habe sie aber noch nie getroffen. Immer ist was dazwischengekommen. Ich hoffe, dieses Mal schaffen wir es.«

Ich lächle und bin erleichtert, dass es nur das ist.

»Du bist aufgeregt. Keine Panik, sie wird dich lieben.«

Nervös knetet sie ihre Finger. »Sicher?«

»Mehr als das. Oder hast du noch andere Sorgen?«

Sie beißt sich kurz auf die Lippe, bevor sie durchatmet. »Ich hab Angst, dass ich mich doof benehme. Dass ich etwas Falsches sage. Ich weiß auch nicht.«

»Verstehe.« Zoey ist vor ein paar Jahren etwas ziemlich Schlimmes passiert. Andie und ich haben erst vor wenigen Monaten davon erfahren, als Cooper und Andie sich endlich am Riemen gerissen und zusammengefunden haben. Jetzt sieht sie Zoey das erste Mal. Und jemandem gegenüberzustehen, ist etwas anderes, als mit ihm zu telefonieren.

»Cooper und Zoey haben das Ganze hinter sich gelassen. Wir sollten das auch. Aber … ich finde, du solltest mit ihm sprechen. Wenn er weiß, wovor du Angst hast, kann er dir besser helfen. Und für dich da sein.«

Ein zaghaftes Lächeln umspielt Andies Lippen. »Du kannst so weise sein, wenn es nicht um dich geht.«

Ich grinse. »Ich hab meine Momente.«

Es ist nur zu deutlich erkennbar, dass Andie noch mal über

alles grübelt, bevor sie sich entspannt und mir zunickt. »So mache ich es. Danke.«

»Ich weiß, wir müssen los, aber wo ist Socke? Wir sollten vorher noch mit ihm raus. Es dauert, bis einer von uns wieder da ist. Schläft er in deinem Zimmer?«

»Gute Frage.« Andie marschiert zielsicher in Coopers Zimmer, ich in ihres. Nichts. Im Bad hat er sich auch nicht versteckt.

»Hier ist er nicht!«, rufe ich rüber, aber von Andie kommt keine Antwort. Als ich im Flur ankomme, steckt sie gerade den Kopf aus Coopers Zimmer und schüttelt den Kopf.

»Ich schaue bei Mason und in der Küche.«

»Okay, ich klopfe mal bei Dylan«, gebe ich zurück.

»Mach das, aber ich hab keine Ahnung, ob er daheim ist. Wenn nicht, ist Socke nicht in seinem Zimmer. Und falls ja, weiß ich nicht, ob er Zeit hat, mit ihm Gassi zu gehen.« Andie verschwindet bei Mase. Ich bin kurz davor, einfach hinter ihr in das Zimmer zu gehen. Rein aus Neugierde. Ich hab es in all der Zeit kein einziges Mal betreten. Es gab keinen Grund dazu.

Nur ein kleiner Blick … Doch sofort steht Andie vor mir und versperrt mir die Sicht. »Socke ist nicht hier, Mase auch nicht.« Sie schiebt die Tür zu und meine Chance ist dahin. »Los, wir haben keine Zeit mehr. Und wenn du wissen willst, wie Masons Zimmer aussieht, frag ihn, ob du es sehen darfst.« Sie hetzt zur Küche, aber da wird der Knirps bestimmt nicht sein. Da waren wir ja erst. Ich verdränge den Gedanken an Masons Zimmer und klopfe an Dylans Tür. Keine Reaktion.

»Dylan?«, rufe ich nur zur Sicherheit, bevor ich die Türklinke nach unten drücke. Immer noch keine Reaktion. Aber es brennt Licht. Leise schiebe ich die Tür weiter auf und suche den Raum mit den Augen ab. Rechts steht seine Bücherwand, daneben diese überdimensionale Kiste, die wie eine riesige Piratenschatztruhe anmutet. Wirklich, sie ist so groß, dass sogar er selbst reinpassen würde. Vermutlich gequetscht, aber er hätte Platz. Er meinte, er würde darin irgendwelchen alten Footballkram, seine Hanteln und anderes Zeug aufbewahren. Trotzdem ist diese Kiste ein wenig sonderbar und wirkt viel zu gewaltig für dieses Zimmer. Irgendwie geheimnisvoll.

Schräg gegenüber hängt ein Poster von einem alten Western. Als ich das Ding vor ein paar Monaten gesehen habe, musste ich lachen. Dylan ein Clint-Eastwood-Fan? Wer hätte das gedacht?

Ich war erst ein Mal in diesem Raum, mit Dylan zusammen. Er hat uns stolz gezeigt, dass er auch ein Bettchen für Socke gekauft hat. Eines, in dem der kleine Kerl gerade fast versinkt. Schnarchend und auf dem Rücken liegend. Direkt neben Dylans Bett und unter dem Fenster. Als ich einen Schritt reinmache, bemerke ich auch Dylan. Er sitzt auf seinem Stuhl, ist mit Kopfhörern auf den Ohren nach vorne gebeugt am Schreibtisch eingeschlafen. Wow, mittlerweile hat er sogar drei Bildschirme. Alle schwarz, alle aus. Wer weiß, wie lange er bereits schläft. Dylan bräuchte statt so vielen Bildschirmen vor allem einen größeren Stuhl – oder zwei davon. Er ist einfach zu breit für die normalen Dinger. Sein Atem geht ruhig, sein Oberkörper hebt und senkt sich in regelmäßigen Abständen.

Auf Zehenspitzen schleiche ich rein.

»Socke«, zische ich leise. »Socke, komm her. Steh auf.« Natürlich hört der Hund nicht, auch wenn er seine Augen längst geöffnet hat und mich sehr wohl sieht. »Warts nur ab! Das erzähle ich Andie.« Er streckt die Zunge hechelnd an der Seite raus. Lächelt er etwa?

Ich hebe ihn hoch und hoffe, dass Socke jetzt nicht bellt und so den armen Kerl weckt. Aber das Wollknäuel kuschelt sich an mich und bleibt still, während ich mit ihm lautlos aus dem Zimmer verschwinde. Vorsichtig schließe ich die Tür, um Dylan nicht zu stören. Er muss echt erschöpft sein.

»Hab ihn«, sage ich in Richtung Andie, die gerade halb unter die große Couch im Wohnzimmer gekrochen ist, um dort nach Socke zu suchen.

»Autsch!« Und sich jetzt den Kopf gestoßen hat.

»Entschuldige. Tut es sehr weh?« Ich setze Socke ab, der freudig zu Andie flitzt und ihr Gesicht abschleckt. Die ist gerade dabei, sich die schmerzende Stelle zu reiben.

»Geht schon. Wo war er denn? Wirklich bei Dylan?«

»Jepp. In seinem Bettchen. Die beiden haben friedlich geschlafen. Dylan hat bestimmt Nackenschmerzen, wenn er aufwacht. Er pennt am Schreibtisch.«

»Meinst du, wir sollten ihn wecken?«

»Nein. Lassen wir ihn. Wenn er so eingeschlafen ist, braucht er seinen Schlaf dringend.«

»Stimmt wohl.« Ächzend steht sie auf, richtet ihr Shirt und ihre Jeans, langt nach ihrer Tasche und sieht auf die Uhr. »Mist. June, wir müssen wirklich los. Lass uns schnell mit Socke vor die Tür, damit er sein Geschäft macht und danach den Klepper nehmen.«

»Allzeit bereit. Ich fahre.«

»Gott steh uns bei«, erwidert sie lachend, während wir zur Tür gehen und sie die Leine nimmt.

»Hey! Zu Hause hast du dich nie beschwert. Lass das nicht zur Gewohnheit werden.«

»Zu Hause gab es weit und breit auch nichts, das du hättest umfahren können.«

»Okay. Eins zu null für dich«, murmle ich.

Einige Minuten und lediglich eine Nahtoderfahrung später kommen wir am MASON's an. Wir haben in einer Nebenstraße geparkt und gehen am Seiteneingang neben der kleinen Bar rein.

»Hör auf, es war halb so schlimm.«

»June, da war ein Stoppschild.«

»Wir waren zu knapp dran, bedank dich bei deinem Hund. Außerdem hab ich das Schild zu spät gesehen. Es war keine Absicht. Ich meine, was wollte der da auch mit seinem Dreirad?«

»Es war ein Moped.«

»Ich hab mich schon entschuldigt«, murre ich, während wir die Tanzfläche überqueren. »Wenigstens sind wir pünktlich.«

Jack, Matt, Ian, Paul und Cooper stehen vorne und drehen sich zu uns, als sie uns hören. Sogar das Security-Team ist da. Ich stelle meine Tasche auf den Tresen neben Cooper und stemme mich hoch, bis ich darauf zu sitzen komme. Währenddessen umarmt Cooper Andie und drückt ihr einen Kuss auf die Schläfe. Anschließend dreht er sich zu mir. »Andie sieht aus, als hätte sie einen Geist gesehen. Bist du gefahren?«

Ich verdrehe nur die Augen. »Ich wiederhole mich: Es war halb so schlimm, ihr Körper übertreibt.« Jack fängt an zu lachen, sogar Andie lächelt wieder. Die tun gerade so, als gäbe es nichts Schlimmeres, als mit mir am Steuer in einem Wagen zu sitzen.

»Ich hole noch schnell die Themenliste, bin gleich wieder da.« Andie flitzt rasch zum Pausenraum und ist keine zwei Minuten später wieder da.

»Was steht drauf?«, frage ich neugierig.

»June, Praktikum. Außerdem Verbesserung des Sicherheitssystems und der Kommunikationsmöglichkeiten, Verhaltensregeln und … Susie.«

In dem Moment geht die Tür zu Masons Büro auf, er schlendert die Stufen hinab und über die leere Tanzfläche auf uns zu. Nervös rutsche ich mit dem Hintern auf dem Tresen vor und zurück. Diese Treppen, dieses Büro, dieser schwache Moment …

Mit zusammengekniffenen Augen versuche ich, die Gedanken und Erinnerungen daran zu vertreiben. Den Geschmack von Masons Lippen auf meinen, das Gefühl von seiner Zunge auf meiner Haut, von seinen Fingern …

Dass ich ihn jetzt mustere, macht es nicht besser. Sein malträtiertes Auge tut dem Ganzen keinen Abbruch. Es ist nur ein wenig stärker angeschwollen. Der Cut ist fast unsichtbar, dafür ist das Auge rundum knallrot. Verflucht sei er, dass nicht mal das ihn entstellen kann. Er sieht jetzt sogar verwegen aus. Irgendwann muss ich bei ihm einbrechen und all seine schönen, gut sitzenden und heißen Anzüge zerschneiden. Seine Hemden. Und bei der Gelegenheit schneide ich ihm vielleicht auch dieses Grinsen aus dem Gesicht.

Mit den Händen in den Hosentaschen hält er an. Er sieht richtig … gut gelaunt aus.

Oh nein, Mase. Nein, ich will das nicht!

Aber das sage ich natürlich nicht laut, als er sich quasi neben mich stellt und mein rechtes Knie um Haaresbreite seinen Arm streift.

»Hey Leute. Schön, dass ihr da seid. Heute stehen mal wieder ein paar Punkte auf der Liste, die ich euch gerne persönlich mitteilen wollte und nicht in einer E-Mail. Da aber nicht alle da sind, bekommt ihr die natürlich auch noch nachträglich. Auf diese Art halte ich es dennoch für sinnvoller.« Er schaut in die Runde. »Ich fange mit der beschissensten Nachricht an: Susie wird auf unbestimmte Zeit ausfallen.« Ein Raunen geht durch die Menge. Ich blicke mich um, erkenne, dass Cooper und Jack das Gesicht verziehen, während Andie nickt und die anderen sich fragend oder überrascht anschauen.

»Sie musste aus privaten Gründen in die Heimat und hat

mich um Urlaub gebeten. Macht euch keine Sorgen, es geht Susie gut. Aber sie weiß noch nicht, wann sie wieder hier sein kann.«

»Scheiße«, bricht es aus Ian heraus, und Matt stimmt zu.

»Bis dahin übernimmt Andie ihre Aufgaben, soweit es ihr möglich ist. Außerdem hat sie …« Mason hält inne, runzelt die Stirn. »Entschuldigt.« Er zieht sein Handy aus der Tasche, das laut vor sich hin vibriert. Von hier oben habe ich wirklich einen fantastischen Blick darauf. Hat er da etwa ein Kondom in der Tasche? Irritiert beuge ich mich vor, aber er schiebt es wieder zurück, zieht stattdessen das Telefon hervor. Den Anrufer hat er weggedrückt. Jetzt legt er das Ding auf den Barhocker neben sich und fährt unbeirrt fort. »Also, Andie übernimmt Susies Aufgaben, und June wird sie unterstützen. Ihr kennt June wahrscheinlich schon alle.« Er deutet auf mich, und ich winke in die Runde. Matt zwinkert, Ian lächelt, Paul winkt zurück. Die Security nickt mir zu, und Jack verkneift sich ein Lachen. Er kennt mich schon zu gut und hat vermutlich die Befürchtung, dass mit mir hier alles im Chaos versinkt. Gar nicht so unwahrscheinlich.

»June macht ihr Pflichtpraktikum bei uns. Sie wird aushelfen und …« Sein Handy vibriert schon wieder. Ich blicke nach unten. Eine Natalie ruft an. Was. Zum. Teufel? Meine Kinnlade klappt fast runter, meine Finger krallen sich um die Kante des Tresens. Egal, wie schnell Mase das weggedrückt hat, ich hab es gesehen.

Er redet einfach weiter. Irgendwas von Hausregeln und dass es bald eine neue Möglichkeit gäbe, mit der Security zu kommunizieren, weil er Rufknöpfe an den Bars einbauen lassen will. Aber ich höre nur noch halb zu. In meinen Ohren rauscht es, meine Gedanken schlagen Salti, mein Herz pocht wie ein Weltmeister.

Wer ist bitte diese Natalie? Ist das die von gestern? Die, mit der er am Rand der Tanzfläche gesprochen hat, bevor er heimgegangen ist? Nachdem er wegen mir verprügelt wurde und kaum mit mir geredet hat?

Das ist alles so frustrierend. Warum kümmert mich das überhaupt? Er kann reden, mit wem er möchte, und ich sollte glücklich sein, dass er aufhört, mich nach einem Date zu fragen.

Plötzlich wird es lauter, und ich zucke zusammen. Alle stieben auseinander, und mir wird klar: Ich hab das restliche Meeting verpasst. So ein Mist.

Ohne ein Wort, ohne einen Blick hat Mase sein Handy genommen und redet jetzt mit Paul. Er steht mit dem Rücken zu mir, während ich vom Tresen hüpfe.

»June?«

»Hm?«, gebe ich in Richtung Andie zurück, aber mein Blick klebt an Masons Rücken. Das Handy in seiner Hand … das Display geht wieder an. Isabel ruft an. Wer zur Hölle ist das denn jetzt?

Was ist hier los?

»June, du wirkst, als hättest du Schmerzen«, flüstert Andie mir zu. Ich muss mich zusammenreißen. Das ist kein Ding. Natalie ist mir egal, Isabel ist mir egal und Mason ist es auch. ER. IST. MIR. SCHEISSEGAL!

Es war klar, dass er nichts anbrennen lässt. Wieso sollte er auch? Mase ist reich, jung und sieht gut aus. Von mir aus spreche ich ihm auch eine gewisse Grundintelligenz zu – immerhin betreibt er diesen Club, das geht nicht ohne. Ich wünsche ihm auf jeden Fall viel Spaß mit all diesen Barbies und perfekten Frauen.

»Mir geht es bestens«, würge ich hervor, während ich bete, Masons Gesicht würde explodieren. Hier und auf der Stelle. »Lass uns arbeiten.«

Und genau das tun wir. Wir arbeiten.

Ich wünsche mir nur, Andie würde endlich aufhören, mich unentwegt anzustarren oder misstrauisch von der Seite zu mustern, während ich mich auf meinen Job konzentriere. Das tut sie nämlich, seit ich sie von allen weg zu den Spinden gezogen habe, damit wir uns umziehen können und ich Mason nicht an die Gurgel gehe.

Aber sie kennt mich bereits zu lange, um noch einmal den Versuch zu wagen, etwas aus mir rauszubekommen. Ich bin in Sachen Wut und Genervtheit in einem Stadium jenseits von Gut und Böse. Und dass das wegen Mason so ist, macht alles nur schlimmer. Es ist ein Teufelskreis.

Nachdem das Abfüllen der Softdrinks und das Bierzapfen inzwischen einwandfrei funktionieren, zeigt Andie mir nun die wichtigsten beziehungsweise im Club am häufigsten bestellten Longdrinks, Cocktails und Shots. Ein Lichtblick am Horizont dieses unterirdischen Tages. Unter anderem lerne ich einen Old Fashioned, Cosmopolitan, Moscow Mule sowie Gimlet zu mixen. Bis auf Letzteren kriege ich keinen richtig oder auch nur ansatzweise hin, aber Andie boxt mir nur gegen den Oberarm und funkelt mich gespielt böse an.

»Das ist dein zweiter Tag. Du kannst schon mehr als ich in der zweiten Woche. Hör auf, so streng mit dir zu sein. Und glaub ja nicht, ich würde nicht merken, dass du in Rage bist. Genau genommen, seit Mason beim Meeting aufgetaucht ist. Vor vier Stunden. Willst du nicht etwas auf die Bremse treten?«

»Ich versuche es.« Missmutig schütte ich die eklige Version eines Cosmopolitan in den Abfluss, weil ich zwei Zutaten vertauscht und eine vollkommen vergessen habe. Er war ungenießbar. Langsam lasse ich die Schultern kreisen und sehe mich um. Der Club ist gut besucht, aber nicht brechend voll, sodass Andie genug Zeit hat, mir immer mal wieder etwas zu zeigen oder beizubringen. Außerdem sind Cooper und Paul mit uns hier.

Die Gäste tanzen ausgelassen zu irgendeinem alten Sommerlied mit lateinamerikanischen Klängen und Rhythmen und … ich kneife die Augen zusammen, lehne mich nach vorne. Ist das Mason? Auf der Tanzfläche? Seit wann tanzt er in seinem eigenen Club? Mit einer Frau. Das … ist doch … Ich kenne sie. Ich glaube, das ist die von gestern. Vielleicht Natalie oder Isabel. Pff.

Unerwartet berührt etwas meine linke Hand. »June, der Lappen wird das nicht überleben.«

»Was?« Erschrocken schaue ich nach und verstehe, was sie meint. Der Lappen, mit dem ich den Tresen abwischen wollte, wird in diesem Moment von meinen beiden Händen nahezu auseinandergerissen.

»Was ist denn da?« Andie folgt meinen Blicken, rückt ihre Brille zurecht und als ein leises »Oh« ertönt, weiß ich, dass sie ihn auch entdeckt hat.

Die Frau beugt sich auf einmal vor, flüstert ihm was ins Ohr, und er lächelt dümmlich und flüstert was zurück. So geht das eine halbe Ewigkeit, quasi direkt vor der Bar. Bis er ihre Hand nimmt, sie nach hinten von der Tanzfläche führt und ich froh bin, dass ich mir das nicht mehr ansehen muss.

Doch gerade als ich glaube, es sei zu Ende, treten die beiden am Absperrband vorbei auf die Stufen und gehen in Masons Büro. Er nimmt sie mit hoch. Das kann unmöglich sein Ernst sein.

Und sie? Ist sie blind? Sie kann nicht mit ihm gehen. Er ist vollkommen entstellt! Das kann ihr unmöglich gefallen. Das darf ihr nicht gefallen … Ich meine … Ach, verdammt.

Trotzdem steigen die beiden weiter sehr zielstrebig die

Treppe hinauf, bis sie an der Tür ankommen. Bis Mase besagte Tür öffnet und sie wie ein Gentleman vorlässt. Natürlich lässt sie sich nicht zweimal bitten. Sie verschwindet einfach in Masons Büro – und er folgt ihr.

Die Tür ist zu.

Ist das gerade wirklich passiert? Ich meine, das passiert bestimmt ab und an, aber … bisher habe ich es noch nie mitbekommen. Und jetzt, da ich weiß, wie es dort aussieht, wie sich das Bett anfühlt, die Wand, Masons Lippen …

Verflucht seist du! Bei Gott, ich würde ihnen gern hinterherrennen und Mase das zweite Auge auch blau schlagen.

»June?«

»Es ist alles in bester Ordnung«, bringe ich mit Mühe hervor und recke das Kinn. »Ich bin sehr zufrieden. Und sehr glücklich, endlich meine Ruhe zu haben.«

»Wenn du das sagst«, murmelt Andie, seufzt und klopft mir liebevoll auf den Rücken.

Andie thematisiert das Ganze nicht länger, und ich bemühe mich, nicht mehr alle zwei Minuten in Richtung Büro und Treppe zu starren, um zu sehen, wann die zwei Turteltauben den Raum wieder verlassen.

Richtig würdevoll. Ich schreibe es dem Schock zu, dass Mase gerade jemanden abgeschleppt hat. Natürlich schaffe ich es jetzt noch weniger, einen der Longdrinks hinzukriegen.

»Ich geb es auf für heute«, stoße ich frustriert aus, nachdem ich einen weiteren Schluck des bitteren Gesöffs, das ich zusammengebraut habe, trinken musste und die ersten Gäste sich über meine Kreationen beschwert haben. »Bitte, stell mich einfach vor dem Bierzapfhahn ab.«

Andie lacht mich aus. »Okay. Aber morgen üben wir weiter. Erinnere mich mal daran, dass ich dir meine Liste mit den Rezepten gebe. Die hab ich mir letztes Jahr erstellt, als Jack angefangen hat, mir die Mixgetränke zu zeigen. Mit Listen lernt es sich einfacher.«

»Heißt es nicht Learning by Doing?«

»Klar. Mach es so, aber unterschätze nie die Macht von Listen, Plänen und dem Auswendiglernen.« Sie grinst schelmisch.

»Du kleiner Nerd«, necke ich sie liebevoll.

»Hey, kann ich was bestellen?«, tönt es von der Seite. Andie nimmt die Bestellung auf. Sie macht den Cocktail, und ich versuche mich ein allerletztes Mal an etwas anderem als Bier: einem Gin- und Wodka-Mix.

Langsam fange ich an, mich wieder zu entspannen. Tanze hin und wieder mit Andie um Cooper herum, der sie in diesem Augenblick packt und küsst, und versuche, mit Paul zu reden, der an Worten anscheinend noch weniger Freude findet als Cooper. Irgendwann zwischendrin säubere ich die Ablagen.

Gerade schiebe ich zwei Gästen ihre Getränke rüber.

Es funktioniert doch. Also das mit der Bar und mir.

»Es klappt.« Ehrlich erfreut und irgendwie auch überrascht strahle ich Andie an.

»Ja. Ich gestehe, ich hatte ein paar Bedenken. Aber du kannst erstaunlich gut mit Menschen umgehen, wenn es einen gewissen Sicherheitsabstand zwischen ihnen und dir gibt. Und wenn sie nicht Mason heißen.«

»Haha. Witzig.« Ich ziehe eine Grimasse, und wir lachen beide auf.

»Nein, im Ernst. Du kannst so viel mehr als ich am Anfang. Du hast weniger Angst und Hemmungen. Das ist gut. Ich bin sicher, in ein oder zwei Wochen werde ich komplett Susies Arbeit übernehmen können und du meine Schichten an der Bar.«

»Das bin ich auch.« Ein wundervolles Gefühl.

»Danke, June.«

»Gerne. Ich sollte dir danken. Ohne deine neu ausgebildete sture Ader wäre ich wohl nicht hier.«

»Das stimmt.«

Wir arbeiten fröhlich und entspannt weiter und haben Spaß dabei.

Ich stehe mit dem Rücken zur Theke, hinter mir bedient Andie die Gäste, während ich die Spülmaschine entlade und neu befülle. Fertig. Als ich endlich Zeit habe, an meiner Cola zu nippen, merke ich erst, wie durstig ich bin. Dabei wippe ich zu dem Lied, das gerade durch den Club hallt. Eines meiner Lieblinge. *River* von Bishop Briggs. Und ich würde den DJ gerne für seine perfekten Übergänge umarmen. Dieser Sound, dieser Beat – er klingt hier noch tausendmal besser als mit meinen Kopfhörern.

Ich trinke aus, stelle das Glas weg und schließe einen Moment die Augen, um das Lied vollkommen zu genießen. Leise singend tanze ich mit, fühle mich losgelöst und frei.

Bis ich die Augen wieder aufmache, weil ich zurück an die Arbeit will und mich zur Seite drehe. Jemand steht vor mir. Und ich muss nicht lange raten, wer das ist. Sein Duft zieht in meine Nase, sein Anzug tut in meinen Augen weh, meine Nervenenden schreien auf und mit jedem bisschen das seine Lippen sich weiter teilen und lächeln, verfliegt meine gute Laune.

Beinahe hätte ich mich wirklich erschrocken.

»Willst du mich umbringen? Was machst du hier hinter der Bar?«

»Mir einen Drink holen. Weil eine meiner Barkeeperinnen lieber tanzt, als für mich zu arbeiten.«

Ohne hohe Schuhe muss ich den Kopf ganz schön in den Nacken legen, um direkt in sein Gesicht schauen zu können – so dicht, wie er vor mir steht.

»Das waren nur ein paar Sekunden. Ich hab was getrunken,

nachdem ich das Geschirr weggepackt habe. Erzähl du mir nichts vom Arbeiten, Mase.«

Seine Augen funkeln herausfordernd, und er schürzt die Lippen. »Möchtest du mir erklären, was genau du damit meinst, Kätzchen?«

»Du weißt verdammt gut, was ich meine. Und jetzt entschuldige mich. Mein Boss wird sauer, wenn das Personal sich ausruht, während er in seinen Privaträumen hart am *Arbeiten* ist.« Ich mache einen Knicks und will an ihm vorbeirauschen, aber der Kerl hat bessere Reflexe als *Mister Miyagi*. Deshalb klebe ich jetzt fast ganz an seiner Brust.

»Eifersüchtig?«, flüstert er mir ins Ohr, und sein Atem zieht über die Haut an meinem Hals. Er hat sich zu mir hinuntergebeugt, und ich muss mich ermahnen, dem Drang zu widerstehen, meinen Kopf zu drehen. Nur, um zu sehen, was passieren würde. Nur aus Neugierde …

Sofort rücke ich von ihm ab, trete einen Schritt zurück.

»Auf wen? Auf Natalie? Isabel? Nein, danke. Du kannst tun, was du willst und mit wem du willst.«

Ich spüre, wie Mase sich wieder aufrichtet, und traue mich endlich, den Blick zu heben und ihn direkt anzusehen. Er lächelt nicht mehr. Gut. Ich habe jedes Wort ernst gemeint.

Weil niemand von uns beiden etwas sagt, wird die Situation unangenehmer, als mir lieb ist. Dabei gibt es dafür überhaupt keinen Grund. Ich stoße einen leisen Seufzer aus.

»Was möchtest du trinken?«, erkundige ich mich versöhnlich. Dass Mason ganz offensichtlich nicht mit dieser Frage gerechnet hat, verschafft mir eine gewisse Genugtuung.

»Root Beer, bitte.«

»Kommt sofort.« Jetzt hält er mich nicht zurück, und ich greife unter der Bar in einem der Kühlschränke nach Masons Getränk und reiche ihm die Flasche.

»Danke.« Er nimmt sie, dreht sich um und …

»Mase? Wegen des Events, das ich planen muss: Ist es okay, wenn ich erst einmal alles mit Andie bespreche und dir danach das Ergebnis zeige?« Wenn möglich, würde ich auf der Arbeit gern jede unnötige Begegnung mit ihm meiden.

»Kein Problem. Ich lasse mich überraschen.«

»Super. Oh, und … du solltest dein Auge nachher noch mal kühlen. Behandle es abwechselnd mit warmen und kalten Kompressen, dann wird es schneller besser. Das hat mir ein Arzt mal geraten, nachdem ich als Kind vom Pferd gefallen bin und mir ein blaues Auge geholt habe. Hat geholfen.«

Sein Ausdruck ist unbezahlbar.

Eifersüchtig. Hätte er wohl gerne …

16

Jetzt übertreibt er aber.

June

Fast eine Woche später …

Das kann doch nicht wahr sein! Ich bin nicht eifersüchtig. Nie. Jetzt auch nicht. Ich bin aufgebracht, ja. Ich bin genervt und verdammt, ich bin irritiert. Aber nicht eifersüchtig!

Es ist ungefähr eine Woche her, dass er ein blaues Auge verpasst bekommen hat und ich mit dem Praktikum begonnen habe. Seitdem gibt es eine neue Liste in meinem Leben. Eine Statistik. Ein Blick darauf würde Folgendes preisgeben: Seit jenem Tag hat Mason sage und schreibe vier verschiedene Frauen die Treppen hochgeführt. Jeden Tag eine andere, wenn man von den Abenden absieht, an denen der Club geschlossen war. Vermutlich hat er dann eine in der Wohnung getroffen oder sich sonstwo rumgetrieben.

Es ist erstaunlich. Brünett, blond, klein, groß, sportlich, curvy – ich kann einfach kein System erkennen. Nur eines, und zwar, dass alle bisher auf ihre Art verdammt hübsch waren und beinahe den Boden geküsst hätten, über den Mason wandelte.

E-kel-haft.

Ich schüttle mich unmerklich, schiebe diese Überlegungen weg und trinke einen großen Schluck meines Kaffees, während

Andie sich die Sonne aufs Gesicht scheinen lässt. Wir sitzen in einem süßen Café in der Innenstadt. Es ist warm und wundervoll, etwas, das ich mehr denn je zu schätzen weiß, seit wir in Seattle leben. Die Menschen um uns genießen den Tag so sehr wie wir, amüsieren und unterhalten sich, schlendern durch die Straßen. Kinder flitzen zwischen ihren Eltern hin und her, und ein Mann rennt panisch seinem großen Hund nach, der sich losgerissen hat. Socke schaut interessiert zu, wobei er gelassen zu Andies Füßen liegt. Er ist glücklich und müde, nachdem wir eben einen langen Spaziergang am Pier gemacht haben.

Es ist Montag, der Club ist zu, und wir haben gerade je zwei Stück Kuchen mit Sahne verdrückt.

»Ich könnte noch was essen. Dieser Apfelkuchen sah fantastisch aus. Was sagst du?«

»Wir haben zu Mittag gegessen und sind direkt danach hergekommen für Kuchen. Ich überlege gerade, den Knopf meiner Hose zu öffnen – und du willst mehr? June, dir wird nur wieder schlecht.«

»Wahrscheinlich. Aber was wäre das Leben, wenn man immer nur vernünftig wäre?«

»Die Frage stelle ich dir in zwanzig Minuten, falls du dich entschließen solltest, noch was zu essen«, gibt Andie zurück, und ein Lächeln zupft an ihren Lippen. Dabei bewegt sie sich nicht, hält die Augen weiterhin geschlossen.

»Okay, okay. Du hast recht. Ich probiere ihn wann anders.« Ein weiterer Schluck meines Kaffees folgt.

»Hast du dir wirklich vorgenommen, länger als für das Praktikum im Club zu arbeiten?«, fragt Andie plötzlich, und während ich darüber grüble, stelle ich die Tasse ab. Wenn es schon keinen Kuchen mehr gibt, esse ich wenigstens den Keks auf dem Unterteller.

»Ich denke schon.«

»Bist du sicher, dass das gut geht?«

»Was meinst du?«, frage ich nuschelnd und unverständlich mit vollem Mund. Natürlich weiß ich ganz genau, was sie meint.

Andie öffnet die Augen, blinzelt gegen die Sonne an und dreht den Kopf zu mir, damit sie mich ansehen kann. Ihre Brille liegt neben ihrer Tasse auf dem Tisch.

»Wenn du der Welt etwas vormachen willst, bitte, tu das. Wenn du dir selbst etwas vormachen willst, tu es. Aber mach es nicht bei mir. Ich weiß, wie du mit Windpocken aussiehst, mit Zahnspange, weinend, dich übergebend, glücklich«, zählt sie auf und bei jedem weiteren Wort muss ich mehr grinsen, weil Erinnerungen hochkommen. Ziemlich viele schöne und lustige sogar. »Du magst Mason. Ich bin mir nicht sicher, wie sehr oder auf welche Art genau, aber du tust es. Ihr seid mir beide wichtig, und ich will nicht dabei zusehen müssen, wie … na ja, wie einer von euch verletzt wird. Mase ist keiner der Typen, die je herablassend *Ach, komm schon, Süße!* zu dir sagen würden.«

So wie Drew es sagte, als ich ihn mit einer anderen im Auto erwischt habe. Als wäre ich einfach nur prüde und eine Spaßbremse. Herablassend, genervt und widerlich haben sich die Worte angehört.

Die Highschool war scheiße.

»Das weiß ich. Und glaub mir, ich will auch nicht, dass alles schiefläuft. Es wird gut gehen. Wir arbeiten nicht mal direkt zusammen, Mase ist ständig in seinem Büro und hat ganz andere Sachen zu tun als ich. Er und ich werden uns wie bisher nerven und auf den Keks gehen, wenn wir uns sehen. Dass ich dabei arbeite, ändert daran nichts. Außerdem …« Ich ziehe die Augenbrauen zusammen und atme tief ein. »Außerdem gefällt mir der Gedanke, etwas Geld zur Seite legen zu können.

Wer weiß, ob das mit dem Stipendium irgendwann den Bach runtergeht, was danach sein wird oder wie lange meine Eltern noch im Kopf haben, dass es mich gibt.« Mein sarkastischer Unterton ist unüberhörbar. Andie wirft mir nur einen tadelnden Blick zu. »Abgesehen davon, dass ich irgendwann sagen möchte: Ich brauche euer Geld nicht mehr.«

»Dazu sage ich jetzt nichts. Aber denk daran: Wenn du reden willst ...«

»... dann rede ich mit dir.«

»Sehr schön.« Sie trinkt etwas Wasser. »Hast du dir Gedanken gemacht wegen des Events?«

»Das habe ich tatsächlich. Deine Idee mit dem Mottotag finde ich super. Mase meinte, ich könnte das mit dir alles absprechen und auf die Beine stellen. Wäre das in Ordnung?«

»Ich hatte gehofft, dass du das sagst.« Ihre Augen funkeln regelrecht vor Vorfreude. »Wie sieht der Plan aus?«

»Erst mal brauchen wir ein passendes Motto. Und ich hab auch schon was im Kopf. Bitte lach mich nicht aus.«

»Sei nicht albern. Was ist es?« Voller Neugierde setzt Andie sich aufrecht hin, schiebt den Stuhl wieder dichter an den Tisch und dreht sich zu mir. Dann schnappt sie sich ihre Brille und rückt sie auf der Nase zurecht.

»Man kann das Rad nicht neu erfinden, daher dachte ich an etwas Altes, das aber nie an Aktualität verliert. Etwas, das die Leute lieben. Wie die Maskennacht, die Susie organisiert hat. Nur weniger exklusiv, sondern eher aufregend und spaßiger.«

»June! Was ist es?«

»Movienight«, gebe ich zu und verziehe das Gesicht, während ich gespannt auf Andies Reaktion warte. Ihre Gesichtszüge hellen sich zu meiner Erleichterung sofort auf.

»Ich liebe dieses Thema. Das ist toll, June.«

»Nicht zu … abgenutzt?«

Sie winkt ab. »Quatsch. Ich finde Black & White mittlerweile sehr langweilig, aber alles rund um Filme und Lieblingsfiguren ist der Hit. Es bietet so viele …«

»… Möglichkeiten«, beende ich ihren Satz, und wir lachen auf.

»Genau. Außerdem ist es eine gute Mischung.«

»Ja! Es spricht jeden an. Egal, ob elegant oder kreativ, verrückt oder schlichter. Niemand wird aus seiner Komfortzone gerissen. Das erhöht das Potenzial und die mögliche Anzahl an Gästen.«

»Und du kannst den Club dekorieren. Wir können Movieposter drucken und rahmen lassen.«

»Passende Filmmusik«, ergänze ich, »und eine spezielle Getränkeliste. Zumindest wenn das Budget es zulässt. Das werde ich mit Mason abklären.«

»Meine Güte«, fiept Andie, wobei ihre Wangen schon ganz rot sind. »Wir müssen das aufschreiben.«

»Ich hab das im Kopf. Lass uns weiter brainstormen.« Ich werde ganz euphorisch, aber Andie ist schon aufgesprungen.

»Bin gleich wieder da, versprochen.« Wahrscheinlich klebt sie sich jetzt an einen hilflosen Kellner, der ihr erst Papier und Stift geben muss, bevor er wieder ungehindert seinen Job erledigen kann. Vorher wird er sie nicht los.

Dass Andie das Thema so gut gefallen könnte wie mir, hatte ich gehofft, aber meine Erwartungen waren gering. Dass sie es jetzt liebt, ist unheimlich motivierend, und ich würde am liebsten sofort loslegen.

»Wieder da!« Wie ein Wirbelwind fegt sie von der Seite zu mir und lässt sich samt Notizzeug auf ihren Platz plumpsen. Ihr Haar ist zerzaust, aber sie strahlt. Sie sieht so glücklich aus wie ich, wenn ich Pancakes oder Donuts essen darf.

»Legen wir los.« Ich klatsche in die Hände, zähle auf, was wir bisher haben, und lasse Andie alles aufschreiben. Das ist perfekt, so kann ich mich ganz auf das Thema konzentrieren. Etwas selbstständig zu planen und alle Bereiche bis ins kleinste Detail im Auge zu behalten ist aufregend. Es fühlt sich großartig an, auch wenn es so viel zu tun und zu beachten gibt.

»Beschränken wir es nur auf Filme?« Andie schaut über den Rand der Brille zu mir, und ich nicke überzeugt.

»Definitiv. Ich finde, wir sollten Serien nicht mit reinnehmen. Filme reichen. Damit ist mehr als genug abgedeckt, Zeichentrick, Animes, neuere Filme, Klassiker. Außerdem Buchverfilmungen. Wie die *Shadowhunters*.«

Andie seufzt glückselig. Sie hat die Buchreihe durch Zufall entdeckt. Eigentlich liest sie lieber Erwachsenenromane und Sachbücher, aber wir haben auf Netflix die Serie und den Film geschaut und erst danach mitbekommen, dass es eigentlich eine Buchidee ist. Ich hab nach dem ersten Band aufgegeben, Andie hat sie alle gelesen und innig geliebt. Seitdem zieht ab und an auch mal ein Fantasybuch bei ihr ein.

»Du hast recht. Es gibt genügend Optionen. Welche Getränke hast du dir vorgestellt?«

»Hm, gute Frage. Ich würde die alkoholfreien Getränke nicht ändern, aber die Sorten der Cocktails und Shots eingrenzen und dafür spezifizieren.«

»So was wie Martini – geschüttelt, nicht gerührt.«

»Genau. Die Drinks stehen so in der Karte, wie sie in den Filmen genannt oder bestellt werden. Oder wir mischen die Film- mit den Getränkenamen. Wie ...« Ich kneife die Augen zusammen und denke kurz nach. »... der *Big Lebowski!*«

»Trinkt der nicht nur Whiskey?«

»White Russian«, korrigiere ich sie.

»Stimmt. Es ist ewig her, dass wir den geguckt haben. Wird wohl Zeit für einen Filmabend.«

»Dafür lasse ich sogar Scrabble ausfallen.«

»Ich nehme dich beim Wort.« Um ihre Worte zu betonen, deutet meine beste Freundin mit dem Stift auf mich und kneift schmunzelnd die Augen zusammen, bevor sie sich wieder dem Papier zuwendet. »*Big Lebowski* – ist notiert.«

»Die Karten«, murmle ich.

»Was ist damit?«

»Die kosten Geld.«

»Mist.« Andie verzieht das Gesicht, dabei verrutscht ihre Brille ein Stück. »Du kannst Mason trotzdem fragen. Soll ich einen Kostenvoranschlag ausarbeiten? Es gibt ein festes Budget für die Mottoabende.«

Amüsiert schüttle ich den Kopf. Sobald es um Planung und Kalkulation geht, ist Andie stets Feuer und Flamme. »Das ist meine Aufgabe. Aber ich danke dir. Ich werde schauen, was ich mir wünschen beziehungsweise was benötigt werden würde und erstelle eine Liste dazu. Du kannst erst mal mit mir schauen, was wir von anderen Mottopartys noch im Lager haben oder was wir unter Umständen sehr günstig bekommen könnten. Alles, was übrig bleibt – na ja. Da fragen wir, ob es umsetzbar ist.«

»So machen wir es.« Andie nickt und legt den Stift weg. »Ich weiß, dass Susie ab und an auch Zeug für die Mottotage anschafft.«

»Mir wäre es fast lieber, ich bezahle es selbst. Aber auch dann würde Mason es irgendwie zahlen, weil ich während des Praktikums ganz unverhofft etwas verdiene. Es ist sehr ungewohnt, mit dem Geld von jemand anderem zu kalkulieren. Mit Masons Geld.«

»Das gehört dazu. Was nicht ins Budget passt, muss raus.

Aber wir finden mit Sicherheit eine Lösung und können bestimmt etwas von den anderen Mottotagen abzweigen. Wir kalkulieren einfach flexibel. Am Ende kommt es auf das gesamte monatliche Budget an.«

»Kalkulation liegt mir einfach nicht.«

»Das schaffst du schon. Zum Glück fällt das Outfit nicht darunter, da kannst du dich austoben.« Andie zwinkert mir zu.

»Du Fuchs! Hast du schon eine Idee, welche Verkleidung du wählst?«

»Mehrere.« Andie wackelt übertrieben mit den Augenbrauen. Eine andere Antwort hätte mich schwer überrascht.

Zwei Wochen später …

Es nimmt Form an. Die ganze Eventgeschichte. Das macht mich ziemlich glücklich, weil ich Angst hatte, ich würde das nicht schaffen. Ich hatte Sorge, nichts zu haben, womit ich beginnen könnte. Mir ist klar, dass Andie mich unterstützt und dass ich das Ding hier nicht allein auf die Beine stelle, aber ich trage die Verantwortung. Das fühlt sich seltsam und gleichzeitig richtig an.

Gestern war die zweite Mottoparty nach Andies und meinem Brainstorming im Café, und ich hab mich an diesen Abenden nicht nur um die Gäste gekümmert, neue Drinks gelernt und mir endlich gemerkt, wo was im Lager zu finden ist, sondern auch Notizen gemacht. Ich habe die Abende, die Susie vorab geplant und auf die Beine gestellt hat, studiert, mir angeschaut, welches Thema sie hatten, was gut gepasst hat, was gefehlt hat, welche Dinge nicht gebraucht wurden. Das ging von Musik über Getränke bis hin zu der Beschreibung auf der Webseite des Clubs und dem Newsletter, der wöchentlich verschickt wird. Die Newsletter sind speziell für die Mottotage, und Susie hat die Texte dazu vorgeschrieben und in einem Ordner abgelegt. Andie hatte damit zu unserem Glück bisher keine Arbeit, sie musste sie nur kopieren, einfügen und hin und wieder etwas editieren. Fertig.

Der Zettel vor mir ist voll mit Mindmaps, Stichpunkten und undefinierbarem Gekritzel. Irgendwo am Rand steht »Sind Vergünstigungen oder Gutscheine sinnvoll? Kosten-Nutzen-Analyse?«, was ich noch prüfen muss.

»Wie kommst du voran? Andie hat gesagt, du planst eine der Dienstags-Partys?« Cooper schaut mir über die Schulter.

»Das stimmt. Bisher läuft es wie gewünscht, aber es ist noch längst nicht alles durchdacht. Ein paar Punkte sind offen, und bevor ich die nicht geklärt habe, kann ich andere nicht angehen, und so weiter …«

»Verstehe. Ausgaben, oder?«

Ich nicke zerknautscht.

»Frag Mason.«

»Wenn ich ihn mal zu Gesicht bekomme, tue ich das.«

Cooper zeigt keine Reaktion, während er das Glas in seiner Hand mit einem Tuch poliert. Aber er geht auch nicht weg.

»Er ist nur noch … Keine Ahnung, was und wo er ist. In seinem Zimmer? Oder unterwegs? In seinem Büro.« Das letzte Wort setze ich in Anführungszeichen. Büro. Ich glaube, in einem Raum mit diesem Namen hätte man keine Angst, das Licht aus- und eine Schwarzlichtröhre einzuschalten … Immer, wenn ich Mason sehe, hat er eine andere an sich kleben und geht mit ihr diese Treppe nach oben. Die Treppe, von der ich hoffe, dass sie irgendwann einfach unter ihm nachgibt.

Cooper mustert mich, und ich versuche, mich zusammenzureißen.

»Ist bestimmt nur eine Phase«, grummelt er, und ich bin mir nicht sicher, ob wir beide dasselbe meinen. »Geh zu ihm oder ruf ihn an. Er wird kein Problem damit haben.« Damit lässt er mich stehen und macht weiter seine Arbeit. Laut Andie ist Cooper bei ihr eine richtige Plaudertasche. Kann ich mir gar nicht vorstellen.

Andie kommt gerade aus dem Lager, sie hat eine zuvor unentdeckte Mülltüte hinten entsorgt. Vor der Frau ist kein Staubkorn sicher. Mit dem Handrücken reibt sie sich über die Stirn, während die Lichteffekte ihr süße bunte Kreise ins Gesicht malen.

»Ich muss mit Mason reden.«

»Okay. Du klingst so entschlossen. Willst du ihm wehtun? Hat er wieder was Schräges gemacht oder gesagt?«

»Die Frage müsste lauten, wann er das nicht tut, aber nein, dieses Mal geht es nur um das Event. Wie ich es drehe und wende: Ich glaube, ohne angepasste Karten wäre es nur halb so gut. Ebenso ohne Poster. Was sagst du?«

»Es ist dein Projekt.«

»Stimmt.« Ich werde Mason nachher suchen oder das Ganze morgen mit ihm besprechen. Vielleicht kalkuliere ich alles neu und verteile das Budget um.

Fröhlich wende ich mich den Gästen zu und bin ein paar Stunden später ziemlich erfreut darüber, die wichtigsten Cocktails endlich einwandfrei mixen zu können.

Als Mason plötzlich vor mir steht, bin ich erstaunt und erschrecke mich. Ich hab ihn gar nicht kommen sehen. Für einen Moment bleibe ich wie gelähmt stehen und starre ihn an. Starre in seine schönen grünbraunen Augen, die manchmal dunkler und manchmal heller wirken. Und als wäre es eine Notwendigkeit, fliegt mein Blick zu seinen Lippen, während mein Kopf sich an all die Dinge erinnert, die er damit anstellen kann …

Mason setzt sich auf den letzten freien Hocker vor der Bar, und ich schiebe augenblicklich energisch die Gedanken an das Vergangene zur Seite. Versuche, mich auf mein Vorhaben zu konzentrieren und nicht auf meinen penetranten Herzschlag oder das Kribbeln, das gerade durch meinen Bauch fegt.

Ich räuspere mich, zwinge mich dazu, mich zu bewegen, und stelle Mase, ohne dass er etwas sagen muss, sein Lieblingsgetränk vor die Nase. Dann lehne ich mich nach vorne und stütze mich mit den Ellbogen ab.

Ich habe eine Mission. Ich darf mich nicht ablenken lassen.

»Mason«, säusele ich, und sofort lacht er trocken auf.

»Kätzchen, was möchtest du?«

»Du meintest, ich könne alles mit Andie absprechen, aber es gibt eine Sache auf meiner Liste, die du entscheiden musst – als Boss.«

Er trinkt einen Schluck. »Was kostet es?«

»Du hast deine klugen Momente, Mase, das steht fest.«

Gekonnt zieht er eine Augenbraue nach oben, und ich atme tief durch, höre auf mit diesem Spielchen, das ich vermutlich nur begonnen habe, um meinen kurzen Anflug von Anziehung zu überspielen.

»Um die zweihundert Dollar.«

»Darf ich fragen, was du vorhast?« Er wirkt ehrlich interessiert, also erzähle ich ihm von meinen Plänen, während er aufmerksam zuhört.

»Verstehe. Denk daran, die Karten über den Newsletter und die Homepage einzubinden und allen Bescheid zu geben. Mindestens eine Woche vorher, damit sie sich die Getränke einprägen können. Zwei, wenn sie die Drinks nicht kennen. Und verhandle bei den Preisen nach. Sag der Druckerei, sie könne ihren Namen unten hervorheben. So kann sie kostenlos Werbung machen und du vielleicht etwas Geld sparen. Manchmal schafft man es, einen besseren Deal rauszuschlagen, auch wenn man es zuerst nicht für möglich hält.«

»Gibst du mir gerade wertvolle Tipps für mein Event?« Ich grinse ihn an.

»Fürs Leben. Und erinnere dich außerdem daran, dass das hier ein Club ist. Ein Geschäft, keine Privatveranstaltung.«

»Das weiß ich. Ich bin nicht blöd, Mase.«

»Das habe ich nie behauptet.« Wir starren uns an. »Ich wollte dir nur helfen. Zieh die Krallen ein, Kätzchen. Deine Ansätze und Ideen sind gut. Behalte nur das Gesamtbild im Auge.« Ich beiße mir auf die Wangeninnenseite, weil ich Mason mal wieder ohne Grund angefahren habe. Es ist so schwer, von ihm Hilfe anzunehmen. »Order alles per Rechnung und leg sie danach auf meinen Tisch. Ich kümmere mich drum. Denk dran: Jede Ausgabe muss – optimalerweise an dem Abend – wieder reingeholt werden. Das solltest du als Eventplanerin im Hinterkopf behalten. Egal, wie gut dein Konzept ist, es bringt dir nichts, wenn du am Ende keine schwarzen Zahlen schreibst.«

Ich nicke angespannt. Er hat ja recht. Gott, ich hasse es, wenn er recht hat. Als hätte er meine Gedanken gelesen, prostet er mir zu. Irgendetwas an ihm ist anders. Hat er da … Ich beuge mich weiter vor. Das ist ein Bartschatten. Er steht ihm, auch wenn ich ihn in dem schummrigen Licht kaum erkennen kann. Er hat auch so seltsame Flecken an seinem Hals und am Kragen. Ich kneife die Augen zusammen, und es ist mir scheißegal, ob ich Mason gerade anstarre. Aber sind das … sind das Knutschflecke? Amateur-Knutschflecke.

Bevor ich mich darüber aufregen kann, wandert mein Blick weiter. Ist das an seinem Kragen Lippenstift? Kann es denn noch absurder werden? Ich kann gerade so ein angewidertes Geräusch runterschlucken und schürze einfach nur die Lippen. Meine Brust schnürt sich zusammen, und aus irgendeinem

Grund werde ich wütend. Vermutlich, weil dieser Lippenstift wirklich scheiße aussieht.

Als sich unsere Blicke treffen, ist sein Lächeln wie weggewischt. Und der Rest meiner guten Laune gleich mit.

»Alles okay, Kätzchen?«

»Alles bestens«, presse ich hervor. »Aber du lässt dich ganz schön gehen, Mase.«

»Findest du?« Jetzt legt er den Kopf zur Seite, und der größte Knutschfleck schreit mich beinahe an: »Hallo, hier bin ich!« Irgendeine Tussi mit billigem Lippenstift war da am Werk. Gott, hat er es so nötig?

»Du solltest dich mal wieder rasieren. Waschen würde ich auch empfehlen. Wer weiß, was man sich heutzutage so alles … einfangen kann, wenn man nicht aufpasst.« Ich lächle zuckersüß und drücke mich vom Tresen ab, um weiterzuarbeiten. Ich hab, was ich wollte.

»Hey Mason.«

Ruckartig bleibe ich stehen, drehe mich wieder zurück und sehe mich einer kleinen attraktiven Frau gegenüber, die an ihrem Lippenpiercing herumknabbert.

»Steht das mit heute Abend noch?«

Mase hat sich ihr zugewandt und setzt dieses freche und gekonnte Grinsen auf, das selbst mich ab und an fesselt.

»Natürlich.«

Sie zwinkert ihm zu. »Super. Ich bringe eine Freundin mit.«

Bitte was? Damit dreht sie sich weg, winkt noch mal und verschwindet in der Menge. Mase erhebt sich, während ich das Gefühl habe, einen Schlaganfall zu erleiden. Er trinkt seelenruhig sein Getränk aus und schiebt es danach langsam zu mir rüber. Mein linkes Auge zuckt …

»Oder hast du was dagegen? Möchtest *du* den Abend mit mir verbringen?«

Schnaubend balle ich die Hände zu Fäusten. »Aber nicht doch. Niemals würde ich ihr im Wege stehen.«

»Wem im Wege stehen?« Mase wirkt irritiert.

»Meiner Hoffnung. Ich hoffe nämlich, du brichst dir was. Vorzugsweise den Penis.«

»Bis bald, Kätzchen.« Er schüttelt den Kopf – und grinst schon wieder. Ich hasse das.

So ein Arsch … Arsch-Arsch!

Drei Wochen später …

Die Karten habe ich mit Andies Hilfe designt. Schwarz mit silbernen und goldenen Elementen und schnörkelloser, aber eleganter Schrift. Klare Linien. Sie sind bestellt und werden die Tage geliefert, pünktlich zur Mottoparty kommende Woche. Die Poster samt Rahmen wurden bereits geliefert, sie sind perfekt. Ich hab auch schon die passenden Orte für sie ausgemacht, um sie aufzuhängen. Außerdem haben Andie und ich Lampions im Lager gefunden, damit können wir verschiedene Teile des Clubs schmücken. Die Mitarbeiter der Lichttechnik sind informiert, welche Stimmung wir haben wollen, und sie sorgen dafür, dass die riesige Diskokugel, die nur selten das Lager verlässt, über der Tanzfläche aufgehängt wird. Andie war so nett und hat für mich den Dienstplan noch mal angepasst, damit ich mich an dem Abend freier im Club bewegen und das Event überwachen kann. Matt und Louis sind an der kleinen Bar, Cooper, Jack und Andie an der großen. Paul kommt gegen Mitternacht als Unterstützung dazu und wird da eingesetzt, wo er gebraucht wird. Damit bin ich flexibel, kann zwischen Security, Einlass, Tanzfläche und den Bars pendeln, um die Stimmung der Gäste und den Abend genau einzufangen und zu dokumentieren. Außerdem haben alle von mir eine E-Mail bekommen mit den Getränkekarten, die an diesem Abend gelten. Sie kennen die Drinks auswendig, das dürfte also kein Problem sein. Ich glaube, nur ein Cocktail ist neu. Ansonsten haben wir lediglich die Namen passend zu den Filmen verändert.

Ich schließe den Ordner vor mir mit den aktuellen Listen, den Rechnungen und Notizen. Bisher sieht es gut aus. Fehlt nur noch mein Kostüm. Zufrieden lasse ich mein Zeug auf Susies Schreibtisch liegen und mache mich wieder auf den Weg nach vorne zu Andie und Jack.

Es ist Freitag und viel los. Ich hab gesagt, ich bräuchte etwa zehn Minuten, aber bei meinem Gespür für Zeit sind es zwanzig geworden. Ich hab aufgegeben, meine Unpünktlichkeit zu hinterfragen. Da noch niemand nach mir gerufen oder mich fluchend nach vorne gezerrt hat, gehe ich davon aus, dass alles in Ordnung ist. Ich summe passend zur Musik, nehme mir hinter der Theke einen der Donuts aus der Packung und beiße rein. Lecker. Genau das brauche ich jetzt: Zucker.

»June, die Dinger haben hier nichts verloren.«

»Es sind nur noch drei übrig und keiner der Gäste kann sie sehen.« Kauend schiebe ich die Packung weiter nach hinten, bevor ich Andie unschuldig anblicke.

»Es ist mir unbegreiflich, dass dein Körper bei all dem Zucker noch funktionieren kann.«

»Verstehe ich nicht. Er funktioniert nur mit Zucker.«

»Und Koffein.«

»Richtig.« Freudig beiße ich noch mal ab und stecke den Rest des Donuts wieder zu den anderen.

»Was macht Cooper heute? Ist Mase bei ihm oder Dylan?« Er hat seinen freien Abend.

»Ich glaube, er wollte ins Fitnessstudio und danach in Ruhe zeichnen. Es kamen neue Stifte an, die möchte er ausprobieren.

Mase habe ich nicht gesehen, und Dylan ist erst mal zwei, drei Wochen nicht da, er ist zu Besuch bei seiner Granny.«

Hm. Okay.

Andie geht zu einem der Gäste, und ich bleibe stehen, denke kurz nach und lasse den Blick schweifen. Halte ungewollt Ausschau nach ihm.

Ein Gast tritt an die Theke. »Ich hätte gern einen Drink.«

Wenn Mase nicht in der Wohnung ist … ist er hier. Scheiße. Und da fällt mein Blick auch schon auf ihn. Ich wünschte, ich hätte nicht nach ihm gefragt, dann hätte das Leben nicht das Bedürfnis verspürt, mir zu antworten …

Ernsthaft? Noch eine? Was für ein Verschleiß. Das hätte ich ihm gar nicht zugetraut.

»Hey du. Hörst du mich?« Irgend so ein Typ versperrt mir die Sicht und winkt vor meiner Nase rum.

»Lass den Unsinn, wir sind hier nicht bei *Wünsch dir was*. Ich hab grad keine Zeit.« Energisch drücke ich seine Hand weg und strecke mich, um mehr sehen zu können.

Er nimmt schon wieder eine mit hoch. Räumt da oben eigentlich mal jemand auf? Oder putzt? Ich meine, was ist sein Ziel? Sodom und Gomorrha? Oder eine realistische Nachstellung eines heruntergekommenen Bordells?

Merkt sie nicht, dass er jede so anlächelt? Dass sie nur die Drölfmillionste ist? Nicht die erste, nicht die einzige und ganz sicher nicht die letzte Frau an seiner Seite.

Der Typ vor mir hat es aufgegeben und rutscht rüber, um es an der Seite noch mal bei Andie zu probieren. Ich gebe währenddessen leise ein Würgegeräusch von mir und bin mir darüber im Klaren, dass Mase das unmöglich gehört haben kann. Nicht quer durch den Club bei voll aufgedrehter Musik und Nebelmaschine. Trotzdem sieht er jetzt zu mir, lässt mich nicht aus den Augen und hält kurz inne – er nickt mir zu. Er grinst und nickt mir zu. Mason macht sich über mich lustig. Eindeutig. Während er ihr etwas ins Ohr flüstert und sie kichert wie ein kleines Mädchen, wendet er seinen Blick nicht von mir, und ich spüre, wie sich etwas in mir unschön zusammenzieht. Wie mein Magen sich dreht und mein Atem schneller geht. Wie ich unruhig werde. Keine Ahnung, wieso ich mir das antue. Es ist wie ein Autounfall.

Mason küsst sie auf die Wange, bevor er mir einen Luftkuss zuwirft, den sie entweder nicht sieht oder ignoriert. Ist sie blind? Oder einfach nur dämlich?

Keine Ahnung, was mich so aufregt. Mason tut das ja ständig. Doch in diesem Moment will ich ihm einfach nur diesen Ausdruck aus dem Gesicht wischen.

Nun, was soll ich sagen – als Vernunft, Geduld und Zurückhaltung verteilt wurden, war Andie anwesend. Derweil wurde der ganze Eimer Impulsivität über mir verschüttet.

Deshalb greife ich, ohne zu überlegen, nach einem der Donuts in der Box, ziehe ihn energisch heraus und während Mase mich beobachtet, werfe ich ihn schwungvoll durch den Club, in der Hoffnung, er würde ihn treffen.

Natürlich tut er das nicht. Ich werfe wie ein T-rex, dieser Dino mit den zu kurzen Armen. Der Donut trifft also irgendeinen armen Kerl auf der Tanzfläche und bleibt in seinem Gesicht kleben – bevor er umfällt. Vermutlich vor Schock, nicht weil ich so eine hervorragende Werferin bin. Schließlich hat ihn ein Gebäckstück getroffen und kein Vorschlaghammer.

Mase lacht sich kaputt und schüttelt den Kopf, bevor sich schließlich die Tür hinter ihm schließt. Wie so oft in den letzten beschissenen Wochen.

Syphilis. Ich hoffe, eine von denen hat es. Oder wenigstens Chlamydien. Das soll brennen. Ich grinse. Juckende und in Flammen stehende Eier. Ja, das wünsche ich ihm.

17

Dare! Oder zieh eine Karte.

Mason

Alles verläuft nach Plan. Ich hätte nie gedacht, dass ich das mal sage, aber so ist es. Wenn ich ehrlich bin, hatte ich Schiss, dass ich mit meinem Vorgehen alles versaue. Danach ist mir eingefallen, dass ich es nicht mehr schlimmer machen kann.

June hat mich geküsst, sie arbeitet für mich, wir schlafen fast miteinander, ich kassiere Schläge wegen ihr und zu guter Letzt wurde es richtig merkwürdig.

Ich war verletzt. Ich war verzweifelt.

Die letzten Wochen glichen einer Zerreißprobe. June zu behandeln, als sei sie irgendeine x-beliebige Bekannte, war heftig und hat mir ziemlich viel abverlangt. Nicht mehr mit ihr zu flirten, sie nicht zu fragen, ob sie mit mir ausgeht, sie nicht berühren zu können …

Zu tun, als sei sie mir egal, war bereits kräftezehrend, aber sie anzulügen, war das Schlimmste von allem. Ich verdränge das. Ich verdränge es, weil es mich bisher viel weiter gebracht hat als meine Ehrlichkeit, die Blumen und Pralinen und der ganze andere Scheiß, den man so tut, wenn man jemandem verfallen ist.

Keine Ahnung, ob June es weiß, aber sie spielt mit mir, und nichts anderes habe ich auch getan. Und obwohl ich nicht der Typ dafür bin, obwohl ich diese Art von Spielchen hasse, habe ich mich dazu verleiten lassen. Nur mit dem Unterschied, dass ich keine anderen Optionen mehr hatte. Außer aufzugeben. Und bei Gott, das kann ich noch nicht.

June wollte nicht von mir umgarnt werden, also habe ich es gelassen. Ich habe die Taktik geändert, das Ruder rumgerissen, und es funktioniert. Gerade erkenne ich die Macht der Sehnsucht und Eifersucht. Selbst wenn June mich nicht auf die Art will wie ich sie, kann sie nicht ganz ohne mich, und das spornt mich an, nicht aufzuhören. Es weiterhin darauf ankommen zu lassen. Wir befinden uns in einem Stadium, in dem alles erlaubt ist. Nun ja, fast alles …

Grinsend starre ich auf den Drink in meiner Hand und denke an ihren Gesichtsausdruck, als ich mit Kiana gesprochen habe. Die Frau, die mich nach der Prügelei aufgehalten und erst auf die geniale Idee gebracht hat, etwas zu verändern. Natürlich nicht bewusst. Ab diesem Moment habe ich June genau beobachtet, während ich Zug um Zug machte, um sie aus der Reserve zu locken. June denkt, ich würde mit jeder Frau in Seattle schlafen. Sie denkt, ich nähme sie alle mit nach oben, um mit ihnen das zu tun, was sie selbst nicht getan hat. June denkt, ich würde mich nicht mehr für sie interessieren und ihr das nur zu deutlich unter die Nase reiben. Scheiße, vermutlich denkt sie auch, dass ich endlich mein wahres Gesicht zeige. Und obwohl ich mich dafür ein Stück weit schäme, ist es genau das, was ich wollte. Ich darf dabei nicht an die nette June denken, an die verletzliche und fürsorgliche June, die mich verarztet hat und die öfter zutage tritt, als sie das vielleicht will. Das würde mich nur ins Wanken bringen. Das würde mich wieder zu dem Mason machen, der bei ihr angekrochen kommt – ohne Erfolg, ohne eine Veränderung.

Auf keinen Fall. Ich hab das hier angefangen, und ich werde es beenden.

Freudig erregt beobachte ich June von der Seite, wie sie mit aller Macht versucht, nicht zu mir zu sehen. Ihre Lippen sind zu einem dünnen Strich zusammengepresst, ihre Züge etwas verkniffen und aus jeder ihrer Poren dringt pure Abneigung. So wie gestern, als irgendein armer Kerl auf der Tanzfläche plötzlich ihren Donut im Gesicht hatte. Ich hatte schon Zweifel. War mir nicht sicher, wie viel es bringt, aber das … Ich lache trocken auf. Das hat alles gesagt. Egal, welche Emotion das war, sie war stark und sie war da. June konnte sie nicht unterdrücken – und wo Emotionen dieser Art sind, ist eines nicht: Gleichgültigkeit. Und ich will herausfinden, was das genau bedeutet. Ich will endgültig wissen, ob June selbst von dem Blödsinn überzeugt ist, den sie immer von sich gibt. Dass das mit uns nichts weiter sei als Freundschaft, dass sie kein Date und keine Beziehung wollen würde. Ich bin kein Arschloch, und ich bin kein Idiot, und ich kämpfe für gewöhnlich keine aussichtslosen Kämpfe. Dieser ist keiner. Ich bin mir sicher.

Ich nippe an meinem Getränk und fixiere sie weiter, so lange, bis sie schließlich nachgibt und meinen Blick erwidert. Wir starren uns an, wir halten uns fest, und ich schwöre, ich würde alles dafür geben … Ich schlucke schwer. Ich würde alles dafür geben, June in meinem Leben zu haben.

Richtig. Ganz. Für immer.

»Mason, bist du so weit?« Kim und ihre zwei Freundinnen stehen mit ihren Getränken vor mir. Wir sind verabredet. June zieht eine Grimasse, reckt das Kinn und dreht sich weg. Mal sehen, wer von uns beiden als Erstes einknickt.

»Die Damen. Wollen wir nach oben gehen?« Sie kichern, wechseln belustigte Blicke, und ich merke, dass sie etwas angetrunken sind. Kim war diejenige, die bei mir war am Abend des Donut-Massakers. Coop hat mir erzählt, was Andie ihm gesagt hatte. Dass der Donut June einfach aus der Hand gerutscht sei. Die Frau ist verrückt.

Während ich daran denke, schlängle ich mich mitsamt der drei Frauen durch die Menge und die Treppe nach oben. Dieses Mal verkneife ich es mir, zu June zu sehen, sondern werfe einen prüfenden Blick auf meine Begleiterinnen. Kim hat eine enge Jeans an und ein Paillettentop, die beiden anderen enge kurze Kleider in Schwarz, alle tragen sie hohe Schuhe. Sie wirken sympathisch, sind aber nicht mein Typ. Es gibt nur eine, die mich interessiert und die arbeitet gerade hinter meiner Bar.

Ich öffne die Tür ins Büro, schalte das Licht ein und stelle das Glas auf dem runden Tisch ab, den ich neu hier reingestellt habe. Ich gestehe, erst war der Plan schwammig und unvollständig, aber es haben sich nach den ersten Tagen hervorragende Möglichkeiten aufgetan, gewisse Dinge zu lösen und auszusitzen. Danach wurde der Tisch samt vier passender Stühle sehr zügig geliefert, ohne Zeugen, und seitdem erfüllt er seinen Zweck. Der Raum ist jetzt etwas beengt, aber das tut dem Ganzen keinen Abbruch.

Die Tür schließt sich, die Musik bekommt einen anderen Tenor, und der Bass hämmert unter unseren Füßen. Drei Augenpaare liegen auf mir, während ich den Tisch halb umrunde und sie nacheinander anschaue. Kim weiß, was folgt, aber ihre Freundinnen hat sie scheinbar im Unklaren gelassen. Ich freue mich auf ihren Gesichtsausdruck, wenn ich ihnen erzähle, was heute mit ihnen passiert – oder eben nicht.

»Willkommen in meinen privaten Räumen. Und willkommen zu einem Abend, an dem ihr einem verzweifelten Mann unter die Arme greift. Wer angenommen hat, mindestens einer von uns würde am Ende des Abends keine Kleidung mehr am Leib tragen, liegt falsch. Dafür entschuldige ich mich. Ich habe euch nicht eingeladen, um mit euch zu schlafen oder sonst etwas, was in die Richtung geht, zu tun.« Kim und eine Freundin hören aufmerksam zu, die andere sieht vollkommen verwirrt aus. So haben bisher viele reagiert. Manche von ihnen waren irritiert, andere enttäuscht, aber die meisten fanden es zum Glück erstaunlich lustig und auf eine schräge Art süß, was ich hier treibe. Und sie haben bisher alle mitgespielt.

»Ab jetzt gibt es leider nur noch zwei Möglichkeiten, diesen Raum zu verlassen: entweder jetzt über die Feuertreppe.« Ich deute zu meiner Linken. »Oder in frühestens einer Stunde durch die Tür, durch die ihr gerade eingetreten seid.«

»Das ist ein Witz, oder?«, fragt die eine, doch Kim schüttelt den Kopf und schmunzelt. Sie hat ihnen wirklich nichts verraten.

»Es ist sein Ernst, Jules.«

»Wieso bin ich hier?«, fragt diese zurück und sieht ihre Freundin erwartungsvoll an.

»Das, meine Liebe, ist eine sehr gute Frage. Ihr seid hier, weil ich verliebt bin.«

»Wir kommen ins Fernsehen, oder? Versteckte Kamera? Anders kann ich mir das noch nicht erklären, tut mir leid.«

»Jules, verdammt. Lass ihn ausreden«, fährt die Dritte im Bunde leise dazwischen, und ich verschränke die Arme vor der Brust.

»Ich bin hoffnungslos in die Frau verliebt, die seit Monaten meine Annäherungsversuche abwehrt. Seit ein paar Wochen arbeitet sie für mich, und das macht die Lage – nun ja – noch schwieriger. Sie ist hartnäckig, aber das bin ich auch. Und weil weder Blumen noch nette Worte zum Erfolg geführt haben, probiere ich nun etwas anderes aus.«

Kim grinst. »Er macht sie eifersüchtig.«

»Damit ich das richtig verstehe: Du nimmst fremde Frauen hier mit hoch, aber du schläfst nicht mit ihnen?« Ich schüttle den Kopf. »Und sonst passiert da auch nichts?«, geht sie auf Nummer sicher, und ich bestätige. »Aber die Frau, die du magst, die bisher nichts von dir wollte, sieht das jetzt und … denkt, du würdest hier einen Puff betreiben?«

»Hm, wenn du es so ausdrückst, klingt es nicht mehr so schön.«

»Ach, was du nicht sagst. Es klingt dämlich und widerlich, und das ist es auch.«

»Jules«, zischt die andere.

»Was denn, Gia? Es ist doch so.« Jules seufzt und mustert mich, bevor sie die Lippen schürzt. Dann schnaubt sie gönnerhaft. »Okay, und es ist irgendwie auf eine sehr bescheuerte Art niedlich. Du bist richtig verzweifelt, oder?«

»Du hast ja keine Ahnung.« Wir grinsen uns an.

»Gut, Mister, verrate uns, was wir tun, während wir keinen Sex haben und deine Nicht-Freundin eifersüchtig machen. Wenn du das schon seit ein paar Wochen durchziehst, wird sie entweder bald kündigen und dich ganz zum Teufel jagen oder einknicken. Ich bin gespannt, wie es ausgeht und ich hoffe, du lässt es uns wissen.«

Ich nicke. »Ich werde Kim schreiben.«

»Deal. Also? Was ist der Plan?«

Ich reibe mir die Hände. »Wir spielen. Wie hoch ist euer Einsatz?«

Das Handy liegt neben mir, es ist kurz vor eins. Ich grinse, soweit es die Zigarre zwischen meinen Zähnen zulässt. Mittlerweile haben wir das Fenster geöffnet und das Licht gedimmt. Der Rauch wabert über unseren Köpfen und wenn ich über den Rand meiner Karten schaue, blicke ich in die konzentrierten Gesichter der anderen. Wer hätte gedacht, dass das so viel Spaß machen würde.

In der Mitte des lackierten Holztisches liegt ein Stapel mit Karten, daneben unser Einsatz. Wahlweise drei Kondome oder eine Kaugummipackung pro Runde. Außerdem findet ein Aschenbecher Platz und unsere Getränke, die wir uns aus meiner neuen Minibar geholt haben, die mit dem Tisch hier ankam. Schließlich muss man auf alles gefasst sein. Keiner von uns raucht. Wir paffen nicht mal richtig, wir haben uns die Zigarren aus Spaß angesteckt – für das perfekte Pokerfeeling. Wenn wir schon nicht pokern, dann …

»Fuck! Kim, kannst du nicht mal eine einzige anständige Karte legen?«

»Könnte ich, aber ich bin nicht dafür zuständig, dass du gewinnst«, gibt sie zurück und zeigt Jules die Zähne. »Also, zieh endlich zwei Karten.«

»Oh nein. Dare, Baby!« Und statt zwei zu ziehen, knallt sie übermütig die passende Dare-Karte auf den Tisch, sodass Kim beinahe die Zigarre aus dem Mund kippt. Ich muss passen und ziehen.

Während ich meine Zigarre aus dem Mund nehme und ausdrücke, beobachte ich, wie die drei sich wegen des Spiels an die Gurgel gehen. Bisher hat Gia fast jede Runde gewonnen und somit einen ziemlich großen Verhütungsmittel-Vorrat angehäuft.

Bah, Zigarren sehen schön aus, aber sie sind genauso ekelhaft wie Zigaretten.

Mein Handy vibriert, das Display leuchtet auf. *Natalie ruft an.* Scheiße, ich hab ganz vergessen, meinen Vater wieder umzubenennen. Ich drücke ihn weg.

Ich hab ihn so eingespeichert, weil ich wusste, June würde denken, es wäre irgendeine andere Frau. Isabel war Louis von daheim, er stellt von Natur aus wenig Fragen.

Seit Tagen versucht mein Dad, mich erneut zu erreichen,

doch ich ignoriere ihn gekonnt. Ihn, seine Anrufe, E-Mails und Nachrichten übers Handy. Ich klicke mich durch.

Mason, hier spricht dein Vater. Wir müssen reden.

Noch bist du der Alleinerbe dieser Firma, und du wirst gefälligst Verantwortung übernehmen. Ruf mich umgehend zurück.

Mason, ich habe andere Dinge zu tun, als mich um dich zu sorgen und dir hinterherzurennen. Melde dich, sonst muss ich entsprechende Maßnahmen ergreifen. Trag endlich Verantwortung.

Zwing mich nicht, hart durchzugreifen. Ich werde deine Konten einfrieren, wenn es sein muss. Du weißt, ich kann das.

Ich hatte gehofft, du würdest erwachsen werden und verstehen, worum es geht. Was auf dem Spiel steht, aber du benimmst dich weiter wie ein unreifes Kind. So habe ich dich nicht erzogen.

Beinahe hätte ich gelacht. Er und mich erziehen … Wann denn? An den Sonntagen, an denen er ein, zwei Stunden Zeit mit mir verbracht hat, um über die Zukunft, das Leben und die Wirtschaft zu reden? Über seine Vorstellung von Moral und Verpflichtungen? Mom war nicht besser. Ich glaube, nur dank unserer Köchin Enita, die sich immer rührend um mich kümmerte, bin ich einigermaßen bei Verstand – und natürlich wegen Cooper. Meine Konten einfrieren. Ich wünsche ihm viel Spaß dabei.

»Mason, du bist dran.«

»Alles klar.« Ich lege das Handy weg, nehme einen Schluck alkoholfreies Bier und betrachte meine Karten.

Da klopft es an der Tür. Shit. Ich bedeute den anderen, still zu sein, lege einen Finger an meine Lippen.

»Mase, ich bin es.«

»Herein.« Ich schiele über die Karten, die Mädels drehen sich Richtung Tür, als diese aufschwingt.

»Du wolltest mich sprechen …« Coopers Gesichtsausdruck ist unbezahlbar. Ich wünschte, jemand würde ein Foto davon schießen. »Was zur Hölle …?«

»Los, komm rein und schließ hinter dir ab. Schnell.«

Die Mädels winken ihn zu sich, und Jules flucht, er solle sich gefälligst beeilen, weil sie sonst nie aus dem Loch hier rauskäme.

Cooper schnuppert, sieht sich irritiert um. »Mase, ich … Sind das Zigarren?« Ich nicke. »Und was tut ihr hier? Ich meine …« Er kommt einen Schritt näher, während ich grinsend die Karten ein Stück sinken lasse.

Gia lächelt, Kim ebenso und Jules fragt: »Hat er einen Schlaganfall?«

»Spielt ihr hier oben UNO?«

Ich ziehe eine Karte und lege sie auf den Stapel. »Dare!«, rufe ich, Kim verdreht die Augen und ich ergänze: »Wir spielen UNO Dare!«

»Mit Einsatz, versteht sich«, fügt Jules hinzu.

»Du weißt, ich spiele beschissen Poker.«

»Mase, bei Gott, was läuft hier für eine Scheiße? Weißt du was, ich will es gar nicht wissen. Ich gehe wieder.« Er hebt die Hände, doch dann wird er plötzlich wütend und ballt die eine zur Faust. Grummelnd streckt er sie mir entgegen. »Ich kann nicht fassen, dass du mich da mit reingezogen hast. Andie wird es aus mir rausquetschen. Schneller, als ich gucken kann, und wenn sie es weiß, wird sie panisch werden, weil sie an June denkt und daran, wie die es herausfinden wird.«

»Bist du fertig?«

»Keine Ahnung. Was soll ich hier, verdammt?«

»Erzähl *du* es mir! Du hast schließlich an die Tür geklopft.«

»Du hast gesagt, dass du mich sprechen willst.«

Ich lache. »Nein. Wer hat das behauptet?«

Er schürzt die Lippen. »June. Sie meinte, sie wäre sich nicht sicher, aber …«

»Sie wollte wohl, dass du mein Techtelmechtel platzen lässt.«

»Wieso hast du nichts erzählt? Was läuft hier?«

»Nichts Schlimmes. Ich meine, hättest du es mir geglaubt, wenn ich es dir gesagt hätte?«

»Was? Dass du hier oben mit fremden Frauen UNO spielst?«

»Genau. Seit Wochen. Fast jeden Abend.«

»Jeden Abend«, wispert er. »Du nimmst sie alle hier mit hoch …«

Ich lege die Karten umgedreht auf den Tisch und werde ungehalten. »Scheiße, Lane. Hast du echt gedacht, ich vögle mir seit Wochen die Seele aus dem Leib, oder was?«

»Wäre die weniger traurige Alternative, oder?«, murmelt jemand neben mir, aber ich ignoriere das und fixiere meinen besten Freund, der sich gerade verzweifelt mit der flachen Hand über das Gesicht reibt.

»Nein! Ich hab da gar nicht groß drüber nachgedacht, okay? Ich hatte meine Zweifel, aber Sinn gemacht hat es auch nicht. Du hast auf meine Nachfrage immer nur dumm gegrinst und gesagt: ›Ich hab alles unter Kontrolle.‹«

»Siehst du? Jetzt bist du eingeweiht und musst dir keine Sorgen machen. Ich spiele unschuldig mit fremden Frauen Karten. Das ist alles.«

»Aber June denkt …«, beginnt er. »Fuck, Mase. Das bringt uns alle ins Grab. Sie wird uns verprügeln wie Kinder auf Geburtstagspartys eine Piñata.«

»Sei nicht so pessimistisch.«

»Wir reden hier von June. Du willst sie doch nicht wirklich mit so einer Nummer aus der Reserve locken? Selbst wenn das klappt, und das bezweifle ich stark, wird sie dich dafür hassen!«, flucht er. »Und wenn Andie deswegen mit ihr Streit bekommt, werde ich dir die Hölle heißmachen.«

»Wenn sie dich hier hochgeschickt hat, bedeutet es, dass es ihr eben nicht egal ist.«

Vollkommen verwirrt starrt er mich mit großen Augen an und lässt danach seinen Blick erneut über den Tisch und die Mädels gleiten.

»Bitte lass dir nichts anmerken. Sag es Andie, wenn du musst. Aber auf keinen Fall darf was zu June durchsickern.«

Er ist so wütend, dass seine Ader am Hals raussticht und er mit den Zähnen knirscht.

»Ich kann nicht fassen, dass ich das in Erwägung ziehe.«

»Er ist verzweifelt«, fügt Jules an, und die anderen beiden nicken. Ich lächle Cooper unschuldig an, frei nach dem Motto: Siehst du?

Seufzend legt er einen Moment den Kopf in den Nacken und atmet tief durch. »Okay. Für einen Rückzieher ist es zu spät. Aber du schuldest mir was.«

»Danke.« Vermutlich hat er recht, ich schulde ihm richtig was.

Ich proste meinem besten Freund zu, während er mürrisch und fluchend den Raum verlässt und uns wieder alleine lässt.

Ich denke an June, an jeden verächtlichen Blick, an jeden wütenden und genervten Ausbruch. Denke daran, wie sie sich an mich geschmiegt und sich hat gehen lassen.

Oh, Kätzchen … ich kann es kaum erwarten, das zu wiederholen.

18

In der Falle.

June

Okay, ruhig bleiben. Cooper sieht zwar aus, als hätte er einen Geist gesehen, aber wie schlimm kann es schon werden? Ich hab ja auch nicht richtig gelogen, sondern lediglich eine falsche Vermutung geäußert. Ich hab laut überlegt, dass ich mir unsicher sei, ob Mase was von Cooper wollte. Er hätte ja warten können. Er hätte nicht sofort hochgehen müssen. *Hätte, hätte, Fahrradkette …*

Während ich nur noch Augen für Cooper habe, der sich durch die Menge schiebt, reiche ich einen fertig gemixten Cocktail samt den anderen bestellten Getränken rüber zu der Gruppe Studenten, die direkt vor mir an der Theke steht. Sie nehmen sie mir ab, sind freundlich und feiern weiter. Ihre Getränke buche ich auf ihre Karten, aber ich bin nicht ganz bei der Sache, weil ich weiter Cooper beobachte, der jetzt hinter die Bar kommt.

»Ist … alles in Ordnung?« Meine Stimme klingt etwas heiser. Ich traue mich ja kaum, ihn das zu fragen. Dieser grumpy Zug um seinen Mund, seine gekräuselten Lippen, der missmutige, beinahe verstörte Blick – den hat er echt selten drauf. Das bedeutet nichts Gutes.

»So würde ich das nicht nennen«, antwortet er nun, und ich

könnte es einfach gut sein lassen. Aber ich wäre nicht ich, wenn ich das täte.

»Was hast du gesehen?«, frage ich vorsichtig und nicht ganz so unauffällig wie gehofft.

»Dinge.«

Ich runzle die Stirn. »Dinge?«

»Dinge, die ich gern vergessen würde.«

Andie kommt zu uns und stellt sich neben mich, sieht mich fragend an. »Was hat er denn?« Ich zucke nur mit den Schultern. Muss schlimm gewesen sein. Schlimmer, als ich dachte. Hätte ich nur nichts gesagt …

»Ich nehme nicht an, dass wir das noch irgendwie konkretisieren?« Man kann es ja mal versuchen.

»Nein.« Er verengt die Augen und starrt mich nieder. »Ich weiß, was du warum getan hast«, beginnt er vage. Mir ist klar, was er meint, und ich fühle mich auch wirklich schlecht deswegen. Aber diese ganze Sache mit Mase macht mich noch wahnsinnig, es musste also sein. »Trotzdem werde ich es vergessen. So wie das, was ich eben gesehen habe.« Er dreht Andie sanft an den Schultern um und schiebt sie langsam vor sich her, zurück an die Arbeit.

»Ich kann alleine gehen«, protestiert meine beste Freundin lachend, doch Cooper schüttelt nur den Kopf, hebt Andie hoch und trägt sie ans andere Ende der Bar. Dort setzt er sie liebevoll ab. Ekelhaft niedlich.

Ungewollt muss ich schmunzeln, dann drehe ich mich um, blicke in Richtung Masons Büro, und das Lachen vergeht mir wieder. Cooper wirkte ein wenig verstört, und ich will mir nicht ausmalen, was er da gesehen hat.

Keine Ahnung, was Mase da treibt – auch wenn ich eine Vorstellung davon habe –, und keine Ahnung, warum, aber es macht mir mehr aus, als es sollte. Ich hasse das. Ich hasse es, dass Mase so ist, wie er im Moment ist. Ich vermisse unsere normalen Sticheleien, das einfache Beisammensein mit den anderen. Ich vermisse … ihn.

»Ach, fick dich doch!«, fluche ich lauthals, und der Typ vor mir, der gerade angesetzt hat, etwas zu bestellen, reißt die Augen auf und geht sofort wieder. Ich muss mich unbedingt mehr zusammenreißen.

»Du nicht!«, rufe ich ihm hinterher, aber er ist längst weg. Toll. Ganz toll. Und so was von professionell.

Ein paar Tage später geht es mir fantastisch. Richtig, richtig fantastisch. Na gut, das ist übertrieben, aber schlecht fühle ich mich genauso wenig.

Das Donut-Massaker von letzter Woche ist vergessen. Auch wenn Jack mich bis heute damit aufzieht, weil der Typ den Zuckerguss ins Auge bekommen hat und aufgrund seines Alkoholpegels fest davon überzeugt war, sterben zu müssen – mindestens aber auf einem Auge blind zu werden. Er hat darauf bestanden, dass wir den Rettungsdienst holen, und selbst Andie meinte, es sei vielleicht keine schlechte Idee. Sie warf ein, dass kein gesunder Mensch stürzt, wenn er von einem Donut getroffen wird.

Am schwierigsten war es jedoch, den Sanitätern zu erklären, warum sie gerade vor einem Club einen Typ behandeln, der von einem Donut niedergestreckt worden war.

Am Ende stand fest: Der Typ hatte über zwei Promille und eine leichte Entzündung im Auge.

Und Mason hat laut meinen Quellen leider noch keine quälende Geschlechtskrankheit. Cooper wollte mir bis heute nicht verraten, welche Dinge er gesehen hat.

Doch daran will ich jetzt nicht denken, denn heute steht meine Mottoparty an, die ich für den Praktikumsbericht dokumentieren muss. Und dafür habe ich mir den Arsch aufgerissen. Weil ich kein Planer bin, weil das hier so weit weg ist von meiner Komfortzone wie Pluto von der Erde. Vielleicht ist das Thema nicht originell, aber es ist beliebt. Außerdem hatte Susie es tatsächlich noch nicht eingeplant. Solange wir das MASON's kennen, gab es hier noch keine Party unter dem Motto »Movienight«. Egal, welcher Film, egal, welche Figur, Hauptsache verkleidet, und optimalerweise sollte man erkennen, wer dargestellt wird. Und falls das nicht möglich ist, sollte es wenigstens Stil haben.

Bisher läuft alles nach Plan, trotzdem bin ich furchtbar nervös. Vor allem wegen meines Outfits, das mir jetzt kindisch und albern vorkommt, das ich aber auch nicht mehr ändern kann. Andie hat die Verbindung bisher nicht gezogen, aber es gibt jemanden heute Abend, dem sie nicht entgehen wird. Ich bin so armselig.

»June?« Ich drehe mich zu Andie, die gerade vom Haupteingang kommt. Sie hat mit der Security noch mal die Auflagen für heute Abend besprochen. Das habe ich selbst auch schon gemacht, aber sie meinte, sicher ist sicher. Währenddessen habe ich die letzten eingerahmten Movieposter aufgehängt, zwei davon wieder ausgetauscht. Die neuen gefallen mir viel besser. Die Lichttechnik hat eben alles geprüft, alles funktioniert, die Musik läuft bereits, und der DJ hat eine hervorragende Auswahl getroffen und meine Liste perfekt ergänzt. Die Diskokugel dreht sich über mir und wirft schimmernde und glänzende Reflexe an die Wände und auf den Boden zu meinen Füßen. Es ist magisch.

»Vorne ist alles in Ordnung, und jeder ist bereit.« Ihre Augen strahlen, ihre Wangen sind gerötet. »Du müsstest die Schlange sehen! Es stehen so viele Leute an«, gibt sie voller Vorfreude von sich.

Andie und Cooper haben zusammen eine Verkleidung gewählt, obwohl Cooper da wahrscheinlich nicht viel zu sagen hatte. Von allen Outfits hat sie sich am Ende für die von Antonio Banderas und Salma Hayek aus *Desperado* entschieden. Der Film ist klasse, und vermutlich hatte sie Mitleid mit ihrem Freund, der Kostümfeste hasst. Er muss für das Outfit nur eine schwarze Lederhose samt Gürtel und weißem Shirt mit Knöpfen tragen. Der Rest passt ganz von allein. Sein Blick ist sexy und einschüchternd genug für Banderas' Rolle. Wie ich gesehen hab, hat Cooper sogar eine Spielzeugpistole samt Halfter am Gürtel befestigt. Und Andie? Sie ist die perfekte Salma Hayek. Ihr langes lockiges Haar fällt über ihre Schultern und über das schwarze, langärmlige, aber bauchfreie Oberteil. Dazu trägt sie einen Rock aus luftigem Stoff, der bis zu den Waden reicht und vorne etwas kürzer geschnitten ist als hinten. Ein schwarzer und ein roter Stiefel vollenden das Kunstwerk. Sie sieht bezaubernd aus. Andies spanische Wurzeln sind unverkennbar. Für diesen Abend hat sie wieder ihre Brille zu Hause gelassen und sie gegen Kontaktlinsen getauscht. Das macht sie so selten, dass ihr Gesicht auf mich ganz anders wirkt.

Bei den anderen Kostümen musste ich wahlweise lachen oder den Kopf schütteln. Die Security und alle, die vorne an Kasse und Garderobe arbeiten, kamen relativ schlicht und elegant daher.

Aber Ian hat einfach nur ein weißes Shirt zu einer Jeans an, sich eine Tragetasche besorgt, sie vor seinen Bauch geschnallt und eine Puppe reingesetzt. Er ist der Typ aus *Hangover*. Louis sieht normal aus – bis auf den Schriftzug, den er eigenhändig auf sein Shirt gemalt hat: »Mädchen für alles«. Ich gehe davon aus, dass er das Outfit spontan gewählt hat, nachdem ich ihm gestern schnell ein Update zu seiner Aufgabe heute gegeben habe. Unterm Strich hasst Louis solche Veranstaltungen noch mehr als Cooper.

Matt hat sich als Joker verkleidet. Die Schminke in seinem Gesicht ist der Wahnsinn! Und Jack … ich schmunzle. Jack ist Indiana Jones – er lebt dieses Outfit.

»Hab ich dir heute schon gesagt, wie schön du aussiehst?«

»Hör auf, du siehst genauso toll aus«, entgegnet Andie. »Und wie ich sehe, hast du deine hohen Schuhe wieder ausgepackt.«

Fröhlich drehe ich mich um die eigene Achse. »Was wäre dieses Outfit ohne diese wunderschönen Peeptoe Ankle Boots?«

»Ich nehme an, die einzig richtige Antwort lautet: nichts?«

»So ist es.«

»Hast du eben überhaupt zugehört? Es wird richtig voll. Es wird ein Erfolg, June!«

»Das wissen wir noch nicht.« Ich seufze, bevor ich kurz auf der Innenseite meiner Wange herumknabbere. »Aber ich hoffe es sehr.«

Andie nimmt meine freie Hand und nickt, während ich aufgeregt zu lächeln anfange.

»Du hast dich da richtig reingehängt, und ich bin so stolz auf dich. Deine Ideen, Kalkulationen, deine Planung – erzähl mir nie wieder, du könntest das nicht. Das Budget hast du eingehalten, jedes kleine Detail berücksichtigt.«

»Du hast mir geholfen, Andie.«

»Papperlapapp. Das war nichts.«

Sie drückt meine Hand liebevoll, ich tue es ihr gleich. Wir sind ein gutes Team. Ich hebe die Liste hoch, und wir werfen beide einen letzten Blick darauf.

»Gleich ist Einlass. Haben wir was vergessen?«

Vollkommen fokussiert studiert sie meine Liste. »Nicht, dass ich etwas erkennen könnte. Licht, Musik, Getränke, Personal,

Poster. Polaroid?« Fragend schaut sie mir ins Gesicht. Stimmt, das weiß sie ja noch gar nicht.

»Komm mit. Ich hab gestern ganz spontan etwas neu eingeplant.«

Ich führe Andie zur Ecke mit den Sitzgelegenheiten am Rand der Tanzfläche.

Als sie es sieht, klatscht sie freudig in die Hände.

»Eine Fotobox!«

»Sie war Teil meines ersten Konzepts, aber der Ausleiher hatte sie nicht parat, deshalb habe ich es nicht mehr erwähnt. Gestern kam eine Mail, dass nun doch eine zur Verfügung stehen würde, und ich habe zugesagt. Er hat sie vorhin geliefert. Vorher konnte ich es selbst kaum glauben.«

Louis begrüßt uns. »Hey.«

»Unser Mädchen für alles ist für die Box zuständig. Die Gäste können die geschossenen Fotos ausdrucken lassen und mitnehmen, wenn sie wollen. Bedingung ist, dass eines der Fotos am Ende hier draufgeklebt wird.« Ich zeige auf die große weiße Pappwand, die daneben aufgebaut wurde und auf der fett obendrüber das Clublogo prangt. »Louis wird für Ordnung sorgen und den Gästen helfen. Außerdem wird er den Film in der Box austauschen, wenn er leer ist.«

»Das ist unglaublich.« Andie betrachtet alles ganz genau. »Das war nicht billig, oder?«

»Tatsächlich nein, aber ich wollte schon immer eine Fotobox.« Trotzdem habe ich Masons Rat, dass man immer auf die Kosten achten sollte, egal, was man vorhat, befolgt. Und dass die beste Party nichts bringt, wenn man keinen Gewinn macht. »Ich hab mein Bestes gegeben, sie in der kurzen Zeit zu bewerben, habe dabei auf ein wenig Social-Marketing und den Newsletter gesetzt. Außerdem habe ich sie – trotz erster Absage – weiterhin eingeplant und das Budget nicht anderweitig umverteilt. Dadurch, dass ich auf besondere Verschönerungen der Karten und anderen Schnickschnack verzichtet habe, um einen Puffer für Notfälle zu erhalten, konnte ich die Leinwand finanzieren, die später hoffentlich voll mit lustigen Fotos sein wird. Masons Tipps waren richtig gut, ich konnte sogar die Druckkosten senken durch ein Werbeangebot und bekam einen zusätzlichen Mengenrabatt.«

»Du bist verrückt. Ich hab nichts davon mitbekommen.« Ihr verwunderter und stolzer Blick ruht auf mir, doch er hält nicht lange an. Lachend zieht sie mich vor die Box und sagt: »Wenn nicht wir das erste Foto machen, wer dann?«

Louis nimmt den Auslöser in die Hand. »Bitte lächeln!«

»Cheese!«, rufen Andie und ich, während wir eng nebeneinanderstehen, Wange an Wange und die Hände in die Luft reißen. Das Bild wird uns als Vorschau angezeigt, und Louis drückt auf den Knopf »Print«, damit wir das Polaroid in den Händen halten können. In einer Kiste liegen viele Klebestifte, und so befestigen wir das erste Foto an der Wand. Genau in der Mitte.

Ich drücke Andie fest an mich.

»Hör auf, sonst fange ich an zu weinen«, nuschelt sie. »Ich hab dich lieb.«

»Ich dich mehr! Und jetzt lass uns den Abend rocken!«

Die Titelmusik von *GoldenEye* dröhnt in einem neuen Mix durch den Club, die Leute tanzen, feiern, lachen, sie flirten und amüsieren sich. Vor allem die Fotobox ist der Hit, was mich ganz besonders freut. Ich fange an, in meinem schwarzen Kostüm zu schwitzen, deshalb öffne ich den Reißverschluss ein wenig und zeige nun Dekolleté, anstatt ihn wie zuvor ganz geschlossen zu tragen. Zum Glück hat es keine Ärmel, schießt es mir durch den Kopf, nachdem ich im Spiegel prüfe, ob das

Make-up über meinem Feuermal noch sitzt. Ich bin kurz auf der Toilette und genieße die kleine Auszeit von dem Trubel. Andie hat recht. Bisher ist die Party ein voller Erfolg. Der Club ist längst gut besucht, trotzdem stehen draußen noch Menschen, in der stillen Hoffnung, mitfeiern zu dürfen. Andie war sogar der Meinung, einen B-Promi gesichtet zu haben, aber sie konnte mir keinen Namen nennen.

Ich drehe mich ein Stück. Mhm, sicher ist sicher.

Ich ziehe aus der kleinen Tasche, die an meiner Seite baumelt, die Foundation und gehe noch mal drüber. An einer Stelle hat der Latex-Mix des Kostüms etwas weggenommen. Niemand hätte es bemerkt, aber ich sehe es. Ich habe über die Jahre einen geübten Blick bekommen.

So passt es. Ich stecke alles sorgfältig ein, wasche mir die Hände und gehe wieder in den Club zurück. In der letzten Zeit habe ich so selten hohe Schuhe getragen, dass meine Ballen bereits anfangen, etwas zu schmerzen. Das hatte ich eine halbe Ewigkeit nicht. Nur zu gerne würde ich die Schuhe einen Moment ausziehen und die Füße auf den Fliesen des Pausenraums kühlen, aber ich weiß, dass das der schlimmste Fehler wäre, den ich machen könnte. Danach würde ich nirgendwo mehr hingehen ... Die Schuhe müssen bis zum bitteren Ende anbleiben.

An diesem Abend bin ich nicht zum Arbeiten hinter der Bar eingeteilt. Es ist mein Event, ich fungiere als Koordinatorin der Party, schaue, dass alles läuft, und beobachte, wie die Gäste auf die jeweiligen Songs, Getränke und das Ambiente reagieren. Gerade gehe ich an den ersten übergroßen Postern vorbei. Sie zeigen *Blade Runner*, *V wie Vendetta*, einen Kunstdruck zu *Der Pate* und einen meiner Lieblinge – eine Hommage an Andies und meine Kindheit: *Der mit dem Wolf tanzt*.

Die Kostüme der Gäste sind fantastisch, alle haben sich Mühe gegeben, und die Drinks sehen ebenso genial aus. Jack und die anderen geben richtig Gas. Ich werde mich die Tage bedanken und ihnen allen was aus unserer Lieblings-Chocolaterie mitbringen. Oder einfach Donuts, sie würden eh nichts anderes erwarten. Donuts gehen immer.

Die Liste mit den Notizen habe ich auf Susies Tisch im Pausenraum liegen lassen, ich habe alles, was mir aufgefallen ist, aufgeschrieben und penibel dokumentiert.

Sicheren Schrittes trete ich hinter die Theke zu Jack, Cooper und Andie. Ich weiß nicht, wer von ihnen cooler aussieht.

»Was machst du hier? Genieß den Abend, wenigstens für einen Moment«, flötet Andie und schiebt zwei Gästen Gin Tonics rüber.

»Das tue ich. Ich hole mir nur schnell ein Glas Wasser.«

»Wasser? Einfach so? Ohne alles? Wer bist du, und was hast du mit meiner Freundin gemacht?«

»Ich hab Durst«, gebe ich lachend zurück. »Danach hole ich mir etwas, das nach mehr schmeckt als nichts. Versprochen.«

Das Glas leere ich in einem Zug und genieße es. Das tut verdammt gut. Mein Mund war schon ganz pappig. Und jetzt? Jetzt mache ich mir eine leckere Limonade mit ein paar Orangenscheiben.

»Andie? Machst du eine Pause und tanzt mit mir?«

Cooper alias El Mariachi lacht über meine Frage, und Andie zieht die Augenbrauen nach oben. »Siehst du, was hier los ist?«

»Später vielleicht?« Ich bin dabei, die Bar zu verlassen, damit alle mehr Platz haben und ich nicht im Weg stehe.

Jetzt ist es Andie, die lacht. »Nach Feierabend!«

»Ich wäre frei für einen Tanz.« Mitten in der Rückwärtsbewegung erstarre ich, aber es ist zu spät, weil ich bereits in jemanden hineingelaufen bin. Ich kann gerade noch verhindern, mir den Drink selbst ins Dekolleté zu kippen.

Seine Stimme gleicht einem Reibeisen, klingt belegt. Sie ist tief und dunkel und unverkennbar.

Es kommt mir wie eine Ewigkeit vor, dass wir das letzte Mal beieinanderstanden. Dass wir normal miteinander geredet haben.

Und jetzt in diesem Augenblick fällt es mir nach allem, was ich gesehen, was ich getan und gedacht habe, umso schwerer.

Masons Aftershave berauscht mich, ich wünschte, das würde es als Duftbäumchen geben. Sein Atem trifft auf meine Schläfe. Dank meiner Schuhe bin ich wieder etwas größer und eher auf seiner Augenhöhe als ohne. Dank ihnen fühle ich mich besser, sicherer.

Mason möchte mit mir tanzen – und ich möchte ihm gerade sagen, dass ich das nicht will, als ich seine rechte Hand auf meiner Hüfte spüre. Seine Hitze und das Gefühl dieser Berührung in Kombination mit dem Stoff, der wie eine zweite Haut auf mir liegt, sorgen dafür, dass meine Atmung schlagartig schneller geht und meine Lippen sich wie von selbst teilen, damit ich meinem Körper mehr Sauerstoff zuführen kann. Langsamer, als ich es vorhatte, drehe ich mich zu ihm um, bin mir dabei bewusst, dass seine Hand weiterhin an Ort und Stelle verweilt und meine Schulter an seiner Brust entlangschabt.

Mason lässt seine Hand zu meinem unteren Rücken gleiten und drückt mich an sich, sodass ich meinen Drink hochhalten muss und mit der linken Hand nach seiner Schulter greife.

Jetzt sehe ich das erste Mal an diesem Abend sein Gesicht und bin froh, die meisten meiner Körperfunktionen noch einigermaßen unter Kontrolle zu haben. Verdammt. Ich hatte erwartet, dass … Keine Ahnung, was ich erwartet hatte, aber nicht das.

»Mason«, hauche ich und wünschte, es würde kess oder unbeteiligt klingen, aber es klingt genauso, wie ich mich fühle: verwundert und ein klein wenig erregt. Mist.

Seine Lippen verziehen sich zu einem Grinsen, bei dem mein Hirn für einen Moment aussetzt und der wichtigste Muskel meines Körpers für eine Sekunde vergessen hat, was seine Aufgabe ist: regelmäßig zu schlagen.

Mein Blick wandert von seinen zerzausten Haaren, die verwegen anmuten, über die Pilotenbrille, die ihm verdammt gut steht, und seine Lippen bis hinunter zu dem weißen Shirt, das oben aus dem Outfit lugt. Auf der militärgrünen Jacke, die aussieht wie frisch vom Filmset, prangen verschiedene Abzeichen.

Ich wünschte, ich könnte seine Augen sehen.

Und als hätte er meine Gedanken gelesen, nimmt er die Brille ab und hängt sie in dem Shirt ein.

»Das ist eine Überraschung.«

»Oh ja«, murmelt er. »Das ist es, *Kätzchen*.« Er betont meinen Spitznamen dieses Mal besonders, und das entlockt mir ein stolzes Lächeln. Meine Ohren sitzen perfekt, der Anzug ebenso. Ich bin wirklich eine ganz passable Catwoman.

»Kein James Bond? Der trägt so gerne Anzüge wie du.«

»Das stimmt, aber ich bin kein großer Bond-Fan. Und wer würde schon einen Agenten wählen, wenn er Maverick haben kann?« Ich sage es nur ungern, aber es stimmt. Mase sieht aus wie der junge Tom Cruise. Nur viel schöner.

Er kann einem echt jeden Abend versauen …

»Kommt wohl drauf an.« Mit zur Seite gelegtem Kopf drücke ich ihn von mir weg. »Daniel Craig ist heiß.«

Ich lasse ihn stehen und gehe in Richtung Tanzfläche, dabei bin ich mir Masons Präsenz nur zu bewusst.

»Hast du heute keine Gesellschaft, Mase? Ist es so schlimm, dass du auf mich zurückgreifen musst?«, frage ich ihn, als wir am Rand der tanzenden Meute stehen bleiben und ich an meiner Limonade nippe.

Mason schaut nicht weg, ich spüre seine Blicke, als wären es seine Hände. Zu allem Überfluss reagieren auch meine Nippel, die gegen den BH drücken wie Gangster, die aus ihrem Gefängnis ausbrechen wollen. Hoffentlich sieht man nichts durch den dünnen, schwarz glänzenden Stoff. Aber das Letzte, was ich jetzt tun werde, ist nachzusehen.

Mase kommt näher und jede seiner Bewegungen löst ein Kribbeln in meiner Magengegend aus. Alles wäre gut, wenn das weg wäre. Warum geht das nicht weg?

Ich bemühe mich, mir meine Anspannung nicht anmerken zu lassen und nicht wie ein Feigling zurückzuweichen. Auch nicht, als sein Gesicht meinem immer näher kommt und seine Hand sich hebt, um mir eine Strähne hinters Ohr zu schieben und danach meinen Hals hinunterzuwandern. Jedes Stück Haut, das er berührt, brennt. Jede Berührung ist wie ein elektrischer Stoß, der mich durchzuckt.

»Einen Tanz, June. Bitte.« Mir ist klar, dass er auf meine Frage von eben nicht geantwortet hat.

»Ich arbeite«, gebe ich schwach zurück.

»Keine Sorge, ein Tanz ist in Ordnung. Ich habe den Chef gefragt.«

Ein Tanz …

Nein. Nein, nein, nein. Das ist zu gefährlich. Das ist ein Schritt in eine Richtung, die wir gesperrt hatten. Die nicht gut ist für uns.

Aber als Mase mir das Glas aus der Hand nimmt, es zurück zur Bar bringt, um es da abzustellen, zieht er die Jacke aus und reicht sie mitsamt Brille an Jack, der sie verstaut. Die Hose sitzt locker auf seinen Hüften, das weiße Shirt schmiegt sich an seinen Oberkörper wie eine zweite Haut. Als er wieder auf mich zukommt und die Erkennungsmarken um seinen Hals über seiner Brust nach links und rechts pendeln, löschen sich die Gedanken um das Nein aus meinem Kopf.

Seine Hand greift behutsam nach meiner, unsere Finger verflechten sich ineinander, während ich dabei bin, einfach nur zu atmen – und in seinem Gesicht nach etwas zu suchen. Nach Antworten. Nach Gründen. Wieso kann er es nicht gut sein lassen? Wieso macht er es uns so schwer?

Doch ich bleibe stumm. Ich bleibe stumm, und ich wehre mich nicht, als Mase mich weiter auf die Tanzfläche führt, sich mit mir durch die Menge schlängelt, in der wir nur zwei weitere Feiernde in Kostümen sind.

19

Ausgetrickst.

Mason

June ist wie eine Wundertüte.

Das Event ist ein voller Erfolg, sie hat dem Club eine ganz neue Atmosphäre verpasst. Ihm Leben eingehaucht. Auf keinen Fall werde ich Susies gute Arbeit und ihr Engagement kleinreden, aber das hier ist die perfekte Umsetzung eines Mottos.

Dass ich June mit meinem Outfit überraschen wollte, steht außer Frage. Mir war klar, dass sie mit was Schickem rechnen würde, daher habe ich mich bewusst dagegen entschieden. Ich bin mehr als der Typ in dem teuren Anzug. Dass sie das Gleiche auf ihre Art tat … Ich lächle. Ich musste mich schwer zusammenreißen, sie nicht auf der Stelle zu küssen. Catwoman. Sie reizt mich, ärgert mich, provoziert mich – wo sie nur kann.

Da ist definitiv mehr.

Und ich habe es keinen Tag länger ausgehalten, sie nicht zu berühren. Wochenlang spiele ich dieses Spiel schon. Wochenlang tue ich so, als sei sie mir egal und als würde ich eine Frau nach der anderen flachlegen. Ich hab mich als einen kleinkarierten, notgeilen Schnösel ausgegeben und bin es leid.

Dass Cooper am Samstag bei mir reingeplatzt ist, weil June

ihn mehr oder weniger dazu gebracht hat, ohne dass es ihm bewusst war, hat mir gezeigt, dass es ihr nicht egal ist, was ich so treibe. Dass ihr das alles nicht egal sein kann.

Deshalb bin ich jetzt bei June. Deshalb habe ich es gewagt, sie nach einem Tanz zu fragen. Genau das ist der Grund, warum ich hoffe, heute Abend endlich das zu erreichen und zu bekommen, was ich mir seit fast einem Jahr wünsche: ein Ja.

Vorerst genügt es mir, dass June mich nicht sofort abgewiesen hat und in diesem Augenblick mit mir hier steht.

Ich tanze nicht oft. Für gewöhnlich verspüre ich auch nicht das Bedürfnis danach, doch mit June ist das anders.

Ohne weiter darüber nachzugrübeln, ob dieser Abend mich wirklich näher an mein Ziel bringt oder nicht, verringere ich den Abstand zwischen uns, bis June den Kopf leicht anheben muss, um meinem Blick weiterhin zu begegnen. Ich fange an, mich zu bewegen, lege einen Arm um Junes Taille und ziehe sie zu mir, bis nichts mehr zwischen uns passt. Zuerst versteift sie sich, aber keinen Wimpernschlag später legt sie beide Arme um mich. Ich spüre ihre Finger in meinem Haar. Spätestens, als sie ihre Hüften schwingt, sie in Kreisen bewegt, ohne mich aus den Augen zu lassen, beginne ich vollkommen loszulassen und höre auf nachzudenken. Das Lied ist perfekt, die Stimmung aufgeheizt.

Mit meiner linken Hand greife ich nach hinten zu Junes Händen, nehme ihre rechte in meine und halte sie fest. Ich grinse, weil ich im Gegensatz zu ihr weiß, was ich vorhabe. Ich übe Druck aus, sodass sie ihren Oberkörper zurückbiegen muss. Führe sie in die Bewegung mit meiner rechten Hand, die sie fest am unteren Rücken hält. Im Halbkreis schwingt sie von links nach rechts, bevor ich sie mit einem Ruck zurück zu mir hole und sie wieder aufrecht steht. Direkt an mir. Ich verfluche mein Leben für vieles, aber ich werde mich nie wieder beschweren, dass ich all diese verschissenen Tanzkurse belegen musste. Denn jetzt zahlen sie sich endlich aus.

June atmet schwer, ihre Lippen teilen sich, und das Funkeln in ihren Augen fesselt mich. Wir stehen still da, ihre Hand in meiner, ihre Brust an meiner. Keine Ahnung, wo sie anfängt und ich aufhöre.

»Was war das?«, flüstert sie mit einem Hauch Verwunderung in der Stimme.

»Wonach hat es sich denn angefühlt?«

»Du kannst tanzen.«

»Es klingt, als hättest du mir das nicht zugetraut.«

»Hm. Scheint so.« Ihr Blick fällt auf meine Lippen. Ich werde sie nicht küssen.

Noch nicht.

Stattdessen fange ich wieder an, mich zu bewegen, führe sie in eine Drehung und habe einfach ein wenig Spaß. June ebenso, und als sie wieder aus der Drehung kommt und vor mir landet, als sie weiter mit mir tanzt und lacht, wird meine Brust so eng, dass ich glaube, gleich ersticken zu müssen vor Glück.

Das Lied endet, wechselt in ein neues und auf einmal stoppt June. Schwer atmend mit sich sichtbar hebendem und senkendem Brustkorb steht sie vor mir, und es tut fast weh, als sich ihre Finger von meinen lösen und ihre Berührung fehlt.

»Das war mehr als ein Tanz«, bringt sie hervor und ihr Gesichtsausdruck ändert sich, wird undurchdringlich. »Schönen Abend noch, Mase. Und viel Spaß – bei was auch immer du noch so vorhast.« Ihre ganze Haltung ist unnachgiebig, sie will gehen.

Oh nein, du machst nicht wieder dicht, June. Nicht jetzt.

Ich halte sie auf, lasse sie nicht weg. Nicht so. Und obwohl ich nur leicht ihr Handgelenk halte, obwohl sie sich losreißen könnte, bleibt sie stehen. Mit einem Schritt bin ich wieder bei ihr, direkt an ihrem Rücken. Während der Club um uns bebt, während die Lichter um uns tanzen und der Boden sich bewegt, während die Menschen um uns in Feierlaune sind, voller Freude und Ekstase, sehe ich June. Und meine Welt steht still.

Ich schmiege mich an sie, beuge den Kopf nach vorne, bis mein Mund an ihrem Ohr ist. Als sie sich leicht zur Seite lehnt, atme ich zitternd ein.

»Geh mit mir aus, June.«

»Nein, Mase.« Es ist ein Nein, aber es ist nicht so nachdrücklich wie sonst.

»Eine Verabredung«, mache ich weiter und jetzt reißt sie ihren Arm weg und dreht sich zu mir. Wütend funkelt sie mich an.

»Du glaubst doch nicht ernsthaft, dass ich jetzt noch mit dir ausgehe.«

»Das musst du mir genauer erklären, Kätzchen.«

»Ich werde keine Kerbe in deinem Bettpfosten, du Idiot.«

»So etwas mache ich nicht, das ist respektlos. Außerdem bin ich kein Angeber.«

Ihr verdutzter Ausdruck ist schnell verschwunden. Sie schäumt vor Wut, findet nicht einmal mehr die richtigen Worte, um mich zu beschimpfen.

»Ich bin nicht blind, Mason. Die letzten Wochen warst du nicht gerade diskret, du hast es mir quasi unter die Nase gerieben, und so wenig ich vorher mit dir ausgehen wollte, so wenig will ich es jetzt. Wir sind Freunde. Oder so was in der Art«, fügt sie an, bevor sie weiterredet. »Wir sollten das nicht kaputtmachen. Auch um Coopers und Andies willen nicht.«

»Freunde«, murmle ich und kneife die Augen zusammen.

Nie im Leben.

Ohne Vorwarnung senke ich meine Lippen auf ihre, lege meine Hand in ihren Nacken und halte sie bei mir. Greife in ihr Haar und unterdrücke das Stöhnen, das sich bilden will, als sich ihre Lippen teilen und ich ihre Hände an meiner Seite spüre. Meine Zunge trifft auf ihre, und sie verlieren sich in einem Tanz, der mir den Schweiß auf die Stirn treibt. Unsere Herzen hämmern im gleichen Takt, mein Atem wird zu ihrem. Ich schmecke einen Hauch von Orange und – einfach June. Ihr Keuchen hallt in mir wider, sie drängt sich an mich, und ich halte sie, während ich den Kopf drehe, um ihr entgegenzukommen. Ich beiße in ihre Lippe, sauge daran und genieße es, wie sie erschaudert, als ich meine Finger an ihrem Hals hinab- und an ihrer rechten Seite entlanggleiten lasse. Über dieses sündhafte Kostüm. Ich kann ihre Erregung und ihre Dringlichkeit spüren – sie ist so real wie die Erektion in meiner Hose und das Ziehen in meinem Magen. Am liebsten würde ich sie hochheben und aus meinem Club tragen, nach Hause in mein Bett, um sie anzubeten, sie auszuziehen und die Nacht mit ihr zu verbringen.

Freunde … Den Scheiß kann sie jemand anderem erzählen.

Ruckartig löse ich mich von ihr, hole Luft und starre sie an. Dieser Kuss war … Ich wünschte, ich würde Worte dafür finden, aber meine oberen Nervenzellen sind gerade nicht sonderlich gut durchblutet.

»Freunde«, presse ich mit rauer Stimme hervor, während das Blut in meinen Ohren rauscht und mein Körper vor Verlangen und Sehnsucht bebt. »Freunde küssen sich nicht so.«

Sie lässt von mir ab, als hätte sie einen Stromschlag bekommen, aber sie erwidert nichts. Kein Wort. Keinen Ton.

Stattdessen dreht sie sich weg und lässt mich stehen.

Wir sind noch nicht fertig. Wir können noch nicht fertig sein …

Ich hole sie ein, stelle mich vor sie und versperre ihr den Weg, ohne sie zu berühren.

»June«, bitte ich und jetzt seufzt sie, kneift einen Moment die Augen zusammen.

»Es würde nichts ändern, Mase. Ich hab keine Ahnung …«

»Wenn es um die anderen Frauen geht: Das lässt sich ganz einfach klären. Ich verspreche dir, ab jetzt keine Frau mehr auch nur anzusehen. Geschweige denn mit ihr zu reden.«

Das bringt mir ein Augenrollen von June ein. »Darum geht es nicht. Nicht nur. Und ganz nebenbei denke ich, dass du das keine einzige Woche aushältst.«

Jetzt grinse ich. »Wollen wir wetten, Kätzchen?«

»Ich wette nicht. Ich werde nicht mit dir ausgehen. Wir werden einfach wieder nur June und Mason sein, Freunde. Alles klar?«

»Du hast Angst.«

»Wie bitte?« Ihre Augen verengen sich zu Schlitzen.

»Du hast mich schon verstanden. Du hast Angst, dass es dir gefallen könnte.«

»Ich habe vor nichts Angst, du arroganter Idiot!«

»Dann hast du auch kein Problem damit, diese Wette mit mir einzugehen.«

Fluchend ballt sie die Hände zu Fäusten, bevor sie mich fixiert und mit dem Finger auf mich zeigt. »Du wirst genau zwanzig Tage keine Frau anfassen, ansehen, anrufen oder sonst was tun. Du darfst ihren Namen nicht mal denken. Ein falscher Blick, ein falscher Atemzug in die Richtung von zwei Brüsten und du hast verloren. Dann wirst du mich nie wieder mit diesem Blödsinn belästigen.«

»Und wenn ich gewinne …«, füge ich triumphierend an, »… wirst du mit mir ausgehen. Einmal. Ein einziges Date.«

»Deal.«

Ich strecke ihr die Hand hin und halte ihrem Blick stand, der sich in meinen brennt. Energisch drückt sie meine Hand.

»Du wirst untergehen, Mason«, zischt sie, bevor sie wutentbrannt davonstapft und ich kurz davor bin, euphorisch aufzulachen.

Zwanzig Tage. Und ich werde endlich das Date bekommen, um das ich sie schon seit Monaten bitte.

Ich habe sie ausgetrickst.

20

Wäre er doch nur an der Ananas von damals erstickt …

June

Fühlt sich geistige Verwirrung so an?

Mit etwas Glück träume ich einfach nur einen sehr beschissenen Traum.

»Nein, ich bin hellwach«, stöhne ich frustriert auf und kann nicht glauben, dass ich auf den ältesten Trick der Welt reingefallen bin. Den Du-hast-doch-nur-Angst-Trick, der einem ans Ego will. Und Mase weiß ganz genau, wie sehr ich es hasse, zu verlieren. Dieser manipulative kleine Arschsack. Ist das überhaupt ein Wort?

Trotzdem bin ich noch nicht vollkommen über diesem Zustand verzweifelt, schließlich reden wir hier von einem Mann, dem eigentlich schon die Haut vom Penis abfallen müsste, weil er so wund gerieben ist. Es gibt demnach noch die Chance, dass er verliert. Es gibt Hoffnung.

Heute ist Sonntag. Damit sind die ersten vier Tage rum, sechzehn bleiben noch. Zu allem Überfluss kann ich kaum kontrollieren, ob Mase sich überhaupt an die Vorgaben hält.

Er wird, flüstert eine fiese Stimme in meinem Kopf. *Er wollte dieses verkackte Date so sehr, er wird das jetzt durchziehen. Selbst wenn es am Ende nur ums Gewinnen geht.*

Weil ich so deprimiert bin, habe ich mich auf den Weg zu Andie gemacht. Es ist gleich elf, sie schläft bestimmt noch wegen der Schicht gestern. Dass ich Mason begegnen könnte, ist mir egal. Vielleicht kann ich ihn sogar überreden, den Schwachsinn zurückzunehmen. Wir sollten die Wette einfach sein lassen. Das wäre im Sinne aller Beteiligten.

»Freunde küssen sich nicht so«, äffe ich ihn leise nach, während ich die Tür zur Wohnung öffne und die Scrabble-Packung unter meinem Arm klemmen habe. Da muss Andie jetzt durch. Es ist ein emotionaler Notfall. Könnte auch eine verfrühte Midlife-Crisis sein.

In dem Moment, als ich im Apartment stehe, halte ich verwundert inne. Ich höre Stimmen. Laute, aufgeweckte Stimmen. Andie ist wach? Und sie redet schon so viel? Huh … echt ungewöhnlich.

»Hallo?«, rufe ich auf dem Weg ins Wohnzimmer. Andie lugt mit roten Wangen um die Ecke, und ich erkenne genau, dass sie irgendwie nervös und aufgeregt ist. Hab ich was verpasst?

»June. Hey! Oh mein Gott, waren wir verabredet?«

»Eigentlich ist das ein Überraschungsbesuch. Ist alles in Ordnung?« Ich gehe auf sie zu, lasse auf dem Weg das Spiel auf die Couch plumpsen und höre deutlich weitere Stimmen. Cooper und …

»Hey.« Eine lächelnde junge Frau tritt mit Cooper im Schlepptau aus seinem Zimmer. Sie ist ihm wie aus dem Gesicht geschnitten. Nun ja, nur ohne Bart und weniger grummelig eben. Feines braunes Haar, glatt und glänzend. So lang, wie meines einmal war. Schmale, längliche Nase, ein ähnlich markantes Kinn wie Cooper, leicht gebräunte Haut und … Wahnsinn. Ein braunes und ein blaues Auge mit ein paar braunen Sprenkeln. So etwas habe ich noch nie gesehen. Sie ist etwas kleiner als ich, aber nicht so klein wie Andie, hat eine zierliche und doch sportliche Figur.

»Ah, du musst June sein. Masons Obsession. Dank dir spielt er jetzt UNO. Ich bin Zoey.«

»UNO?«, wiederhole ich irritiert, beobachte, wie Zoey fragend abwechselnd Andie und Cooper anschaut. Cooper, dessen Ausdruck nichts verrät, aber der irgendwie gezwungen ruhig wirkt, und Andie, deren Blick meine Verwirrung spiegelt.

»Mason spielt abends manchmal Karten …«

»Okay«, erwidere ich skeptisch, weil Zoey ihre Lippen verdächtig kräuselt.

»Es ist unwichtig.« Zoey winkt ab. »Ich freue mich, dich kennenzulernen.« Sie lächelt mich offen an.

»Ich mich auch. Und ja, ich bin June. Ich würde es allerdings nicht Obsession nennen, sondern puren Wahnsinn.«

Zoey lacht. »Ich verstehe, warum er dich mag. Mase hat es sich noch nie gern leicht gemacht.«

»Er hat es mir noch nie leicht gemacht!«, kontere ich entrüstet. Jetzt bin ich es, die lachen muss.

»Ich hab auf jeden Fall schon sehr viel von dir gehört.«

»Ich hoffe, nur Gutes.«

»Vor allem Spannendes«, erzählt sie grinsend.

»Damit kann ich leben.« Ich streiche mir ein paar Strähnen hinters Ohr. »Okay, also … ich glaube, ich lasse euch dann mal allein. Ich wollte nur kurz vorbeischauen, ich wusste nicht, dass du zu Besuch bist, und ich will euch nicht stören.«

»Es war sehr spontan heute«, gibt Andie zu und entschuldigt sich damit indirekt, es mir nicht gesagt zu haben, aber das muss sie gar nicht.

»Das war es. Ich hab die beiden heute sehr früh aus dem Bett geklingelt, weil ich beschlossen habe, schon jetzt herzukommen statt in zwei Wochen. Es hat für mich so am besten gepasst, und ich bin froh, dass sie Ja gesagt haben. Ich bin auch erst vor einer halben Stunde angekommen. Das Haus unserer Eltern liegt mit dem Zug – je nach Verbindung – knapp vier Stunden entfernt, in Portland. Heute Abend muss ich leider schon wieder los.« Sie hat den gleichen unergründlichen Blick wie Cooper drauf, und ich verstehe jetzt, was Andie meinte. Warum sie Angst hatte, Zoey zu treffen, weil auch ich mich in dieser Sekunde, ohne bisher groß mit ihr gesprochen zu haben, frage, wie es für sie gewesen sein muss. Wie furchtbar. Wie erschütternd. Und weil ich mich frage, wie sie hier stehen kann, ungebrochen, lachend und scherzend. Wie sie alle das können.

Ich bewundere sie dafür. Und Cooper ebenso. Wenn ich daran denke, wie es war, als wir ihn kennenlernten, wie sehr er darunter gelitten und damit zu kämpfen hatte.

»Wir wollten zum Brunch in die Stadt. Möchtest du mitkommen?«

Ich hebe die Hände. »Nein, wirklich. Ich möchte euch nicht stören.«

»Seit wann machst du dir über so was Gedanken?«, feixt Cooper, der sofort von Andie einen Schlag gegen die Schulter erntet.

»Mase ist heute wohl länger mit dem Boot unterwegs, und Dylan ist nicht da, den kann ich also nicht kennenlernen. Ich würde mich wirklich freuen, wenn du uns begleitest.«

»Du willst mich auschecken. Wegen Mason.«

Ihr Grinsen wird breiter, sie schaut zu Cooper. »Sie ist scharfsinnig. Mason geht auf dem Zahnfleisch, oder?«

Cooper nickt zustimmend und verzieht das Gesicht. Alles an ihm schreit: Das kannst du laut sagen.

»Darauf ein paar Pancakes!« Zoey klatscht in die Hände.

Das lasse ich mir nicht zweimal sagen.

Im Café ist nicht viel los. Vielleicht weil es angefangen hat, sich einzuregnen und die Leute sich trotz der milden sommerlichen Temperaturen und der angenehm frischen Luft aus den Straßen und nach Hause zurückgezogen haben. Sonntags ist ohnehin alles etwas ruhiger. Entschleunigt.

Wir sitzen direkt an einem großen Tisch am Fenster, Andie neben mir und gegenüber von Cooper, dieser neben Zoey, die wiederum mir gegenüber Platz genommen hat. Die Bedienung hat uns unser Essen gebracht, und der Tisch ist voll mit Pfannkuchen, Eiern mit Speck, Bagels, verschiedenen Marmeladensorten, French Toast und unseren Getränken. Cooper hat sich einen gigantischen Frühstücks-Burrito bestellt, von dem er gerade herzhaft abbeißt.

Währenddessen ertränke ich meinen Pancakehaufen in Sirup.

»Du hättest am Dienstag hier sein müssen«, erzählt Andie Zoey zwischen zwei Bissen. »June musste eine Party organisieren fürs Studium, und es war einfach fantastisch.«

»Das wäre schön gewesen.«

»Es war eine Kostümparty.«

»Wirklich? Mein Bruder und Mase haben sich verkleidet, und ich hab es verpasst.«

»Hast du nicht«, nuschelt Cooper, während er kaut.

»Dein Bruder ist bis an seine Grenzen gegangen. Er hatte eine Lederhose an.« Ich wackle mit den Augenbrauen, als Andie rot anläuft.

»Eine Lederhose«, wiederholt Zoey ungläubig. »Bitte sagt mir, dass ihr Fotos habt.«

»Nein.« Cooper ist ziemlich überzeugt, aber leider liegt er falsch. Ohne dass er es sieht, zwinkere ich seiner Schwester zu, die sofort versteht und sich die Hand vor den Mund hält, um nicht zu lachen. Ich zeige sie ihr später. Ich hab am Abend ein paar mit dem Handy gemacht, um das Event zu dokumentieren.

»Und Mase?«, hakt sie nach. »Der Pate? Bond?«

»Ha! Auf Bond hab ich auch getippt. Er wollte mir weismachen, das wäre total abwegig«, murmle ich.

»Maverick«, antwortet Andie, und Zoey lacht laut.

»Mase, der Kampfpilot.« Sie prustet los und bis auf Cooper stimmen wir alle mit ein. »Das hätte ich wirklich gern gesehen. Vielleicht das nächste Mal. Ihr habt das in seinem Club gemacht, richtig? Andie meinte, du arbeitest jetzt auch da?«

»Ja, das Praktikum ist rum, aber ich bleibe dort. Der Job ist anders als gedacht. Er macht mehr Spaß.« Ich hebe die Gabel und ziele auf Zoey. »Erzähl das bloß niemandem.«

»Ich werde Mase nicht verraten, dass du gerne in seinem Club arbeitest«, verspricht sie mir. »Ich weiß noch, wie Andie da angefangen hat und wie mein Bruder das erste Mal über sie geredet hat. Da waren sie erst ein paar Tage zusammen.« Sie blickt zur Seite. Cooper hat sich gerade verschluckt und Andie kichert.

»War es schlimm?«, frage ich.

»Der arme Kerl war so überfordert.«

»Das ist er heute noch«, fügt Andie an und weitet ihre Augen überrascht, als könnte sie gar nicht glauben, dass sie das gerade gesagt hat.

»Soll ich euch alleine lassen?« Dabei stiehlt sich ein Lächeln auf seine Züge.

»Schon gut, wir wechseln das Thema.« Zoey nippt an ihrem Grapefruitsaft. »Ich … Mom hat vorgestern beim Abendessen nach dir gefragt.«

Es ist, als hätte Zoey eine Bombe platzen lassen. Wir haben aufgehört zu essen und uns zu bewegen. Ich habe sogar die Befürchtung, dass atmen schon zu viel sein könnte.

Ich weiß nicht alles über Coop und seine Familie, aber genug. Andie hat mir einiges erzählt. Daher ist mir bekannt, dass das mit seiner Mom und seinem Dad kompliziert ist.

»Was hast du gesagt?« Die Worte verlassen ungerührt seinen Mund, aber Andie greift sofort über den Tisch und legt ihre Hand auf seinen Unterarm.

»Dass alles gut läuft und du glücklich bist. Dein Abschluss rückt ja näher und … ich hab Andie erwähnt. Es tut mir leid.«

»Das muss es nicht. Du bist die Letzte, der irgendetwas leidtun sollte«, presst er hervor, und ich weiß nicht, wie ich mich verhalten soll. Ich senke den Blick, tue es Zoey gleich.

»Dir auch nicht«, flüstert Andie derweil Cooper zu, und wir alle wissen, was gemeint ist.

»Mom hat nur genickt. Und Dad …« Ich höre Zoey leise seufzen. »Ich dachte, jetzt würden sie vielleicht endlich …«

»Was? Mir verzeihen?«

»Es war nicht deine Schuld. So wenig, wie es meine war«, gibt Zoey heftiger zurück, als ich es ihr zugetraut hätte. »Niemand hat das Recht, dir das einzureden. Auch nicht unsere Eltern. Ich bin nicht einverstanden mit der Art, wie sie über dich denken und wie sie dich seit drei Jahren ignorieren, aber mir gehen langsam die Optionen aus. Ich hab keine Ahnung, was ich noch dagegen tun kann.« Cooper hat den Burrito längst weggelegt und nimmt Zoey jetzt in den Arm. Er hält sie fest, und ich weiß gar nicht, wohin mit mir. Unauffällig schiele ich zu Andie, die mit den Tränen zu kämpfen hat. Meine beste Freundin ist näher am Wasser gebaut als die Wohnung, in der sie lebt.

Cooper drückt seiner Schwester einen Kuss auf den Scheitel, bevor er von ihr ablässt. Für einen quälend langen Moment ist die Situation unangenehm und befremdlich, bis Zoey sich räuspert und wieder das Wort ergreift.

»Also, was habt ihr diesen Sommer geplant?«

Wir schauen uns ratlos an.

»Nichts. Nur eine Wette gewinnen.«

»Eine Wette?« Andie zieht die Augenbrauen hoch.

»Keine Sorge, das wird ein Klacks.« Ich spieße eine Erdbeere vom Tellerrand auf und schiebe sie mir in den Mund.

»Du hast nichts von einer Wette gesagt«, beschwert Andie sich missmutig. »Wenn du … oh nein. June, sag mir bitte, dass es nichts mit Mase zu tun hat.«

»Er hat angefangen!«

Zoey kichert, Cooper verdreht die Augen.

»Worum geht es?« Andie rückt näher an mich ran und fixiert mich.

»Es ist … ich bin auf einen nervigen Trick reingefallen und habe aus Versehen zugestimmt, mit ihm zu wetten. Ich plädiere immer noch auf Unzurechnungsfähigkeit, aber er spielt sowieso nicht fair.«

»June«, unterbricht Andie mich verzweifelt.

»Wenn ich die Wette gewinne, lässt er mich in Ruhe und alles ist wieder Friede, Freude, Eierkuchen.« Voller Vorfreude grinse ich. »Siehst du? Nicht schlimm.«

»Wenn er gewinnt?«, fragt Cooper, der wieder von seinem Burrito abbeißt.

»Das wird nicht passieren.« Und noch bevor Andie Einspruch erheben kann, wende ich mich an Zoey.

»Was ist denn dein Plan?« Sie wechselt einen amüsierten Blick mit Andie, die aber eher verzweifelt aussieht, bevor sie mir antwortet. Andie denkt bestimmt fieberhaft darüber nach, was Mase dabei zu gewinnen hat.

»Ich bleibe daheim und mache mir Gedanken, an welche Uni ich nächstes Jahr gehen will.«

»Bist du denn noch auf der Highschool?« Ich glaube, gehört

zu haben, dass Zoey drei Jahre jünger als Cooper ist. Das heißt, sie müsste neunzehn sein oder bald zwanzig.

»Ja, ich hab ein Jahr pausiert und musste danach wiederholen.« Mist. Da ist das Fettnäpfchen. Entschuldigend verziehe ich das Gesicht.

»Alles ist gut. Ich konnte den Stoff nachholen, und meine Noten sind hervorragend.« Sie winkt ab und lächelt, aber der Ausdruck in ihren Augen verrät mir, dass sie mit *Alles ist gut* nicht ganz die Wahrheit sagt. »Auf jeden Fall geht es nächstes Jahr los.«

»Hast du dich mittlerweile für ein Studienfach entschieden?«, fragt Andie, und Zoey nickt.

»Wirklich? Du hast gar nichts gesagt.« Cooper mustert seine kleine Schwester und wartet gespannt auf ihre Antwort.

»Was gab es zur Auswahl?«

»Medizin und Psychologie. Ich hab mich für Psychologie entschieden«, sagt sie stolz, und wir alle lächeln uns an. Das ist ein großer Schritt und nach allem, was sie erlebt hat, ein mutiger.

»Das klingt toll, Zoey.« Andie freut sich riesig, und Cooper nickt. An seinen Freudentänzen muss er noch arbeiten.

Wir reden weiter über die verschiedensten Dinge, über die Arbeit im MASON's, das Studium, die Highschool, Seattle und Andies und meine Heimat Montana, bevor wir schließlich bezahlen und uns auf den Heimweg machen.

Danach verabschiede ich mich vorzeitig, damit die anderen noch ein paar Momente nur für sich haben. Wer weiß, was sie zu besprechen haben, das nicht für meine Ohren bestimmt ist.

»Es hat mich sehr gefreut, June.« Sie umarmt mich herzlich. »Bitte, sei nicht zu hart zu Mase, er ist wie ein Bruder für mich. Und er ist ein guter Kerl«, flüstert sie mir so zu, dass niemand anders es hören kann. Sofort bildet sich ein Kloß in meinem Hals.

»Ich versuche es«, gebe ich leise zurück. Was sollte ich auch sonst sagen? Ich werde ihm das Herz brechen, wenn er nicht endlich aufhört, sich an mir abzurackern? Oder er wird mir das Herz brechen, wenn ich etwas anderes zulasse?

»Andie, das Scrabble-Spiel liegt noch auf der Couch. Ich komme morgen vorbei, gegen Abend.«

»Oh, bitte! Du hast gesagt, ich müsste nicht mit dir scrabblen.«

»Ich habe gesagt, dass ich Popcorn mitbringe.«

»Nein, du wolltest es ausfallen lassen, wenn wir einen Filmabend dafür machen.« Sie zieht einen Flunsch, und ich genieße das sehr.

»Das war vor Wochen. Jetzt ist wieder Scrabble-Zeit. Bis morgen!«

»Morgen werde ich diese Sache mit der Wette aus dir herausquetschen. Vertrau mir. Und vergiss das Popcorn nicht!«, ruft Andie mir hinterher, und ich schüttle lachend den Kopf.

21

Jeder Gute ist in der Geschichte irgendeines anderen der Böse.

Mason

»Schade, dass Zoey nicht länger bleiben konnte.« Ich liege auf Coopers Bett, starre an die Decke und lausche der klassischen Musik, die ich über Spotify angemacht habe. Und die Coop über sich ergehen lassen muss, während er auf seinem Sitzsack konzentriert an einer Skizze arbeitet.

»Du hättest länger was von ihr gehabt, wärst du früher hier gewesen.«

»Ich wusste ja nicht mal, dass sie kommt, Witzbold.« Ich war lange auf dem Wasser und danach habe ich mir ein paar Materialien geholt, um ein neues Ruderboot zu bauen. Das letzte ist im Frühling endlich fertig geworden. Ich habe es für einen Spottpreis verkauft. Der Junge hat sich gefreut, und ich hab jetzt Platz für ein neues Projekt.

»Ich hab gestern auch nicht mit ihr gerechnet.«

Heute bin ich irgendwie umtriebig und weiß nicht mal, warum. Ich war rudern statt mit dem Kajak draußen, hab sogar den monatlichen bürokratischen Kram für den Club erledigt, obwohl Montag ist, und meinen Dad wieder umbenannt, damit nicht andauernd Natalie auf meinem Display prangt, wenn er mal wieder dabei ist, mich penetrant zu nerven.

»Sie wird erwachsen«, murmle ich in Erinnerungen versunken, während ich einen Arm unter meinen Kopf schiebe, damit ich bequemer liege.

»Ja, leider«, grummelt Coop.

Jetzt ist sie wieder daheim und mein bester Freund schweigsamer als sonst. Er liebt Zoey. Sehr. Aber sie zu sehen, wird für ihn nie wieder leicht oder unbeschwert sein. Nicht so wie früher. Und vor allem nicht, solange die Scheiße mit seinen Eltern noch läuft. Hätte nie gedacht, dass die beiden, die uns allen so eine schöne Kindheit beschert haben, ihren Sohn auf diese Art behandeln würden. Hätte nie gedacht, dass sie solche Snobs sind. So engstirnig, verbissen und voller Hass.

»Wieso liegst du eigentlich auf meinem Bett?«

»Weil ich mich nirgendwo anders amüsieren darf. Und das auch gar nicht will.«

Ich höre, wie er seinen Stift aufs Papier knallt und leise stöhnt. »Mase, die Sache mit June bringt uns ins Grab. Und sei mir nicht böse, aber ich verliere den Durchblick.«

Erheitert setze ich mich auf, um Cooper ansehen zu können. »Ganz einfach, ich habe ein Date mit June.«

»Was?« Sein Mund steht offen. »Verarsch mich nicht, Mann.«

»Vor fünf Tagen und ein paar Stunden hat sie zugestimmt.«

»Auf der Mottoparty? Da habt ihr schon wieder rumgemacht. Oder geht es um diese Wette?«

»Spricht sich schon rum, was?«

»Ich wünschte, es wäre mir erspart geblieben.«

»Erzähl keinen Blödsinn, du liebst es.« Cooper schnaubt nur. »June hat mit mir gewettet, dass ich es keine zwanzig Tage aushalte, mich von Frauen fernzuhalten. Wenn nicht …«

»… musst du sie endlich in Ruhe lassen.« Als ich ihn fragend mustere, fährt er sich schnell durchs Haar und atmet tief durch. »Hat June gestern beim Brunch erzählt. Sie freut sich schon darauf.«

»Und hat sie gesagt, was passiert, wenn ich gewinne?« Ich wackle mit den Augenbrauen.

»Das Date«, schlussfolgert Cooper. Seine Augen verengen sich zu Schlitzen. »Und weil du die letzten Wochen nichts anderes getan hast, als June zu verarschen und in deinem Kabuff UNO zu spielen, statt mit deinem Ding rumzuwedeln, wirst du gewinnen.«

»Bingo!«

»Mir fällt nichts ein, was ich dazu sagen kann. Viel Glück?«

»Oder …« Plötzlich klingelt es. »Erwartest du jemanden?«

Cooper schüttelt den Kopf, also gehe ich zur Tür. »Ich mach das schon.« Nicht, dass er Anstalten gemacht hätte, überhaupt aufzustehen.

Die Post war schon da, Dylan und June haben einen Schlüssel, Andie schläft drüben. Sie ist auf ihrem Planer eingeschlafen, und Cooper hat sie ins Bett getragen. Socke hat sich neben ihr eingekuschelt.

Keine Ahnung, wer das sein könnte. Ein Nachbar – obwohl ich keinen von ihnen kenne …

Es klingelt noch mal. Verflucht. Andie wird noch wach. Als ob es schneller geht, wenn man noch ein zweites Mal klingelt.

Ich reiße die Tür auf und … traue meinen Augen nicht.

»Hallo, Mason.«

Meine Miene gefriert, meine Haltung wird steif. Ich schlucke schwer. »Dad.«

Im Hintergrund höre ich Cooper fragen, wer an der Tür sei, aber ich kann nicht antworten. Ich kann nur den Mann vor mir anstarren, in seinem Anzug, mit seinem fein säuberlich gestutzten Bart und dem einnehmenden Auftreten. Das hatte er schon immer. Und er sieht nicht amüsiert aus.

»Was tust du hier? Überlebt es die Firma überhaupt, dass du nicht da bist?« Mein verbitterter Ton lässt sich nicht unterdrücken, und es ist mir egal.

»Red keinen Unsinn. Willst du mich nicht reinbitten? Ich bin extra aus Washington gekommen.«

»Nein.« Ich bleibe in der Tür stehen, verschränke die Arme vor der Brust und halte seinem durchdringenden Blick stand. Während er die Lippen schürzt, wiederhole ich meine Frage.

»Was möchtest du hier?«

»Ich hätte nicht herkommen müssen, wenn mein einziger Sohn etwas mehr Verantwortung und Verlässlichkeit an den Tag legen würde.«

»Du bist also gekommen, um mich zu maßregeln und mir irgendeinen Schwachsinn vorzuhalten? Schön. Tu, was du nicht lassen kannst.«

»Achte auf deinen Ton, Mason. Ich bin nicht hier, um mit dir zu streiten, auch wenn du das denken magst. Ich bin hier, weil ich möchte, dass du Teil der Firma wirst.«

»Du kennst meine Antwort darauf.«

Hinter mir höre ich Schritte. »Mase, wieso antwortest du nicht. Wer ist … Scheiße«, murmelt Coop. »Guten Tag, Mr Greene. Ich lasse euch dann mal allein.«

Mein Vater nickt zur Begrüßung, bevor sein Blick erneut auf mir ruht.

»Du bist sicher, dass du mich nicht reinlassen möchtest?« Bilde ich mir das ein, oder wird seine Miene weicher? Er wirkt auf einmal sehr müde, und ich beginne langsam, mit mir zu hadern. Doch wenn ich jetzt nachgebe, dann verliere ich. Und zwar mein Leben. Das, was ich will. Alles.

Meine Schultern sacken unmerklich nach unten, ich lehne mich an den Türrahmen.

»Sag mir bitte einfach, wieso du den weiten Weg in deinem

Privatjet auf dich genommen hast, um mich in meinem bescheidenen Heim zu besuchen.«

»Ich weiß, du denkst, ich wolle dir das Leben schwer machen, aber das ist nicht meine Absicht. Ich will nur das Beste für dich.« Jetzt muss ich wirklich lachen.

»Du hast keine Ahnung, was das ist, Dad.«

»Sicherheit, Familie und …«

»Die Firma«, ergänze ich. »Sicherheit ist nicht alles im Leben. Und Familie – was weißt du schon davon?« Das war hart, selbst für mich. In der Sekunde, in der ich es ausgesprochen habe, wird die Haltung meines Vaters nachgiebiger, und ich erkenne Zorn in seinen Augen.

»Ich habe dich gewarnt, Mason. Ich werde dir das Auto nehmen, das du so liebst, und diese Wohnung.«

»Das ist mein Auto. Du hast es mir damals geschenkt. Genau wie die Wohnung.«

»Ach ja? Denk genau nach.«

Nein. Verdammt. »Das kannst du nicht tun.«

»Mein Name steht in den Papieren, Mason.« Er hebt das Kinn. »Du brauchtest Abstand, und ich habe das verstanden. Ich dachte, du kommst zurück.«

»Ich wohne hier nicht alleine«, presse ich hervor und kann die Wut und die Frustration, die in mir aufwallen, kaum zurückhalten. Das Auto kann ich mir erneut kaufen, es wäre nicht schön, aber kein Drama. Die Wohnung allerdings … Sein Name steht im Vertrag, und ich habe es nie ändern lassen. Ein dämlicher und unnötiger Anfängerfehler. »Nimm das Geld, ich kann dir die Wohnung sofort bezahlen. Ich hätte das längst tun sollen.«

Er antwortet nicht.

»Aber das willst du nicht.« Resigniert schließe ich die Augen. Natürlich könnte ich einfach eine andere Wohnung suchen für Coop, Andie, Dylan und mich. Ich könnte sie auch locker bezahlen, aber nicht hier. Nicht am Fluss. Nicht in der Nähe der Uni, bei meinem Kajak, dem Ruderbootverleih, dem Wasser und bei meinem Club. Ich liebe diese Wohnung. Das erste richtige Zuhause für mich, mit einer Familie, die ich mir ausgesucht habe.

Mehr zu Hause als unsere Villa in Portland, das Loft in Washington oder das Strandhaus in L.A. und sonst was.

»Eine Chance, mehr verlange ich nicht. Seit du ausgezogen bist, renne ich dir damit hinterher. Du meldest dich nicht, du kümmerst dich nicht um deine Zukunft. Du lebst vor dich hin ohne Ziele. Willst du das?«

»Was ich will, interessiert dich doch gar nicht«, erwidere ich trocken. »Also. Was soll ich tun, damit du wieder verschwindest?«

22

Wir alle tragen Masken.
Wir alle tragen Päckchen.
Die größte Last ist aber, dass wir das
immer wieder vergessen – oder eben nie.

June

Wenn ich schon inkonsequent bin, dann wenigstens richtig.

Vorhin war ich in der Stadt, bin ein wenig durch meine Lieblingsläden gebummelt und obwohl ich nichts kaufen wollte, bin ich mit fünf verschiedenen Tüten ins Wohnheim zurückgekommen. Ich habe eine neue Bürste und ein paar Make-up-Pinsel erstanden, eine aktuelle Zeitschrift zum Thema Wohnen und Lifestyle sowie einen schönen Organizer für Andie. Ich glaube, ihrer ist schon wieder voll. Ein Buch durfte auch mit. Ein Liebesroman, der mir direkt ins Auge gesprungen ist, als ich mit der Zeitschrift zur Kasse wollte. Manchmal ist mir einfach danach, und heute ist einer dieser Tage. *Don't touch me.* Toller Titel. Besonders, wenn sich auf dem Cover zwei Liebende berühren. Das klang so sehr nach der Tragik meines Lebens, dass ich es nicht liegen lassen konnte. Etwas Knabberkram und natürlich Andies Popcorn sind in eine der anderen Tüten gehüpft. Außerdem eine schicke champagnerfarbene Wickelbluse, eine passende Jeans und zwei wundervolle Sommerkleider. Eines davon trage ich gerade. Es ist mit

Blumen bedruckt, ohne kitschig zu sein, und hat einen schlichten und langen, aber nicht langweiligen Schnitt. Es ist perfekt für einen warmen Tag wie heute.

Zwischendrin habe ich einen Hotdog, ein Eis und zwei große Karamell-Frappuccino verdrückt.

Nach dem Shopping habe ich sogar meinem Kleiderschrank und jedem einzelnen Teil darin den Kampf angesagt. Es hat mich mehr als vier Stunden gekostet, das Ding aufzuräumen, die Sachen neu zu ordnen, ordentlich zusammenzulegen und das ein oder andere Kleidungsstück auszusortieren. Es gab Momente, da habe ich mich einfach auf den Wäscheberg gelegt und vor Verzweiflung die Augen geschlossen, in der Hoffnung, alles würde von allein verschwinden.

Am Ende hab ich es irgendwie geschafft. Danach war ich so erschöpft und verschwitzt, dass ich unter die Dusche gesprungen bin.

Jetzt freue ich mich einfach auf einen schönen Abend mit Andie und ihrem verzweifelten Gesicht, während ich sie beim Scrabble besiege.

Meine Füße tun von vorhin noch so weh, dass ich sogar freiwillig flache Schuhe trage.

Bing. Der Fahrstuhl hält, die Türen gleiten auseinander, und ich krame in der kleinen Tasche schon mal nach dem Schlüssel. Dabei rutscht mir fast die Tüte Popcorn aus der Hand. »Mist. Wo ist er denn?« Ich bleibe stehen und wühle weiter, bis ich den Schlüsselbund zwischen meinen Fingern spüre. »Hab dich.«

Da dringen Stimmen an mein Ohr, und als ich den Kopf hebe, erkenne ich einen großen unbekannten Mann, der vor der Tür zu Andies Wohnung steht. Schicker dunkelgrauer Anzug, und wäre er ein bisschen kräftiger mit weniger grauen Haaren, würde ich ihn für Mason halten.

»Nächste Woche, in Washington. Spätestens.« Seine Stimme ist tief. Ein herrischer Unterton schwingt mit, und er klingt ungehalten. »Hast du verstanden?«

»Ich denke darüber nach.« Mason. Ich gehe nicht weiter, bleibe einfach mitten im Gang stehen, auch wenn ich weiß, dass sich das nicht gehört. Aber wo soll ich hin? Einfach weitergehen und mich an ihnen vorbeiquetschen? Zurück in den Aufzug, runterfahren und wieder hoch und so tun, als wäre ich nicht bescheuert?

»Ich erwarte deine Entscheidung bis morgen Abend, dieses Mal laufe ich dir nicht hinterher.« Der Fremde dreht sich um, stapft mir entgegen, und ich mustere seine Züge. Gepflegt, vielleicht Anfang fünfzig, braunes Haar durchzogen von grauen Strähnen. Er fixiert mich. Und dieser Blick ist mir vertraut …

Ich trete zur Seite, drücke mich an die Wand und warte, bis er an mir vorbei ist und die Türen des Fahrstuhls sich hinter ihm schließen.

Auf der anderen Seite des Flurs steht Mason. Er starrt mich an, und das erste Mal fühle ich mich unwohl in seiner Gegenwart. Ich bin hier in irgendetwas reingeplatzt und hab keine Ahnung, in was. Aber ich glaube, das wenige, was ich gehört habe, war schon zu viel.

Mason tritt nicht zur Seite, als ich bei ihm ankomme. Seine Schultern sind angespannt, seine ganze Haltung beinahe verkrampft, und es liegt kein lockerer Spruch auf seinen Lippen. Kein Grinsen. Er sieht mich nicht an wie sonst …

»Ist alles in Ordnung?« Ich meine es ehrlich. Ich will es wissen. Und zwar nicht, um mich über ihn lustig zu machen oder ihn zu nerven.

»Ist Lauschen dein neues Hobby?« Beinahe wäre ich bei dem unerwartet herablassenden Tonfall zusammengezuckt.

»Wie bitte?«, frage ich perplex.

Herzlichen Glückwunsch, Mason, ich habe mir genau 2,5 Sekunden lang Sorgen gemacht, bevor du es versaut hast.

»Was hast du gehört?«

Ich gehe nicht auf seine Frage ein. »Wenn du nicht willst, dass man deine Gespräche mithört, solltest du sie nicht auf dem Flur führen. Gib mir nicht die Schuld – für was auch immer.«

»Andie schläft.«

»Keine Sorge, ich komme klar, bis sie wach ist. Oder wolltest du mir damit subtil sagen, dass ich verschwinden soll? Spuck es schon aus, Mason.«

Wir stehen fast Nasenspitze an Nasenspitze, und ich bin so unsagbar wütend auf ihn. Wie kann er mich so anfahren, weil er hier mit irgendwem dubiose Gespräche führt? Auf dem Flur. Mit jemandem, der ihm echt ähnlich sah und …

»War das dein Vater?«, murmle ich wesentlich versöhnlicher, als mir zumute ist, und für einen Moment breitet sich Erstaunen in Masons Zügen aus, bevor er schließlich zurückweicht und den Eingang freigibt.

»Andie ist in ihrem Zimmer.« Er will sich umdrehen, aber ich hechte rein.

»Mase, verflucht. Rede mit mir«, zische ich. »Was ist los? War das dein Vater? Gibt es Probleme?« Ich weiß quasi nichts über seine Familie. Nur, dass sein Vater ein Wirtschafts- und Immobilienmogul ist und mit der High Society des Landes verkehrt. Das wars. Es hat mich nie interessiert. Bis jetzt.

»Was ist nächste Woche und worüber denkst du nach?«

»Du hast also doch gelauscht.«

»Verdammt, nein. Ich bin nur zufällig zu der Zeit aus dem Fahrstuhl gestiegen, okay? Ich mache mir Sorgen.« Das tue ich wirklich, auch wenn ich nicht so genau weiß, warum überhaupt.

Mase lacht knapp auf, beinahe kalt. Seine Hand fährt über seine Brust, als hätte er Schmerzen.

»Du hast dir nie Sorgen um mich gemacht. Du musst heute nicht damit anfangen.«

Vollkommen sprachlos stehe ich da und starre ihn an. Den Mann vor mir, den ich nicht wiedererkenne. Mein Mund wird ganz trocken, mein Brustkorb eng.

»Bitte«, füge ich an und innerlich verfluche ich mich dafür. Für einen kurzen Augenblick denke ich, dass er mir antworten oder sich wieder in den Mase verwandeln wird, den ich kenne. Aber das passiert nicht. Ohne ein Wort, ohne mich eines weiteren Blickes zu würdigen dreht er sich weg und geht.

»Wer hat jetzt Angst, Mase?«, flüstere ich, und ich weiß, dass er es hört. Ich weiß ganz genau, dass er mich verstanden hat. Er stockt, nur kurz, aber es genügt. Ja, es ist mehr als genug …

Mase verschwindet in seinem Zimmer, und ich schaffe es irgendwie, endlich die Tür zu schließen.

In Gedanken versunken gehe ich Richtung Andies Zimmer, komme bei Cooper vorbei, der an einer seiner Zeichnungen arbeitet.

»Hey June.« Ich blinzle mehrmals, reagiere viel zu spät.

»Hey.« Ich starre auf meine Füße. Mist, ich hab vergessen, die Schuhe auszuziehen.

»Ist Masons Vater noch da?« Also hatte ich recht. Mit einem fetten Kloß im Hals schüttle ich nur den Kopf und gehe weiter, während Coopers Sitzsack knistert und ich ihn undeutlich irgendwas brummen höre.

Es interessiert mich nicht. Ich will es gar nicht wissen.

In Andies Zimmer angekommen springt Socke freudig vom Bett und begrüßt mich schwanzwedelnd. Andie schläft. Ich beneide sie um ihren guten Schlaf. Auf die Art hat man weniger Sorgen.

Seufzend lasse ich mich auf ihren flauschigen Teppich sinken, ziehe die Schuhe aus und kraule Socke hinter den Ohren.

Ich hatte mich auf einen tollen Abend mit meiner besten Freundin gefreut, auf etwas Lustiges und Entspanntes. Auf eine Runde Scrabble mit Wörtern, die es nicht gibt und die Andie in den Wahnsinn treiben. Auf etwas Geplänkel mit Cooper und Dylan. Keine Ahnung, ob der von seinem Urlaub daheim schon wieder zurück ist.

Und vielleicht hatte ich mich auch auf einen kleinen Schlagabtausch mit Mase gefreut ... einen harmlosen und freundschaftlichen ... Und jetzt habe ich eine Tüte Popcorn, eine schlafende Andie und keine Lust mehr auf mein Lieblingsspiel.

Vielleicht sollte ich heimgehen und Andie schlafen lassen. Abstand zwischen mich und Mason bringen. Es genügt, dass wir uns vermutlich morgen bei der Arbeit sehen werden. Morgen, übermorgen und den Tag darauf.

Mein Kopf schmerzt, meine Gedanken rotieren wie verrückt.

Ja, es ist besser, wenn ich gehe. Es ist, als ob ich hier plötzlich fehl am Platz wäre. Obwohl Mase in einem Zimmer meilenweit von mir entfernt ist, fühle ich mich wie ein Störfaktor. Als wäre ich im Weg. Andie könnte den Abend mit mir ohnehin nicht mehr genießen, und ich wäre gern allein.

Ich kraule Socke ein letztes Mal, bevor ich aufstehe, in meine Schuhe schlüpfe und das Popcorn auf Andies Tisch lege. So leise wie möglich verlasse ich das Zimmer, schleiche den Flur entlang, durchs Wohnzimmer und verlasse die Wohnung.

Auf dem Weg zum Wohnheim schreibe ich Andie eine Nachricht, sie wird sie auf dem Handy sehen, sobald sie wach ist.

Hey, Schlafmütze. Dein Popcorn liegt auf dem Tisch, ich wollte dich nicht wecken. Ruh dich aus, wir sehen uns morgen auf der Arbeit. Scrabble holen wir nach.

Gesendet. Ich würde gerne mehr schreiben, mit ihr über das reden, was eben war – und gleichzeitig will ich das nicht. Ich sollte mir keinen Kopf mehr deswegen machen. Mason ist erwachsen, es sind sein Vater und seine Angelegenheit und nicht meine. Es geht mich nichts an. Und was dieses Date betrifft ... Ich puste mir eine Strähne aus dem Gesicht. Selbst wenn er die Wette gewinnt, ist das kein Drama. Dann gehe ich eben auf dieses blöde Date mit ihm, und danach haben wir das Thema ein für alle Mal geklärt.

Eigentlich gibt es keinen Grund für diese Grübeleien.

Alles ist okay.

»Das klingt seltsam.« Andie macht ein komisches Gesicht und verschränkt die Arme vor der Brust. Ich habe ihr von gestern erzählt, von meiner Begegnung mit Mason und seinem Vater im Flur und den wenigen Worten, die ich gehört habe.

Wir haben eben zusammen den Club aufgeschlossen und gehen in Richtung Pausenraum, um unser Zeug zu verstauen und alles für den heutigen Abend vorzubereiten. Am Dienstag sind wir immer früher da, weil meist mehr vorzubereiten ist als an den anderen Tagen, aber das heutige Motto macht keine Arbeit, es ist auf die Musik ausgerichtet. Eine 90er-Jahre-Party.

»Hast du seinen Dad je gesehen?«

»Nein. Ich weiß auch nicht mehr als du. Na ja, ein wenig. Cooper hat ab und zu mal was fallen lassen, aber nichts von Bedeutung. Ich weiß nur, dass Mase kein besonders gutes Verhältnis zu seiner Familie hat, und mit mir hat er bisher nie darüber gesprochen. Wenn ich mich richtig erinnere, soll Mase in die Firma seines Vaters einsteigen. Sicher bin ich aber nicht.«

»Klingt, als würde er das nicht wollen.«

»Was das angeht, ist er nicht sehr mitteilsam. Und ich habe auch nie gefragt. Das ist seine Sache, June.« Der mahnende Unterton entgeht mir nicht. Ich seufze.

»Trotzdem beschäftigt es mich«, gebe ich zu, und es nervt mich selbst wohl am meisten.

»Da gibt es noch etwas …« Andie hat wieder diesen eigenartigen Ausdruck im Gesicht. So eine Mischung aus verletzlichem Reh und Fisch auf dem Trockenen. »Ich denke, es hat damit etwas zu tun und wenn ich so darüber nachdenke, macht es Sinn, aber wie gesagt, es geht uns nichts an und …«

»Andie!«, unterbreche ich sie und fange ihre Hände ein, mit denen sie vor Nervosität in der Luft herumfuchtelt.

»Mason ist weg.« Der Satz trifft mich wie ein Schlag ins Gesicht.

»Wie … ich meine, wohin?«

Meine beste Freundin zuckt mit den Schultern. »Er hat heute sehr früh seine Tasche gepackt. Cooper hat mit ihm geredet, ich glaube, sie haben sich gestritten. Ich hatte noch keine Gelegenheit, mit ihm darüber zu sprechen, und ich bin mir nicht sicher, ob er das überhaupt möchte. Auf jeden Fall ist Mase gegangen. Er hat sich nicht großartig verabschiedet, meinte nur, dass er sich meldet.«

»Du weißt wirklich nicht, wohin er ist?«

»Nein. Obwohl sein Vater eine Rolle spielen könnte.«

»Okay.« Ich lächle, lasse ihre Hände los und fange an, meine Sandalen gegen die Arbeitsschuhe zu tauschen. Ich drehe mich weg von ihr. Ich denke fieberhaft an das Gespräch. Washington ist gefallen, oder?

Ist er wirklich gerade in D.C.?

»June«, flüstert Andie sanft, und ich schüttle nur den Kopf.

Ich will nichts hören. Mir ist klar, dass ich mich dämlich verhalte, dass ich kein Recht habe, wütend zu sein oder verletzt. Letzteres schon, weil er sich wie ein Arsch aufgeführt hat. Er hat mich monatelang in den Wahnsinn getrieben und erschleicht sich gerade mit Sicherheit ein Date durch eine Wette. Und danach? Danach benimmt er sich scheiße, lässt mich stehen … Ich muss mich zusammenreißen.

Mason ist weg. Weg …

23

Die meisten Dinge kommen anders,
als man sie sich vorgestellt hat. Sie sind nie gleich,
sie sind immer nur besser oder schlechter.

Mason

Fliegen war noch nie mein Ding, und ich bin froh, als es vorbei ist und ich sowohl Flugzeug als auch den National Airport hinter mir lassen kann. Ich bin müde, genervt und angespannt.

Ich bin in Washington, D.C., Downtown. Nachdem ich meinem Vater geschrieben habe, dass ich einwillige und mich auf den Weg mache, sofern er mir die Wohnung überschreibt, hat er sich sofort zurückgemeldet und mir mitgeteilt, mir ein Zimmer im *Jefferson* zu reservieren. *The Jefferson* ist sein Lieblingshotel in D.C., von außen eher unscheinbar, aber stilvoll. Warum man einen Haufen Geld für ein Zimmer dort ausgibt, erahnt man, sobald man die Eingangstüren durchschritten hat.

Ein Page nimmt mein Gepäck, und obwohl ich für gewöhnlich protestiere, sind meine Gedanken heute zu voll mit anderen Dingen. Hohe, gewölbte Decken, teils verglast, weiß-schwarz karierter Marmorboden unter meinen Füßen, bedeutende Gemälde an den Wänden.

»Greene. Man sagte mir, es sei ein Zimmer für mich reserviert.«

»Willkommen, Sir. Einen Moment, ich schaue sofort nach.«

Meine Augen brennen, ich fühle mich nach Flügen immer wie erschlagen. Ich hatte vergessen, wie sehr. Ich brauche eine heiße Dusche. Und zwar bald.

»Greene, Mason?« Ich nicke nur. »Hier, Ihr Schlüssel. Die angefragte Suite war leider nicht mehr verfügbar, wir bitten, dies zu entschuldigen. Wir haben die kleinere Jefferson Suite für Sie reserviert. Ihr Gepäck wartet schon auf Sie. Wir wünschen Ihnen einen angenehmen Aufenthalt.«

Dad hat eine Suite gebucht. Ein einfaches Zimmer hätte gereicht, schließlich bin ich allein und habe nicht vor, lange zu bleiben. Ich brauche keine Suite. Trotzdem bedanke ich mich höflich, nehme die Schlüssel entgegen und fahre mit dem Fahrstuhl nach oben in mein Stockwerk.

Wie angekündigt wartet mein Gepäck bereits an der Garderobe meiner Suite auf mich, genauso wie frische Blumen auf dem Tisch, den ich von hier aus sehen kann.

Ich öffne die ersten Knöpfe meines Hemdes und atme tief durch, während ich meine Schultern kreisen lasse und versuche, meine angespannte Muskulatur zu lockern. Parkett, antike Möbel, ein alter schöner Schreibtisch, eine Couch, dicke champagnerfarbene Vorhänge. Das ganze Zimmer ist in feinen Erdtönen gehalten. Es gibt sogar einen Kronleuchter.

»Verrückt«, murmle ich. Es ist schon so lange her, dass ich hier war – nicht nur in diesem Hotel, sondern in dieser Stadt –, dass ich ganz vergessen habe, wie mies es sich tatsächlich anfühlt. Dad war öfter in D.C. oder in New York als zu Hause. Er war öfter weg als bei uns.

Ich schulde weder ihm noch dieser Stadt etwas. Ich bin nur hier, damit meine Freunde ihre Wohnung behalten können und ich ebenso. Nach diesem Trip werde ich sie ihm abkaufen, dann habe ich getan, was er verlangt hat. Danach will ich nichts mehr von seiner Firma hören.

Ich lasse mich auf die Couch plumpsen und ziehe mein Handy aus der Hosentasche. Junes Gesicht springt mich an, ihres und Andies. Sie lachen, sehen glücklich aus. Ich hab ihr Polaroid auf der Wand gesehen, während ihres Events, und ein Foto davon geschossen, das ich jetzt wie ein Idiot anstarre, weil ich es als Hintergrund eingestellt habe.

Womöglich hätte ich mich verabschieden sollen. Ich sollte ihr schreiben, aber … Fuck! Ich habe mich wie ein Idiot benommen. June war einfach zur falschen Zeit am falschen Ort, und es hat mir missfallen, dass sie dabei meinem Vater begegnet ist. Noch mehr, dass sie irgendwas von dem gehört hat, was er mir zu sagen hatte. Ich will nicht, dass das Teil meines Lebens in Seattle wird.

Nachdem ich das Handy entsperrt habe, öffne ich unwillkürlich den Nachrichtenverlauf mit June. Ihre Statusmeldung lautet: *Wer mir Donuts mitbringt, ist mein Freund.* Ich lache kurz und heftig auf. Das ist so … June.

Ich werde mich entschuldigen, wenn ich zurück bin. Auch wenn ich noch nicht genau weiß, wann das sein wird. Wenn es nach mir ginge, bereits morgen, wie ich meinen Vater kenne jedoch frühestens in einer Woche. Er will, dass ich mir die Firma ansehe, ihre verschiedenen Abteilungen, die momentanen Manager, die Projekte und Investitionen. Er denkt, das würde irgendetwas ändern. Aber das wird es nicht. Augenblicklich denke ich wieder an June. Sie ist nicht wie Elle, die in die Welt der Reichen hineingeboren wurde. Der nur ihr Status wichtig war, was andere von ihr denken. Keine Ahnung, wer Elle eigentlich war, ob es eine Frau hinter der Gier nach Ansehen, Macht und Geld gab. Keine Ahnung, ob sie danach strebte, weil sie selbst es wollte oder weil sie dem Druck und dem Willen ihrer Eltern nachgegeben hat. Es ist mir auch egal. Elle war nicht echt. Sie war … wie Fahren mit angezogener Handbremse, noch dazu in einem kaputten Wagen, der einem vorgaukelt, eine edle Karosse zu sein. June hingegen … ist einfach June. Sie ist frech und laut und ehrlich. June ist keine Puppe oder Marionette. Sie ist echt.

Missmutig schließe ich die App, verdränge diese Gedanken und wähle die Nummer meines Vaters.

Es klingelt keine zweimal, er hebt direkt ab.

»Ich bin in der Stadt«, sage ich nur.

»Gut. Das freut mich. Ich erwarte dich morgen um neun in der Firma. Jemand wird am Empfang auf dich warten und dich nach oben begleiten.« Eine unangenehme Stille breitet sich aus. »Ich bin froh, dass du dich entschieden hast, der Firma eine Chance zu geben.«

»Nenn es, wie du willst.« Für mich ist es Erpressung. Ich gebe dem hier keine Chance, ich bin nicht freiwillig hier. Es ist ein Mittel zum Zweck, etwas, das ich notwendigerweise hinter mich bringen muss. Nicht mehr.

»Wir sehen uns morgen.« Damit legt er auf, und das Gespräch ist beendet. Das werden ein paar großartige Tage, ich kann es förmlich fühlen …

Ich habe unruhig geschlafen, mich immerzu von einer Seite auf die andere gedreht, bis ich es irgendwann aufgegeben habe. Ich hab den Fernseher angemacht, um mich von blödsinnigen Shows berieseln zu lassen, die mich kein Stück interessieren. Wäre ich daheim, hätte ich mir einfach mein Kajak geschnappt und wäre aufs Wasser. Hier muss ich mich anders ablenken.

Nach der Dusche und dem Frühstück geht es mir etwas besser, auch wenn mir die Auseinandersetzung mit June, das, was ich zu ihr gesagt habe, noch in den Knochen steckt. Genauso wie all die Fragen rund um die Firma und Dad, die mich beschäftigen.

Die Tage heißt es wohl Augen zu und durch.

Es ist bewölkt und windig, leicht diesig heute, aber mit milden Temperaturen. Ich würde den Spaziergang, den ich vom Hotel zur Firma gemacht habe, gern ausweiten. Es sind nur zwei Querstraßen und keine zehn Minuten.

Ich trete durch die große gläserne Drehtür, überall begegnen mir verkniffene Mienen und gestresste Gesichter. Entweder saugt ihnen der Bürojob jedwedes Leben aus dem Leib oder mein Vater. Ich hab einen Favoriten bei dieser Vermutung.

Laut Dad würde mich hier unten jemand empfangen oder abholen. Vermutlich liegt ein Ausweis für mich bereit, und ich muss mich nur anmelden. Meine Schuhe klackern leicht auf dem teuren Marmorboden, während ich auf den pompösen Tresen zutrete, über dem das übergroße Firmenschild prangt. »Greene Company«. Dass mein Name der ist, der dort steht, sorgt für einen Kloß im Hals. Als Kind habe ich es nicht verstanden, war gerne hier, und es gab Tage, da war ich stolz, Alan als Vater zu haben. Es waren wenige Tage, aber gute. Heute … will ich das einfach hinter mir lassen. Es war nicht real.

Ich wende den Blick davon ab, schaue mich weiter um. Der Eingangsbereich ist weiträumig und hell, die Wände hoch, mittig geht es zu den Fahrstühlen.

Jemand steht mit dem Rücken zu mir vor der Rezeption, und wenige Schritte, bevor ich dort ankomme, dreht er sich um.

Griffin. Ich kann nicht glauben, dass er diesen Schmierlappen geschickt hat. Den Impuls, auf der Stelle kehrtzumachen, unterdrücke ich sofort. Hoffentlich erwartet er keine Begeisterung meinerseits.

»Mason!« Er lächelt und breitet die Arme aus. Fast könnte man meinen, er würde sich wirklich freuen, mich zu sehen. Doch ich weiß es besser.

»Du siehst erschöpft aus. Und das, bevor wir angefangen haben.«

»Griffin. Und du siehst aus, als hättest du dein Bestes versucht«, gebe ich zurück und grinse, als sein Lächeln ein Stück verrutscht.

»Wollen wir? Alan wartet nur ungern.« Am liebsten würde ich ihn mit der zu dünnen Krawatte, die er trägt, erwürgen.

»Johnson, liegt der Besucherausweis für Mason Greene schon bereit?«, fragt er den stillen Burschen hinter dem Computer.

»Ja, Sir.« Er schiebt eine Karte mit meinem Namen und einem alten Foto von mir rüber. Da war ich noch in der Highschool.

»Ich hoffe, es gefällt dir. Es war das Beste, das ich finden konnte.«

»Glaub ich dir gern«, erwidere ich und klemme die Karte an meine Hosentasche. »Wichser«, schiebe ich so leise hinterher, dass er es nicht verstehen kann. Aber so laut, dass er die Augen zusammenkneift, weil er weiß, dass ich noch irgendwas gesagt habe.

Wir lassen den Eingangsbereich hinter uns, gehen zu einem der zehn Fahrstühle, und als die Türen sich öffnen, wir eintreten und Griffin verhindert, dass uns jemand Gesellschaft leistet, nimmt der Druck in meiner Brust zu. Mir wird flau im Magen. Ich will nicht hier sein.

»Wie läuft es mit deinem Club? Und dem Studium?«

Während Griffin versucht, mich in ein Gespräch zu verwickeln, schaue ich stur auf die Anzeige über den Türen. 8, 9, 10 … Das Büro meines Vaters liegt natürlich im obersten Stock, wie sollte es auch anders sein. Einhundert Meter über Washington D.C., mit einer unbeschreiblichen Aussicht.

»Studierst du überhaupt noch? Ich meine, langsam wird es Zeit für einen Abschluss, oder nicht?«

Ich verkneife mir ein ungehaltenes Stöhnen und jedweden Kommentar, beiße die Zähne zusammen und ignoriere ihn weiterhin.

»Mein Abschluss mit Auszeichnung ist schon eine Weile her.« Ich hoffe, der Fahrstuhl explodiert jede Sekunde. Alles ist besser als das hier. 15, 16, 17 …

»Wenn du Hilfe brauchst, sag einfach Bescheid, ich meine, ich komme gern noch mal zu Besuch. Dann kann ich vielleicht die heiße Frau wiedersehen, die aus deinem Club.« Seine Stimme klingt unbeteiligt. Fast unwissend und unschuldig. Aber das ist er nicht. Nicht Griffin. Er ist ein manipulatives, ekelhaftes Arschloch. »Ich glaube, sie hieß June. Ich meine, ihr habt da nichts Festes, oder? Bist du ja nicht der Typ zu. Dann könnte ich ja mal ran und …« Er schafft es nicht, den Satz zu beenden. In einer fließenden Bewegung drehe ich mich nach rechts und drücke ihn mit dem Arm am Hals an die Wand. Er versucht, mich wegzuschieben, aber kräftemäßig war er mir schon immer etwas unterlegen.

»Ah, eine Reaktion. Wie nett«, spuckt er mir ins Gesicht, während die Haut an seinem Hals rot wird und die Ader an seiner Schläfe hervortritt. »Ich will doch nur auf dich aufpassen. Nicht, dass sie so ist wie Elle.«

»Halt dein beschissenes Maul, Griffin«, gebe ich zurück. Wesentlich ruhiger als gedacht, wesentlich gefasster. Dabei tobt ein Sturm in mir. »Du hast keine Ahnung von mir und meinem Leben. Und es geht dich auch nichts an.« Ich drücke ein letztes Mal zu, bevor ich ruckartig von ihm ablasse und mich wieder neben ihn stelle, als wäre nichts gewesen. Währenddessen hustet er ein paarmal laut und richtet sein Hemd samt Krawatte. Er lacht.

»Gott, Mason, du hast es immer noch nicht verstanden. Typen wie wir verlieben sich nicht. Typen wie wir lassen Frauen nicht an uns ran, wir ficken sie.«

»Wenn ich in Worte fassen könnte, wie wenig ich von dir und deinen Ansichten halte und wie wenig mich dein Gelaber interessiert, würde ich es tun. Glaub mir.«

»Sieh dich doch an. Elle hat dich kaputtgemacht.«

Ich schweige. Das ist Jahre her, kurz nach der Highschool. Es spielt keine Rolle mehr.

»Ihr Vater hat sie auf dich gehetzt, du hast dich verliebt und sie hätte dein halbes Vermögen bekommen. Das deines Vaters. Einen Teil der Firma. Du hättest beinahe alles zerstört.«

»Was willst du, Griffin? Dass ich mich bei dir bedanke?«, bringe ich hervor und mustere ihn abschätzig, während er seine Lippen zu einem Grinsen verzieht.

»Wäre ein Anfang.«

»Du hast mit meiner Freundin geschlafen. Nicht mehr.«

»Und uns allen damit den Arsch gerettet. Vergiss nicht: Zwischen zwei Beinen kann man sich nicht verlieben, zwischen zwei Lippen aber schon. Das ist es nicht wert.«

Er hat ja keine Ahnung …

24

Das Vergangene ist vorbei. Wir sollten es loslassen.

Mason

»Lass mich mit meinem Sohn allein.«

Griffin wollte es sich gerade in einem der Ledersessel vor dem Schreibtisch meines Vaters gemütlich machen, als Dads Stimme ertönt. Er steht mit dem Rücken zu uns, schaut aus der großen Glasfront seines dreißig Quadratmeter großen Büros. Der angrenzende Konferenzraum ist nicht mit einberechnet.

Auch wenn nichts hiervon für mich von Belang ist und ich nur nach Hause will: Der Ausdruck, der sich nach den Worten meines Vaters auf Griffins Gesicht bildet, ist die Reise wert.

Alan Greene löst die Hände, die er hinter seinem Rücken verschränkt hat, und dreht sich zu uns. Er mustert Griffin, der scheinbar noch überlegt, ob er Widerspruch einlegen soll.

»Schließ bitte die Tür hinter dir. Und richte deinen Anzug.«

Spätestens jetzt kann ich mein Grinsen nicht mehr verstecken und begegne Griffins Blick. Er schäumt gleich über vor Wut. Ich neige nicht dazu, gehässig zu sein. Aber Griffin bringt die schlechtesten Eigenschaften in mir zum Vorschein. Und er ist vermutlich auch der einzige Mensch, bei dem mir das nie leidtut.

»Bis bald, Griffin.«

Murrend eilt er aus dem Büro.

Jetzt begegne ich dem Blick meines Vaters, recke mein Kinn und halte ihm stand. »Musstest du ausgerechnet ihn schicken?« Ich trete vor und setze mich in einen der Sessel.

»Du solltest vorsichtig sein, was Griffin angeht.«

Ich schnaube. »Warnst du mich jetzt vor deinem Schoßhündchen?«

»Du kennst doch den Spruch: Halt dir deine Freunde nah, aber deine Feinde noch näher.«

»Das sind ja ganz neue Töne«, spotte ich und lege die Knöchel übereinander, falte die Hände und versuche, nicht so verkrampft zu sein, wie ich mich fühle.

Mein Vater antwortet nicht.

Griffin ist seit zwei Jahren fest in der Firma angestellt, als einer der höchsten Manager und Berater, und hat auch schon vorher, während des Studiums, viel für Dad gemacht. Sein Vater ist ein guter Freund von meinem, und ich hab keine Ahnung, wieso er Griffin plötzlich so sieht. Es ist mir auch egal. Griffin war für mich schon immer ein schleimiger Schwätzer. Zumindest rede ich mir das ein, damit ich mir nicht eingestehen muss, dass ich ihn für eine Zeit als Freund gesehen habe.

»Ich bin hier. Was soll ich tun?«

Der ruhige Blick meines Vaters liegt eine Weile auf mir, bevor er durchatmet und sich hinter seinen Schreibtisch setzt. »Kann ich dir etwas zu trinken anbieten?«

Ich lache auf. »Ich bin nicht hier, um mit dir ein Kaffeekränzchen abzuhalten, sondern weil du mich dazu gezwungen hast. Also, was soll ich tun?«

Ohne eine Miene zu verziehen, nickt er kurz, bevor er sich nachdenklich zurücklehnt.

»Die Firma ist mein Lebenswerk. Sie ist mir wichtig. Und ob du es mir glaubst oder nicht, du bist es auch.« Beinahe hätte ich mich verschluckt, aber ich kann es gerade noch verhindern. »Ich möchte das, was ich schon immer wollte: an deinem Leben teilhaben.«

Verzweifelt reibe ich mir über die Stirn. »Gott, das ist … das ist doch verrückt«, presse ich hervor und versuche, meine aufgestaute Wut zurückzuhalten. »Du warst nie da. Nie. Nicht an den Geburtstagen, den Feiertagen, nicht an den Tagen, an denen Mom angefangen hat zu trinken, und auch nicht, als sie irgendwann die Koffer gepackt hat. Du warst nicht da, und du hörst anscheinend auch nicht zu. Ich will das hier nicht.«

»Was, Mason, willst du stattdessen? Was erwartest du vom Leben? Willst du ewig wütend auf mich sein? Willst du ewig deine Kräfte und deine Fähigkeiten dazu nutzen, dich gegen mich aufzulehnen? Und das wars?«

Darauf würde ich ihm gerne eine Antwort geben. Nein, ich würde sie ihm gerne ins Gesicht schleudern. Aber ich habe sie nicht. Mir ist nicht klar, was ich alles für die Zukunft möchte, sie liegt vor mir wie ein weißes Blatt Papier, das ich nicht vollständig ausfüllen kann.

»Ich kann meine Fehler nicht ungeschehen machen. Ich habe die Firma aufgebaut, eine Existenz, um dir das Leben bieten zu können, das du jetzt führst. Es war nie meine Absicht, dass die Dinge so laufen, wie sie gelaufen sind.« Aber das sind sie.

»Wieso akzeptierst du nicht, dass ich mit dir und dieser Welt nichts zu tun haben will? Wieso zwingst du mich dazu?«

»Weil ich glaube, dass du noch viel zu lernen hast. Und dass dir manche Dinge des Gesamtbildes entgehen.«

Ich springe auf, tigere im Büro auf und ab, weil ich es bereits nach fünf Minuten nicht mehr ertrage, still zu sitzen. Seit der Sache mit Elle und der Scheidung rede ich keine zehn Sätze im Jahr mit meinem Vater. Und die meisten von denen fallen an Weihnachten. Keine Ahnung, warum ich da immer wieder zu ihm fahre, um irgendeinen Anschein von Familie zu wahren. Ich hab in den letzten Jahren einfach nur versucht, meine Ruhe zu haben und das alles zu vergessen. Weil ich naiv war. Weil es wehgetan hat. Weil es mir die Augen geöffnet hat für diese Welt der Elite. Die Welt der Intrigen, der Lügen und der High Society. Die Welt der Reichen und Heuchler. Partys hier, Events da, alles nur, um zu zeigen, wie wohlhabend man ist. Dabei geht es bei all diesen Veranstaltungen nur darum, sich im Spotlight zu präsentieren. Es ist wie ein nie enden wollender Schwanzvergleich. Kontakte werden geknüpft, Intrigen gesponnen, Affären begonnen und beendet, mit Geld um sich geschmissen. Für viele ist es anstrengend, sich schick anzuziehen und teures Essen serviert zu bekommen. Sie lassen sich dazu herab. Ich habe es gehasst. Ich hasse es bis heute.

Und ich würde ihnen diesen Spiegel nur zu gerne vorhalten.

Doch nach dem, was mein Vater eben gesagt hat, treibt mich vor allem eine Frage um.

»Wusstest du von Elle?«

»Was meinst du?«

»Wusstest du, dass es Kalkül war?«

»Ich ahnte es.«

»Und du hast nichts gesagt? Du hast einfach zugesehen, wie ich mich in sie verliebe? Scheiße, wir waren zwei Jahre zusammen. Ich hab mit dem Gedanken gespielt, sie zu heiraten.«

»Ich weiß«, murmelt er und nickt. Er sieht beinahe betroffen aus. Diese Scharade kann er sich sparen. »Elles Vater und ich haben seit diesem Tag nichts mehr miteinander zu tun. Ich hab jegliche Geschäfte unterbunden. Es hat seine Zeit gedauert, bis ich mir wegen ihm und Elle sicher sein konnte.« Bis er sich sicher sein konnte? Was … Ich lege die Stirn in Falten.

»Wusstest du von Griffin?«, bringe ich hervor, und als mein Vater sich nicht regt, als er nicht sofort antwortet, werde ich wütend. Er wusste es.

»Ich kann es nicht fassen. Ich kann nicht fassen, dass du das zugelassen hast … Griffin, Dad! Und als wäre das nicht genug, muss ich ihn auch noch hier ertragen, weil er für dich arbeitet. Du hattest ein paar Jahre Zeit, mir das zu beichten. Hinreichend Zeit, findest du nicht? Für all das. Und trotzdem geschieht es erst heute. Das Schlimmste daran ist, dass ich mir fast wünschte, es wäre nie passiert.« Ich werde lauter und lauter, weil ich es kaum noch aushalten kann. Diesen Druck, diesen Zorn, diese Heuchelei. »Hast du Griffin auf sie angesetzt?« Jetzt ruckt der Kopf meines Vaters zu mir, während ich stehen bleibe, die Lehne des Sessels mit meinen Fingern umklammere und ihn offen ansehe. Das erste Mal zeigt er eine Regung. Eine echte.

»Wie kannst du das von mir denken?«

»Wie könnte ich nicht?«

»Griffin meinte, er regelt das. Mehr nicht. Ich hatte keine Ahnung, dass er zu so einem Mittel greifen würde. Nein, ich wusste nicht, dass er Elle verführt.«

»Sie hatten eine Affäre. Keine Ahnung, wie lange. Ich hab sie irgendwann erwischt. Griffin hat das wirklich ausgezeichnet in die Wege geleitet. Für dich, Dad. Egal, ob du es wusstest oder nicht. Er hat es für dich geregelt …«

So viel Zeit liegt dazwischen. So viele Weihnachtsessen, in denen ich mich dazu durchgerungen habe, trotzdem bei ihm zu sein, weil ich nicht anders konnte. Weil er mein Vater bleibt. So viel Zeit, so viel belangloser Small Talk. Und jetzt bricht es über mich herein, bricht es aus mir heraus. Ich wusste, dass es eine schlechte Idee war, nach D.C. zu kommen und eine Weile zu bleiben. Es war naiv von mir, auch nur zu denken, dass wir das ohne großes Drama hinter uns bringen würden. Fehlt nur noch, dass Mom aus irgendeinem Loch gekrochen und »Überraschung!« schreiend in das Büro gestürmt kommt.

»Ich bin nicht damit einverstanden, wie er das Problem gelöst hat. Aber er hat es gelöst.«

Hart und freudlos lache ich auf. Setze eine unbeteiligte Miene auf. »Und das ist alles, was zählt, nicht wahr? Los. Zeig mir die Firma und die Abteilungen. Zeig mir, was du zeigen wolltest. Bringen wir es hinter uns.«

Ich muss so schnell wie möglich hier weg.

Der Hauptgewinn der Firma wird durch die Spekulationen an der Börse sowie den An- und Verkauf exklusiver Immobilien erzielt. Außerdem durch Beratung anderer Firmen und Großkonzerne zum Thema Immobilien und Ausdehnung auf weitere Märkte. Ganz nebenbei werden pleitegehende Firmen samt Sitz aufgekauft und in Stücken nach und nach wieder auf den Markt gebracht. Durch die Konkurrenz und den Druck beim Kauf werden die Preise in die Höhe getrieben und Greene Company macht bei all diesen Transaktionen und Geschäften Milliardengewinne.

Es ist Montagnachmittag. Das ist das gefühlt hundertste Meeting, seit ich hier bin. Und ich tue alles, um bei diesem nicht einzuschlafen oder über den Tisch zu kotzen, weil ich mir seit zwei Stunden Griffins Gesicht ansehen muss. Alle zwei Minuten glotze ich wie ein Idiot auf mein Handy. Keine neuen Nachrichten. Vorhin kam eine von Coop. Nicht viel, er hat nur gefragt, wie es läuft, und gesagt, dass ich mich melden soll. Keine von June. Ich atme tief ein. Es fühlt sich an, als würde etwas auf meiner Brust sitzen, das ich einfach nicht loswerden kann. Was sie gerade macht? Ob es ihr gut geht? Ich sollte ihr schreiben. Ich will es seit Tagen tun, aber dabei kam bisher nur Schwachsinn raus. Meine Notiz-App ist voll mit dämlichen Sätzen, die ich getippt habe.

Hey June. Alles okay?

Pass auf dich auf und fackle den Club nicht ab.

Tut mir leid, dass ich mich beschissen benommen habe.

Eloquent. Intelligent. Einzigartig. Nicht. Ich verdrehe die Augen, bevor ich die restlichen Notizen überfliege, die alle genauso kacke sind wie die oberen. Bis ich bei der letzten ankomme.

Ich vermisse dich, Kätzchen.

Lautlos fluchend drehe ich das Handy um, damit es mich nicht mehr ablenken kann, und richte meine Gedanken wieder auf das Meeting.

Es geht um irgendwelche neuen Firmen und Aktien und die Frage, ob eine Investition sich lohnen würde, jetzt, da der Kurs steigt. Die Unterlagen dazu liegen vor mir, und sie sind eindeutig interessanter als Griffins vor Selbstliebe und Arroganz triefendes Gelaber. F9 Industries. Die Informationen dazu sind nicht gerade üppig. Aber irgendwas daran lässt mich stutzen. Ich lese konzentriert die Daten und den aufgestellten Risikobericht, bis ich einen Namen entdecke. Gründer: J. Ford. Ich kenne diesen Namen. Aber woher? Fieberhaft denke ich nach, gehe die letzten Wirtschafts- und Finanzseminare durch, die ich belegt habe.

»Was sagst du, Mason? Lohnt sich eine Investition?«

Ich blicke auf, begegne Griffins spöttischem Grinsen und weiß, er hat bemerkt, dass ich abgelenkt war. Arschloch.

»Laut diesem Wisch schon«, entgegne ich trocken und schmeiße das Papier auf den Tisch. Die anderen Anzugträger mit ihren verkniffenen Gesichtern blicken zwischen Griffin und mir hin und her. Er vorne am einen und ich hinten am anderen Ende des langen Konferenztisches.

»Dann sind wir ja alle einer Meinung.«

»Nein.« Alle Köpfe rucken zu mir herum.

»Bei allem Respekt, ich denke nicht …«

»Hör auf mit dem Quatsch, Griffin. Du hast keinen Respekt, und ich bezweifle, dass du oft nachdenkst.« Im Raum ist es vollkommen still. Griffin knirscht mit den Zähnen. »Wer auch immer hier recherchiert hat, war nachlässig. Wir sollten nicht investieren, wenn wir nicht in ein, zwei Monaten mit Verlusten aus der Sache rausgehen wollen.«

»Teile deine Weisheit mit uns. Was kannst du uns als Besitzer eines Clubs noch alles beizubringen?«

Ich schürze amüsiert die Lippen. »Anscheinend genug. F9 Industries von Ford ist ein Risikounternehmen. Es ist kein junges Unternehmen, nur ein neues. Firma Nummer 9. Der Kerl hat in den letzten vierzehn Monaten rekordverdächtige acht Unternehmen gegründet und an die Börse gebracht. Sie alle sind binnen weniger Wochen abgestürzt. Ford müsste längst pleite sein oder hoch verschuldet. Kommt fast aufs Gleiche raus.«

Jetzt fangen die Leute an zu tuscheln, und ich genieße es zu sehen, wie Griffin blass wird. »Das kann nicht sein.« Doch, kann es. Mir ist eines der drei Seminare eingefallen, die ich im letzten Semester belegt habe, weil sie mich interessiert haben. Kommt vor. Es ging um Schlupflöcher, um die Börse, Wirtschaftsfaktoren und Risikomanagement. Grundsätzlich spielten Theorien eine wesentliche Rolle, und ich hatte Glück, denn Ford wurde als Beispiel für die Zusammenhänge rangezogen. Daher kenne ich den Namen.

»Lass es überprüfen.«

Grimmig betätigt Griffin einen Knopf und ruft seinen Assistenten, der dem nachgehen soll.

Eine Stunde später ist die Sache vom Tisch. Ich hatte recht. Und Griffin ist stinkwütend.

Die Spekulationen, die einzelnen Stränge der Wirtschaft, der Marktanalyse – es fällt mir leichter als gedacht. Es ist interessant, das gebe ich zu. Aber das ändert nichts an meiner Entscheidung.

25

Das Leben kommt in Wellen. In großen und in kleinen.
Und manchmal ertrinkt man darin.

June

Die Musik dröhnt in meinen Ohren, ich habe Kopfschmerzen und kann mich nur schlecht konzentrieren.

Mittwoch. Mase ist seit acht Tagen fort. Ziemlich armselig, dass ich das so genau weiß. Ich stehe mit Jack und Ian an der Bar, Cooper ist hinten, Andie am PC – sie kümmert sich um den Bürokram.

Mein Blick huscht immer wieder ans andere Ende des Clubs, zu dieser beschissenen Treppe, während ich dabei bin, Drinks zu mixen und Bestellungen anzunehmen. Und immer wieder denke ich an all die Frauen, die sie betreten haben, sehe dabei Mase vor mir. Sein charmantes Lächeln, den Ausdruck in seinen Augen.

Eifersüchtig? Vielleicht. Ja, vielleicht bin ich das tatsächlich gewesen. Vor allem muss ich mir eingestehen, dass ich jede Frau beneidet habe, die mit Mase diese Treppe im Club hochgestiegen ist. Nicht nur wegen Mase. Und ganz sicher nicht wegen ihres wenig ausgeprägten Stolzes. Sondern hauptsächlich wegen ihrer Schönheit. Sie waren alle auf ihre Art wunderschön. Auf den ersten Blick sehe ich auch so aus, auf den zweiten nicht mehr. Das ist mir klar.

Was, wenn es bei ihnen auch so ist?, flüstert eine hoffnungsvolle Stimme in mir. Ich schlucke schwer. Nein. Und selbst wenn. Was würde es ändern? Ich bleibe, wer ich bin. Meine Haut ebenso.

Mit mehr Kraft als nötig schrubbe ich die Theke und lasse Dampf ab.

Er ist einfach gefahren. Zuerst macht er mich blöd an, dann haut er ab. Feigling. Ich kann es nicht glauben.

Gestern war ich kurz davor, ihn anzurufen. Beinahe hätte ich den Knopf gedrückt, aber meine geistige Umnachtung war zu meinem Glück schnell vorbei. Selbst wenn ich ihn nur angeschrien hätte … er hat es nicht verdient, von mir angerufen zu werden!

Ich sollte mir einen anderen Job suchen. Ich sollte Abstand gewinnen zu all dem Kram, der passiert ist. Das Praktikum ist vorbei, ich müsste nicht länger hier sein. Ich könnte ins Wohnheim gehen und meinen Bericht endlich fertig schreiben, damit ich später nur noch die Beurteilung von Mason zufügen muss, die er mir noch schuldet. Ich könnte mir was Neues suchen. Nur würde ich Andie und die anderen auf diese Art im Stich lassen. Und … ich mag es hier.

Wieso muss alles so kompliziert sein? Wieso können wir nicht weitermachen wie bisher? Wieso hat er nicht auf mich gehört? Und wieso kann ich nicht damit aufhören, darüber nachzudenken?

Argh! Vor Frust schnaubend pfeffere ich den Lappen von mir und wasche mir die Hände.

Du kannst mir gestohlen bleiben, Mason Greene!

26

Manchmal hat man uns so verletzt und gekränkt, dass wir nicht sehen wollen, dass sich die Dinge verändert haben. Dass sie vielleicht schon immer anders waren.

Mason

»Ich habe gehört, dass du Griffin hast auflaufen lassen. Mehr als einmal.«

»Hast du mich deshalb gerufen?« Ich bleibe vor dem Schreibtisch meines Vaters stehen und stecke die Hände in meine Hosentaschen.

»Nein. Aber es hat mich interessiert.«

»Hätte Griffin seinen Job anständig gemacht, hätte ich nichts gesagt. Ich bin nicht hier, um mich einzumischen.«

Mein Vater lacht. Alan Greene lacht. Ich bin so verwirrt, dass ich nicht weiß, wie ich darauf reagieren soll. Denn erschreckenderweise wirkt es ehrlich.

»Das stimmt. Und du hast es gut gemacht.«

»Was gibt es?«, frage ich weniger angriffslustig als eben.

»Ich weiß, du möchtest gerne zurück nach Seattle. Und ich habe nichts dagegen. Du warst länger hier, als ich es zu hoffen gewagt habe, hast deinen Teil der Abmachung erfüllt. Du warst bei allen erforderlichen Meetings, hast dir die wichtigsten Bereiche der Firma angesehen und dir ein Bild machen können.

Entgegen aller Versuche …« Er seufzt, macht eine Pause und wendet den Blick ab, schaut hinaus auf die Stadt. »Mir ist klar geworden, dass ich dich nicht zwingen kann.«

Das entlockt wiederum mir ein Lachen. Wird ihm reichlich spät klar. Trotzdem ist etwas anders an ihm. Er wirkt nicht länger wie der Mann, den ich in Erinnerung habe. Nicht wie der, mit dem ich nichts zu besprechen habe.

»Ich wollte dir Zeit geben, Abstand, Ruhe. Ich dachte, du würdest zurückkommen. Als du nicht kamst, habe ich erst verstanden, wie sehr ich dich verletzt habe.« Er macht eine kleine Pause. »Es war mir wichtig, dass du dich gegen dieses Leben und diese Firma entscheidest, weil du es wirklich nicht willst. Damit meine ich, weil du es nicht magst, weil es dir nicht liegt. Weil du andere Ziele und Träume hast. Und nicht wegen Elle und Griffin und allem, was war. Am allerwenigsten wegen mir.« Mit einem Kloß im Hals betrachte ich ihn, wie er sich zu mir dreht und mich fixiert. Wie er aufsteht, um den Tisch geht und sich neben mich stellt. Dabei nimmt er die gleiche Haltung ein wie ich. Wir sind ungefähr gleich groß, er ist etwas schmächtiger als ich, aber das macht ihn nicht weniger furchteinflößend. »Meine größte Angst war, dass du dein Leben für immer durch die Augen eines verletzten und enttäuschten Jungen siehst, und nicht durch die des Mannes, der du geworden bist.« Jedes seiner Worte trifft mich, brennt sich in meine Brust und schnürt mir die Kehle zu. Doch die Wut, auf die ich warte, kommt nicht. Auch keine Erwiderung. »Wenn du jetzt gehen willst, akzeptiere ich das. Ich möchte dich nur bitten, bis Sonntag zu bleiben. Begleite mich auf eine Gala.«

»Ich soll mit dir auf eine Party gehen?«, ist alles, was ich herausbringe.

Ein Lächeln zupft an seinen Lippen. »Ja. Ich werde dich am Hotel abholen. Samstag, um sieben.«

Nachdem ich die Glastür hinter mir gelassen habe, atme ich die frische Abendluft ein. Eine klassische schwarze Limousine wartet vor dem Hotel, der Fahrer öffnet mir bereits die Tür und ich steige mich bedankend ein.

»Hätte es nicht auch ein weniger pompöses Auto getan?«

»Dir auch einen schönen guten Abend, Mason. Möchtest du etwas trinken?« Ich verneine. Die Trennwand zum Fahrer ist geschlossen, es riecht nach Leder und dem Cognac, den mein Vater gerade genießt.

Die Limousine setzt sich in Bewegung.

»Wohin fahren wir?«

»Capitol Hill. Wir werden also nicht allzu lange brauchen.« Hm, vielleicht fünfzehn Minuten bei wenig Verkehr.

Während die gleichmäßige Bewegung des Wagens meine Nerven etwas beruhigt und das leise Rauschen der Fahrt und des Motors zu mir dringt, denke ich über die letzten Tage nach. Ich wünschte, ich könnte sagen, dass es mich durchgehend gequält und wahnsinnig gemacht hat, aber das stimmt nicht. Ich habe gesehen, was Dad aufgebaut hat, habe gesehen, wie er arbeitet, und ich glaube ihm, dass es ihm die Welt bedeutet. Die Frage ist, was bedeutet es mir? Kann ich all die Jahre voller Enttäuschungen, Lügen und Schein hinter mir lassen? Kann ich mich in dieser Welt bewegen, ohne ein Teil von ihr zu werden? Immer noch ich bleiben? Geht wirklich beides?

Unwillkürlich ziehe ich mein Handy aus der Tasche. Keine neue Nachricht. Wieso auch? Ich Feigling habe ja auch keine abgeschickt. Als mein Vater mir sagte, ich solle bis Sonntag bleiben, hab ich Cooper geschrieben. Habe ihm mitgeteilt, dass ich noch ein wenig Zeit brauche und noch in D.C. bleibe. Dass er es Andie sagen soll. Und June. Sie habe ich wieder rausgelöscht. Scheiße. Ich beiße die Zähne so fest zusammen, dass ich einen unangenehmen Druck im Kiefer verspüre.

Coops Antwort kam einen Tag später, und ich lese sie jetzt zum gefühlt hundertsten Mal.

Du solltest ihr schreiben.

»Wie heißt sie?« Beinahe wäre ich zusammengezuckt. Als hätte man mich bei etwas Verbotenem erwischt, stecke ich das Handy weg.

»Keine Ahnung, was du meinst«, gebe ich angespannt zurück.

»Ich kenne diesen Blick. Ich bin vielleicht älter als du, aber dieser Blick bleibt immer gleich.« Für einen kurzen Moment lächelt er, bevor sein Gesicht wieder ernst wird. »Du hattest ihn damals, bei Elle.«

»Erwartest du ernsthaft, dass ich mit dir darüber rede?« Ich schüttle unmerklich den Kopf. »Und hör auf, ständig ihren Namen zu nennen. Ich hab das hinter mir gelassen. Ich hab sie hinter mir gelassen. Du solltest das auch tun.«

»Das hoffe ich.«

Ich versuche, meinen Vater zu ignorieren. Will in ihm das arrogante, egoistische Monster sehen, das ich mein Leben lang in ihm sah. Die zwei Tage zu Weihnachten konnten daran bisher nie etwas ändern, aber diese letzten Tage?

Fast hätte ich laut geflucht.

»June. Ihr Name ist June.« Ich kann nicht fassen, dass ich das gesagt habe.

»Fühlt sie genauso?«

Jetzt bin ich es, der lächelt. Ich denke an all die Momente mit June, an den Cocktail auf meiner Brust, an die Spiele- oder Filmabende und die im Club, an die Küsse und …

»Ich denke nicht. Sie findet mich genau genommen nervtötend.«

»Ich hoffe, irgendwann lerne ich sie kennen.« Hoffe ich das auch? Vor drei Wochen hätte ich Nein gesagt. Ohne zu zögern. Und jetzt? Jetzt frage ich mich, ob mein Dad recht hatte. Vielleicht habe ich das alles nicht loslassen können. Vielleicht habe ich alles durch die Augen eines verletzten Jungen gesehen, dessen Mutter abgehauen ist und dessen Vater nie daheim war. Der das nie verstanden hat. Der danach die erste Frau, die er wirklich liebte, im Bett des Mannes erwischt hat, der für seinen Vater arbeitete, und so herausfand, dass er nur eine unwichtige Figur im Spiel um Geld und Macht war. Vielleicht war ich naiv. Vielleicht sollte ich anfangen, meine Augen zu öffnen und der Mann zu sein, der ich bin.

Über diesen Gedanken brüte ich, bis wir an unserem Ziel ankommen und die Türen der Limousine geöffnet werden. Ich steige aus, richte mein Sakko und bestaune die Location. Ein roter Teppich wurde ausgerollt, die Reichen und Schönen betreten in den besten Designerroben das von Scheinwerfern beleuchtete Haus. Die Presse ist auch da. Die Elite des Landes tut selten etwas, von dem die Welt nicht erfahren soll. Sie wollen, dass über sie geredet wird.

Trotzdem irritiert mich etwas, auch wenn ich nicht genau ausmachen kann, was es ist.

»Was für eine Art Veranstaltung ist das hier?«, frage ich, während wir hineingehen – und bevor mein Vater antwortet, erkenne ich es selbst. Wir gelangen in einen weitläufigen Saal, stilvoll geschmückt, mit einer kleinen Bühne und unzähligen runden Tischen. Elfenbeinfarben gehalten, mit bunten Blumengestecken. Der Raum beginnt sich zu füllen, Kellner bedienen die Gäste, bieten ihnen verschiedene Häppchen an, Champagner oder andere Getränke.

Doch mein Blick wird von dem Schriftzug abgelenkt, der über der Bühne prangt. Greene Foundation. Spendengala.

Darunter befindet sich eine Reihe mit großen gerahmten Schwarz-Weiß-Fotografien von Kindern aller Altersgruppen.

Ich verstehe nicht …

Irritiert blicke ich zu meinem Vater.

»Eine Spendengala, wie du siehst«, beantwortet er meine stumme Frage überflüssigerweise.

»Was hast du damit zu tun?« Ich ahne es, aber ich kann es nicht glauben.

»Greene Foundation ist eine gemeinnützige Organisation, ein Tochterunternehmen der Greene Company. Sie existiert seit drei Jahren.«

»Du hast nie etwas gesagt. Wieso nicht?«

»Du hast nie gefragt. Du hältst mich für einen machthungrigen und verbitterten alten Mann, der seinen Sohn hinter das Geld und die Firma stellt. Es gab eine Zeit, da hat das meiste davon zugetroffen. Aber das ist lange her.«

»Ich … ich kann nicht … Gott!« Ich kneife mir kurz in den Nasenrücken, sammle mich und atme tief durch. »Was soll das hier? Warum bin ich hier? Was hat das mit der Firma zu tun?«

»Ganz einfach. Die Firma ist auch die Stiftung. Beides ist für mich wichtig. Ich stehe morgens nicht nur auf, um Geld zu verdienen. Ich stehe auf, um meinen Beitrag zu leisten. Und ich zeige dir das, weil das auch Teil deines Lebens sein könnte. Ich bin kein Narr, Mason. Ich weiß um die Laster und Schwächen meiner Welt. Aber ich weiß sie auch zu nutzen. Das hier ist eine Spendengala für verschiedene Organisationen, die sich um kranke oder verwaiste Kinder kümmern. Wir decken mit Geldern der Firma die Kosten für den Abend, die Einnahmen werden komplett gespendet. Und die Reichen lieben es zu spenden. Leider meistens für das, was sie interessiert oder wo sie ihren Namen verewigen können, wie bei einem Stadion oder einer Universitätsbibliothek. Selten für wirklich elementare Dinge. Also«, sagt er und deutet mit der Hand auf den Raum und die Menschen darin, »bringe ich sie dazu. Sie kommen in die Presse, sie können hier Kontakte knüpfen. Es hat sogar den Anschein, als wäre ich ein netter Mensch, der sie nicht bei der nächstbesten Gelegenheit geschäftlich übers Ohr hauen würde.« Er grinst, während ich bloß dastehe und das Gefühl habe, nichts zu begreifen. Mir wird schlecht. Ich kenne den Mann vor mir nicht. Jedenfalls nicht mehr.

»Anscheinend freut es dich nicht so sehr, wie ich gehofft hatte.«

»Das ist alles etwas viel«, presse ich hervor und sehe meinen Vater nicken.

»Ich verstehe. Es ist, wie ich es gesagt habe. Dieser Abend noch, danach kannst du zurück in dein altes Leben nach Seattle. Ich werde nicht mehr anrufen, um dich dazu zu überreden, in die Firma einzusteigen. Auch wenn es nichts gibt, was ich mir mehr wünsche. Dich als CEO zu sehen, als meinen Nachfolger, würde einen alten Mann sehr glücklich machen. Und sosehr Griffin seinen Job beherrscht und denkt, er würde den Posten bekommen, wird das niemals passieren. Das solltest du wissen.«

Immer mehr Menschen strömen herein, die meisten grüßen meinen Vater, geben ihm die Hand, hier ein Küsschen, da eins, kurzer Small Talk. Er versucht, zu allen höflich zu sein, doch er wäre vermutlich lieber mit mir allein. Ich für meinen Teil bin froh um die Ablenkung. Um die Zeit, die man mir dadurch gibt. Hatte ich so ein verzerrtes Bild von mir, meinem Leben und meiner Familie? All die Jahre über? Kann das wirklich sein?

»Ich muss darüber nachdenken«, antworte ich schließlich, und er legt mir eine Hand auf die Schulter.

»Nimm dir alle Zeit, die du brauchst.«

27

Menschen, die nicht du sind, verstehen oft nicht,
wie schwer das sein kann ... Wie schwer es sein kann,
sich selbst zu verstehen, mutig zu sein oder
einfach nur mit jemandem zu reden.
Die Worte zu sagen, die man gerne sagen will.
Sie sollten nicht so streng mit dir sein.

June

»Wir brauchen süße Snacks!« Ich stapfe mit Andie Richtung Küche. Wir wollen einen entspannten Tag auf der Couch verbringen und Netflix zum Glühen bringen. »Und ich meine damit kein Popcorn, sondern was mit viel Schokolade.«

»Hey! Red mein Popcorn nicht schlecht«, jammert Andie.

Aber das Popcorn ist in dem Moment vergessen, in dem wir die Küche betreten.

»Heiliges Kanonenrohr«, piepst Andie, und ich will nicht wissen, wie es ihrem inneren Monk geht, wenn selbst mich der Anblick umhaut. Das hier ist ein Kriegsgebiet.

»Dylan?«, frage ich vorsichtig, während ich langsam auf ihn zuschleiche. So als würde ich mich einem verschreckten Wildtier nähern. »Geht es dir gut?« Er steht an der Küchenzeile und betrachtet das Chaos vor sich. Überall sind Töpfe, dreckige Kochutensilien jeglicher Art, er hat Rotwein verschüttet, eine Basilikumpflanze ist ihm auf den Boden gefallen …

»Was ist passiert?«, hakt Andie nach und tritt zu uns.

Dylan hebt seinen Blick und schaut uns frustriert an. »Ich wollte Spaghetti Bolognese machen. Aber mit einer richtig guten, frischen Soße.«

»Hat wohl nicht geklappt«, schlussfolgere ich und ernte einen Klaps auf den Arm von Andie. »Au. Das war nicht böse gemeint. Ich kann schließlich auch nicht gut kochen.«

Zum Glück schleicht sich bereits wieder ein fröhlicherer Ausdruck auf das Gesicht unseres Freundes. Er seufzt.

»Ich will schon eine Weile kochen lernen, damit ich mich nicht den Rest meines Lebens von Käse und Fertiggerichten ernähren muss, aber ich hatte kaum Zeit, und ehrlich gesagt bin ich darin so schlecht, dass ich es immer aufgeschoben habe.«

»Vielleicht fängst du mit zu schweren Dingen an«, erklärt Andie liebevoll. »Versuch es zuerst mit Gerichten, die nicht so viel Zeit in Anspruch nehmen und nicht aus zu vielen Zutaten bestehen. Aber, wenn du möchtest, helfe ich dir und bringe dir das Chili-Rezept meiner Mom bei. Es dauert auch seine Zeit, aber im Gegensatz zu Bolognese habe ich davon ein wenig Ahnung und kann dich anleiten.«

»Andies Mom hat das beste Chili der Welt gemacht«, erkläre ich stolz, weil sie irgendwie auch meine Mom war.

»Das wäre toll. Danke.« Wir lächeln uns an.

»Lasst uns aufräumen. Ich brauche Schokolade und Netflix«, erinnere ich Andie, die nickt und als Erstes das Basilikum aufhebt und ans Fenster stellt.

»Ihr müsst das nicht tun.«

Ich lache auf. »Du bist süß. Hast du schon mal erlebt, dass ich – zumindest, ohne zu murren – etwas tue, das ich nicht tun will?«

Andie schüttelt amüsiert den Kopf, und Dylan grinst. Sein Bart wackelt dabei ein wenig. Er steht ihm. Dabei sticht seine

Narbe hervor, und ich frage mich, woher er sie hat. Bisher hat er mit keinem von uns darüber geredet.

Wir räumen auf, stellen die Sachen zurück an ihren Platz und machen sauber, während wir uns ein wenig unterhalten.

»Wie war es eigentlich zu Hause?«, fragt Andie Dylan.

»Ziemlich gut. Granny kann im Gegensatz zu mir Wunder vollbringen in der Küche.«

»Also hast du deine Granny auch besucht? Das ist schön.«

»Sie ist mein Zuhause«, gibt Dylan knapp zurück, während er die letzte Schüssel in die Spülmaschine räumt und die Tür schließt. »Meine Eltern sind gestorben als ich klein war. Es war ein Busunglück.«

Andies Blick findet meinen. Das wussten wir nicht. Mist. Dylan ist lieb, aber auch unglaublich verschlossen. Wir hatten keine Ahnung. Wie kann das sein?

»Tut uns leid«, bringe ich bedrückt hervor, aber er strahlt.

»Das ist schon okay. Es ist lange her. Granny hat mich großgezogen, und ich verdanke ihr einiges. Deshalb fahre ich so oft das Studium es zulässt zu ihr nach Bellingham.«

Andie seufzt, ich sehe ihr an, wie schön sie diese Geste findet. »Familie ist so wichtig«, betont sie, und wir alle nicken. Auch wenn ich mit Familie nicht meine Blutsverwandten meine.

»Das macht die Sache mit Cooper und Zoey für mich so schlimm«, gibt Andie zu und lässt sich auf einen der Küchenstühle nieder. Sie rückt ihre Brille zurecht und kräuselt die Nase.

»Coopers Schwester?«, hakt Dylan nach.

»Ja. Cooper und seine Eltern haben kein gutes Verhältnis mehr. Das belastet ihn – und ich kann ihm nicht helfen.«

»Das, was seiner Schwester passiert ist …« Mit zusammengekniffenen Lippen schüttelt Dylan den Kopf. »Cooper kann nichts dafür.«

»Wenn seine Familie das auch mal verstehen würde«, meckere ich und puste mir eine Haarsträhne aus dem Gesicht. Die Stimmung ist gedrückt.

»Wir sollten kein Trübsal blasen. Ich wollte das nicht. Ich bin sicher, Coopers Familie wird es irgendwann verstehen … ihre Meinung ändern. Und du wirst bald deine Bolognese kochen können«, meint Andie zuversichtlich.

»Dein Wort in Gottes Ohr«, höre ich Dylan murmeln.

Später sitzen Andie und ich mit Dylan und Cooper, die beide entschieden haben, sich unserem Serientag anzuschließen, entspannt vor dem Fernseher. Andie in Jogginghose und mit Popcorn, Cooper halb mit ihr auf dem Schoß, Dylan hat sich Andies Lasagne von gestern warm gemacht, und ich stopfe mein fünftes Twinkies in mich rein.

Wir schauen *Mr. Robot*. Es ist so fesselnd wie es verwirrend ist.

»Also, wer ist denn jetzt *Mr. Robot?*«

»Na, der andere?«, antwortet Cooper Andie.

»Nein, er selbst«, meint Dylan.

»Ich finde, Christian Slater hat sich echt gut gehalten«, murmle ich zwischen zwei Bissen.

»Das interessiert keinen.« Cooper ist wieder im Grumpy-Modus. Andie drückt ihm einen Kuss auf die Wange.

»Sei nett zu ihr, sonst schläfst du in deinem Bett. Allein.«

Ich pruste los, und selbst Cooper muss lachen.

Die Serie kann mich eine Weile fesseln, und ich genieße das Zusammensein mit meinen Freunden, aber … Mason fehlt. Als Freund.

Mein Blick wandert aus dem Fenster zu meiner Rechten. Heute ist es bewölkt. Zwar bricht die Sonne hier und da noch durch, aber ich glaube, die Wolken werden heute nicht mehr weniger. Doch ich will mich nicht beklagen, bisher hatten wir einen tollen Sommer.

Während die jetzige Folge endet und Dylan auf Play drückt für die nächste, sammle ich das Süßigkeitenpapier ein, das ich auf mir verteilt habe, und stehe auf. Sofort schaut Andie fragend zu mir.

»Ich bringe das schnell weg und gehe mit Socke raus.«

»Oje, ist es schon so spät?«

»Ich brauche etwas Bewegung und frische Luft.« Ich brauche etwas Zeit für mich, schwingt mit, und Andie nickt verständnisvoll.

Also räume ich meinen Müll weg, pfeife einmal laut nach Socke, der sofort hechelnd angerannt kommt. Nachdem ich in meine Schuhe geschlüpft bin, leine ich ihn an. »Komm, Kleiner. Wir machen einen Spaziergang.« Ich bekomme ein freudiges Bellen zur Antwort, bevor ich mit ihm in den Flur trete.

Draußen weht ein kühlerer Wind als gedacht, aber ich friere nicht, auch wenn sich im ersten Moment eine zarte Gänsehaut auf meinen Unterarmen bildet. Als hätte ich den Wetterumschwung geahnt, habe ich das dünne Kleid im Schrank gelassen und trage stattdessen eine Boyfriend-Jeans samt mintfarbenem Crop Top.

Während Socke freudig schnüffelnd an der Leine zieht und über die grünen Flächen am Straßenrand hüpft, rekapituliere ich die letzten Tage. Ich hab wenig mit Andie geredet. Generell gab es kaum was zu erzählen. Dabei habe ich über so viel nachgedacht. Etwas, das ich getan habe und von dem Andie noch nichts weiß. Ich habe gestern meiner Mom geschrieben, sie gefragt, wie lange sie in Japan bleiben werden und ob es ihnen gut geht. Ich dachte, es könnte nicht schaden, es nach all den Jahren noch einmal zu versuchen. Oder eher wieder. Ich hatte wohl gehofft, dass … es besser werden würde. Seufzend schiebe ich mir ein paar Strähnen aus dem Gesicht, die der Wind aufgewirbelt hat.

Es war eine beschissene Idee. Eine naive und beschissene Idee, nicht mehr. Ihre Antwort hat mich nicht überrascht, und trotzdem tat es weh. Keine Ahnung, was davon schlimmer ist. Dass ich nichts anderes erwartet, aber auf mehr gehofft habe, oder dass sie mich auch heute noch mit jedem Blick, jedem Wort und jeder Minute, in der sie sich nicht meldet, verletzen kann.

Der Auftrag wird länger dauern. Hast du dein Make-up gekauft?

Ich hab geweint und mich danach dafür geschämt. Ich bin kein kleines Kind mehr. Und langsam sollte ich verstehen, dass nicht jeder eine Bilderbuch-Familie haben kann. Manchmal ist die Hoffnung aufgebraucht. Manchmal ist es kompliziert. Und manchmal muss man sich lösen, um nicht an den Menschen zu zerbrechen, die man liebt.

Das wars. Ich hab irgendwie *Auf Wiedersehen* gesagt. Nein, es war ein *Lebewohl.* Ich wünschte, es wäre anders gelaufen. Ich wünschte, sie hätten einen anderen Menschen aus mir gemacht. Keinen schöneren, keinen intelligenteren oder lustigeren, sondern einen, der sich selbst lieben und akzeptieren kann. Ganz.

Hektisch blinzle ich ein paarmal. Ich werde nicht wieder weinen. Den Kloß im Hals schlucke ich runter, und ich ignoriere das Ziehen in meinem Magen. Es ist besser so. Es wird mich auf Dauer glücklicher machen.

Ich werde es Andie sagen, aber nicht jetzt. Ich kann das irgendwie noch nicht.

Nachdem Socke gefühlt an jeden Grashalm diesseits des Lake Washington gepinkelt hat, mache ich mich auf den Weg zurück. Die frische Luft tut gut. Schritt um Schritt geht es mir besser, ich kann freier atmen. Auch wenn meine Gedanken immer wieder um meine Familie kreisen, um die Vergangenheit und die Zukunft. Um Mason. Ich mag ihn. Ich vermisse ihn. Ich habe Angst. Dieses Date ist unvermeidlich. Ich werde mich nicht rausreden oder rauswinden, aber ich hoffe, dass es die ganze Situation nicht noch schlimmer und komplizierter macht. Mase versteht nicht, dass Anziehung nicht alles ist. Dass das in meiner Welt nicht reicht.

Drew hat damals beim Abschlussball nicht einfach nur in meinem Auto mit einer anderen rumgemacht. Es war mehr. Ich hatte wirklich Gefühle für ihn. Ich bin über meinen Schatten gesprungen und habe ihm gezeigt, wer ich bin. Seine Reaktion war …

Ich lache auf. *Angewidert* würde es nicht im Ansatz beschreiben. Erste Reaktionen sind meistens ehrlich. Natürlich hat er so gut wie möglich versucht, es runterzuspielen, meinte, er sei nur überrascht worden. Er wollte danach nicht mit mir schlafen. Ich war der Überzeugung, er wolle es langsamer angehen lassen, er sei ein guter Kerl. Bis ich ihn halb in und auf Amber sah in meinem Pick-up. Bis er mir zum Vorwurf machte, keinen mehr hochzukriegen bei meinem Anblick. Liebe ist dramatisch.

Für mich brach eine Welt zusammen.

Es war das erste und einzige Mal, das ich den Mut aufgebracht habe, jemand anderen als Andie und ihre Familie in meine Welt zu lassen. Das erste und einzige Mal, das ich den Versuch unternommen habe, jemandem zu zeigen, wie ich wirklich aussehe. Mein ganzes Ich.

Diesen Fehler werde ich nie wieder begehen.

Auch nicht bei Mase …

Meine Füße tragen mich den Steinweg nach oben zur Haustür. Ich gehe mit Socke hinein, fahre mit dem Fahrstuhl hoch und schließe die Wohnung auf. Wir waren länger unterwegs als geplant, aber es war schön.

»Er hebt sogar noch das Bein, wenn wirklich gar nichts mehr aus der Blase kommen kann. Hunde sind verrückt«, fange ich an zu plappern, während ich Socke streichle und ihn ableine. Der Fernseher ist aus, Dylan nicht mehr auf der Couch. Nur Cooper, der mich mit seinem normalen düsteren Blick mustert, und Andie, die aufsteht. Sie knetet ihre Finger und tritt auf mich zu.

Dabei schaut sie über ihre Schulter zu Masons Zimmer und … Seine Tür ist einen Spalt offen. Es ist, als würde mein Körper sofort den Adrenalin-Kanal öffnen, mein Herz schlägt schneller, meine Lippen teilen sich und in meinem Magen flattert es. Ich werde unruhig.

Ist er wieder da? Geht es ihm gut? Soll ich gehen? All die Fragen schwirren wie Bienen in meinem Kopf, aber ich spreche sie nicht aus.

»Wieso siehst du mich so an?«, frage ich Andie bemüht teilnahmslos.

»Mase ist aus Washington zurück.«

Ich schlucke heftig. »Schön.«

»Er ist unten, irgendwo am Lake Washington Ship Canal«, fügt Cooper an. Seine Lippen sind zu einem hauchdünnen Strich zusammengepresst, und ich höre das, was in seinen Worten mitschwingt.

Geh zu ihm.

»Er hat seine Tasche abgestellt, sich umgezogen und nicht viel geredet.«

Ich sollte nicht gehen. Ich sollte hierbleiben und mit Andie was zu essen kochen oder einfach zurück ins Wohnheim fahren.

Ich sollte mich nicht wieder umdrehen.

Und doch tue ich es …

28

Ikigai – oder die Frage danach,
wozu man bestimmt ist.
Kurz: Was zur Hölle soll ich tun?

Mason

Mein Kajak ins Wasser zu lassen fühlt sich befreiend an. Und nach für mich ungewohnt langer Zeit endlich wieder drinzusitzen, mich auf dem Wasser zu befinden und die routinierten Bewegungen auszuführen – das alles lässt mich aufatmen. Lässt mich klarer denken – trotz der seit dem Flug anhaltenden Schmerzen in meinem Schädel und der Müdigkeit. Letzte Nacht habe ich kein Auge zugetan.

Ich hab nur mein Zeug in mein Zimmer geschmissen, meine Neoprenhose übergezogen und einfach irgendein Shirt und bin los. Ich wollte keine Zeit verlieren und so sehr ich Andie, aber ganz besonders Coop angesehen habe, dass sie gerne mit mir reden würden, hatte ich dafür keinen Kopf.

Wenn ich richtig rudern will, leihe ich mir unten beim Bootsverleih ein Sportruderboot. Dieses Jahr wollte ich mir ohnehin selbst eins anschaffen. Aber mit dem Kajak zu fahren, genieße ich meistens noch ein bisschen mehr, auch wenn beides etwas für sich hat. Heute würde ich allerdings das Rudern bevorzugen, weil man mehr Kraft aufwenden muss und ich mich deutlich schneller und besser auspowern könnte. Da ich aber sofort loswollte und keine Geduld hatte, wurde es mein Kajak.

Hauptsache, raus. Hauptsache, aufs Wasser.

Hier bin ich kein Gefangener meines Lebens, hier bin ich frei. Hier fliege ich. Das Leben, die Welt, alles rückt in weite Ferne.

Ich hatte stets das Gefühl, nicht Schritt halten zu können. Mit den Erwartungen an mich oder meinen eigenen. Nicht stark oder smart genug zu sein. Nicht schnell genug. Nicht gut genug.

Nicht für die Welt, die Firma, für Elle, meine Eltern. Früher habe ich versucht, es allen recht zu machen. Habe versucht, mich anzupassen und die Beweggründe der Menschen in meinem Leben zu verstehen. Bis mir klar wurde, dass nicht jeder gute Absichten hat und es keinen Sinn macht, es schönzureden. Nicht Elle, die mit Griffin ins Bett gestiegen ist, nicht ihre Eltern, die durch ihre Tochter an unser Vermögen wollten, nicht Mom, für die ich ein kleiner Unfall war und die dann abgehauen ist, nicht Dad, der nie da war. Sie alle haben mich gelehrt, was sie nicht gut konnten: für andere da sein, Freunde nicht im Stich lassen, sich nicht an die Freundin eines Kumpels ranmachen und Entscheidungen treffen, mit denen man wirklich leben kann. Helfen. Freundlich sein. Ohne Hintergedanken. All das fehlte ihnen. Ebenso der Drang, für andere da zu sein, ihnen ohne weiteres gute Arbeitsbedingungen und eine Krankenversicherung zu verschaffen, mit offenen Augen durchs Leben zu gehen …

Verbissen paddle ich weiter und presse die Zähne zusammen.

Ich dachte, mein Vater sei der Böse und die Welt der Reichen eindimensional. Ich wusste, was ich nicht wollte, aber nicht, was ich will.

Nach dem Besuch in der Firma ist es nicht anders oder besser. Wenn überhaupt, ist es noch verworrener.

Das, was ich dachte, was ich bisher von meinem Vater hielt … Ich schüttle den Kopf. Es ist auf einmal anders. Ganz anders, und ich habe keine Ahnung, ob ich damit umgehen kann.

Das erste Mal, seit ich dieser Welt den Rücken gekehrt habe, frage ich mich, ob ich ihr noch eine Chance geben sollte. Ihr, der Firma und meinem Vater.

Ob ich mir eine Chance geben sollte, indem ich herausfinde, was ich wirklich will.

Das bin ich mir schuldig, oder?

29

Ich warte, warte, warte. Nur um danach zu rennen, rennen, rennen.

June

Das Holz unter mir ist noch etwas warm. Als hätte es die letzten Sonnenstrahlen des Tages eingefangen und würde sie nie wieder hergeben wollen.

Ich sitze an dem kleinen Steg, keine fünf Minuten von der Wohnung entfernt, direkt am Kanal, über den ich nun blicken kann. Es ist kälter geworden, die Wolken werden immer dunkler, der Himmel ist in Grau getaucht. Ich hätte mir doch etwas überziehen sollen.

Ich hätte nicht herkommen sollen.

Und egal, wie sehr ich daran denke, meine angezogenen Beine zu bewegen und meine Arme darum zu lösen, aufzustehen, tue ich es doch nicht. Ich sitze eine halbe Ewigkeit hier, ohne zu wissen, wie lange Mason unterwegs sein wird.

Ich lege mein Kinn auf meine Knie, starre aufs Wasser und warte. Dabei habe ich es aufgegeben, mir zu überlegen, was ich Mason sage oder wie ich ihm erkläre, warum ich überhaupt hier bin. Vielleicht sind wir über diesen Punkt hinaus. Vielleicht wissen wir es längst.

Ich weiß es. Ich schließe die Augen. Ja, ich weiß es.

Der Wind fegt unter mein Shirt, das Wasser brandet gegen

das Ufer, und leiser Donner dringt zu mir. Blinzelnd öffne ich die Augen, hebe den Blick, lege den Kopf in den Nacken und schaue mich um. Schaue an dem hellgrünen Blätterdach des Baumes neben mir vorbei. Die Wolken fliegen schnell vorüber, drängen sich ineinander. Ein Gewitter naht.

Meine Hände sind schon ganz kühl.

Da, ein zweites Donnern. Ich ziehe die Beine nur fester an meinen Körper, den Saum des Shirts etwas weiter nach unten und bleibe, wo ich bin. Auch dann, als die ersten Tropfen meine Stirn treffen. Meine Arme, meine Wangen. Als es mehr werden. Bei Gewitter am Wasser zu sein, ist nicht ungefährlich, ich sollte zurück ins Haus gehen. Aber Mason ist auch noch draußen.

Mase, verflucht, es fängt an, ungemütlich zu werden. Das Donnern kommt näher, wird lauter. Beim letzten Schlag bin ich unwillkürlich zusammengezuckt. Blitze habe ich zum Glück noch keine gesehen.

Mein Blick sucht den Fluss ab, heftet sich an den Horizont wie an einen Anker. Einen Rettungsring.

Da … da ist etwas. Endlich.

Ich richte mich auf, umklammere mich selbst und reibe mir über die Arme, um mich zu wärmen, während ich das Kajak beobachte, das auf mich zuhält. Dabei versuche ich, den Kopf etwas gesenkt zu halten und meinem Gesicht ein wenig Schutz vor dem Regen zu bieten. Meine Foundation ist gut, aber sie ist kein Wundermittel. Auch wasserfest ist nicht für die Ewigkeit.

Alte Gewohnheiten schüttelt man nicht so leicht ab. Aber das möchte ich. Ich will mich verändern. Ich habe mich verändert. Emotional habe ich mit meinen Eltern abgeschlossen … Das, was sie mir eingetrichtert haben, muss ich beginnen loszulassen. Irgendwann …

Jeder Paddelschlag bringt Mason näher, und ich fange an, doch nervös zu werden und unruhig auf der Stelle zu treten. Meine Kehle ist wie zugeschnürt, das Blut rauscht in meinen Ohren, singt Duette mit dem Wind, der um mich herumpfeift, dabei ist Mase noch nicht mal am Steg. Geschweige denn aus dem Kajak raus. Je näher er kommt, umso unruhiger werde ich. Ich trete zwei Schritte zurück, als er schließlich ankommt. Sein Brustkorb hebt und senkt sich heftig, sein grau meliertes Shirt ist nass von Schweiß und Regen. Von dem Sturm, der gleich direkt über uns wüten wird. Mit leicht geöffnetem Mund und ein paar nassen Strähnen, die ihm in die Stirn hängen, mit diesem unergründlichen Ausdruck auf dem Gesicht, hält er meinen Blick fest und jagt Schauer über meinen Körper. Ihn zu sehen, tut gut. Es tut so gut, dass es mich schmerzt.

Ich habe so lange hier auf ihn gewartet, doch jetzt würde ich nichts lieber tun, als einfach wegzurennen. Weg von ihm. Weg von diesem Gefühl. Weg von dem, was er vielleicht sagen oder tun könnte. Oder ich.

Mase bindet ein Seil um einen Holzpfahl, bevor er seine Paddel über Kajak und Steg legt und verbindet, sodass sie ihm Halt geben. Der Steg geht am hinteren Teil ein Stück nach unten, um auf Höhe des Wassers zu sein. Er ist schmal, aber ausreichend. Mase hievt sich mit den Händen hoch, setzt sich vorsichtig auf den hinteren Teil, und ich beobachte dabei fasziniert das Muskelspiel seiner Arme und seines Oberkörpers. Der Regen lässt das Shirt an ihm kleben, und diese Verwegenheit steht ihm. Dieses Unperfekte und Unordentliche.

Er schiebt seine Beine auf das Holz und zieht sich an dem Pfahl hoch. Danach holt er das Kajak ran, löst das Seil, hebt es aus dem Wasser und über seine Schulter. Er kommt auf mich zu, während ich an den Anfang des Stegs gehe, ganz ans Ufer.

Wir halten an.

Ich schaue ihn an und wüsste gerne, was er sieht. Wen er sieht ... in mir.

Seine Augenbrauen sind leicht zusammengezogen, ein paar wenige Regentropfen laufen über seine Nase und springen dort ab, andere suchen sich ihren Weg über seine Wangen. Ich würde sie gerne wegwischen, doch ich traue mich nicht.

Seine langen Wimpern wirken dunkler als sonst. Der Cut ist zu einer kleinen Narbe geworden, das Auge leuchtet nicht mehr, die Verletzung ist vollkommen geheilt und abgeklungen.

Und während er so ernst und unnahbar vor mir steht, ohne ein Wort zu sagen, fühle ich mich nackt. Wie ein kleines Mädchen und nicht wie eine Frau.

»Du bist wieder da«, murmle ich leise, nachdem das letzte Donnern verklungen ist. Seine Kiefer mahlen, sein Blick ist eindringlich. Ich sehe, wie er schluckt. Und schlucke unwillkürlich auch.

»Wie war es in Washington?«

»Überraschend.« Seine tiefe Stimme vibriert in mir wie tausende Echos.

»Und die Frauen?«, frage ich, um ihn zu necken. Ich spüre das Lächeln auf meinen Lippen. Schließlich haben wir da eine Wette laufen.

»Ich hab keine gesehen.« Seine Miene bleibt ungerührt, aber etwas in seinen Augen funkelt.

»Gut«, entgegne ich mit belegter Stimme und nicke knapp. »Dann haben wir wohl ein Date.« Wieso bricht meine Stimme? Mein Mund fühlt sich trocken an, fast etwas pappig.

Mason bewegt sich unerwartet schnell, stellt das Kajak auf dem Boden ab und tritt ganz nah vor mich. Ich atme heftig.

Regentropfen um Regentropfen prasselt auf uns nieder und setzt sich in unseren Haaren und den Klamotten fest. Ich zittere.

»Sieht wohl so aus.«

Als ich Masons Finger an meinen Armen spüre, keuche ich leise. Unsere Blicke haken sich ineinander fest. Er ist mir so nah, ich müsste mich nur auf die Zehenspitzen stellen. Nur eine Bewegung und … Mit einem tiefen Atemzug schließe ich einen Moment die Augen, bevor ich ihn wieder betrachte. Und mit einem Ruck zieht er mich an sich. In eine Umarmung. Meine rechte Wange klebt an seiner nassen Brust. Durch das Shirt dringt seine Wärme, seine Arme umfangen mich, seine Hände kommen auf meinem Rücken zum Liegen und sein Kinn auf meinem Scheitel.

»Hast du mich vermisst, Kätzchen?«, höre ich ihn wispern, bevor Regen und Wind seine Worte davontragen.

Ich denke, das habe ich.

Ich erwidere seine Umarmung, schmiege mich an ihn und habe es nicht mehr allzu eilig, von hier zu verschwinden.

Doch irgendwann müssen wir das. Spätestens, als die ersten Blitze über uns den Himmel erhellen.

»Wir sollten gehen. Komm.« Mase reibt über meinen Rücken, dann mustert er mein Gesicht, und ich halte seinem Blick stand, ohne zu wissen, was er sucht oder vielleicht findet. Ich bin mir jeder Bewegung und Berührung bewusst. Ich bin auf alles gefasst, aber nicht auf den Moment, als er mir ein paar klatschnasse Strähnen nach hinten streicht. Nicht auf diesen Augenblick, in dem er mein Gesicht mit seinen Händen umfasst und mir einen Kuss auf die Stirn gibt. Lange und intensiv. Und ich beinahe aufschluchze, weil ich das nicht verdient habe.

Zaghaft löse ich mich.

Damit er sein Kajak hochheben kann, lässt er ganz von mir ab, nur um direkt danach wieder nach mir zu greifen. Er nimmt meine Hand, und ich lasse es zu.

Weil Schritte zurück immer schwer sind … viel zu schwer.

30

Ein Date wider Willen.

June

Dass ich meinen Kleiderschrank erst vollständig aufgeräumt hatte, sieht man nicht mehr. Mit in die Hüften gestemmten Händen stehe ich davor, in Unterwäsche, und starre ratlos hinein, während Andie auf dem Bett hinter mir sitzt.

»June, es ist neun Uhr morgens. Ich war erst um vier im Bett. Ich weiß meinen eigenen Namen nicht oder ob ich einen BH angezogen habe, bevor ich hergekommen bin. Ich kann dir nicht helfen.«

»Du musst. Ich bin verloren. Mason hat betont, das Date geht einen halben Tag lang. Den halben verschissenen Tag! Er hat gesagt, ich hätte daran denken sollen, eine zeitliche Begrenzung festzusetzen, aber jetzt ist es dafür zu spät. Ich meine, was hat er vor?«

»Hat er das nicht verraten?«, murmelt Andie, und als ich mich zu ihr drehe, sehe ich, dass sie den Kopf abstützt und die Augen zuhat. Ihre Brille ist verrutscht.

»Hey! Ich brauch dich hier. Nicht einschlafen.« Ich brauche Andie wirklich, ich hab ja selbst kaum geschlafen.

Sie zuckt zusammen und reißt die Augen auf. »Ich bin wach!«, ruft sie und blinzelt hektisch.

»Wie hast du bisher die frühen Seminare bestehen können,

wenn deine Gehirnzellen um diese Uhrzeit noch im Stand-by sind?«

»Magie!« Sie deutet ein Lächeln an. »Wann kommt Mase noch mal?«

»Um vier.«

Ihr Mund klappt auf. »In sieben Stunden? Was tue ich hier?«

Sie ist vollkommen fassungslos. Ich würde ihr gern sagen, dass ich nervös bin und unmöglich allein sein kann, bis Mase mich abholt, aber ich kriege die Worte nicht raus. Zum Glück redet Andie schnell weiter.

»Okay, das ist eindeutig genug Zeit, um für dich was zum Anziehen zu finden, deine nassen Haare zu föhnen – und für mich, um noch ein Nickerchen zu machen.« Passend dazu gähnt sie laut. »Ich sage das selten, aber: keine Panik.«

»Du hast recht. Es macht mich einfach verrückt, nicht zu wissen, was er geplant hat.«

»Würde mir auch so gehen. Aber ich glaube, dass das eigentlich nicht das Problem ist.«

Ich sehe sie fragend an, bevor ich demonstrativ an mir herabschaue. Ja, immer noch nur die Unterwäsche und meine pinken Pantoffeln, sonst ist nichts da. Wenn man außer acht lässt, dass sich mir der Magen umdreht vor Nervosität. Am besten ist das Date schneller vorbei, als ich gucken kann. Damit wir das hinter uns haben.

»Ach, denkst du, ja?«

»Ja. Du magst Mase und hast trotzdem alles darangesetzt, ihn auf Abstand zu halten. Und jetzt merkst du, dass es nicht funktioniert.«

»Das hat ganz wunderbar funktioniert. Bis auf ein paar kleinere Zwischenfälle. Und was heißt *trotzdem?*«

»Weil man Menschen, die man mag, normalerweise nicht wegschiebt.«

Abwehrend verschränke ich meine Arme vor der Brust und senke den Blick. »Ich mache das auch nicht einfach so. Es ist besser. Auf lange Sicht betrachtet.«

»Das kannst du nicht wissen«, erklärt sie sanft, und meine Kehle schnürt sich zu. »Versuch es. Mase ist nicht wie alle anderen. Lass die Vorurteile und Ängste los. Das wünschst du dir auch von anderen.«

»Das letzte Mal, als ich das getan habe … Du weißt, was passiert ist. Ich habe mich wie ein Alien gefühlt. Ich kann das nicht, Andie. Ich will und kann es nicht. Das nächste Semester startet bald, ich muss meinen Bericht beenden und einreichen, die Midterm-Prüfungen stehen an … Ich kann mir keinen Zusammenbruch leisten. Und dabei sollten wir es belassen.«

Es ist deutlich spürbar, dass Andie gerne widersprechen möchte, ich höre, wie sie einatmet, wie sie stockt.

»In Ordnung. Oh, und hier.« Sie kramt in ihrer großen Tasche und zieht eine Mappe heraus, die sie mir reicht. »Mase hat dir etwas für das Praktikum ausgestellt. Empfehlungsschreiben. Ich dachte, ich bringe es dir vorbei, es lag in deinem Fach.« Ich vergesse immer, in das Fach zu gucken … Nervös nehme ich ihr die Mappe ab. Ich werfe einen Blick hinein. Obligatorische Sätze springen mir ins Auge: Über welchen Zeitraum ich als Praktikantin tätig war, mein Tätigkeitsbereich, meine Aufgaben. Am Ende folgt Masons persönliche Einschätzung. »Miss Stevens hat nicht nur ein außerordentliches Gespür für Marketing und Eventplanung, sondern darüber hinaus verfügt sie über genug Ehrgeiz und Disziplin, in diesem Metier erfolgreich zu sein. Sie hat sich hervorragend in das Team integriert und war eine große Bereicherung für das Unternehmen.« Es folgen noch ein paar Sätze, aber ich klappe die Mappe zu und räuspere mich.

»Ich hab es gelesen«, gesteht Andie. »Er würde es nicht schreiben, wenn es nicht stimmt, weißt du?« Ich kann gerade nicht antworten. Andie merkt das und wechselt das Thema, während ich die Mappe zur Seite lege. »Am besten suchst du dir zuerst ein paar Outfits raus und wenn du fertig bist, weckst du mich.« Sie nimmt ihre Brille ab, legt sich hin und wickelt sich in die Decke.

Vermutlich ist das wirklich die beste Methode, um voranzukommen. Ich atme tief durch.

Doch zuerst föhne ich meine Haare, damit ich den Turban loswerde. Das Handtuch nervt nur und wackelt jedes Mal verdächtig, wenn ich mich strecke, bücke oder zu schnell bewege. Weg damit. Ich lege es über den Stuhl, schnappe mir den Föhn und bringe meine Haare im Gemeinschaftszimmer in Ordnung. Den Rest mache ich nachher, bevor es losgeht.

Zehn Minuten später sind sie gekämmt und fast ganz trocken, und ich gehe zurück in mein Zimmer, wo ich Andie leise schnarchend vorfinde. Die Frau kann immer und überall schlafen. Grinsend schüttle ich den Kopf, stelle mich wieder vor meinen Kleiderschrank. Ich schiebe das Chaos in meinem Kopf weg und widme mich stattdessen dem direkt vor mir.

Teil um Teil ziehe ich heraus, halte es vor mich und betrachte es. Immer mal wieder fällt mein Blick aus dem Fenster. Strahlend blauer Himmel, nur ein paar kleinere schneeweiße Federwolken. Es wird ein schöner Tag. Ich könnte einen Rock anziehen oder eines meiner neuen Sommerkleider. Das würde ich auch, wüsste ich nicht, dass ich mit Mason ausgehe und alles möglich ist. Und ein Kleid ist nicht für alles geeignet. Ein kurzes schon gar nicht.

Ich puste mir eine Strähne aus dem Gesicht und wippe mit den Füßen auf und ab. Okay, Kleider sind raus. Nur das eine hier nicht. Es ist lang und etwas schwerer, aber auch weit und bietet somit genug Beinfreiheit. Marineblau mit Stoffschleife, die man an der Taille binden muss, sowie angenehmen Trägern und einem süßen Ausschnitt samt Knöpfen. Eine Jeans und drei luftige Oberteile landen auch noch auf dem Haufen.

Ich setze mich auf den Boden und begutachte jedes Kleidungsstück …

Weiter und weiter …

Irgendwas fühlt sich merkwürdig an. Nicht richtig. Ich kann nicht bestimmen, was es ist, aber dieses unterschwellige, warnende Gefühl zieht sich durch meinen ganzen Körper. Ich strecke mich, öffne die Augen und die Sonne – Moment, was? Shit, shit, shit! Ich bin auf dem Kleiderhaufen eingeschlafen. Wie spät ist es?

»Andie!«, schreie ich und höre sie nur leise irgendwas nuscheln. »Andie, verflucht! Ich bin eingepennt.«

»Was?«, fragt sie mit erstickter Stimme und schafft es, nach ihrer Brille zu greifen und sich auf den Rücken zu drehen.

»Wo ist mein Handy? Das kann doch nicht wahr sein.« Panisch suche ich auf und unter meinem Schreibtisch, gehe wieder zurück zu dem Klamotten-Desaster. Stoffe fliegen durch die Luft, als gäbe es kein Morgen. Da ist es! Unter dem Overall. Hastig greife ich danach und schreie auf, weil es mir fast wieder aus der Hand gerutscht wäre.

»Zeit, Zeit! Ich brauche die Uhrzeit!«, murmle ich. Halb vier. Mir wird schlecht. Wie gelähmt drehe ich mich zu Andie, die sich gerade aufsetzt und die Brille richtet.

»Wie spät ist es?«

»Mase kommt in einer halben Stunde.«

»Was? Ich hab so lange geschlafen?«

Ich lache erstickt auf. »Das wundert hier keinen. Aber dass ich eingepennt bin – noch dazu für so lange – Andie, das geht gar nicht.« Ich kneife die Augen kurz, aber heftig zusammen. Ich war wirklich müde, hab heute Nacht kaum Ruhe gefunden, doch das? Ach, verfluchter Mist! Wie soll ich jetzt rechtzeitig fertig sein?

Ich hab Andie noch nie so schnell aus dem Bett hüpfen sehen. Sie hat eine Schlaffalte im Gesicht, ihr Shirt ist ganz zerknittert. »Auf. Du schminkst dich, ich glätte deine Haare. Das schaffen wir. Danach suchen wir dein Outfit. Und wenn wir nicht fertig sind, wird Mason warten müssen.«

Und wir legen los, ich vor dem Spiegel mit Foundation und Pinseln in der Hand, Andie hinter mir mit dem Glätteisen, weil meine Haare aussehen, als hätte ich in eine Steckdose gefasst.

Wir sind ein gutes Team, doch obwohl wir schnell arbeiten, dauert es seine Zeit, bis alles sitzt.

»Jetzt die Klamotten«, sagt Andie, nachdem sie das Glätteisen ausgestöpselt und zur Seite gelegt hat. »Es ist warm, also keine Jeans, oder?«

»Ich hab keine Ahnung. Wenn ich wüsste, dass er nicht irgendwas Verrücktes plant, schon, aber so? So wäre es fast die sicherste Wahl.«

»Hm.« Andie blickt nachdenklich auf den Kleiderhaufen, vor dem ich jetzt stehe. Ich hebe das einzige Kleid hoch, das es in die engere Auswahl geschafft hat.

»Oder doch so was?«

»Find ich schick. Das bist mehr du«, meint Andie und zuckt mit den Schultern. »Aber keine High Heels, oder?«

»Einen Tod muss ich wohl sterben, was? Nein, hohe Schuhe wären drin gewesen, wenn wir einfach essen gehen würden.«

»Was ihr vielleicht tut.«

»Was ich wüsste, wenn der Idiot nicht so ein Geheimnis draus machen würde.«

Andie kichert leise. »Sein Plan geht auf.«

Irritiert lasse ich das Kleid sinken und schaue sie fragend an. »Welcher Plan? Andie?«

»Dich vollkommen verrückt zu machen.«

Ich schnaube als Antwort. Das ist kein erstrebenswertes Ziel, das sollte er mittlerweile wissen.

Es klopft an der Tür zur Wohnung. Andie und ich schauen uns mit großen Augen an. Ist er schon da? Ist es schon vier?

Hektisch schlüpfe ich in das Kleid, während Andie aus dem Zimmer hechtet und die Tür hinter sich anlehnt.

Ich höre sie reden, verstehe aber nicht genau, was sie sagt. Vor lauter Hektik und weil ich zu fahrig bin, muss ich dreimal ansetzen, bis die Schleife sitzt. Danach greife ich unten in den Schrank, nehme das einzige flache Paar Schuhe raus, das zum Kleid passt, und ziehe es an. Weiße Schnürschuhe im Dandy-Stil, dazu eine schlichte Tasche, in der ich mein Handy, ein bisschen Geld und das nötigste an Make-up verstaue. Fertig.

Ein letzter Blick in den Spiegel. »Du kannst das June. Es ist nur ein Date. Heute Abend ist es wieder vorbei«, rede ich mir gut zu, ehe ich aus meinem Zimmer in den Gemeinschaftsraum trete.

Still ermahne ich mich, nicht an dem Kleid herumzufummeln. Es ist nur Mason. Es ist nur eine verlorene Wette. Es ist … nichts …

Mir stockt für einen Moment der Atem, als Andie zur Seite tritt und ich ihn erblicke.

Er lehnt lässig am Türrahmen, drückt sich langsam ab, während ich auf ihn zugehe und sein Blick dabei über mich gleitet. Als würde er kein bisschen verpassen wollen.

Mason ohne Anzug. Ich kann mich nicht erinnern, wann ich ihn je so gesehen habe – mit Ausnahme der Mottopartys und dem Rudern. Dass er sportliche braungraue Schuhe trägt, kann ich kaum glauben. Dazu eine fein gemusterte Stoffchinohose in Hellblau mit passender Weste, darunter ein weißblaues Hemd. Enganliegend und mit kurzen Armen. Die ersten zwei Knöpfe stehen offen, der Kragen umschmeichelt seinen Hals.

Mein Herz schlägt höher, als ich das Funkeln in seinen Augen sehe. Den ernsten, fast bewundernden Ausdruck und das freche Grinsen, das sich auf seinen Lippen ausbreitet, als er meinem Blick begegnet.

»Keine Blumen?«

»Ich hab andere Geschenke dabei, Kätzchen«, gibt er zurück. Ich trete ganz dicht vor ihn.

»Ich hasse Überraschungen.«

»Das macht es so interessant.« Er beugt sich etwas vor, sein Aftershave weht zu mir. Gott steh mir bei, ich hätte beinahe die Augen geschlossen und tief eingeatmet.

»Bereit?«

»Würde es was ändern, wenn ich Nein sage?«

Das bringt ihn zum Lachen. »Bis später, Andie. Sollen wir dich schnell heimfahren?« Meine Freundin winkt nur ab.

»Red keinen Unsinn, Mase. Ich nehme den Bus oder den Klepper.«

Wir verabschieden uns. Danach schlendern wir Seite an Seite zu seinem Wagen, den er direkt neben dem Wohnheim an der Straße geparkt hat. Das Kleid scheint die perfekte Wahl gewesen zu sein. Es ist luftig und locker, aber verdeckt genug.

Die Sonne strahlt herab, es ist ein wundervoller Sommertag. Mittlerweile haben sich schöne dicke weiße Wolken gebildet, die vereinzelt über den Himmel ziehen und wie Zuckerwatte aussehen.

Am Wagen angekommen öffnet Mase mir die Tür, aber ich steige noch nicht ein.

»Verrätst du mir jetzt, wo es hingeht?«

Er stützt sich mit den Armen auf der Tür des zeitlosen Sportwagens ab und schüttelt amüsiert den Kopf. »Keine Chance. Steig ein, Kätzchen. Aber pass auf die Tüte auf dem Sitz auf.«

Ich gebe einen unzufriedenen Laut von mir, bevor ich in den Wagen blicke. Dort stehen ein Kaffeebecher mit meinem Namen drauf und eine Tüte. »Eiskaffee und ein Karamell-Donut für die Wildkatze.«

Ohne es verhindern zu können, grinse ich breit und nehme die Sachen, bevor ich es mir auf dem Leder gemütlich mache und mich anschnalle. Mase steigt auf der anderen Seite ein und startet den Flitzer, der ein röhrendes Geräusch von sich gibt.

»Eins zu null für dich«, murmle ich, als ich den Donut herausziehe und mein Magen wie auf Kommando knurrt.

»Glaub mir, wenn ich eins gelernt habe, dann ist es, dass Kaffee und Zucker wertvolle und effektive Mittel sind, dich wenigstens für ein paar Minuten umgänglich zu machen.«

Eine Art Summen ertönt. Mason lässt die Fenster zu beiden Seiten herunter und setzt sich eine Sonnenbrille im Pilotenstil auf. Er steht wirklich auf Maverick. Wäre er ein anderer, würde ich sagen, dass er es ausnutzt – so gut, wie er damit aussieht. Aber ich glaube, Mase weiß das gar nicht. Macht das Ganze nicht besser …

Was auch immer er vorhat, ich hoffe, dass es schnell vorbei ist, damit wir die Wette, dieses Date und den ganzen Irrsinn hinter uns lassen können.

Während ich genüsslich den letzten Rest des Donuts verspeise und nebenbei an meinem leckeren Eiskaffee nippe, düst Mase mit mir durch die Straßen. Das Radio ist an, spielt Pop-Rock und ich beobachte Mase, wie er teilweise die Lippen bewegt und mit der Hand im Beat auf das Lenkrad tippt. Er hat richtig Spaß, und ich kann es nicht verhindern, auch welchen zu haben. Entspannter als gedacht lehne ich mich zurück, dabei lächle ich so breit, dass es wehtut, doch das ist mir egal. Es ist ein schöner Tag. Ich fahre nur mit einem Kumpel im Wagen herum und genieße den Sommer. Außerdem ist Masons gute Laune ansteckend.

Bisher ist es nicht seltsam, und das beruhigt mich auf eine nicht zu erklärende Art und Weise.

Irgendwann halte ich es trotzdem nicht mehr aus und drehe mich zu Mase. »Wann sind wir da?« Das kleine Kind in mir will das wissen. Wir haben die Stadt nämlich längst hinter uns gelassen. Grüne Flächen, Bäume und Vorstadthäuschen säumen die Straße. Neben uns ist Wasser, das wunderschön im Sonnenlicht glitzert.

»Gleich«, gibt er mit einem Lachen und kurzem Blick zu mir zurück.

»Ist gleich in weniger als fünf Minuten?«

»Um genau zu sein«, kommt seine Antwort, »ist es in weniger als zwei Minuten.«

Was soll hier sein? Diese Unwissenheit bringt mich noch ins Grab, doch ich verkneife mir die Frage.

Und er hat nicht gelogen, denn kurz darauf biegt er von der Hauptstraße ab, fährt an einem breiten silbernen Gebäude vorbei und direkt auf das große Blau zu. Ein Parkplatz taucht vor uns auf. Irritiert und abwartend betrachte ich Mason, der den Motor ausstellt, sich abschnallt und zu meiner Überraschung auch mich.

»Wir sind da.« Er nimmt die Brille ab und zwinkert mir zu.

»Hier?« Aber er ist schon dabei, auszusteigen und mir die Tür zu öffnen. Rasch nehme ich meine Tasche.

Als er mir seine Hand hinhält, zögere ich eine Sekunde, bevor ich entscheide, dass ich mich albern verhalte, und meine hineinlege. Seine Finger umschließen meine, und sofort überläuft mich ein Schauer, ein Ziehen bis in die Magengegend. Eines, das meinen Kopf für einen Moment leer gefegt.

Als ich vor Mason stehe, sage ich nichts, lasse ihn aber auch nicht los und spüre, wie sein Daumen sanft über meinen Handrücken streicht. Er kommt mir näher und näher, ich halte den Atem an – doch er schlägt nur die Tür hinter mir zu. Was ist nur los mit mir? Ich befeuchte meine Lippen, zwinge mich, seine Hand loszulassen.

»Was tun wir hier?«, frage ich leise.

»Ich habe mich gefragt, was sich wohl besser für dieses Date eignen könnte, als dir etwas zu zeigen, das mir wichtig ist.« Er bedeutet mir, ihm zu folgen. Als ich ein paar Schritte weiter erkenne, worauf er zusteuert, schnellt mein Puls in die Höhe. Nein, das kann nicht sein Ernst sein.

»Mase.« Leichte Panik liegt in meiner Stimme. »Bitte, sag mir, dass ich nicht in dieses Ruderboot steigen muss.«

»Es wird dir gefallen.«

»Oh Gott, ich muss da wirklich rein?«

Er steht längst direkt davor und wartet auf mich. »Du kannst schwimmen, oder?« Ich nicke. »Gut. Ich helfe dir beim Einsteigen. Dir wird nichts passieren.«

Es ist nicht so, dass ich Mase nicht vertraue, aber Wasser … Ich mag Wasser nicht in dieser Menge. Würde das Boot kippen und ich reinfallen, würde man den Unterschied zwischen meiner Haut und dem Make-up sehen. Ganz sicher. Wasserfest hin oder her. Ein bisschen Regen ist das eine, ein See das andere … Ich hab es nie drauf ankommen lassen.

»Versprochen«, schiebt er hinterher, und mein verräterischer Körper geht auf ihn zu, hält sich an ihm fest und steigt in das Boot, das gefährlich zu schwanken beginnt. Masons Mund ist ganz nah bei mir, ganz nah an meinem Ohr.

»Du hast es schon geschafft. Jetzt ganz langsam hinsetzen. Ich hab dich.« Ich nicke abgehackt und tue, was er sagt, bis ich Halt finde und schließlich sicher im Boot sitze. Mein Herz schlägt mir bis zum Hals, droht aus meiner Brust zu springen, und ich atme inzwischen heftig. Was tue ich hier?

Mase dreht das Boot ein Stück, damit er auch reinkommt. Danach packt er die Ruder und macht die Leinen los.

Ich sitze in einem Ruderboot – mit einem Mann. Nicht irgendeinem Mann, mit Mase. Und unpassenderweise singt eine Stimme in meinem Kopf hämisch *Row, row, row your boat*.

Ganz toll.

31

Wären wir nur nicht, wer wir sind.

June

»Das hier ist der Lake Washington. Er ist nicht zu vergleichen mit dem Abschnitt des Ship Canal vor unserer Tür, oder?«

»Es ist schön hier.« Ich sage das, weil es stimmt. Trotz des wundervollen Wetters und den Menschen am Ufer oder auf den Schiffen hat man das Gefühl, allein zu sein. Es ist ruhig. Fast friedlich.

Das rhythmische Rudern von Mason, der mir gegenüber sitzt, hat etwas Fesselndes. Ich beobachte ihn dabei, sehe, wie er es genießt und wie gelassen er rudert. Wie seine Muskeln sich an- und entspannen, wie sie sich formen und bewegen. Mittlerweile umklammere ich nicht mehr wie eine Wahnsinnige den Bootsrand, sondern habe die Hände neben mir abgestützt.

Ich genieße die Aussicht und muss daran denken, dass ich wirklich froh darum bin, dass mein Make-up einen Sonnenschutz enthält und dass die Nachmittagssonne nicht mehr so brennend ist.

»Wieso hier?«

»Und nicht bei uns, meinst du?« Wir sind ein gutes Stück gerudert, und jetzt stoppt Mason, lehnt sich vor. »Weil du das vor unserer Tür andauernd siehst. Und so gern ich dort bin, ist das hier ein schönerer Ort. Wenn ich die Zeit finde, fahre ich hier raus und rudere. So wie jetzt mit dir.«

»Wieso bedeutet dir das Rudern so viel? Oder das Paddeln? Was auch immer.« Ich werde immer neugieriger und bin gespannt auf seine Antwort. Mason und ich haben schon viel geredet. Viel gelacht. Und einander wütend gemacht und genervt. Aber uns wirklich ernsthaft unterhalten? Das waren seltene und kostbare Momente, von denen es viel mehr geben sollte.

»Auf dem Wasser ist das Leben einfach etwas leichter. Es ist, als würde man fliegen und gleichzeitig auch so, als bliebe die Zeit stehen. Es ist …« Er atmet aus, sucht mit zusammengezogenen Augenbrauen nach Worten.

»Wie frei sein. Man selbst sein«, wispere ich mit einem Kloß im Hals. Ich weiß nicht, ob ich das Gefühl kenne, aber ich weiß, wie es sich anfühlt, es zu wollen.

Sein Blick schnellt hoch. »Genau.«

»Und das teilst du mit mir?«, versuche ich, die Stimmung aufzulockern, und lege den Kopf etwas zur Seite. Mase lächelt.

»Dachte, es sei eine gute Idee.«

»Sie war okay.« Ich gebe mich unbeeindruckt und zucke die Schultern, woraufhin er lachend den Kopf schüttelt.

»Mase? Warum warst du in Washington?«, rutscht es mir heraus. Trotzdem merke ich, wie sehr mich diese Frage beschäftigt und wie gut es tut, sie hier und heute auszusprechen. Ich hätte es schon tun müssen, als er nach Hause gekommen ist. Dort im Regen stehend am Steg oder die Tage danach bis heute, als er so schweigsam und nachdenklich war. Nicht so entspannt wie jetzt.

»Willst du dir diese langweilige Story wirklich anhören?« Mase versucht, unbeschwert zu klingen, doch das schafft er nicht ganz. Ich spüre, dass da mehr ist.

»Wenn du sie erzählen willst. Ich sitze in einem Boot und kann nicht weg.«

»Das sollte ich ausnutzen, was?« Mit der linken Hand fährt er sich über den Nacken, bevor er sich etwas bequemer hinsetzt.

»Es tut mir leid.«

Verwundert begegne ich seinem Blick.

»Es tut mir leid, was ich, bevor ich gefahren bin, gesagt habe. Wie ich es gesagt habe.«

»Schon okay«, gebe ich zurück und meine es so.

Er atmet tief durch.

»Du hattest recht, es war mein Vater. Wir haben nicht das beste Verhältnis und sehen uns genau einmal im Jahr. An Weihnachten. Seit Ewigkeiten will er, dass ich mich mehr einbringe, mich für die Firma interessiere und endlich vernünftig studiere. Ich hab abgeblockt.«

»Warum?«

Seine Hand gleitet über seinen Mund und sein Kinn, bevor er weitererzählt. »Diese Welt … ist nicht meine. Es geht nur um Geld, Intrigen, Macht, dummes Geschwätz. Mein Vater hat immer mehr Interesse an seiner Firma als an seiner Familie gezeigt. Ich war verletzt – zutiefst. Verdammt, ich war damals ein Kind und hätte einen Dad gebraucht, der da ist. Das war wohl der Hauptgrund.« Jetzt sieht er mich offen an. »Später gab es eine Frau. Ihr Name war Elle.« Irgendetwas drückt mich in diesem Moment nieder, und ich kralle die Finger ins Holz. »Ich war neunzehn und verliebt. Sie wollte meinen Namen und mein Geld. Ihr Vater einen Teil der Firma. Erinnerst du dich an Griffin?«

Griffin. Ich grüble nicht lange. Der Schmierlappen.

Ich nicke.

»Ich hab ihn mit ihr erwischt. In meinem Bett. Das Beste

daran? Er hat es so arrangiert. Es war ein ausgeklügelter Plan. Damit hat er zwei Fliegen mit einer Klappe geschlagen. Er hat bewiesen, dass sie es nicht ernst meinte und es mir im selben Moment gezeigt. Wenig später habe ich dieser Welt den Rücken gekehrt. Als Cooper in Seattle studieren wollte, bin ich mitgegangen. Zu Hause hielt mich nichts. Ich hatte eigentlich nichts mehr zu verlieren.«

Das, was er mir erzählt, kann ich kaum verarbeiten. Ich sehe den Mann vor mir, die Fröhlichkeit, die frechen Sprüche, die Art, wie er für uns alle da ist, und dann … das.

»Ich hab verbissen etwas Eigenes auf die Beine gestellt und mich gegen die Versuche meines Vaters, mich in die Firma zu holen, gewehrt. Bis er neulich vor meiner Tür stand und mich vor die Wahl gestellt hat: Entweder gebe ich dem Ganzen eine Chance, oder er nimmt mir die Wohnung weg, die auf seinen Namen läuft. Weil ich damals ein naiver Idiot war, als ich sie haben wollte.« Er lacht auf. »Und das habe ich getan. Ich bin nach D.C., hab mir den Hauptsitz angesehen und dort gearbeitet. Weißt du, was das Verrückte ist?«

»Sag es mir«, flüstere ich.

»Es war nicht übel. Ich hab ein Händchen fürs Geschäft, für wirtschaftliche Faktoren und Spekulationen. Aber … das wirklich Verrückte ist, dass ich nie erkannt habe, dass mein Vater nicht allein daran schuld ist, wie es gelaufen ist. Er war nicht der Hauptgrund. Ich hätte nie gedacht, dass ich das mal sage und auch so meine.« Für einen Moment lässt er den Kopf in die Hände sinken, und ich gebe meinen Instinkten nach und lege eine Hand darauf, streiche ihm durch sein Haar. Es fühlt sich warm und weich zwischen meinen Fingern an, die plötzlich an Masons Schläfe entlangfahren und auf seiner Wange zum Stillstand kommen, weil er den Kopf wieder gehoben hat.

Er legt seine Hand auf meine, dreht sie und drückt mir einen Kuss auf die Innenseite des Gelenks, auf die empfindliche Haut über der Schlagader.

Sanft entziehe ich mich ihm. Doch nicht, weil ich es nicht genieße oder es mich nicht berührt. Sondern *weil* es so ist. Das macht es gefährlich.

Mase räuspert sich leise.

»Ich dachte immer, er sei ein Arsch, aber … ich habe nur gesehen, was ich sehen wollte. Das soll nicht heißen, dass er ein guter Vater war. Er war weit entfernt davon. Doch er wollte sich nicht, wie ich angenommen hatte, aus der Affäre ziehen. Es ist …«

»Scheiße gelaufen?«, rate ich.

»Kompliziert«, ergänzt er, lächelt mich dabei aber an.

»Er hat mehr aufgebaut als die Firma, von der er behauptet, er hätte es für mich getan. Es ist schwer, ihm das zu glauben. Es ist schwer, etwas anderes in ihm zu sehen als all die Jahre zuvor.«

»Was hat deine Meinung ins Wanken gebracht?«

»Mein Dad nutzt seinen Namen, die Firma und sein Ansehen und sammelt mit seinem Verein Spenden für verschiedene Organisationen und Firmen. Dabei kommen Millionenbeträge zusammen. Wohltätigkeit. Mein Vater.« Für ein paar Sekunden schließt er die Augen. »Es ist das erste Mal, dass ich darüber nachdenke, diesen Weg einzuschlagen. Es überhaupt in Erwägung zu ziehen.«

»Das ist …«

»… ziemlich verrückt, ich weiß.«

»Ein wenig. Aber auch schön. Dein Vater interessiert sich für dich, Mase. Das ist wertvoll.« Ich räuspere mich. »Jetzt studierst du ja noch, aber danach? Würdest du …«

»Wegziehen? Keine Ahnung. Die Firma hat auch Sitze in New York und Seattle.«

Ich kann mir gar nicht vorstellen, dass Mase fort sein könnte. Es rumpelt, er schnappt sich die Ruder, und wir fahren weiter. Ich atme die frische Luft ein und beobachte ihn dabei.

»Noch bin ich hier«, sagt er mit alter Gelassenheit.

»Ich werde dich nicht los, was?«

»Ich bin wie Herpes, ich komme immer wieder!« Jetzt pruste ich los, und Mason stimmt ein.

»Und du? Willst mit Andie richtig durchstarten?«

»Das ist der Plan.«

»Wolltest du das schon immer? Also die Agentur, das Planen, die Events. Andie ja, aber du?«

Ich denke einen Moment über die Frage nach. »Vielleicht nicht immer, aber sehr lange. Es war schnell klar, dass ich hingehe, wo Andie hingeht. Wir sind schon Ewigkeiten befreundet. Sie und ihre Familie sind wie meine eigene.«

»Was ist mit deiner?« Vor der Frage hatte ich Angst. »So, wie du eben über meinen Vater geredet hast …« Ich unterbreche ihn.

»Nichts. Meinen Eltern geht es gut. Meine Großeltern habe ich nicht kennengelernt.« Masons Blick ruht auf mir, als wüsste er, dass das nicht alles ist.

Seufzend hole ich Luft. »Meine Eltern sind sehr kalt, sehr distanziert. Sie legen viel Wert auf … Äußerlichkeiten und den Schein. Sie sind Workaholics und ständig unterwegs für ihren Job und die Klienten. Es hat sie nie lange an einem Ort gehalten. Ich war kein Wunschkind, aber meine Mutter hatte irgendwann den Drang, ein Kind zu bekommen, um wenigstens ein Vermächtnis zu haben. Tja, es gibt Dinge, die kann man nicht planen, die laufen nicht, wie man will. Ich habe kein gutes Verhältnis zu ihnen. Bis auf unsere DNA haben wir keinerlei Gemeinsamkeiten. Und irgendwann war ich mehr bei Andie als daheim. Es war für alle das Beste.«

»Tut mir leid, Kätzchen.«

»Muss es nicht.« Dieser Blick. »Gott, Mase, sieh mich nicht so an.«

»Wie denn?«

»Als würde ich gleich explodieren oder zerbrechen.«

Seine Mundwinkel zucken. »Das bildest du dir ein.«

»Ich kann es nicht fassen.«

»Dass du mit mir hier sitzen darfst?«

»Witzig. Nein, dass ich diese Wette verloren habe.«

»Ich stecke voller Überraschungen.«

Ich kneife die Augen zusammen. »Gib es zu, du hast geschummelt.«

»Würde mir nicht im Traum einfallen.«

»Du siehst irgendwie schuldig aus. Ich krieg es schon raus, vertrau mir«, stichele ich, doch Mason nimmt mich nicht ernst, rudert rhythmisch weiter. Dabei kommen wir dem Ufer immer näher. Erst jetzt bemerke ich, wie tief die Sonne gesunken ist und dass wir uns scheinbar gedreht haben.

»Fahren wir schon zurück?«

»Hat es dir etwa gefallen?«

»Nein«, lüge ich, und Mase weiß es genau.

Als wir zurück am Ufer sind, zieht Mase uns samt Boot an die Anlegestelle, bindet alles fest und hilft mir raus.

Doch er geht nicht sofort zum Auto.

»Hey, was machst du? Das Auto steht dort hinten.«

»Das Wetter ist wundervoll, wir sollten uns ein wenig die Beine vertreten.«

»Spazieren gehen?«, frage ich überrascht.

»Was hast du erwartet?«

»Etwas weniger Normales. Etwas, mit dem du mich beeindruckst.«

Er lächelt mich an. »Das tue ich doch gerade.«

Ja, verflucht. Das tust du.

Gegen sieben Uhr hat Mase uns in eines der Parkhäuser nahe des Pike Place in der Stadt manövriert.

Ich hab einen leichten Sonnenbrand auf den Armen und ein Lächeln im Gesicht. Mein Körper wird von einer angenehmen Schwere erfasst, die ich nicht beschreiben kann. Während der Fahrt sind mir für ein paar Minuten die Augen zugefallen. Lange habe ich nicht mehr so in mir geruht.

»Hunger?«, fragt er, als wir die Straße entlanggehen.

»Ist die Frage ernst gemeint?«

»Sorry, Kätzchen. Hab für einen Moment vergessen, mit wem ich rede.«

»Charmant, Mason. Charmant.«

Plötzlich entfernen wir uns vom Market, was mich irritiert. Mase zieht mich in eine dunkle Gasse. Irgendwie gruselig.

»Hey«, protestiere ich, bis ich die Wand vor mir sehe und ein »Eww« von mir gebe. »Was ist das?«

»Ich bin der Meinung, wir sollten diesen denkwürdigen Tag irgendwie festhalten.«

»Indem wir auf die womöglich widerlichste Wand Seattles starren? Ich war schon so oft am Pike Place, aber diesen Ort kenne ich nicht.«

»Darf ich vorstellen? Die berühmte Kaugummiwand Seattles.«

»Ich weiß nicht, ob ich fasziniert oder einfach nur angeekelt sein soll. Wow, sind das viele Kaugummis. Wieso kleben die hier?« Gerade beobachte ich, wie jemand ein weiteres Kaugummi dranklatscht und währenddessen ein Selfie macht. Mich schaudert es bei dem Anblick. Bah.

»Hier ist direkt ein Theater. Man erzählt sich, dass die Menschen bereits in den Neunzigerjahren damit angefangen haben, sich an dieser Wand mit ausgelutschten Kaugummis zu verewigen. Aber eher, weil sie sich beim Anstehen langweilten als aus Interesse.«

»Verstehe ich irgendwie.«

»Seitdem wächst die sogenannte Gum Wall, und es sind, wie du siehst, regelrechte Kunstwerke entstanden. Die Stadt entfernt sie immer mal wieder, aber es nützt nichts.«

Mit Staunen betrachte ich die verschiedenen Muster und Farben, die dadurch entstanden sind, bis etwas in mein Blickfeld gerät. So nah, dass ich beinahe anfange zu schielen.

»Was ist das?«

Mase drückt es mir in die Hand. »Ein Kaugummi.« Schockiert blicke ich ihn an. Er ist schon dabei, sich seins in den Mund zu stecken.

»Oh nein. Ich fasse das nicht an. Da leben Generationen von Bakterien dran.«

»Na los, das ist halb so schlimm.« Er nimmt seinen Kaugummi raus und drückt ihn zielsicher an die Wand vor uns. »Sonst muss meiner die Ewigkeit alleine verbringen – ein zu trauriges Schicksal.«

»Unglaublich, dass du mich zwingst, einen Kaugummi auf eine verseuchte Wand zu kleben, und das Date nennst«, grummle ich vor mich hin, aber Mase amüsiert sich köstlich. Besonders, als ich mit geschlossenen Augen und verzogenem Gesicht meinen Kaugummi neben seinem platziere. Dieses schmatzende Geräusch.

»Bah!« Ich schüttle mich. »Was zur Hölle … hast du gerade ein Foto gemacht?«

Er hält mir das Handy vors Gesicht. Ein Selfie. Er zeigt lachend den Daumen nach oben, während ich mich vor Ekel winde und den Finger auf der Wand habe. Toll. Ganz toll. Regelrecht grandios.

Ich will ihm das Handy wegnehmen, aber er ist schneller.

»Na, na, nicht so stürmisch. Sonst werde ich Andies Reaktion darauf nicht lesen können.«

»Ich dachte, ich komme einen Tag aus, ohne dir den Kopf abreißen zu wollen, aber da habe ich mich wohl geirrt.«

»Ich hab es in die Gruppe geschickt.« Er grinst.

»Welche Gruppe?« Ich hab seit heute Mittag nicht auf mein Handy geguckt.

»Die ich im Parkhaus erstellt habe, während ich das Ticket gezogen habe.«

»Gott, Mase!«, fluche ich und deute an, ihn zu erwürgen, doch er schnappt sich nur meine Hand und zieht mich aus der Gasse.

»Komm, du brauchst Essen. Dein Humor schwindet.«

»Das ist … das ist …«, stammle ich, wobei Mase einfach mit mir weitergeht und schließlich meinen Arm bei sich einhakt.

»Total wahr. Zieh die Krallen ein, Kätzchen. Du bist nicht du, wenn du hungrig bist.«

Ich will das Lachen unterdrücken, das sich in mir aufbaut, aber es ist unmöglich. Trotzdem verdrehe ich die Augen. Ein Werbeslogan, echt jetzt? Das war unterirdisch, sogar für Mase.

Direkt eine Straße weiter weiß ich, warum er mich hergebracht hat. Das Lokal, dessen Tür er mir aufhält, sieht unscheinbar aus und ist ein kleiner einfacher Burgerladen. Jetzt bin ich fast zwei Jahre in Seattle, war so oft an diesem Ort und habe nach dem heutigen Tag das Gefühl, das erste Mal wirklich hier zu sein. In dieser Stadt. Sie das erste Mal zu sehen … so richtig.

Es ist gut besucht, laute Stimmen und fröhliches Lachen dringen an mein Ohr, es riecht ein wenig nach Fett, aber vor allem nach warmen Pommes.

Nachdem wir uns auf die roten Lederstühle gesetzt und die Karten geöffnet haben, grinse ich Mase an.

»Was?«, fragt er. Er wirkt fast etwas verlegen.

»Du überraschst mich.«

Ein leichtes Lachen schüttelt ihn. »Das ist nicht gut. Du hasst Überraschungen …«

»Das stimmt, aber in diesem Fall ertrage ich es. Ich dachte nur gerade, dass ich heute mit allem gerechnet habe, nur nicht mit so was.« Aufmerksam lasse ich den Blick über die alte bunte Farbe an den Wänden streifen, über die aufgehängten Fotos und alten Speisekarten. »Rudern, ein Spaziergang, Burger essen.« Als sein Lächeln verblasst, wird meines größer.

»Das war ein Kompliment, Mase.« Ich seufze auf. »Da will man einmal nett zu dir sein. Versuche ich nie wieder, pah.« Ich hebe die Karte vor mein Gesicht, sehe aber noch, wie seine Augen aufleuchten.

Ich hoffe nur … Ich schlucke schwer … *Ich hoffe nur, er versteht, dass es nicht mehr werden kann. Dass dieses Date nur eine Wettschuld ist. Eine einmalige Sache, und mit morgen vorbei.*

Ich linse über den Kartenrand, betrachte sein schönes Gesicht. Ich folge den Linien seiner Augenbrauen, seiner langen Wimpern, erkenne, dass seine Nasenspitze etwas rot ist und auch er einen leichten Sonnenbrand hat. Nicht der Rede wert, aber es sieht niedlich aus. Er studiert die Karte so konzentriert, als wäre er nie zuvor hier gewesen, dabei bin ich sicher, dass das nicht wahr ist.

Ich hab mich schon entschieden. Home made fries, dazu ein vegetarischer Burger mit Ziegenkäse. Das klingt einfach zu gut. Also klappe ich energisch die Karte zu und mustere Mason offen.

»Du kennst das Ding bestimmt auswendig. Du würdest in keinen Laden mit mir gehen, den du nicht magst oder zumindest gut kennst.«

Er tut es mir nach und legt die Karte auf meine. »Stimmt, Kätzchen. Ich komme oft hierher. Meistens vor der Arbeit. Die Burger sind die besten der Stadt, auch wenn man es dem Laden nicht ansieht.«

»Hey Mason!« Ein älterer Herr mit einem Bäuchlein, gepflegtem Äußeren und spitzbübischem Grinsen tritt an unseren Tisch, und Mase erhebt sich, um ihn zu umarmen. Sie klopfen sich auf den Rücken.

»Schön, dich zu sehen.«

Mason deutet auf mich und aus irgendeinem Grund habe auch ich das Bedürfnis, aufzustehen. Die Blicke der beiden liegen auf mir.

»Darf ich vorstellen, June. Sie musste mich heute schon eine Weile ertragen, da dachte ich, deine berühmten Burger würden das wiedergutmachen. June, das ist Felix, der Inhaber.«

»Schön, Sie kennenzulernen, meine Liebe.« Er breitet die Arme aus, packt mich und drückt mir je einen Kuss auf die Wange. Er riecht nach Seife. Ich erwidere seine stürmische Geste freundlich.

»Ich hoffe, dass ich Sie hier öfter begrüßen darf. Ihr Anblick ist schöner als der von Mason.« Er zwinkert mir zu, und ich lächle fröhlich, bevor ich Mason anschaue.

»Ich mag ihn.« Wir grinsen uns an, während Felix sich von mir löst.

»Das Essen geht aufs Haus. Was darf ich euch bringen?«

Mason protestiert, aber Felix hebt die Hand.

»Keine Widerrede. Also, was möchtet ihr bestellen?«

Nachdem Felix weg ist, kräuselt Mason die Lippen, was meine Aufmerksamkeit augenblicklich darauf lenkt. Ich gebe es zu, es war ein großartiger Tag. Es hat Spaß gemacht, ich habe mich nie unwohl oder fehl am Platz gefühlt.

Ich mag Mason. Sehr. Er ist ein guter Mensch. Ein toller Mann. Und es tut weh zu wissen, dass ich nicht das bin, was er sucht. Nicht wirklich. Ich bin nicht die, für die er mich hält. Ich werde ihm wehtun. Und er mir. Ich beiße auf die Innenseite meiner rechten Wange.

Ich will ihn nicht als Freund verlieren …

»Woran denkst du?«

»Nichts Besonderes.«

»Weißt du, Andie ist nicht die Einzige, der man es ansehen kann, wenn sie lügt«, murmelt er, während er mich durchdringend ansieht.

Die Art, wie er das tut, fast so, als gäbe es nichts, was ihn mehr interessieren oder anziehen würde, sorgt dafür, dass sich mein Herz schmerzhaft zusammenzieht. Ich lasse das hier bereits zu lange dauern. Aber ich bin ihm dieses Date schuldig, und nicht nur wegen der Wette. Vielleicht wollte ich es auch …

»Ich hab dein Empfehlungsschreiben erhalten. Ich danke dir.«

»Gern geschehen.« Wir lächeln uns an.

»Erzähl mir, warum du ausgerechnet einen Club aufgemacht hast«, lenke ich ab, weil sein Blick zu intensiv wird und mir zu heiß, und bin sicher, dass er es merkt. Trotzdem sagt er nichts dazu, sondern beginnt zu erzählen.

»Am Anfang wollte ich meinen Vater damit in den Wahnsinn treiben. Mit dem Club.« Kopfschüttelnd schmunzelt er. »Dass der Sohn des großen Alan Greene – einer der reichsten und angesehensten Männer des Landes – einen einfachen Club betreibt … nur ein Hundesalon oder ein Puff auf vier Rädern wäre vermutlich schlimmer gewesen.«

Ich bekomme einen Lachanfall. »Ich stell mir gerade vor, wie du dich als Hundefriseur machen würdest. Du bist ja schon kurz davor, vor Verzweiflung in Tränen auszubrechen, wenn du Socke eine Zecke entfernen sollst.«

Die Stirn runzelnd schaut er mich gespielt empört an. »Entschuldigung? Das ist eine ernste Angelegenheit. Socke sieht dabei immer aus, als würde ich ihn zur Schlachtbank führen. Und wenn der verkackte Kopf stecken bleibt, bist du am Arsch.«

Dieses Wortspiel … Jetzt lacht er mit mir.

»Stimmt.«

In meinem Augenwinkel taucht Felix auf, bringt uns unsere Bestellung an den Tisch.

»Guten Appetit, ihr zwei. Sagt Bescheid, wenn ihr noch etwas braucht.«

»Vielen Dank«, erwidere ich ehrlich, denn es duftet so göttlich, dass mir das Wasser im Mund zusammenläuft. Als Felix fort ist, starre ich meinen Burger an und danach Masons.

»Gott, die sind gigantisch.«

»Felix macht keine halben Sachen. Aber glaub mir, sie schmecken so gut, wie sie aussehen.«

»Ich kriege den Mund gar nicht so weit auf«, bricht es aus mir heraus, bevor ich es verhindern kann. Belustigung flackert in Masons Augen auf. Belustigung und vielleicht noch etwas anderes. Wilderes. Tieferes.

»Wir können ja zusammen üben.«

»Das ist ekelhaft, Mase!«

»Keine Ahnung, wovon du redest, aber ich rede von den leckeren Burgern hier.« Er grinst verschmitzt, und ich kann den Stressschluckauf förmlich spüren, der sich in meiner Kehle anbahnt.

»Idiot«, zische ich.

»Iss, Kätzchen. Übung macht den Meister.«

32

Die Stimmung schlug um; schneller als der Flügelschlag eines Kolibris.

June

Die Sonne ist längst untergegangen, es ist frisch geworden, und ich spüre die zarte Gänsehaut, die sich über meine Unterarme zieht. Mase hat das Auto geparkt und darauf bestanden, mich zum Wohnheim zu bringen. Das Date ist erst zu Ende, wenn die Frau sicher da angekommen ist, wo sie hinwill. Ich lächle in mich hinein. In Mase steckt ein richtiger kleiner Romantiker.

Ich bin vollkommen satt und zufrieden. Auch ein wenig müde. Deshalb lehne ich mich ohne zu zögern an Masons Schulter, während er einen Arm um mich legt, um mich zu wärmen.

»Entschuldige, ich hab leider keine Jacke dabei, die ich dir umhängen kann.«

»Tja, auch du bist nicht perfekt, Mason.«

Ich spüre sein lautloses Lachen deutlich.

Wir schlendern in stillem Einvernehmen den Steinweg entlang, während uns die alten Laternen am Rand den Weg erleuchten. Mase begleitet mich hinein, bringt mich bis vor meine Tür. Es ist niemand zu sehen oder zu hören, alles ist still. Und jetzt ist der Moment gekommen, wo ich schlagartig wach werde. Mein Herzschlag beschleunigt sich und wird heftiger, ich stehe unter Strom, und mein Kopf ist wie leer gefegt. Ich weiß nicht, was kommt und wie ich reagieren soll. Doch ich ahne es. Und ich hab mehr Angst vor seiner als vor meiner Reaktion.

Sein Arm rutscht von meiner Schulter, als ich mich drehe. Wir stehen voreinander, die Tür zu meinem Zimmer liegt hinter mir. Fahrig krame ich den Schlüssel aus der Tasche, bevor ich mich traue, Mason ins Gesicht zu sehen.

»Das war toll, wirklich«, flüstere ich und verfluche mich gleichzeitig dafür, dass meine Stimme so dünn klingt. Mutig recke ich das Kinn und setze noch mal an: »Es war ein schöner Tag. War ganz okay, ausnahmsweise zu verlieren.« Ich lächle. Aber er nicht. Er schaut mich einfach nur an, und mein Mund wird ganz trocken, meine Brust schnürt sich zusammen. Meine Schlüssel klimpern zwischen meinen Fingern, weil ich sie in meiner Hand drehe.

»Okay.« Ich muss mich räuspern. »Ich gehe jetzt rein. Ich bin ... müde ... und ich ...« Keine Ahnung, was ich sagen wollte, weil Mase mir immer näher kommt. Ich weiche zurück, bis ich das Holz der Tür in meinem Rücken spüre. Mase hebt den linken Arm, stützt ihn neben mir ab, und es ist, als wäre in ihm ein Pluspol, der nach dem Minuspol in mir ruft.

»Ich freue mich, dass dir der Tag gefallen hat. Mir auch. Sehr sogar.« Ich erkenne, wie er schluckt. Mein Blick fällt auf seine Lippen, ich atme so schwer, dass es viel zu laut sein muss. Beinahe ohrenbetäubend. Und es wird nicht leichter, meinen Atem zu kontrollieren, als seine Hand sich meinem Gesicht nähert, sich nervenaufreibend langsam an meine Wange legt und hinunter zu meinem Hals gleitet. Meinen Nacken umfasst. Seine Haut ist heiß wie Lava, setzt mich in Brand, facht mich an.

»Mase, ich …«, beginne ich und möchte ihm sagen, dass es mir leidtut. Dass wir nur Freunde sind. Dass ich ihn mag. Dass er mir verzeihen soll. Ich würde ihm gern so viel sagen. Doch mit einer schnellen Bewegung drängt er sich an mich und verschließt meinen Mund mit seinem. Und so sehr mir klar ist, dass das hier nicht sein darf und alles nur schlimmer und komplizierter macht, wird das Bedürfnis, ihn zu berühren, mit einem Mal überwältigend. Masons Griff ist bestimmend, sein Kuss ist es nicht weniger. Hungrig, voller Hingabe. Trotzdem ist da noch etwas anderes, etwas Weicheres und Rücksichtsvolles.

Ich erwidere den Kuss, ich kann es nicht verhindern, und ich fange Masons erstickten Laut auf, der über seine Lippen dringt. Mein Unterleib zieht sich schmerzhaft kribbelnd zusammen, als Mase in meine Unterlippe beißt, nur um direkt danach mit der Zunge über die Stelle zu lecken.

Gott im Himmel.

Die Finger der linken Hand, die nicht krampfhaft die Schlüssel umfassen, fahren durch sein Haar, meine Hüfte kommt ihm entgegen, und unser Atem trifft in Wellen schwer aufeinander. Er lässt von meinen Lippen ab, haucht Küsse auf meine Kieferpartie und zieht eine Linie bis zu meinem Hals. Beinahe hätte ich gestöhnt. Die Hand an meinem Nacken wandert hinunter, streift meine Brust und sofort zieht sich meine Brustwarze verräterisch zusammen.

Der nächste Kuss, den Mase auf meine Lippen haucht, ist beinahe ehrfürchtig. Als mein Name seine Lippen verlässt wie ein Gebet, wache ich endlich auf.

Scheiße. Nein. Ich bin so eine Idiotin.

Ich drücke Mase sanft von mir, energisch genug, um ihm zu verstehen zu geben, dass er aufhören soll. Dass er aufhören muss, bevor wir aus Rissen Scherben machen.

Meine Hände liegen flach auf seiner Brust, ich beginne zu zittern. Nach kurzem Zögern lässt Mase von mir ab, geht einen Schritt zurück, auch wenn es ihm sichtlich schwerfällt. Sein ganzer Körper ist angespannt, sein Blick …

Es tut mir so leid, Mase.

»Da war nichts.« Seine Worte sind belegt, seine raue und tiefe Stimme jagt Schauer über meinen Rücken. »Da war nichts, June«, wiederholt er inbrünstig, aber ich blicke ihn nur fragend an, weil ich kaum einen klaren Gedanken zustande bringe. Irgendwie versuche ich, Halt zu finden an der Tür hinter mir.

»All die Frauen.« Er verzieht das Gesicht, als hätte er Schmerzen, bevor er sich hektisch durch seine Haare fährt, die ich bereits vollkommen zerzaust habe. »Da war nichts.«

Verwirrt starre ich ihn an, versuche, das Gesagte zu verstehen, während mein Herz noch immer rast.

»Ich hab sie alle mit hoch ins Büro genommen, ja. Wir haben Karten gespielt. Mehr war da nicht. Ich hab … Ach, das ist doch scheiße!« Fluchend ballt er die Hände zu Fäusten. »Ich … hätte nie, ich meine.«

»Du hast mir vorgespielt, dass du mit all den Frauen schläfst?«, murmle ich, weil mein Kopf es nicht schafft, es anders zu verarbeiten. »Aber es war gelogen? Und die Wette … Ich konnte sie gar nicht gewinnen«, schlussfolgere ich, und er nickt. Aber ich bin nicht enttäuscht oder wütend. Ich bin … erschöpft. Ich will nicht mehr gegen Mason kämpfen. Ich will diese Spielchen nicht. Wieso versteht er das nicht? Ich will nur das Beste für uns. Leise schluchzend lasse ich das Gesagte sacken. Mase ist sofort wieder bei mir, und ich würde ihn am liebsten anschreien, dass er das lassen, dass er gehen soll. Seine Finger legen sich unter mein Kinn, heben es an.

»Ich liebe dich, June.«

Nein, bitte. Ich will das nicht hören. Ich schließe die Augen, spüre das Brennen hinter meinen Lidern. Sosehr ich mir wünsche, nicht zu weinen, tue ich es.

»Bitte, Mase«, wispere ich. »Bitte, hör auf damit. Das mit uns wird nicht funktionieren. Wir werden uns nicht guttun.« Meine Stimme bricht, mein Herz irgendwie auch.

»Das weißt du nicht«, entgegnet er aufgebracht, während mein Herz immer mehr wehtut. Weh, weh, weh.

»Warum habe ich mich in dich verliebt, wenn wir nicht füreinander geschaffen sein sollen, June?«

Da liegt so viel Hoffnung in seinen Augen.

Zaghaft nehme ich seine Hände von meinem Gesicht. »Es tut mir leid«, würge ich hervor.

»June.« So viel Schmerz. »Ich will nicht, dass es endet.« Mehr und mehr Tränen rinnen mir über die Wangen.

Es hat nie angefangen, Mase, verstehst du das denn nicht?

»Ich kann nicht. Es tut mir leid. Hör auf, es zu versuchen … bitte, versuch es nie wieder. Ich kann das einfach nicht.« Ruckartig drehe ich mich um, schließe die Tür auf und … lasse ihn zurück. Die Tür kracht ins Schloss, die Schlüssel aus meiner Hand auf den Boden. Ich torkle in mein Zimmer. Falle, meine Knie prallen auf den Boden und meine Tasche neben mich. Meine Beine haben einfach nachgegeben, und es ist mir egal.

Alles ist kaputt.

Ich bin kaputt.

Es ist, als würde mich nichts mehr halten. Als würde alles, was ich je in mir zu verstecken versucht habe, ausbrechen. Ich weine, weine, weine, und es schmerzt so sehr. Ich wollte Mason nie verletzen. Ich hab versucht, uns zu retten.

Irgendwann greife ich zitternd nach meiner Tasche, ziehe das Handy heraus. Ich bin kurz davor, Andie anzurufen. Stattdessen sehe ich die neue Gruppe, die erstellt wurde. Ich klicke darauf, und das Bild, das Mase von uns geschossen hat, springt mir entgegen. Darunter sind Nachrichten von Cooper, Andie und Dylan. Coop, der Mase fragt, ob ich ihn dafür einen Kopf kürzer gemacht habe. Andie, die ein paar lachende Emojis verschickt hat und ein Herz. Sowie Dylan, der fragt, was hier gerade passiert. Erstickt lache ich auf, bekomme sofort wieder Schluckauf und wische mir über die Wange. Ich weiß es nicht … Wie kann meine Welt vor ein paar Stunden noch nicht in Flammen gestanden haben?

33

Die meisten Menschen lachen über Dinge,
die sie nicht begreifen können, und glauben,
was sie nicht kennen, gäbe es nicht.
So lange, bis es sie selbst trifft ...
und sie es das erste Mal wirklich verstehen.

Mason

Keine Ahnung, wie ich nach Hause gekommen bin. Aber das Auto steht jetzt unten in der Einfahrt, und ich schließe gerade die Tür zur Wohnung auf. Wie in Trance. Vollkommen neben mir stehend.

Ich kann nicht glauben, was passiert ist, gehe den Tag in Gedanken wieder und wieder durch. Die Gespräche, Junes Reaktionen, ihr Lachen. Ich denke an all die Momente in den letzten Monaten und frage mich, ob ich wirklich ein Idiot war, ein Träumer. Ob ich mir einfach nur eingeredet habe, dass sich etwas ändern könnte, dass da etwas zwischen uns sei. Dass da etwas sein muss.

Wenn ich es nicht besser wüsste, würde ich denken, ich müsste mich jeden Moment übergeben. Ich trete ein, gebe der Tür einen Tritt, während ich schon weitergehe. Als sie zufällt, höre ich Andie aufschreien vor Schreck. Sie ist von der Couch gefallen – oder von Cooper, dessen Shirt hochgerutscht ist.

»Fuck«, murmelt er und sieht mich mit großen Augen an. Danach blickt er zu Andie, die versucht, sich aufzurappeln, und sich ein paar Strähnen aus dem Gesicht schiebt. »Sorry, ist alles okay?«

»Oje. Ist das Mason?«

Ich sage nichts. Ich stehe da wie ein Depp und starre meinen besten Freund an.

»Mase, was ist los?« Cooper hilft Andie beim Aufstehen, danach eilt er zu mir. »Du siehst aus wie 'ne Leiche.«

»Wo ist June? Ist ihr was passiert? Geht es ihr gut?« Andie wird panisch, stellt sich neben Cooper. Ich schüttle den Kopf.

»Nein«, bringe ich irgendwie raus. »Das heißt, ich weiß es nicht.« Fahrig reibe ich mir übers Gesicht.

»Mase, was ist passiert?« Cooper packt meinen Arm, führt mich zur Couch – ich soll mich setzen, aber verflucht, ich will nicht sitzen.

»Ich … ich sollte zu June. Ich ruf mir ein Taxi.«

»Mach das, wir kommen klar.«

Erzähl keinen Scheiß, Coop. Niemand hier kommt klar. Doch das sage ich nicht. Ich reagiere auch nicht, als Andie plötzlich mit ihrer Tasche aus ihrem Zimmer wiederkommt und mir im Vorbeigehen ihre Hand auf die Schulter legt. Sie kurz drückt. Hab gar nicht mitbekommen, dass sie weg war.

»Mason, ich hab keine Geduld für so was. Du siehst aus, als würdest du gleich zusammenbrechen. Was ist passiert?«

»Ich brauch etwas Zeit für mich.« Meine Stimme ist kaum zu hören, in mir ist es laut und chaotisch. Es fühlt sich an, als hätte ich innere Blutungen. Als wäre da etwas, das mich von innen zerreißt.

»June will mich nicht.« Mehr kann ich nicht sagen. Mehr kann ich nicht erklären. Cooper flucht inbrünstig.

Ich drehe mich um und verlasse die Wohnung, die ich gerade erst betreten habe. Ich renne die Treppen herunter, zum Auto, steige ein und fahre los.

Die Musik ist aufgedreht. Der Motor röhrt.

Erst fahre ich ziellos umher, bis ich die Straße erkenne, auf der ich mich befinde. Einmal abbiegen und ich wäre am Club.

Und genau das tue ich. Ich lenke das Auto in die nächste Straße, parke und öffne danach einen der Seiteneingänge. Irgendwie schleppe ich mich rein. Die Luft ist leicht abgestanden, alles ist aus. Ich taste nach einem der Schalter an der Seite und sofort springt die Hauptbeleuchtung flimmernd an.

Ich bin noch dabei, überhaupt zu begreifen, was schiefgelaufen ist. Was überhaupt passiert ist.

Dass es jetzt wirklich endgültig vorbei ist.

Meine Füße tragen mich über die Tanzfläche zur großen Bar. Dort schalte ich die dezentere Beleuchtung ein, die hinter dem Tresen und über den Schränken und Spiegeln bei den Spirituosen, bevor ich den Rest des Clubs wieder in Dunkelheit hülle. Ich brauche kein grelles Licht, ich brauche Ruhe – und etwas, das mich vergessen lässt.

Also nehme ich mir eine Flasche meines besten Whiskeys und ein Glas, setze mich auf einen der Barhocker und beginne, mir selbst einzuschenken.

Ich trinke und es brennt. Aber nicht so sehr wie der Schmerz, den June in mir verursacht.

Noch ein Glas, ein weiteres … Ich stelle es weg, gebe einen erstickten Laut von mir und huste, weil ich einen zu großen Schluck genommen habe, und lege den Kopf in meine Hände.

Wieso habe ich June nicht vergessen können? Wieso habe ich mich wieder verliebt? Wieso habe ich das zugelassen?

Ich erinnere mich daran, als wäre es gestern gewesen.

Ich habe mich in June verliebt, als sie mir mit ihrem frechen und störrischen Blick eine Ananas in die Tasche meines Designerhemdes gesteckt hat.

Mit Sicherheit hat sie mich zuerst für jemand anderen gehalten und nicht gewusst, wer ich bin. Wenn ich daran zurückdenke, muss ich immer grinsend den Kopf schütteln. Sogar jetzt. Über das Feuer in ihren Augen, ihre genervte Stimme, mit der sie mir sagte, ich solle verschwinden und sie würde auf keinen Fall für mich stöhnen – und bei Gott, ich hatte mir geschworen, dass sie es irgendwann tun würde.

Als ich das erste Mal vor ihr stand, wollte ich sie in meinem Bett. Doch als sie mich offen ansah, mit gerecktem Kinn und mir nach dem Cocktail auch noch die Ananas aufdrückte? Da wollte ich sie in meinem Leben. Ich wollte sie kennenlernen. Das war vermutlich am Ende der ausschlaggebende Grund, warum ich ihrer besten Freundin Andie den Job als Barkeeperin in meinem Club gegeben habe, ohne sie zu kennen. Ich wollte June wiedersehen. Um jeden Preis.

Und, das gebe ich zu, ich brauchte wirklich dringend jemanden hinter der Bar.

Alles hat so vielversprechend angefangen.

Bei diesem Gedanken lache ich trocken auf und schenke mir das nächste Glas Whiskey ein – vielleicht das vierte, ich habe nicht aufgepasst.

Heute hat der Club geschlossen. Niemand ist hier, nur ich, der vergeblich versucht, seine Sorgen in dem Alkohol vor sich zu ertränken. Dabei trinke ich sonst eher selten. Aber jeder hat seine schwachen Momente. Jetzt ist meiner. Heute. Und an jedem verfluchten Tag, den ich June schon kenne.

Ich nehme einen kräftigen Schluck. Mein Mund brennt, mein Rachen ebenso, und es tut gut. Richtig gut.

Frustriert und ein wenig neben mir stehend, wegen des ganzen Drecks, der die letzten Tage und besonders vorhin passiert ist, setze ich mich aufrechter hin, lockere das Hemd am Kragen und … Ach, scheiß drauf! Ich öffne alle Knöpfe der Weste, ziehe sie ganz aus und lege sie achtlos über den Tresen, bevor ich mir ein paarmal schnell durch die Haare fahre. Ist mir egal, wie ich aussehe. Ist mir egal, was heute noch passiert. Ich muss mich erst damit abfinden, dass ich es nicht geschafft habe. Ich habe June verloren. Und ich weiß noch nicht, wie ich das überleben soll …

»Ich kann nicht. Es tut mir leid. Hör auf, es zu versuchen … bitte, versuch es nie wieder. Ich kann das einfach nicht.«

Jedes ihrer gewisperten Worte glich einer atomaren Katastrophe in meiner Welt. War wie ein Kometeneinschlag. Wie der Moment kurz vor dem Aufprall, in dem alles stillsteht, bevor es donnert und explodiert und alles in Stücke gerissen wird.

Ich kann es nicht begreifen, weil ich das mit June so sehr will, dass es mich zu zerbrechen droht. Ich will neben ihr aufwachen, will sie lachen sehen, wegen mir oder von mir aus über mich, will ihr die Welt zu Füßen legen und sie in den Arm nehmen, und ich …

Schwer schluckend presse ich die Augen zusammen, lasse den Kopf auf meinen Arm sinken und wünsche mir, aus diesem Albtraum aufzuwachen. Ich will schreien, fluchen und diesen Club in seine Einzelteile zerlegen. Er ist mir nicht mehr wichtig. Er ist mir gerade so egal wie die Firma oder die Wünsche meines Vaters, das viele Geld auf meinem Konto oder meine Zukunft – denn June kommt darin nicht vor. In dieser Sekunde spielt nichts mehr eine Rolle.

Ich Idiot. Ich sitze hier und suhle mich in alldem wie die anderen blinden und verzweifelten Kerle, die sich verliebt und vollkommen darin verloren haben. Jetzt bin ich endgültig einer von ihnen.

Einer, der ich nie wieder sein wollte …

Ein leichtes Pochen drückt hinter meiner Stirn, der Whiskey wirkt, lullt und hüllt mich ein wie eine schwere Decke. June taucht erneut in meinen Gedanken auf, ich kriege sie einfach nicht aus meinem Kopf.

»Verfluchter Dreck!« Ruckartig springe ich auf, schnappe mir das Glas und pfeffere es samt Inhalt gegen die Wand hinter dem Tresen, gegen einen der größeren Spiegel und gegen das Regal mit den Spirituosen.

Risse bilden sich.

Es kracht, es bricht, es fällt.

Scherben. Überall sind Scherben.

»Scheiße!«, fluche ich erneut, presse die Handballen auf die Augen und lasse mich keuchend zurück auf den Barhocker fallen.

Ich habe so lange gekämpft, wie ich konnte. So lange, wie ich glaubte, sie würde es insgeheim wollen. Jetzt weiß ich: Anziehung ist nicht alles, denn June möchte nicht mit mir zusammen sein – und das werde ich respektieren. Irgendwann wird es besser sein. In Ordnung. Aber in diesem Moment kann ich nur eines wieder und wieder denken: Ich habe sie verloren.

34

Die Liebe ist Himmel und Hölle zugleich.
Sie ist das Messer, das uns verletzt,
und die Hand, die uns heilt.

June

Ich sitze noch immer auf dem Boden, mein Gesicht ist nass von meinen Tränen, mein Körper zittert leicht. Ich hab es geschafft, mir ein Strickjäckchen überzuziehen.

Ich höre jemanden rufen, bin mir aber nicht sicher, ob da wirklich jemand ist. Vielleicht bilde ich mir das auch nur ein. Träge blinzelnd blicke ich in die entsprechende Richtung und horche auf. Es klopft an der Tür.

»June! June, bist du da? Ach, verdammt, wo ist der Schlüssel?« Andie ist da. Ich fange wieder an zu weinen, dabei kann ich kaum glauben, dass mein Körper das noch schafft. Ich fühle mich so leer, so ausgelaugt.

Das Klicken der Tür ertönt, kurz darauf laute Schritte – und als ich den Kopf in den Nacken lege und das Gesicht meiner besten Freundin entdecke, schluchze ich auf.

Sofort ist sie bei mir, sinkt vor mir auf die Knie und legt ihre Arme um mich.

»Sch, alles wird gut, ich bin da.« Sie wiegt mich hin und her, und ich nicke immer wieder an ihrer Brust. Nicke und weine und schluchze. Klammere mich an ihr fest.

»Es ist zu spät«, krächze ich. Presse die Lippen zusammen und schlage mir die Hände vors Gesicht. »Es ist zu spät. Ich hab es nicht geschafft.«

»Ich weiß«, wispert Andie, und es tut so gut, es nicht erklären zu müssen. Es tut so unendlich gut, die Maske abzunehmen. Jemandem mein Päckchen zu geben. Selbst wenn es nur Sekunden sind. Kostbare Sekunden …

»Warum?« Ich atme zu heftig, zu schnell. Alles schmerzt. »Wie konnte das passieren?«

»Du musst es ihm sagen, June.«

»Nein! Er wird mich anders ansehen. Einfach alles wird danach anders sein.«

»Vielleicht. Vielleicht ist es aber auch jetzt schon anders. Was, wenn es besser werden kann?«

»Das Risiko kann ich nicht eingehen. Ich werde ihn ganz verlieren.« *Ich werde ihn verlieren,* hallt es immerzu in meinen Gedanken wider.

»Das wirst du. Und zwar, wenn du ihn weiter im Dunkeln tappen lässt.« Andie schiebt mich sanft von sich. Ihr Gesichtsausdruck zeigt Mitgefühl, Verständnis. Sie nimmt einen Ärmel des Jäckchens, das halb über mir liegt und tupft damit mein Gesicht ab. Trocknet die Tränen, während mein ganzer Körper bebt. Ich habe das Gefühl, die ganze Welt bebt …

Jetzt sammeln sich die Tränen in Andies Augen.

»Ich lasse dich weinen, und ich weine mit, ja, ich trauere mit dir. Weil ich dich liebe. Aber im Gegensatz zu dir trauere ich nicht um eine andere oder bessere June, um die alte June. Denn die sitzen alle hier bei mir. Du bist dieselbe, die keine Marmelade mag, dafür aber Scrabble und Donuts. Wenn du die Wahl hast, entscheidest du dich immer für das Gute, für deine Freunde, für den richtigen Weg. Tu es heute auch, für dich! Du bist die, die ihr Herz auf der Zunge trägt. Die gleiche June, die immer da war, um mich aufzufangen, um mit mir zu lachen, mich zu verteidigen und für mich einzustehen. Ich habe immer an dich geglaubt. Jetzt bist du dran, das auch zu tun. Du bist nicht deine Haut, June. Du bist viel mehr als das.« Ich schluchze auf, bekomme kaum Luft, doch Andie redet weiter. »Du bist nicht dein Feuermal. Du bist nicht, was deine Eltern sagen oder denken. Du bist du. Wenn du nur sehen könntest, wie schön du bist.« Andies Stimme bricht. »Schönheit ist vielfältig. Das bist du auch. Also weine! Danach stehst du auf, wischst die Tränen weg und fängst – verdammt noch mal – an, zu kämpfen. Für dich selbst! Und ich werde dir dabei helfen. Ich habe die ganze Zeit nichts gesagt, aber jetzt geht es nicht mehr. Ich lasse nicht zu, dass du dir das antust. Und auch nicht Mason.«

»Es geht nicht«, flüstere ich. Ich hab nicht die Kraft dazu, nicht den Mut.

»Doch, das geht. Tu es für dich. Du verdienst es. Und damit meine ich nicht nur Masons Liebe, sondern deine. Bitte, versuch es.« Sie legt mir ihre Hand aufs Herz. »Du solltest hier drin glücklich sein. Dann bist du es auch, wenn du in den Spiegel siehst.«

Mein Hals ist ganz zugeschnürt, mein Magen rumort, meine Beine sind eingeschlafen. Gott, mir ging es schon lange nicht so beschissen. Trotzdem lege ich meine Hand auf Andies und atme tief durch. Ich darf nicht darüber nachdenken …

Ich stehe auf, Andie stützt mich, und auf wackeligen Beinen gehe ich hinüber, sehe mir mein Spiegelbild an – und lache erstickt auf, weil die Foundation noch immer bombenfest sitzt. Unter den Augen ist es etwas verwischt, die Mascara ist unter der Flut an Tränen eingeknickt, aber sonst?

Als etwas raschelt, drehe ich mich um. Andie ist gerade dabei, den Inhalt meiner Tasche aufs Bett zu kippen.

»Ich denke zu viel nach, und ich war oft nicht mutig genug. Die Schritte, die ich nach vorne gemacht habe, habe ich oft nur gemacht, weil du mir einen Tritt in den Hintern gegeben hast.« Die Tasche ist leer, Andie blickt mich entschlossen an. »Und genau das werde ich jetzt für dich tun.« Sie kommt auf mich zu, greift an mir vorbei nach meinen Abschminktüchern und stopft sie in die Tasche, anschließend drückt sie sie mir in die Hand. »Mehr wirst du nicht brauchen. Und jetzt lass uns gehen.«

Sie zückt ihr Handy, ruft ein Taxi, weil sie meint, wir wären beide zu aufgewühlt, um selbst hinterm Steuer zu sitzen. Danach schiebt sie mich sanft, aber bestimmt raus. Vor der Tür hebt sie meinen Schlüssel auf, steckt ihn in meine Tasche und schließt sie. Wir verlassen die Wohnung. Die dünne roséfarbene Strickjacke liegt noch immer über meinen Schultern.

Ich lasse mich von Andie hinausführen, in das Taxi setzen und die Fahrt über in den Arm nehmen. Mich an sie lehnend schließe ich für ein paar Minuten meine Lider. Mein Körper fühlt sich schwer an. Mein Herz klopft nur noch müde vor sich hin.

Bis wir ankommen. Der Anblick des Hauses lässt mich nervös werden. Ich versteife mich und habe keine Ahnung, wie ich es reinschaffe.

Als die Wohnungstür aufschwingt und ich einen aufgebrachten Cooper vor mir sehe, der Gräben in den Boden läuft, muss Andie mich daran erinnern, ruhig zu atmen.

»Mase ist weg«, sagt er nur, und ich kann nicht antworten.

»Aber wohin? Hat er was gesagt?« Andie verzieht das Gesicht.

»Ich weiß, wo er ist«, wispere ich und spüre, wie beide innehalten und mich betrachten. Andie überrascht, Cooper unsicher.

»Im Club?«, fragt er, und ich nicke, halte seinem Blick stand, mit dem er mich skeptisch mustert. Ja, ich denke wirklich, dass er dort sein wird. Es war sein Zuhause. Ist es noch. Es ist der Ort, an dem alles angefangen hat; mit einer Ananas in der Tasche seines Hemdes.

»Wir fahren alle zusammen. Los.«

»Danke«, murmle ich und versuche mich an einem zittrigen Lächeln. Sofort ist Cooper bei mir, drückt mich kurz, bevor er mich fragt, was wir da für einen Scheiß angestellt haben. Und obwohl Andie ihn rügt, lächle ich. Keine Ahnung. Mein Leben war sehr lange nicht so kompliziert.

»Hier.« Andie macht ihren Schlüssel vom Bund ab und drückt ihn mir in die Hand. Keine Ahnung, wo meiner ist.

Wir sind da, stehen am Seiteneingang. Ich steige vorne aus dem Taxi, und Andie fährt das Fenster runter.

»Pass auf dich auf. Und auf Mason. Meldet euch, wenn was nicht stimmt oder morgen oder …« Cooper drückt Andie sanft, und sie stoppt.

Ich lächle, soweit mir das möglich ist, und tue, wovor ich am meisten Angst habe: Ich stehe zu mir.

Als die Tür hinter mir zufällt und ich in den Club trete, ist es fast ganz dunkel. Nur die Beleuchtung an der großen Bar ist an, und ich entdecke Mase sofort. Ich weiß nicht, was meine größere Sorge war. Dass er hier sein würde oder nicht. Doch darum muss ich mir jetzt keine Gedanken machen.

Während ich langsam auf ihn zugehe, sitzt er mit dem Rücken zu mir da. Mit nach unten gesackten Schultern und hängendem Kopf. Der Spiegel über der Bar ist kaputt.

Ich schlucke schwer, knete meine vor Aufregung kühlen Finger. Schritt um Schritt komme ich ihm näher und mit jedem wird es schwerer. Denn jeder von ihnen führt mich weg von dem, was mir meine Eltern eingeredet haben. Jeder Schritt zieht an diesem Band, das mich an den Glauben kettet, mich verstecken zu müssen. Dieses Band muss reißen.

Also gehe ich weiter und weiter und nehme all den Schmerz und die Angst in Kauf.

Ich sehe Mason nicht nur, sondern höre ihn jetzt sogar. Höre ihn leise fluchen oder seufzen. Höre, wie er sich etwas einschenkt und eine Flasche wegstellt.

Keine zehn Schritte trennen mich mehr von ihm, als ich abrupt stehen bleibe.

»Hallo«, flüstere ich mit belegter Stimme, und augenblicklich versteift Mason sich – seine Schultermuskulatur, seine Arme, seine ganze Haltung. Aber er dreht sich nicht zu mir um, und in mir regt sich die Befürchtung, dass er das auch nicht mehr tun wird. Dass er mich nicht anhören wird, dass es wirklich genug ist und …

Nein. So darf ich nicht denken. Ich werde das jetzt durchziehen.

Angespannt atme ich durch, schließe die Augen für ein, zwei, drei Sekunden.

»Ich weiß nicht, wo ich anfangen soll«, gestehe ich leise, aber es ist, als würde der Raum meine Stimme in tausende verwandeln. Schließlich dreht Mase sich doch zu mir, und ich muss all meine Kraft aufbringen, bei seinem Anblick nicht zusammenzubrechen. Ich habe ihn so sehr verletzt, so lange. Ich habe gelogen, genau wie er. Das habe ich nicht sehen können. Ich wollte ihn wirklich nur schützen. Nein. Das ist nicht ganz die Wahrheit. Ich wollte vor allem mich schützen. Ich war so feige …

Stumm sieht er mich an, mit leicht verhangenem Blick, zerzaustem Haar und gebrochener Haltung.

Ich gehe weiter auf ihn zu, bis auf wenige Schritte, damit er genau sieht, was ich vorhabe. Trotzdem brauche ich einen letzten Rest Distanz. Eine Art gläserne Wand, die mir eine Illusion von Schutz vermittelt, damit ich das, was ich tun möchte, auch tun kann.

So etwas wie Hoffnung spiegelt sich in seinem Gesicht, aber er bleibt weiterhin still. Als er aufstehen möchte, hebe ich die Hand.

»Bitte«, flehe ich und befeuchte meine Lippen. »Bitte nicht. Ich kann … Ich meine, ich werde das nicht schaffen, wenn du nicht sitzen bleibst.« Er nickt knapp und wartet.

Mit zitternden Fingern packe ich die Strickjacke und binde sie mir um die Hüfte. Danach greife ich in die Tasche und ziehe das erste Abschminktuch heraus. Mit bebender Unterlippe atme ich ein, bevor ich beginne.

»Ich wollte dich nie verletzen. Ich … Es ist nur so. Ich …« Stockend bringe ich die Worte heraus, und sie alle ergeben keinen Sinn. Meine Augen brennen schon wieder, und ich will nichts mehr als fortrennen oder wenigstens den Blick abwenden. »Ich bin seit Jahren nicht schwimmen gewesen. Es gibt keinen Tag, an dem ich kein Make-up trage, Mase. Ich trage jeden Tag eine Maske, und ich lege sie nicht einmal für mich komplett ab.« Ich hebe das Abschminktuch, langsam.

»Ich habe Angst. Die habe ich schon so lange.« Die ersten Tränen rinnen meine Wangen hinab, als ich das Tuch unter mein linkes Auge setze und es nach außen ziehe. Als ich die erste Schicht der Maske abtrage. Ich mache es noch mal, drehe das Tuch und beobachte Mase dabei. »Meine Eltern haben mir vor allem eines beigebracht: Bist du nicht perfekt, bist du nichts. Niemand wird dich ernst nehmen, sie werden dich auslachen. Niemand möchte jemanden, der anders ist. Ich habe mich, seit ich denken kann, jeden Tag mehr für mich geschämt. Ich hatte jeden Tag mehr Angst, ich selbst zu sein. Bis es irgendwann kein Zurück mehr gab. Nicht für mich.« Ich schlucke schwer. »Dann kamst du in mein Leben, und ich habe mich das erste Mal seit sehr langer Zeit gefragt, wie es wäre, meine Mauern einzureißen. Nur einen Moment.« Das Abschminktuch liegt kühl auf meiner erhitzten Wange, ich ziehe es einmal quer rüber, und als ich einen Blick darauf werfe, wird mir schwindelig. Ich habe es getan.

Ich stopfe es in die Tasche, hole ein zweites Tuch heraus und mache weiter. Es ist wie ein Rausch. Ich trage Schicht für Schicht ab, reinige die ganze linke Seite, meinen Hals hinunter bis zum Ende meines Feuermals. Seine Linien und Grenzen kenne ich auswendig.

Anschließend schminke ich mein restliches Gesicht ab. Bis alles weg ist.

Als ich fertig bin, stecke ich das letzte Tuch weg und schaue Mase offen an. Seine Augen sind geweitet, sein Blick unergründlich.

»Aber das habe ich nicht. Ich habe so getan, als würdest du mir nicht mehr bedeuten als Cooper oder Dylan. Als wärst du nur ein Freund. Ich hab mich belogen, und das Schlimmste ist, dass ich es die ganze Zeit wusste. Ich hatte nur nicht den Mut, es zuzugeben.« Leise schluchzend stehe ich da.

»Man nennt es Feuermal. Es ist eine angeborene Fehlbildung, eine Veränderung der Haut. Bei mir hat eine Lasertherapie nichts genützt, also benutze ich professionelles Makeup. Weil ich es nicht ertragen konnte, anders zu sein. Und ich dachte, wenn ich es nicht ertragen kann, wie sollte das jemand anderes tun können?«

Entschlossen wische ich ein paar Tränen fort, halte Masons Blick stand. »Jetzt weißt du es. Ich bin nicht die June, die du haben willst. Aber …« Ich atme tief ein. »Aber ich bin dieselbe June, die sich in dich verliebt hat.«

Er reagiert nicht. Panik kriecht in mir hoch.

Also drehe ich mich um und will gehen. Doch plötzlich springt Mase auf, sein Hocker kracht zu Boden, und kurz darauf ist er bei mir. Der Mut von eben ist verflogen. Es ist nichts mehr übrig. Ich fühle mich nackt, verletzlich. Roh. Es ist, als würde ich ohne Waffe und ohne Schild auf einem Schlachtfeld stehen.

»Wo willst du hin, Kätzchen?«, fragt er leise. Wir stehen voreinander, aber wir berühren uns nicht. »Bei Gott, June. Ich wäre gerne wütend auf dich. Nur einmal wäre ich gerne derjenige, der wütend ist, weil du mich so lange zum Narren gehalten hast. Weil du mir nicht gesagt hast, was los ist. Weil du mir die Entscheidung abnehmen wolltest, ob es mir was ausmacht.« Als ich nach unten schaue, legt er seine Hand auf meine Wange. Direkt auf mein Feuermal, und ich atme zischend ein, hebe den Blick und lege den Kopf in den Nacken, um ihn anzusehen. »Aber ich kann nicht. Hast du wirklich gedacht, das würde mich interessieren? Hast du gedacht, es würde mich stören?« Er umfasst mein Gesicht nun mit beiden Händen. »Ich liebe dich, June. Ich liebe dich, wenn du wütend bist, wenn du lachst, wenn du mich verfluchst. Ich liebe *dich*. Und das vorhin, das … Scheiße! Hast du eine Ahnung, was du mit mir machst?« Seine Stimme entfacht eine Gänsehaut und ein Feuer zugleich. Seine Worte gehen mir durch Mark und Bein, und ich schließe die Augen, weil ich sie nicht glauben kann.

So schnell funktioniert das nicht. So schnell kann man sich nicht ändern. Aber ich möchte es versuchen.

»Es ist nicht schön. Ich hatte Panik. Es gab mal jemanden in meinem Leben, dem ich es gezeigt habe. Es ist lange her. Er fand es so abstoßend, dass …« Ich beiße mir auf die Lippe, weil ich es nicht aussprechen kann.

In dem Moment beugt Mase sich zu mir, küsst mich, und ich schmecke das rauchige Aroma des Whiskeys heraus. Schmecke

Mase. Dieser Kuss ist wild, er ist einnehmend – und zu schnell vorbei. Wir atmen laut und schwer. Nach allem, was war, schlagen unsere Herzen noch im selben Takt. Das fühlt sich unsagbar gut an.

Mase lässt von mir ab. »Ich bin nicht er, June. Ich bin ich, und das hier …« Er haucht einen Kuss auf meine Wange, fährt mit seiner Zunge über mein Feuermal, meinen Hals hinunter, sodass ich schaudere, und mit den Lippen bis an mein Ohr. »… ändert überhaupt nichts.« Völlig unerwartet nimmt er meine Hand und legt sie auf seinen Schritt. Ich spüre die Erektion, die immer mehr gegen meine Hand drückt, und keuche leise. Mit meiner anderen Hand taste ich mich vor, kralle mich in sein Hemd und versuche zu verstehen, dass es ihm nichts ausmacht. Dass ich mich vor ihm nie wieder verstecken muss.

»Ich finde dich hinreißend, Kätzchen. Das habe ich immer getan. Und wenn ich darf, werde ich dir ab jetzt jeden einzelnen verfluchten Tag zeigen, dass ich das ernst meine. Ich bin verrückt nach dir.« Und als würde er mein Zögern spüren, zieht Mase sich kurz zurück, schaut mich an. Er lächelt, wischt mir die letzten Spuren der Tränen aus dem Gesicht.

»Es tut mir leid, Mase«, wispere ich, und er nickt.

»Mir auch.«

Ich lasse los, stelle mich auf die Zehenspitzen, dränge vor und küsse Mase, wie ich ihn schon lange küssen wollte. Ohne Zurückhaltung, ohne zu viele Gedanken und Ängste in meinem Kopf, ohne Geheimnisse und Maske. Nur ich. Nur Mason.

Ohne Panik vor dem Morgen danach.

35

Wenn ich träume, will ich nie wieder aufwachen.

Mason

Keine Ahnung, ob ich wach bin oder nicht, aber ich werde mich nicht kneifen, um sicherzugehen, und riskieren, dass mir dieser Traum entgleitet.

Doch … es fühlt sich echt an. Es ist echt. Ich halte June in meinen Armen, nachdem ich dachte, es sei vorbei. Nachdem ich dachte, das würde nie wieder geschehen.

»Ich liebe dich«, haucht sie.

Sie liebt mich. Und das erschüttert mich bis auf die Knochen. Nach dem, was passiert ist, was sie sagte, kam sie zu mir, stand vor mir und hat mir gezeigt, was sie belastet, und ich kann nicht erklären, wie ich mich gefühlt habe – oder was ich in dieser Sekunde fühle. Ich verstehe es jetzt. Alles. Jedes Nein, jedes Zögern. All das Chaos, all die Probleme, weil June sich für ihr Aussehen schämt. June. Die mutige, laute June. Nie hätte ich gedacht, dass sich so etwas dahinter verbirgt. Sie hat es gut verschleiert, hat ihr Geheimnis gut versteckt.

Zu gut. Es tut mir leid, dass ich sie belogen habe. Es tut mir leid, dass sie glaubte, es würde mir etwas ausmachen. Dieses Mal macht June zu dem Menschen, der sie ist. Dem Menschen, den ich liebe. Wie könnte ich es nicht so sehr vergöttern wie ich sie vergöttere?

Ich werde ihre Gefühle nicht kleinreden. Aber ich werde ihr widersprechen, wenn es sein muss. Bis sie sich selbst so sieht, wie ich sie sehe: als das begehrenswerteste Wesen auf diesem ganzen Planeten.

Ich schließe die Augen und gebe mich ganz dem Kuss hin. June hat schon immer gut geküsst, aber das hier fühlt sich anders an. Besser. Befreiter. Es ist kein Kämpfen mehr, kein Zurückhalten. Es ist ein Loslassen.

Besitzergreifend erobere ich ihren Mund, halte sie fest und fange jeden Laut auf, der ihr über die Lippen kommt. Meine Hände wandern ihren Hals hinab, über ihren Rücken und den Stoff des Kleides, der mich mehr erspüren lässt als gedacht. Fiebrig küsse ich sie, spiele mit ihrer Zunge und umfasse ihren Hintern, während ich sie mit dem ganzen Körper nach hinten dränge.

Ich fluche, weil ich den Kuss unterbrechen und die Augen öffnen muss, damit sie nicht stolpert. Ich führe sie an der Bar entlang bis zu der Stufe, die hinter die Theke führt. Ich fahre einmal über die Theke, überprüfe, ob die Scherben bis an den Rand geflogen sind, aber hier ist nichts. Der Spiegel ist in der Mitte zusammengekracht, und das meiste landete auch dort oder auf der Ablage darunter.

Also hebe ich sie so schwungvoll hoch, dass sie einen überraschten Laut von sich gibt. Jetzt ist sie es, die sich ein wenig zu mir herabbeugen muss, während ich mich zwischen ihre Beine dränge und den Saum ihres Kleides nach oben schiebe. Stück für Stück, langsam. Ich fahre mit meinen Fingerspitzen über ihr Knie, über ihren Oberschenkel und spüre die zarte Gänsehaut, die ich erzeuge. Wie gebannt genieße ich das hier, bis June in meine Haare greift und meinen Kopf zurückzieht. Nicht schmerzhaft. Doch durchaus erregend.

Völlig außer Atem blicken wir uns an. Ich mustere sie, ihre

grünen Augen, in denen sich Hunger und Entschlossenheit noch mit Unsicherheit mischen, und ihre helle Haut, die wie Sand in ein rotes Meer übergeht.

Gott, ist sie schön.

Mit einem Ruck schiebe ich beide Hände unter das Kleid auf die obere Hälfte ihres Pos und ziehe sie ganz an mich, bis ihr Körper sich an meinen schmiegt.

»Mase«, wispert sie ganz nah an meinen Lippen, und ich freue mich darauf, meinen Namen noch öfter aus ihrem Mund zu hören.

»Wir sollten uns ein Taxi rufen. Jetzt. Sonst werde ich dir hier im Club die Kleider vom Leib reißen und …«

»Was wäre so falsch daran?«

»Ich hab hier unten keine Kondome«, sage ich erstickt.

»Lass uns hochgehen.« Sie gibt mein Haar frei, fährt mit ihren Fingern über mein Gesicht, zieht die Linie meines Kinns nach, über meinen Hals, bis zu meinem Hemdkragen. Ich kann so nicht denken. »Niemand ist hier, wir haben den Club ganz für uns. Und … du hast gesagt, dort oben war nichts.«

»Nein. Nie.« Ich habe keine einzige Frau je im Club mit ins Bett genommen.

»Worauf wartest du dann noch? Bring mich hoch oder hol endlich die Kondome«, flüstert sie mir ins Ohr, und ich schlucke schwer.

»Wieso habe ich keinen Automaten hier unten im Club? Wieso?«, murmle ich gequält, während ich ihre Haut küsse. Und als ich ihr Lächeln an meinen Lippen spüre, kann ich nicht anders, als es ihr gleichzutun.

»Warte hier!« Nur mühsam löse ich mich von ihr. »Wehe, du rennst weg, June. Ich meine das ernst.« Ihr Lachen begleitet mich, während ich über die Tanzfläche hechte, die mir noch nie so groß vorgekommen ist. Ich eile hoch, schließe auf und greife mir eine Hand voll der Kondome, die von dem letzten Kartenspiel übrig sind.

Als ich kurze Zeit später schwer atmend zurück bei June an der Bar bin, packe ich sie mir und presse mich an sie.

Das war genug Abstand für heute.

Ich umfasse ihr Gesicht, küsse ihren Hals und genieße es, wie sie auf mich reagiert. Wie sie ihren Kopf nach hinten legt, ihren Rücken durchstreckt.

Ihre Hände fahren wild über mich, jagen Stromstöße durch meinen Körper – und als sie ihr rechtes Bein um mich schlingt und mich mit einem Ruck enger an sich drückt, stöhne ich erstickt auf.

Ich sagte, ich würde Kriege anzetteln für einen Kuss von ihr. Das ist wahr. Ich würde die ganze Welt für sie in Brand setzen …

36

Ich glaube nicht an das Schicksal. Nicht mehr.
Ich denke, wir haben unser Leben mehr in der Hand,
als wir uns das vorstellen können.

June

Als Mase zurückkommt, hält er sichtbar stolz Kondome in der Hand, die er neben mir auf die Theke schmeißt, bevor er mich packt und seine Hände überall auf mir sind.

Mir ist schwindelig. Es ist ein gutes Gefühl, ein berauschendes. Die Angst in mir, die Sorgen und die Gedanken, die mir solchen Kummer bereitet haben, sind nicht auf ewig verschwunden. Aber sie sind es in diesem Augenblick – und das ist es, was zählt. Das erste Mal mache ich mich nicht verrückt, denke nicht daran, wie ich den Kerl, mit dem ich schlafen will, wieder loswerde oder was er denken könnte. Ich frage mich stattdessen, wie es sein wird, neben ihm aufzuwachen … Wie wird es wohl sein, nicht mehr weglaufen zu müssen, sondern bleiben zu können?

Mase treibt mich mit seinen Küssen in den Wahnsinn. Mit seiner wilden und doch rücksichtsvollen Art. Er küsst mich sanft und rau zugleich. Ich spüre die Härte der Theke an meinem Hintern und Masons an meinem Unterleib. Meine Brüste drücken gegen seinen Oberkörper, und ich habe das Gefühl, in jeder seiner Berührungen zu ertrinken. Unser Stöhnen und

Keuchen erfüllt den Raum, in meinen Ohren rauscht es. Ich würde gerne alles von Masons Körper erkunden, aber ich bin zu ungeduldig.

»Mase«, flehe ich, hauche Küsse auf seinen Hals, und als ich seine andere Hand an meiner Hüfte spüre, schlinge ich beide Beine um ihn. Er hält mich mühelos, sodass ich nicht von der Bar rutsche, presst mich fest an sich und als seine Erektion, die durch die Stoffhose nur allzu deutlich spürbar ist, gegen meine Mitte drückt, erzittere ich am ganzen Körper. Mein Höschen ist ganz feucht, aber das ist mir egal. Es zeigt nur, wie sehr ich das hier will.

Mase flucht leise, greift in mein Haar und zieht meinen Kopf zu sich, drückt seine Lippen wieder auf meine. Und als er mit seiner Zunge meine umkreist, mit ihr spielt und schließlich meinen Mund vollständig erobert, kann ich keinen klaren Gedanken mehr fassen.

»Du bringst mich um, Kätzchen.«

»Das werde ich«, wispere ich zurück, »wenn du mich nicht sofort ausziehst, mich und dich.« Sein kehliges Lachen dringt an mein Ohr, und ich erschaudere unter dem Klang. Mase unterbricht den Kuss, mustert mein Gesicht und streicht mir so liebevoll eine Strähne aus der Stirn, dass ich kaum atmen kann. Ich erwidere seinen Blick, und mein Herz ist voller Liebe für ihn. Da ist so viel davon, dass es schmerzt. Und ich muss sie nie wieder unterdrücken. Ich muss mich vor ihm nicht verstecken. Ich kann endlich ich sein. Ich kann frei sein.

»Ich weiß es jetzt«, flüstert er ernst. »Ich weiß jetzt, warum du gegangen bist, als wir das erste Mal hier im Club zusammen waren. Oben im Zimmer.« Ich halte seinem Blick weiterhin stand, während mein Herz heftig gegen meine Rippen schlägt. »Ich hab dich wunderschön genannt. Das hat dir Angst gemacht.«

Ich schaffe es nicht, ihm zu antworten oder zu nicken. Ich sehe ihn nur an.

»Du bist wunderschön, June«, wiederholt er seine Worte von damals, und dieses Mal erschrecken sie mich nicht. Dieses Mal lassen sie mich nicht weinen. Und ich gehe nirgendwohin. Stattdessen schlinge ich meine Arme um seinen Hals und lächle. Und er lächelt zurück.

Er küsst mich, kurz und hauchzart, bevor er sich von mir löst und ich leise dagegen aufbegehre. Nur so lange, bis ich weiß, was er vorhat. Er zieht das Hemd über seinen Kopf und schmeißt es auf den Boden. Keine Sekunde später finden seine geschickten Finger die Schleife meines Kleides und lösen sie. Ich spüre seine Hand und seine Hitze durch den Stoff. Als ich seine Finger schließlich direkt an meinem Bauch fühle, atme ich heftig ein. Unser Atem prallt aufeinander, und ich will ihn wieder küssen, aber Mase drückt sich ab und richtet sich etwas auf. Ein protestierender Laut entfährt mir, der ihn absolut kaltlässt. Stattdessen streift er behutsam die Träger des Kleides über meine Schultern. Weiter und weiter zieht er es nach unten, über meine Brüste, den zarten BH und meine Rippen, während er mich dabei beobachtet. So langsam, dass ich ein Wimmern ausstoße, weil ich diese Folter nicht lange werde ertragen können. Seine Hände sind überall auf mir, meine Welt steht in Flammen.

»Mase«, keuche ich. »Bitte, ich flehe dich an. Zerreiß das Kleid einfach.«

Währenddessen fahre ich die sehnigen Muskeln an seinen Armen nach. Und mit einem Ruck, weil ich es kein Stück mehr aushalte, ziehe ich Mase zurück zu mir und sauge an seinem Hals. Kräftig und unnachgiebig, bis ich das Vibrieren seines Stöhnens an meinen Lippen spüre. Nachdem ich von ihm abgelassen habe, betrachte ich das Werk zufrieden.

»Das«, wispere ich, »ist ein Knutschfleck.«

Mason fängt an zu lachen. »Danke, Kätzchen. Markiere ruhig dein Revier, es wird niemand anderem gehören. Aber damit du es weißt, auch die Knutschflecke waren inszeniert.«

»Ich war eifersüchtig, Mase. Und so wütend. Ich hätte dich am liebsten mit Donuts erstickt.« Sein Grinsen lässt mich verstummen.

»Das war der Plan.«

Heftig drücke ich ihn von mir, sodass ich meine Beine lösen und von der Theke heruntergleiten kann. Schwungvoll drehe ich Mase an den Schultern mit mir, bis er mit dem Rücken zur Tanzfläche steht. Das hat er nicht kommen sehen.

»Kätzchen, was wird das?« Seine raue Stimme sendet Wellen der Erregung durch mich. Genau wie sein hitziger Blick.

»Du weißt, ich bin nicht sonderlich geduldig«, murmle ich, fahre dabei seine Brustmuskeln nach, über seinen Bauch und die feinen hellbraunen Härchen, die in seiner Hose verschwinden, an deren Bund ich entlangstreife und Mase damit ein leises Keuchen entlocke. Sein Schwanz zuckt in seiner Hose.

Ich öffne den Knopf, ziehe die Hose Stück für Stück herunter und zu meinem Glück die Boxershorts gleich mit. Ich schlucke heftig. Ich möchte mit Mason schlafen. Sofort.

Schuhe, Hose und Socken landen auf dem Boden, und ich richte mich wieder auf, ziehe mein Kleid ganz aus, und bin mir dabei mehr als bewusst, dass Mase jede meiner Bewegungen verfolgt. Genüsslich streife ich den BH ab, lasse ihn fallen und danach direkt das Höschen. Ich schiebe die Sachen mit dem Fuß zur Seite.

Ich begegne der Erregung und Zuneigung in seinen Augen und – entscheide mich um. Ich knie mich vor ihn und blicke ihn an. Kurz habe ich gezögert, weil mir eingefallen ist, dass ich ungeschminkt bin. Ich hatte es vergessen. Mase hat es mich vergessen lassen … Und jetzt ist es nicht mehr wichtig.

»June, was … Scheiße!«, flucht er heiser, lässt seinen Kopf in den Nacken fallen, als ich meine Hand um seine Erektion schließe, zudrücke und an ihr auf und ab streiche. »Kätzchen, bitte hör auf«, fleht er, doch er wehrt sich nicht. Nicht wirklich. Er krallt seine Hände in die Kante der Theke, kommt mir mit seinen Hüften entgegen, und ich genieße es. Ich will nicht aufhören. Also gebe ich dem Verlangen nach, lächle, während ich einen Kuss auf seinen unteren Bauch hauche und spüre, wie Mason sich unter meinen Bewegungen rührt, wie er sich anspannt und ruhelos wird. Und als ich meinen Kopf senke, eine Spur aus Küssen nach unten ziehe und ihn schließlich ohne Vorwarnung in den Mund nehme, schnappt Mason nach Luft und stöhnt meinen Namen.

Ich umfasse ihn, sauge daran, wieder und wieder, und es fühlt sich verdammt gut an. Bis mich Mason plötzlich hochzieht und ich von ihm ablassen muss. Ohne Probleme hebt er mich auf die Beine.

»Aufhören. Wenn du nicht aufhörst, haben wir ein Problem.«

Ich lecke mir über die Lippen und küsse ihn leidenschaftlich. Knabbere an seiner Unterlippe, während meine Hände fieberhaft nach einem Kondom langen. Meine Finger kämpfen mit der lästigen Verpackung, und Mase macht es nicht besser, weil er angefangen hat, meine Brüste zu streicheln, mit ihnen zu spielen. Meine Brustwarzen ziehen sich schmerzhaft und erwartungsvoll zusammen, als er sie drückt, und ich stoße heftig den Atem aus.

Jetzt! Die Folie reißt, ich schmeiße die Verpackung achtlos zur Seite und stülpe ihm das Kondom über.

»Eigentlich hatte ich andere Pläne«, murmelt Mason bebend an meinen Lippen, doch ich grinse nur. Mit einem sexy Knurren hebt Mase mich mit einem Ruck wieder hoch, geht mit mir ein paar Schritte, hinter der Bar weg und hält mich schließlich gefangen, zwischen sich und einer Wand, die unerwartet kühl an meinen Rücken drückt. Seine Erektion reibt an meiner kribbelnden Mitte, und ein tiefes Stöhnen entweicht mir. Ich kreuze die Knöchel hinter ihm, kralle mich an ihm fest und hebe, ohne darüber nachzudenken, mein Becken, bringe mich in Position. Als er kurz zurückweicht und ich seine Spitze an mir spüre, weil er leicht Druck ausübt, entfährt mir ein Wimmern. Mase krallt sich in meine Hüften und Oberschenkel, hält mich oben, und ich sehe an der Anspannung seiner Muskeln, an der pochenden Ader in seinem Hals, wie viel Anstrengung ihn das hier kostet. Weil ich kein Stück kooperiere, das hier langsam angehen zu lassen, und er genau das immer noch versucht.

»Mase«, säusle ich und beuge mich ein Stück vor. »Lass los.« Ich spanne meine Beinmuskeln mehr an.

»Kätzchen, das hier wird kein besonders langes Vergnügen, wenn du so über mich herfällst. Ich will das schon so lange, ich … fuck!« Gerade habe ich meine Hüften gekippt, mich von der Wand abgedrückt und ihn ein Stück in mir aufgenommen.

Meine linke Hand ruht nun an seiner Wange, ich fahre mit meinem Zeigefinger über seine Unterlippe. Meine Arme lege ich um seinen Hals, meine Finger bewegen sich durch sein Haar.

»Du wirst öfter mit mir schlafen, als dir lieb ist. Versprochen.« Ich drücke ihm einen Kuss auf, heiß und tief, und spüre, wie sein Widerstand nachlässt. Jetzt! In einer fließenden schnellen Bewegung übe ich wieder Druck aus, nehme ihn ganz in mich auf und biege den Rücken durch.

Mason ist so tief in mir, dass ich nicht weiß, wo er anfängt und ich aufhöre. Ich stöhne seinen Namen, und er hält mich, während ich diesen Moment auskoste. Bis er sich zurückzieht, meinen Hintern ein Stück anhebt und quälend langsam aus mir herausgleitet. Nur um schnell und kraftvoll wieder in mich zu stoßen.

Mein Rücken wird bei jedem Stoß an die Wand gedrückt, und ich hätte nie gedacht, dass mich das anmachen könnte. Die Art, wie Mason mich nimmt. Die Art, wie er mich hält. Diese Mischung aus Vorsicht und Begierde. Er nimmt mich schnell und hart und ist dabei ganz bei mir.

Unser Keuchen hallt durch den Raum, wir finden in einen gemeinsamen Rhythmus, werden schneller und schneller, während sich in mir der Druck aufbaut und steigert. Ein Schweißfilm bildet sich auf meiner Haut, mir ist heiß, beinahe fiebrig. Ich kann nicht denken, nur fühlen. Und ich fühle alles.

Mase küsst mich, seine Zunge schnellt vor, prallt mit jedem Stoß seiner Hüften gegen meine, und ich wimmere an seinem Mund, kralle mich unnachgiebig an seine Arme. Ich lasse zu, dass er die Führung übernimmt und behält. Ich lasse los.

Bis ich spüre, wie er in mir verkrampft. »June«, höre ich ihn meinen Namen keuchen. Dann kommt er.

Vollkommen berauscht und wie benebelt hänge ich zwischen ihm und der Wand und versuche, zu Atem zu kommen.

Bevor ich weiß, was geschieht, sitze ich wieder auf der Theke, und Mase gleitet vollends aus mir heraus. Ich fühle mich leer. Ein kalter Luftzug streift mich.

Mase schmeißt das Kondom weg, säubert sich und kommt direkt wieder zu mir.

»Verdammt, ich hab dich gewarnt.« Er schüttelt den Kopf. »Ich hab nicht mal so lange durchgehalten wie ein Teenie.«

»Das war es wert.« Ich lächle glückselig.

»Du glaubst doch nicht, dass ich dich so hier sitzen lasse?«

»Was …« Ich schaffe es nicht, die Frage zu beenden, weil Masons Finger an den Innenseiten meiner Oberschenkel hinauffahren und meine Beine zum Erzittern bringen.

Er gleitet durch meine Nässe und beißt die Zähne zusammen. Ich klammere mich an seine Schultern, als er das ein weiteres Mal macht.

»Das wollte ich eigentlich auskosten. Und zwar, bevor wir miteinander schlafen. Wir werden an deiner Geduld arbeiten müssen«, murmelt er, und ich stimme zu. Ja, damit kann ich leben.

Er bringt sich zwischen meinen Beinen in Position, legt sie sich über die Schultern und schiebt meine Knie auseinander. Ich schaffe es nicht, zu protestieren, stütze mich auf den Ellbogen ab. Sein Mund senkt sich ohne Zögern auf meine Mitte, seine Zunge treibt mich dem Höhepunkt entgegen, und ich kann nichts tun, als die Augen zu schließen, während ich vor Verlangen den Kopf in den Nacken lege. »Mason«, keuche ich, und es dauert nicht lange, bis ich das Ziehen spüre, das kaum auszuhaltende Kribbeln. Mason hält mich, während meine Muskeln sich unter ihm anspannen, und hält mich weiter, als ich zu zerfallen drohe. Der Orgasmus bricht so heftig über mich herein, dass ich einen Moment vergesse, wo ich bin. Beinahe geben meine Arme nach.

Ich bleibe halb liegen, schwer atmend, und Mason kommt näher zu mir, sein Gesicht schwebt über meinem.

»Das werde ich mit Sicherheit noch sehr oft tun.«

Er drückt mir einen Kuss auf die Schläfen und die Wangen, bevor er mich hochhebt und Richtung Tanzfläche trägt.

»Wir gehen jetzt hoch ins Bett. Dort gibst du mir ein paar Minuten, bevor wir einen neuen Versuch starten, dich zu zähmen.« Ich lächle in seinen Armen und kuschle mich an seine Brust.

Neben jemandem aufzuwachen, ist befremdlich.

Es ist stockdunkel, als ich die Augen öffne. Ich weiß nicht, wo ich bin und was passiert ist, und stolpere prompt vom Bett gegen irgendwas Hartes. Die Tür finde ich mehr oder weniger durch Zufall und bin gerade dabei, sie aufzudrücken, als sich jemand im Bett bewegt. Helles Sonnenlicht fällt durch das kleine Fenster im Nebenraum herein, und ich halte inne. Ich bin mit Mason hier.

»Machst du dich aus dem Staub, Kätzchen?«

Ertappt drehe ich mich um und schaue in sein verschlafenes Gesicht, bevor ich zu ihm zurückgehe. Das ist mein neuer Lieblingsanblick.

Hätte auch wenig Sinn gehabt, ohne meine Klamotten abzuhauen.

»Gewohnheiten sind nicht so leicht abzulegen. Ich wusste erst nicht, wo ich bin.« Ich kuschle mich wieder an ihn, genieße seine Wärme und seine Umarmung. »Oh, und Mase?«

»Hm«, murmelt er entspannt.

»Ich kündige.«

Jetzt öffnet er die Augen und dreht den Kopf, um mich ansehen zu können. »Wieso das?«

»Ich schlafe nicht mit dem Boss. Sorry. Ich such mir was anderes. Glaub mir, wir beide wollen nicht, dass ich weiter für dich arbeite. Aber ich helfe gerne noch ein, zwei Wochen aus, damit Andie eine Lösung finden kann. Vielleicht hast du Glück und Susie kommt bald wieder.«

Er brummt irgendwas Unverständliches, und ich beginne mit meinem Zeigefinger Kreise auf seinem Bauch zu ziehen.

»Bleibst du, bis Susie wieder da ist? Bitte. Oder lässt du mich eiskalt hängen?«

»So was würde ich nie tun.«

»Von wegen«, grummelt er, aber ich höre in seiner Stimme, dass er sich freut.

»Was passiert jetzt. Mit uns?« Ich werde von jetzt auf gleich wieder zu der unsicheren Frau, die sich am liebsten hinter ihrem Make-up verstecken würde, es aber nicht mehr tut.

»Ich hoffe, du fragst nur, weil du es hören willst und nicht, weil du es nicht weißt.«

»Nein, ich hab keine Ahnung«, lüge ich sehr offensichtlich und sehr zufrieden.

»Du wirst jetzt wohl in meinem Bett schlafen. So oft es geht, am liebsten jede Nacht. Vermutlich wirst du nie wieder in Ruhe und alleine duschen können. Und wenn ich morgens vom Rudern komme, werde ich dich wecken, indem ich dir die Kleider vom Leib reiße.«

Lachend schlage ich ihm gegen die Schulter. »Ich bin dann doch längst wach.«

»Ist trotzdem 'ne nette Vorstellung.« Ein paar Minuten bleibt er still. »Ich will mit dir zusammen sein, June«, sagt er ernst. »Richtig. Nicht nur manchmal, nicht nur im Geheimen. Was ist mir dir?« Ich kann seine Anspannung förmlich greifen, deshalb schmiege ich mich enger an ihn.

»Hört sich beängstigend an«, gebe ich zurück. »Und erstaunlich gut.«

»Gut. Sehr gut.« Seine Stimme klingt belegt.

»Was wird mit der Firma?«

Mase atmet schwer ein und aus. »Ich hab mir keine Gedanken mehr dazu gemacht. Aber falls ich einsteige, werde ich erst mal mein Studium beenden und das Ganze etwas ernster nehmen müssen. Ich würde in Seattle bleiben. Keine Sorge.«

Ich lächle an seiner Seite. »Wir sind gestern übrigens eingeschlafen.«

Er grinst, sieht zufrieden aus, und ich schreie auf, als er

sich ohne Vorwarnung zu mir dreht und sich halb auf mich schmeißt. Aus einem Reflex heraus lasse ich von ihm ab, liege nun fast auf dem Bauch. Mit einem gezielten Ruck an meinem Arm hilft Mason nach und plötzlich ist der zarte Stoff der Decke unter mir und Masons Lippen an meinem Ohr.

»Dann sollten wir nachholen, was wir versäumt haben.« Seine Stimme jagt Schauer durch mich hindurch, und ich atme zischend ein, als ich seine Härte an meinem Hintern spüre.

Gegen Mittag haben wir es endlich geschafft, unsere Klamotten einzusammeln, uns anzuziehen und den Club zu verlassen. Wir sind mit Masons Wagen gefahren, den er am Abend zuvor beim Club hat stehen lassen. Die Theke sah schlimm aus bei Tageslicht. Ich hab noch schnell die Fläche poliert, auf der ich saß, aus Angst, man könnte meinen Arschabdruck erkennen.

Es wird jemand kommen müssen, der den Spiegel austauscht und die kaputten Flaschen ersetzt. Andie wird Schnappatmung bekommen.

Als wir die Wohnung betreten, sehen wir uns einem grummeligen Cooper, einem Sandwich essenden Dylan, der sich gerade eine Folge *Mr. Robot* ansieht, und einer vollkommen gestressten Andie gegenüber. Oh, oh. Ich hab vergessen ihr zu schreiben und zu sagen, dass alles okay ist.

Alle Augenpaare richten sich auf uns, Dylan mustert uns nur kurz, erblickt unsere zutiefst befriedigten Gesichter, hebt die Hand für ein Hallo und dreht sich wieder weg. Vermutlich hat er erkannt, dass alles okay ist. Als hätte er mich nie anders gesehen als ohne Make-up. Dylan ist immer tiefenentspannt und in sich ruhend. Das bewundere ich.

»Hey«, grüße ich alle, und als Andie auf mich zuläuft, um mich in die Arme zu schließen, rücke ich etwas von Mase ab.

»Danke«, flüstere ich ihr zu und halte sie fest.

»Gott sei Dank. Andie war ein paarmal kurz davor, die Kontrolle zu verlieren und die komplette Wohnung um- und aufzuräumen.« Cooper schaut uns abwechselnd tadelnd an, doch keiner von uns ist gerade in der Lage, sich schlecht zu fühlen.

Andie lässt von mir ab und rückt ihre Brille zurecht. »Ich hab … ich hab es Cooper erzählt.« Unsere Blicke treffen sich, und er nickt. Erkenne ich da etwa ein Grinsen?

Unsere Freunde sind die besten auf der Welt.

»Wir gehen jetzt duschen, danach wollten wir was zu essen holen. Braucht ihr was, oder stopft ihr wie Dylan einfach ein Sandwich in euch rein?« Andie und Coop wechseln nachdenkliche Blicke, während Mase meine Hand ergreift und mich gen Badezimmer zieht. »Überlegt es euch.«

Kichernd folge ich ihm. Als wir am Bad ankommen, murmelt Coop irgendwas von Kopfhörern, und Mase ruft nach Andie.

»Ähm, ich weiß nicht, wie ich es sagen soll, aber da müsste jemand kommen und den Spiegel tauschen. Den hinter der Bar. Den großen!«

Andies Augen weiten sich mehr und mehr, ihre Augenbrauen wandern nach oben. »Die Spiegelwand?«, piepst sie.

»Ja, genau die. Da ist was Blödes passiert, und da sind auch Flaschen …«

»Andie?«, frage ich besorgt, aber Mase lotst mich ins Bad, und ich höre Andie nur noch, wie sie laut »Mason! Was zum Teufel ist da passiert? Was bedeutet das?« ruft, bevor er die Tür zuschlägt und mich innig küsst.

»Hätte nie gedacht, dass Andie mir mal die Hölle heißmacht«, flüstert er an meine Lippen, und ich schlinge meine Arme um ihn.

Ich bin glücklich. Ich bin unfassbar glücklich.

Epilog

Ein paar Monate später …

June

Leer. Ich atme das letzte Mal die Luft dieses Zimmers ein, sehe mir die jetzt leeren Ecken an und lächle. Dieses Kapitel ist zu Ende, nun beginnt ein Neues, und ich kann es kaum erwarten.

Die letzte Kiste ist längst im Klepper, ich bin nur noch mal reingekommen, um mich zu verabschieden. Meine Finger fahren über das alte Holz des Türrahmens. Hier ist viel passiert. Hier habe ich das erste Semester allein verbracht, habe mich jeden Tag geschminkt und mich im Spiegel betrachtet. Habe mich geschämt oder war es einfach leid. Hier habe ich gelacht und geweint. Hier war ich daheim. Ich und irgendwie auch Andie. Und heute?

Heute schließe ich die Tür zu meinem Zimmer im Wohnheim von Gebäude B der Harbor Hill. Mein Praktikum habe ich erfolgreich absolviert, ich konnte im folgenden Semester alle wichtigen Seminare belegen und die nötigen Credits sammeln. Ich habe mein Stipendium behalten. Ich habe Andie, Cooper, Dylan. Und Mason. Ich habe mich selbst gefunden.

Als ich mich umdrehe, sehe ich Sara im Türrahmen ihres Zimmers stehen. Sie beobachtet mich. Wir hatten wirklich einen beschissenen Start und danach viele beschissene Monate. Was sie getan hat – es spielt keine Rolle mehr. Ich trete auf sie zu, ignoriere ihren misstrauischen Blick und halte ihr die Hand hin.

»Egal, was war, ich hoffe, du findest das, wonach du suchst.« Überrascht blickt sie mich an, doch nach kurzem Zögern ergreift sie meine Hand und schüttelt sie. Ich bin nicht geschminkt, und ich hätte nicht gedacht, dass Sara kaum eine Reaktion zeigt. Ihr Blick huschte nur für einen kurzen Moment über mein Feuermal, verharrte nicht lange dort. Wurde nicht unangenehm. Doch auch die langen Blicke kann ich mit jedem Tag ein kleines bisschen besser ertragen.

»Und ich hoffe, du hast es gefunden«, gibt sie zurück. Wir nicken uns zu. Wir werden wohl keine Freunde mehr, aber wir sind auch keine Feinde mehr. Das ist gut.

In dem Moment stürmt Andie herein und grüßt Sara, die vollkommen überfordert ist und sich verabschiedet. Andies Nase ist ganz rot von der Kälte draußen und ihre Brille beschlagen.

»Siehst du mich überhaupt?«, witzele ich und gehe auf sie zu.

»Gleich wieder«, antwortet sie. »Bist du so weit?«

»Ja.« Meine Brust wird ganz eng. »Ja, das bin ich.« Ich schnappe mir meine Jacke und meine beste Freundin, und wir lassen das Wohnheim hinter uns. Kurz schweifen meine Gedanken zu meinen Eltern. Sie sind wieder aus Japan zurück, aber die nächste Reise steht an. Dieses Mal ist es England. Es ist einfacher geworden, seit es mir egal ist. Ich habe eine Familie. Familie muss nicht das gleiche Blut haben, sondern das gleiche Herz. Meine Mom hat beinahe einen Infarkt bekommen, als ich ihr sagte, ich würde ihr Geld nicht mehr brauchen. Ich werde mich nur noch für mich schminken. Aber nicht jeden Tag, um mich zu verstecken.

Es wird leichter für mich.

Wir fahren mit dem Klepper ins South Lake Union, es sind keine drei Meilen. Genau genommen fährt Andie, sie hat darauf bestanden. Es ist Samstagmittag, dunkle Wolken hängen tief über Seattle. Ein ziemlich kalter Novembertag mit viel Regen, in einem Pick-up, dessen Heizung nicht mehr richtig funktioniert. Deshalb hat Andie sich sogar Handschuhe angezogen. Im Auto. Ich schmunzle.

»Wir sind da!«, jubelt sie und stellt den Motor ab. Doch als ich nach hinten zum Laderaum gehen will, um eine der letzten Kisten zu holen, hält sie mich auf.

»Nein, komm erst mit rein. Die Kisten laufen nicht weg.«

»Es regnet, Andie.«

»Wir haben da eine dicke Plane drüber, sie werden nicht nass.«

»Wo ist meine beste Freundin hin? Die mit den kleinen süßen Ticks und dem Ordnungswahn?«

Fröhlich lachend zieht sie mich in das Gebäude vor uns. Wir fahren mit dem Fahrstuhl, steigen ganz oben aus. Auf dieser Etage gibt es nur eine Wohnung. Mein neues Zuhause.

Ich öffne die Tür, wir kommen in den kleinen Flur, in dem noch irgendwelcher Kram steht, den Mase nicht weggeräumt hat, bis Andie mich in Richtung Wohnzimmer führt. Bisher findet sich darin nur eine gigantische Eckcouch, umrahmt von Kisten und Chaos.

»Wir haben noch so viel zu tun«, stelle ich fest.

»Das wird. Ab morgen helfe ich wieder, dann seid ihr schnell fertig.«

»Es gibt einen Schlachtplan, oder?«

»Ganz kann ich eben nicht aus meiner Haut.« Sie kräuselt die Nase.

Das Wohnzimmer ist weiträumig, hell und offen. Industrieller Stil, nicht glatt und perfekt. Ein wenig wie wir. Mit angrenzender Wohnküche, von der aus man auf die Dachterrasse kommt. Und als ich meine Freunde dort sitzen sehe, bildet sich ein Kloß in meinem Hals.

»Endlich«, stöhnt Dylan. »Ich hab Kuchen mitgebracht und durfte ihn nicht anrühren, bis ihr da seid. Das war Folter.«

Cooper deutet ein Augenrollen an und Mase … Mase sieht mich an. Mich. Er hat ein Root Beer in der Hand und drückt mir ein Glas Sekt in meine, bevor er einen Kuss auf meine Wange haucht.

»Willkommen daheim, Kätzchen.« Ich schmiege mich an ihn, genieße dieses warme, geborgene Gefühl und lächle ihn an.

»Daran könnte ich mich gewöhnen.«

Wir stoßen an, Dylan isst den Kuchen, den er gekauft, nicht gebacken hat, wie er zugeben musste. Aber er hat es versucht. Er lacht mit Cooper über irgendwas, und ich kann nicht aufhören, mich umzusehen. Kann nicht glauben, dass ich mit Mason zusammenziehe und er ab jetzt richtig studiert. Dass er nebenbei in der Firma seines Vaters arbeiten wird, hier in Seattle. Mase hat die Wohnung ausgesucht, er sagt, von hier könne er zu Fuß laufen, und wir seien näher an der Stadtmitte. Die Uni ist nicht weiter weg als vorher. Es war ihm nur wichtig, nah am Wasser zu bleiben, deshalb sind wir hier. Die Wohnung liegt direkt am Lake Union und ich will nicht wissen, was sie gekostet hat. Mase verrät es mir ohnehin nicht, egal, wie sehr ich protestiere. Die andere Wohnung hat sein Vater ihm überschrieben, und Mase besteht darauf, dass die anderen weiter dortbleiben, auch wenn er es nicht mehr ist.

Ich trinke gerade einen Schluck Sekt, als meine Freunde sich in einer Reihe vor mich stellen. Andie hat etwas Verpacktes in der Hand. Es ist riesig. Wo hat sie das auf einmal her?

»Wir haben etwas für euch.«

Erstaunt schaue ich zu Mase.

»Sieh mich nicht so an, ich hab keine Ahnung, was die drei ausgeheckt haben.«

Andie überreicht mir das große, eckige Ding. Fühlt sich wie ein Rahmen an. Ich reiße das Geschenkpapier ab, und darunter kommt ein in Glas gerahmtes Bild zum Vorschein. Es ist eine Collage aus verschiedenen Fotos, sieht fast aus wie eine Art Comic. Cooper hat gezeichnet, hat die Bilder auf seine Weise miteinander verbunden und die ein oder andere Sprechblase hinzugefügt.

Mase blickt mir über die Schulter, und wir betrachten staunend das Werk unserer Freunde. Kleine und große Fotos, manche in Farbe, andere nicht. Ein paar sind vollkommen verpixelt. Es ist perfekt.

»Alter, Lane! Wann hast du das geschossen?« Mase zeigt auf eines der Fotos, und ich schaue es mir genauer an.

»Hast du da einen Baumwollpyjama an? Mit Muster?«

Doch Coop grinst nur. »So was muss man für die Ewigkeit festhalten, sonst glaubt es keiner.«

Das Bild von Andie und mir auf der Mottoparty ist auch dabei sowie eins von den Jungs auf der Couch, eins von Dylan, wie er den Mund voller Essen hat, nachdem er vom Sport gekommen ist, und eins von Socke in seinem Bettchen. Von Andie und mir, tief schlafend und vermutlich laut schnarchend auf ihrem Bett, und Socke zwischen uns. Susie und Andie mit Daumen nach oben neben Jack, der im Pausenraum ein Nickerchen macht und dem sie einen Schnurrbart aufgemalt haben. Das Foto von Mase und mir vor der Kaugummiwand.

Ich lächle.

Bis ich auf das eine Bild vor mir starre, dass dafür sorgt, dass meine Augen zu brennen beginnen. Sie haben … Sie haben ein

Foto geschossen. Andie, Cooper und Dylan. Nebeneinander, zusammen. Sie haben sich mein Feuermal aufgemalt. Wahrscheinlich mit Andies rotem Lippenstift. Darüber steht fett »Team June«. Ich liebe es.

»Ihr seid verrückt«, wispere ich mit belegter Stimme und spüre, wie Mase einen Arm um mich legt. Andie weint, die anderen beiden versuchen, sich nicht anmerken zu lassen, dass sie gerührt sind.

»Heulst du etwa auch?«, brummt Cooper leise und wirft einen Blick zur Seite.

Dylan räuspert sich. »Nein, du?«

»Nein.«

Sie haben beide Tränen in den Augen, die harten Kerle.

»Das ist wunderschön.« Es ist so schön, dass ich es nicht in Worte fassen kann.

»Ich denke, das hängen wir später ins Wohnzimmer«, sagt Mase und nimmt es mir ab, stellt es zur Seite. Ich gehe auf die drei zu und umarme sie alle zusammen.

»Danke. Ihr seid die Besten.«

»Nach mir, versteht sich«, ergänzt Mase, und wir alle fangen an zu lachen.

»So, Jungs.« Andie klatscht in die Hände. »Lasst uns die restlichen Kisten holen.«

Ich will mit den dreien gehen, aber Mase hält mich auf, umfasst mein Handgelenk.

»Nicht so schnell, Kätzchen.« Wenn er wüsste, was seine Stimme mit mir macht. Mir wird warm, meine Haut kribbelt an der Stelle, an der sein Daumen über sie streicht. »Ich hab auch noch was für dich.«

»Du solltest aufhören, mir Geschenke zu machen.«

»Das wird nie passieren.«

»Ich will dein Geld nicht«, protestiere ich leise, weil seine

Lippen plötzlich an meinem Hals liegen und er meine Haare zur Seite geschoben hat.

»Einer der Gründe, warum ich es so gerne mit dir teile.« Ich spüre, dass er lächelt. »Warte kurz hier.«

Die Schachtel, die er mir wenig später in die Hand drückt, ist fast so groß wie das Bild der anderen. Mit einer fetten Schleife drum herum.

»Pack es aus. Andie hält die Jungs kurz auf Trab.«

Aufgeregt ziehe ich an dem Band, während Mase seine Hand unter die Schachtel schiebt, damit sie nicht fällt und ich den Deckel ohne Probleme heben kann.

»Oh mein Gott«, hauche ich. »Mase, das kann ich nicht … ich weiß nicht …«

»Du wirst hinreißend aussehen. Ich freue mich, dich heute Abend darin zu sehen.« Er tritt näher, ein warmes Lächeln erhellt sein Gesicht und lässt seine Augen strahlen. »Und noch mehr darauf, es dir danach wieder auszuziehen.«

Ich funkle ihn an, doch er lacht nur laut. »Es ist bezaubernd, dass ich jetzt immer öfter beobachten darf, wie du rot wirst.« Dann küsst er mich leidenschaftlich, und ich vergesse alles um mich herum.

Es ist Abend. Ich bin allein hier. Mase ist schon drin, er und sein Vater mussten noch etwas besprechen. Und weil er wusste, wie nervös ich sein würde, hat er den Feinschliff der Organisation übernommen. Zusammen mit Andie, die ab jetzt mithilft. Susie ist zurück und hält den Club am Laufen. Mase will ihn nicht verkaufen, aber viel Zeit bleibt ihm dafür nicht mehr. Über kurz oder lang braucht er einen neuen Geschäftsführer.

Die Gala heute, dieses Event, das ist etwas Großes. Es ist unsere erste Veranstaltung. Und hoffentlich nicht die letzte, sondern eine von vielen.

Die schwarze Limousine hält direkt vor der Location. Da sind so viele Menschen. Mein Magen rumort, und mein Mund wird ganz trocken.

Gott, ich kann das nicht.

Ich schließe die Augen, atme ein paarmal tief durch.

Doch du kannst das, Mase ist dort drin. Andie kommt auch gleich. Verdammt, sogar Coop wird da sein und sich bestimmt in einen Anzug quetschen.

Die Tür des Wagens wird geöffnet, und ich zucke leicht zusammen. Ich ziehe den schwarzen Mantel fester um mich, bevor ich die Hand des Fahrers ergreife, der mich freundlich anlächelt.

Auf wackeligen Beinen und hohen Schuhen überwinde ich die kurze Distanz zum Eingang und versuche, mich nicht umzusehen. Versuche, die Blicke nicht zu sehen oder gar interpretieren zu wollen. Es ist okay, ich kann das. Ich bin nicht allein.

Ich bin kein Monster, und ich muss mich nicht für meine Haut und meinen Körper schämen.

Mein Herz pocht so schnell, so fieberhaft, ich würde es gerne in den Arm nehmen und beruhigen.

Drinnen angekommen schlägt mir warme Luft entgegen, der Geruch von frischen Blumen. Es sind viele wichtige Menschen hier. Geschäftspartner von Alan Greene, die Reichen der Reichen, Vertreter anderer Organisationen und von bedeutenden Vereinen. Betroffene.

Hiervon hängt viel ab. Das hier bedeutet mir etwas.

Ich gebe meinen Mantel ab, ein kühler Hauch trifft auf meine erhitzte Haut. Ich fühle mich so nackt.

Und ich weiß, ich muss das ausblenden.

Dem schwarzen Teppich auf hellem Parkett folgend, gelange ich in einen wunderschönen Ballsaal. Mit Stuck an den hohen Decken, einem Kronleuchter in der Mitte und Landschaftsmalereien an den Wänden. An einer Seite hängt ein Banner über einer aufgebauten eleganten Bühne.

»Worth it!« steht in filigraner, schöner Schrift darauf.

Ich befinde mich am Rand einer vierstufigen Treppe, die breiter ist als unsere Wohnung lang. Es wird klassische Musik gespielt. Mason hat sie ausgesucht.

Da. Mein Blick findet ihn, bleibt an ihm hängen, und es ist, als wüsste er, dass ich da bin, denn er dreht sich zu mir. Sieht mich an.

Nervös schreite ich die Stufen hinab, während Mase sich von der kleinen Gruppe löst, mit der er gesprochen hat, und auf mich zukommt.

»Wow, Kätzchen«, flüstert er ehrfürchtig.

»Es passt perfekt. Du hast ein Auge dafür.«

»So gern ich das Lob dafür einheimsen würde, es war Andie, die mir deine Maße verraten hat.«

Vor etwa einer Stunde habe ich noch mit mir gehadert, ob ich dieses Kleid wirklich tragen soll. Ob ich es kann. Jetzt fließt der dunkelrote Stoff an mir hinab wie Wasser einen Berg. Es hat die Farbe meines Feuermals. Bis zur Hüfte liegt es eng an, oben umschmeichelt es meine Figur. Es gibt nur einen Träger, auf der rechten Seite, der sich geflochten über meine Schulter zieht, fast wie ein zweites Feuermal. Mason hat es extra anfertigen lassen.

Meine Finger fahren über sein glatt rasiertes Kinn, ich drücke mich an ihn. Gerade so sehr und so nah, dass es nicht unangemessen ist, aber dicht genug, um ihn zu necken. Seine rechte Hand ruht auf meinem unteren Rücken.

»Folge mir, Kätzchen«, raunt er mir ins Ohr und nimmt meine Hand. Bevor ich irgendwen begrüßen kann, zieht Mase mich wieder aus dem Saal, zwei Flure entlang um eine Ecke. Wir sind vollkommen allein.

Heftig drückt er mich an die Wand und beugt sich zu einem Kuss hinab, der mir den Atem raubt.

»Mase«, murmle ich. »Wir sollten reingehen. Ich muss deinen Vater begrüßen. Und Andie und Cooper bei ihrer Ankunft. Alles andere wäre unhöflich.« Ich unterdrücke ein Stöhnen, als seine Zunge über meine Halsschlagader gleitet.

»Dort drinnen konnte ich schlecht über dich herfallen. Das nicht zu tun, war aber auch keine Option. Du erkennst mein Dilemma.«

Ich küsse ihn leidenschaftlich, bevor ich ihn widerwillig wegdrücke. »Wir sind die Gastgeber. Wir sollten wieder reingehen, sonst können wir keine weiteren Unterstützer für unsere Stiftung finden. Die wir übrigens auch heute Abend offiziell machen«, erinnere ich ihn. Sosehr ich es liebe, Mase nackt zu sehen, so viel liegt mir an diesem Abend. An dieser Gründung zum Wohle derer, die unter Mobbing, Bodyshaming und Benachteiligung leiden und damit zu kämpfen haben. Masons Vater ist einer der Sponsoren. »Später werde ich dich um mehr anflehen.« Ich zwinkere ihm zu und sehe, wie sich sein Blick verschleiert. Ich klopfe ihm amüsiert den Arm, presse die Lippen zusammen und gehe voran. Als ich über die Schulter schaue, erkenne ich, dass Mase seine Hose richtet und flucht.

»Übrigens, ich trage keine Unterwäsche.«

»Kätzchen, ich schwöre dir, das zahle ich dir heim«, brummt er, und ich werfe ihm lachend eine Kusshand zu.

Die Liebe ist verrückt. Und wundervoll.

Danksagung

Hier kommt viel Liebe rein!

Den Satz habe ich geschrieben, nachdem ich das Buch beendet hatte. Ich war überglücklich und gleichzeitig vollkommen erschöpft. Ich lasse ihn stehen, weil er so perfekt passt. Weil hier sehr viel Liebe folgen wird.

Danke liebstes LYX-Team samt Coverdesign, ihr seid wundervoll. Simone, du machst einen unglaublich guten Job, vergiss das nie. Fühlt euch alle fest umarmt.

Besonders du, Alexandra, die dieses Manuskript mit mir in die Mangel genommen und verbessert hat. Jil, du bist einer der zauberhaftesten Menschen, die ich kenne, und ohne deine Kommentare am Rand des Manuskripts hätte ich nur halb so viel Freude gehabt. Danke für deine Mühe und deine Liebe. Danke, dass ihr Mason und June so verstanden habt wie ich.

Michelle (mitscherine.draws), ich dachte, deine Illustrationen von Andie und Cooper wären perfekt, aber die von Mason und June übertreffen alles. Ich danke dir so sehr.

Klaus, mein Agent, darf nicht fehlen. Nie. Manchmal muss er mich daran erinnern, wie stark ich bin und dass alles schon klappen wird. Klaus for the win!

Meine Testleser waren von Anfang an dabei, waren Feuer und Flamme, haben kritisiert, gelobt, mit mir geschwärmt und gelacht, haben diskutiert, und ich kann kaum in Worte fassen, wie sehr ich das genossen habe. Ihr seid der Wahnsinn: Anna, Alina, Lea, Ariana, Marie, Adriana, Lisa, Martin, Lucia, Nadja.

Danke an meine Familie, die mir – im Gegensatz zu Junes – nie das Gefühl gab, zu wenig zu sein. Danke an meinen Mann, dass er immer an mich glaubt. Ich liebe euch.

Und danke an all meine Freunde. Besonders an den PJ-Squad, der mich mit Motivationsnachrichten, Gifs und viel Liebe über Wasser hält, wenn es mal stressig wird. Der immer da ist und irgendwie zu einer zweiten Familie wurde. Danke für die Nachtschichten, die Spieleabende an der Playstation und dass ihr mich versteht, auch wenn ich es nicht tue.

Ihr bedeutet mir unendlich viel. Tami, der Smiley-Donut ist eine Hommage an dich.

Last but not least: Danke an euch. An alle Leser*innen, Buchhändler*innen und Blogger*innen.

Ich hoffe, June und Mason erobern euer Herz.

Eure Ava

E-Mail: avareed@outlook.de
Homepage & Instagram: www.avareed.de & avareed.books
Hashtags: #trulymadlydeeplybooks #lyxverlag #avareed

Wenn dein Problem für andere zum Problem wird, schließt sich der Teufelskreis ...

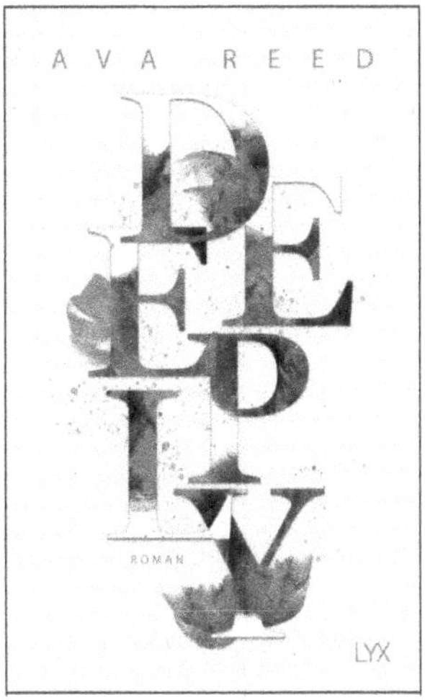

Ava Reed
DEEPLY

ISBN 978-3-7363-1336-1

Schon zu lange ist Zoey vor einem schrecklichen Erlebnis in ihrer Vergangenheit davongelaufen. Jetzt will sie ihr Leben wieder in die Hand nehmen und studieren. Sie zieht nach Seattle, um neu anzufangen, und hat Glück, denn in der WG ihres Bruders ist ein Zimmer frei. Hier lebt auch Dylan. Er hütet ein Geheimnis, das ihn dazu bringt, Zoey einfach zu ignorieren – auch wenn er beginnt, sich zu ihr hingezogen zu fühlen. Langsam kommen sich die beiden näher und müssen dabei erfahren, wie schwer es ist, die Vergangenheit loszulassen, für sich selbst einzustehen und sich zu öffnen ...

LYX

Sie möchte endlich nach vorne blicken.
Er macht es ihr unmöglich

Sarah Sprinz
WHAT IF WE DROWN

400 Seiten
ISBN 978-3-7363-1448-1

Ein Neuanfang – das ist Lauries sehnlichster Wunsch, als sie nach dem tragischen Tod ihres Bruders an die Westküste Kanadas zieht. Noch vor der ersten Vorlesung ihres Medizinstudiums an der University of British Columbia lernt sie Sam kennen und spürt sofort, dass er sie auf eine nie gekannte Weise versteht. Unaufhaltsam schleicht sich der attraktive Jungmediziner in ihr Herz. Bis Laurie erkennt, wie tief er in die Ereignisse der Nacht verstrickt war, die ihren Bruder das Leben kostete ...